KB088697

러브 섬바디
Love Somebody

LOVE SOMEBODY

LOVE SOMEBODY

러브
섬바디

C. R. 로섹 장편소설

김수민 옮김

폭스코너

지금도 자신을 찾는 여정 중에 있을 그대들에게

차
례

샘

지금 내 인생 역작의 성공이 전 남자친구의 손에 달려 있다.

플래너리스 내부는 평소보다 더 많은 사람들로 붐비고 있었다. 플래너리스는 대학가에 위치한 카페로, 나름 예술적 감각을 살린 인테리어에 인디 잡지를 팔고 동네 의원처럼 카운터에 무료 막대사탕이 놓여 있었다. 간혹 지역 음악가 혹은 시인을 초청하거나 여타 행사를 주최하는데, 이런 용도에 맞게 제작된 무대가 한쪽 모퉁이에 설치되어 있었다. 바로 지금, 플래너리스의 이 무대에 **내가** 서 있다. 카페의 테이블과 의자는 관중들을 위해 작은 무대를 중심으로 빙 둘러쳐지게 밀어놓았다. 평소 실내를 가득 메우던 수다 소리는 사라졌고, 가끔 에스프레소 기계에서 나는 쉭쉭 소리나 낡은 금전등록기가 내는 **띵** 소리만 들릴 뿐이었다. 나는 사람들이 날개라고 부르는 위치에 서 있었다. 실제로는 벽 한 면에 그냥 적당히 줄지어 늘어뜨려놓은 커튼이었다. 크리스천은 내가 적어준 대사를 마치 인생 최대의 난제라도 푸는 양 더듬더듬 읊고 있었다. 보는 사람의 마음이 다 아플 지경이었다.

장담컨대 이 연극은 고등학교 3년(미국의 고등학교는 4년제이다-옮긴이)을 통틀어 내가 계획한 가장 야심 찬 프로젝트다. 연기와 극작이라면 익숙하지만 실제로 연극을 연출하는 일은 한 번도 시도해본 적 없었다. 처음 생각했던 것보다 할 일이 훨씬 더 많았다. 엄마는 통화를 하면서 자신이 연기가 아니라 연출을 할 걸 그랬다고 농담처럼 말하고는 했는데, '연출을 해야 돈이 되기' 때문이라고 했다. 이제 나는 엄마의 말뜻을 이해할 수 있을 것 같다. 그렇기는 해도 연극의 모든 부분에 직접 관여하는 것에는, 즉 작업 대부분이 이미 끝난 상태에서 합류하는 것보다 작품에 생명을 불어넣기 위해 머리를 짜내는 일에는 만족감을 느끼게 해주는 무언가가 존재했다. 나는 대본을 쓰고 장소를 확보하고 출연진을 섭외했으며, 학교의 기술자 중에서 음향과 조명을 담당해줄 기사를 한 명 섭외하고, 마케팅도 하고 팸플릿도 만들었다. 우리는 심지어 겨울방학에도 모여 연습했고, 1월 개학을 한 지금 나는 이 모든 노력의 결과물을 선보이는 중이었다. 누구든 이런저런 말을 할 수 있지만, 이 프로젝트는 처음부터 끝까지 내 작품이었다. 완벽하게 진행되지 않는다면 나는 어쩌면 정말로 죽어버릴지도 모른다.

나는 이 연극을 실화처럼 그려내려고 노력했다. 또는 적어도 실화를 바탕으로 한 것처럼 연출했는데, 연극 전체가 다 내 이야기라면 좀 자아도취적으로 보일 수 있기 때문이었다. 나라도 그렇게 생각하겠다. 더군다나 내가 주연 아닌가. 그래서 주인공은 샘이 아니라 세라라는 이름의 소녀로 바꾸었다. 그녀는 오하이오주 털리도에서의 지루한 생활에서 벗어나 어떤 중요한 사람이 되기를 꿈꾼다. 세라는 똑똑하고 열정적이며 의욕이 넘치는 소녀로, 이 마을은 그녀를 품기에 너무 작다. 세라는 떠나고 싶지만, 그녀의 인생과 얽힌 사람들이 그녀의 발목을 잡고 놓아주지 않는다.

물론 크리스천도 주인공 중 한 명이다. 그의 극 중 캐릭터인 크리스는 세라에게 소중한 남자친구이기는 하나 평범함 그 자체였다. 그는 털리도를 좋아하고 떠날 생각이 없다. 세라는 그를 사랑하지만 두 사람은 연극이 진행되는 동안 상당히 자주 말다툼을 벌인다(이 부분은 내가 과장을 좀 했는데, 크리스천과 나의 관계는 한 번도 이처럼 흥미진진했던 적 없었기 때문이다. 하지만 좋은 이야기에 극적인 사건이 빠질 수야 없지 않은가?).

드디어 세라에게 기회가 온다. 뉴욕의 일류 미술학교에 입학하게 된 것이다. 이는 그녀와 크리스의 관계에 날리는 최종 사망선고나 다를 바 없었다. 둘은 대판 말다툼을 벌이고, 이 과정에서 세라는 그에 대한 자신의 감정을 분출한다. 그리고 새 삶을 시작하기 위해 떠난다.

무대 위에서의 내 역할은 여기서 끝난다. 이제 남은 일은 크리스천과 내 친구 아리아가 마지막 장면을 연기하는 모습을 지켜보는 것뿐이었다. 이것이 무대에 설 때보다 왠지 더 긴장되었다. 나는 일이 확실히 잘 진행되도록 상황을 다른 사람들의 손에 맡기는 걸 좋아하지 않는다.

크리스천

샘에게는 특별한 힘이 있는데, 바로 내가 최악의 정신 나간 짓을 하게 만드는 것이었다.

솔직히 말해 우리는 서로를 속속들이 알 만큼 그렇게 오래 안 사이는 아니다. 초등학교 3학년 이후로 같은 학교에 다니고 있고, 같은 반에 몇몇 친구들도 공유하고 있지만, 오랫동안 이 상태에서 진전이 없었다. 우리가 공식 커플이 된 건 고등학교 2학년 2학기 때였다. 샘이 내게 데이트를 신청했고, 나는 좋다고 말했다. 그러지 않을 이유가 뭐가 있겠는가? 샘은 매력적이고 똑똑한 데다 놀라운 설득력까지 갖고 있었다. 샘과 사귀고 말도 안 되는 계획들이 줄을 이었다. 예를 들면 이 연극에 나를 끌어들인 것 같은.

나는 한 번도 연극과 예술에 관심을 가진 적이 없었다. 5학년 때 축구를 시작했고, 이후로 죽 내 삶은 상당 부분 축구로 채워졌다. 내 친구 대부분도 축구팀 동료들이었다. 샘은 다른 세상 사람이었다. 나보다 더 창의적이고 사교적이며, 내가 절대로 넘볼 수 없는 존재였기 때문에 내게 관심을 보였을 때 충격을 받았다.

심지어 그냥 친구일 뿐인 지금도 그녀의 관심은 사그라지지 않았다. 단지 방향이 바뀌었을 뿐이다. 이제는 마치 내 누나나 생활지도 교사 같다. 그녀는 연극 동아리 남학생 중 아무나 한 명을 선택해 내 역할을 맡길 수도 있었지만, 반드시 내가 해야만 한다고 고집을 부렸다. "너를 모델로 만든 캐릭터란 말이야." 그녀는 평소와 같은 완강한 어조로 말했다. 내가 알고 있는 샘의 성격 그대로다. "그런데 뭣하러 다른 사람을 뽑겠어?"

때때로 나는 샘이 우리 부모님보다 나에 대해 더 원대한 꿈을 품고 있다는 생각이 든다. 그리고 이것이 내겐 큰 의미로 다가왔다. 나는 그녀를 실망시키고 싶지 않았으니까.

연극은 대미를 향해 가고 있었다. 세라가 제대로 된 작별 인사도 없이 털리도를 떠난 이후의 마지막 장면이었다. 지금은 나와 다른 배우 한 명만이 무대에 남아 있다. 샘의 친구이자 그녀와 마찬가지로 연극에 푹 빠져 있는 아리아다. 그러나 나는 무대 옆에서 나를 지켜보고 있는 샘의 시선을 느낄 수 있었는데, 이것이 나를 긴장시켰다.

"걔가 왜 너를 떠난 거야?" 아리아가 내게 물었다.

"내가 자기 발목을 잡고 있대." 나는 샘을 힐끗 보고 싶은 충동을 뿌리치며 객석으로 시선을 돌렸다. 우리 엄마가 저기 어딘가에, 관객들 사이에 앉아 있을 터였다. 무대 바로 앞줄에 앉아 있는 샘의 할머니 내너 배가 나를 향해 활짝 웃으며 엄지를 들어 보였다. 나는 침을 꿀꺽 삼켰다. "나는 아주 오랫동안 세라에게 뒤처지지 않으려고 노력했고, 걔가 바라는 사람이 되기 위해 발버둥을 쳤지만, 결국 실패했어."

"최소한 너에게 작별 인사는 했겠지?"

"나를 보러 오긴 했는데, 작별 인사라고 할 수는 없었어. 그런 건 걔답지 않지. 대신 편지를 보냈더라. 딱 한 줄만 적어서."

아리아가 눈썹을 치켜올렸다. "뭐라고 썼어?"

이 지점에서 잠시 뜸을 들이라고 했던 샘의 말이 떠올랐다. 이걸로 끝이었다. 이제 이 연극의 마지막 대사만 남았다. 샘은 이 장면에 '엄숙함'을 부여하라고 요구했다. 이 순간을 더욱 특별하게 만들기 위해 관객들이 잠시 상황을 음미하게 만들라고 했다. 하지만 나는 이 연극이 한시라도 빨리 끝나기를 바랐다. 내가 입을 열려는 순간 관중석에서 들려오는 소리가 내 신경을 자극했다. 종이가 바스락거리는 소리 같았는데, 나는 소리가 나는 곳으로 눈길을 돌리고 말았다.

샘은 내가 연기 도중에 다른 곳에 정신이 팔리지 않도록 거듭 연습시켰다. "보통 극장처럼 조용하진 않을 거야." 그녀가 말했다. "소음도 있고 사람들이 떠드는 소리도 들릴 거야. 그런 소리를 전부 무시할 수 있어야 해." 연습하는 동안에는 문제가 없었으나 지금은 사정이 달랐다. 샘과 아리아 말고도 많은 사람들이 나를 바라보고 있는 데다 샘이 나를 얼마나 믿든 나는 뛰어난 배우가 아니니까. 그러니 맞다. 누군가가 주머니에서 막대사탕을 꺼내 최대한 큰 소리로 포장지를 뜯었을 때 내 집중력이 흐트러진 건 어쩌면 당연할지도 몰랐다. 무대 앞줄 근처 누군가의 손에 들려 있는 다채로운 색깔의 포장지가 내 눈에 들어오고, 그걸 잠시 뚫어지게 응시하다 **나는 아직 연기 중**이라는 사실을 깨달았다. 사태를 수습할 시간은 아직 충분했다. 포장지를 들고 있는 사람을 보기 전까진 그랬다.

긴 갈색 머리에 검은 스웨터를 입은 내 또래의 여자애였다. 내가 서 있는 각도에서는 그녀의 눈이 짙은 속눈썹에 거의 가려져 보이지 않았다. 내 얼굴을 비추는 조명도 도움이 되지 않기는 마찬가지였다. 그럼에도 불구하고 그녀가 근사하다는 사실을 이 자리에서 바로 말할 수 있다.

그녀는 손바닥을 쥐어 포장지를 구기고 막대사탕을 입으로 가져갔다. 그러고는 이끌리듯 나와 눈이 마주쳤다.

주변 세상이 차츰 사라졌다.

이보다 어떻게 더 잘 설명할 수 있을지 모르겠다. 나는 여전히 말을 하고 있었다. 내가 내 마지막 대사를(또는 적어도 비슷한 무언가를) 내뱉는 소리가 들렸다. 그러나 순식간에 연기도, 연극을 제대로 끝내야 한다는 생각도, 심지어 샘조차도 더는 중요하게 느껴지지 않았다.

내 시선이 곧장 **그녀**에게 꽂혔다. 연극 따위가 무슨 상관인가? 지금 바로 이 순간 이 여자애가 나를 바라보고 있다는 사실 외에 다른 것이 뭐가 중요하단 말인가?

어쩌면 샘의 말이 맞을지도 모른다. 때로는 누군가의 관심의 중심에 있는 것이 정말로 기분 좋다.

로스

이 일이 내 이력서를 근사하게 장식해주기는 하겠지만, 이런 때는 보수를 받고 싶다는 마음이 든다. 〈아트 펄스〉는 유명 잡지가 아니고 (우스터 같은 지역에 딱 어울리는 인디 잡지에 가깝다), 소규모 지역 행사에 관한 기사를 주로 다룬다. 공식 브로드웨이 공연이나 유명 예술가에게는 관심이 없다. 오히려 지역 극장에서 공연하는 작품과 누구도 들어본 적 없는 힙한 소규모 밴드의 콘서트, 무명 예술가의 설치미술품을 이야기한다. 나는 당연히 예술을 사랑하고, 〈아트 펄스〉의 연극평론가 중 한 사람으로서 비록 보수는 받지 못해도 멋진 작품들을 감상할 기회를 얻는다.

그런데 이 연극은? 그렇지 못하다.

나는 팸플릿을 들여다봤다. 안쪽에 적힌 머리말에는 "극작가의 경험을 바탕으로 한" 연극이라는 설명이 적혀 있었다. 이는 다른 이름을 가져다 쓰면서 양념을 친 자서전이라는 말의 그럴듯한 표현이다. 그런데 나는 이 연극에서 진짜는 거의 없다는 느낌을 받았다. (자신이 이미 할리우드에 절반쯤 도달했기를 바라는 듯이 보이는 여자애가 연기하는, 누군가가 생각하는 '강한 여성 캐릭터'를 평면적으로 잘라낸) 주인공이 자신의 '꿈'을 담대하게 이야기할 때는 실제로 한숨을 쉬지 않는 것이 내가 할 수 있는 전부였다.

솔직히 이 소녀에 대해 알 수 있는 점은 그녀의 꿈 말고는 없었다. 성격은 몇몇 기본적인 측면으로 요약할 수 있겠다. 의욕이 넘치고 야심 차며 결연하다. 이들은 모두 정확히 같은 것을 말하는 다른 표현이다. 이 연극이 전달하고자 하는 내용은 (거의 없지만) 그다지 나쁘지 않고, 연기는 기본적으로 고등학교 연극인 점을 감안하면 놀라울 정도로 안정적이다. 그러나 주인공은 그냥… 걸어 다니는 야심 덩어리다. 결점도, 불확실한 것도 없다. 아무것도 없다. 만약 이 여자애가 그녀가 연기하는 캐릭터와 같다면 세상에서 가장 따분한 사람일 것이다.

여배우의 이름인 샘 딕슨이 팸플릿에 도배되어 있었다. '극본'과 '감독', '제작자', '주연'. 이 연극에서 이 여자애가 손을 대지 않은 부분은 단 한 군데도 없었다. 어쩌면 그녀는 내가 생각했던 것보다 더 이 캐릭터와 비슷할지도 모른다.

나는 억지로 다시 무대에 관심을 돌렸다. 이 연극에 등장하는 모든 사람 중 남자 주연배우의 연기가 확실히 제일 떨어졌다. 내가 아는 남자애 같았다. 우리는 같은 노스이스턴 고등학교에 다니지만, 서로 말을 섞어본 적은 없었다. 그의 이름은 크리스천이다. 운동을 좋아하는 유형처럼 보이는데, 이런 부류는 지나가다 멈춰 서서 나와 같은 애들에게 말을 걸지 않는다. 그렇다고 내가 그렇게 해주기를 바란다는 말은 아니다. 나는 여기, 나만의 작은 모퉁이에서 행복을 느끼니까. 책과 다분히 허세를 부리는 인디 예술 잡지의 무급 인턴십에 만족한다. 나는 내가 언젠가 우리 아빠처럼 은둔적 삶을 즐기는 교수가 될 거라는 점을 단 한 번도 의심한 적이 없다. 그리고 졸업에 가까워질수록 이런 생각이 점점 더 확고해지고 있다. 아빠는 이것이 반드시 좋은 것만은 아니라고 말하겠지만, 나쁠 건 또 뭔가? 은둔형 교수의 삶은 얄팍한 사람들에 둘러싸여 얄팍한 주제로 이야기하고 표면적인 수준 이상으로 서로를 알려고 노력조차 하지 않는 삶보다 훨씬 더 매력적으로 들린다. 감사하게도 내 고등학생 시절이 이미 이 년 반이나 지났다. 그리고 나는 앞으로도 평생 **저런 짓**은 하지 않을 생각이다.

일종의 언쟁 후에 여주인공이 무대에서 내려가고, 나는 속으로 안도의 한숨을 내쉬었다. 이것이 그녀의 마지막 퇴장이길. 그렇겠지? 이 연극은 단막극에 불과했고, 시작한 지 한 시간이 다 되어갔다. 이제 마지막 장면만 남았다. 나는 수첩을 무릎 위에 놓고 자세를 잡았다. 내 자랑을 좀 하자면, 나는 무언가를 상당히 자세히 기록한다. 심지어 이런 연극도 예외가 아니었다. 이 공연을 최대한 진지하게 감상하고, 운이 좋다면 한 시간 안에 집에 가서 이 연극 전체를 아주 신랄하게 비평할 수 있었다.

그런데 연극이 끝나지 않는다. 아무래도 우리 존경하는 극작가는 아직 할 말이 남았나 보다.

나는 큰 소리로 한숨을 쉬고 싶은 충동을 꾹 억눌렀다. 이 연극은 조만간 **반드시** 끝나야 한다. 코트 안감을 만지작거리는데 주머니 안에서 무언가 딱딱한 물체가 느껴졌다. 내 앞에 놓인 현실에서 벗어나게 해줄 기분전환 거리가 절실하던 차였기에 그것을 꺼내보았다. 막대사탕이었다. 커피를 주문할 때 카운터에 놓인 작은 그릇에서 하나를 집어온 게 생각났다. 나는 포장지를 벗기고 사탕을 입안에 쏙 넣었다. 인공적이고 설탕 덩어리 같은 맛이 내 입안을 채웠다.

생각해보면 나는 이 카페도 그다지 좋아하지 않는다. 이 지역의 고등학교와 대학교에 다니는 멋지고 힙한 아이들의 취향에 맞추고 있지만, 틀어주는 음악은 너무 시끄럽고, 실내장식은 지나치게 요란해 내 눈이 다 아플 지경이었다. 손님들도 이상했다. 끊임없이 자신들이 그저 이 장소에 있는 것만으로도 무언가를 증명해준다는 듯이 행동하거나 당신이 이곳에 어울리는 사람인지 알아내려는 듯이 힐끗거렸다.

바로 지금처럼.

무대 위의 남자애가 내게 시선을 고정한 채 계속 쳐다보고 있었다.

샘

뭐야, 저 대사는 분명 대본에 없다.

내가 썼는데 내가 모를 리 없다. 마지막 대사는 "잘 있어, 자기야"로 끝나야 했다. 세라가 크리스에게 마지막으로 보내는 통렬한 작별 인사였다. 그녀가 앞으로 나아가야 한다는 사실을 인정하고 그를 향해 케케묵은 감정을 떨치며 안녕을 고하는 장면이다. 나는 이 대사 하나를 쓰기 위해 며칠을 고뇌했다. 그런데 크리스천의 입에서 나온 대사는 내가 쓴 것이 아니었다.

저게 뭐지?

크리스천은 막 입을 다물고는 앞줄 근처에 있는 어떤 여자애를 응시하고 있었다. 나는 그녀를 알아보았다. 로절린 쇼. 줄여서 로스라고 부른다. 노스이스턴 고등학교의 잘난 척하는 짝퉁 지식인 중 하나다. 그녀는 똑똑하지만 냉혹하고, 거의 모든 것에 감동을 느끼지 않는다는 평판을 받고 있다. 또 지역 예술 잡지에 리뷰 기사를 싣는다고 들었다. 이건 우연일 수 없었다. 그녀는 내 연극을 비평하기 위해 여기 왔고, 크리스천이 그녀를 빤히 쳐다보고 있으며, 이제 그녀는 내가 저 완전히 터무니없는 마지막 대사를 썼다고 생각할 것이다.

어쩌면 내가 이 상황을 수습할 수 있을지도 모른다. 아니면 아리아가 무언가 다른 말을 할 수도 있다. 크리스천이 자신의 실수를 깨닫고 해결할지도 모른다. 어쩌면 나는 내 연극을 보러 온 사람들 앞에서 공연을 완전히 망친 사람처럼 보이지 않아도 될지 모른다. 그러나 이런 일은 일어나지 않을 게 분명했다. 이 공연에서 최소한 한 명만은 자신의 역할에 충실했기 때문이다. 바로 음향과 조명 담당자다. 마지막 대사라고 생각한 그는 무대 조명을 낮추고, 평소 카페에서 틀던 음악 소리를 높였다. 커튼콜 신호였다. 관객들이 박수를 치기 시작하자 나는 작은 무대 위로 뛰어올라갔다. 인사를 하기 위해 출연 배우들과 손을 잡을 때 우리 할머니 특유의 쉰 듯한 휘파람 소리가 들려왔다. 나는 그녀를 향해 활짝 미소를 지어 보였다. 어쩌면 크리스천의 손을 조금 세게 힘을 주어 잡았는지도 모르지만, 그건 중요한 문제가 아니었다.

관객들이 일어나 천천히 흩어지면서 나는 다른 배우들과 함께 무대 측면으로 향했다.

아리아가 나를 껴안았다. "수고했어, 친구."

"너도. 이 연극에 참여해줘서 진짜 고마워."

그녀는 내게 윙크했다. "그런다고 캠벨 선생님이 날 어떤 배역에든 캐스팅할 것 같진 않지만."

"뭐, 알다시피 그 선생님은 멍청한 인종차별주의자잖아. 그리고 네 노력에 대해 약속한 대가로 이번 학기가 끝날 때까지 네 커피는 내가 책임질게."

"그거 마음에 드네. 이제 엄마 아빠한테 가봐야겠다. 나중에 봐, 알았지?"

마지막으로 손을 한 번 흔든 다음에 그녀는 내게서 멀어져 사람들 속으로 사라졌다. 나는 잠시 그녀가 멀어지는 모습을 바라보고는 크리스천에게로 몸을 돌렸다. 그에게 어떤 사과나 설명을 기대하고(아니 바라고) 있었으나 헛된 바람이었다. 그는 누군가를 찾는 사람처럼 목을 길게 뺀 채 문으로 향하는 사람들 무리를 응시하고 있었다.

나는 그를 세차게 밀었다. "정말 이럴래?"

그가 화들짝 놀랐다. "뭐가?"

"'잘 있어, **멍텅구리야**'?"

그는 잠시 눈살을 찌푸리더니 이내 얼굴이 창백해졌다. "내가…그렇게 말했어?"

"네가 한번 맞혀봐."

크리스천이 움찔했다. "미안해, 샘. 관객석에 있던 어떤 여자애가 막대사탕인지 뭔지, 암튼 그런 것의 포장지를 뜯는 바람에 그 소리에 집중력이 완전히 흐트러졌어. 내가 그렇게 말했는지조차 몰랐네."

"너 몇 살이냐, 다섯 살? 요즘 누가 **멍텅구리**란 말을 써. 막대사탕 핑계 대고 빠져나가려 하지 마. 분명 예쁜 여자애를 보고 얼이 빠졌던 거겠지."

"미안하다고 했잖아!"

지금 내게는 이런 말싸움을 할 기력조차 남아 있지 않았다. 연극에 모든 기운을 다 쏟아부은 상태인 데다 아드레날린 수치가 벌써 뚝뚝 떨어지는 게 느껴졌다. 상황은 종료되었고, 이제 와서 내가 손쓸 수 있는 일은 아무것도 없었다. 집에 가서 다 잊는 것이 상책이었다.

나는 고개를 설레설레 내저었다. "관두자. 역할을 맡아줘서 고마워. 나는 이제 집에 갈래. 막대사탕 여자애랑 재밌는 시간 보내."

크리스천의 얼굴이 새빨개졌다. "정말로 그렇게 정신 줄을 놓을 의도는 없었어, 샘. 미안해. 눈에 띌 정도였어?"

"충분했지. 암튼 이젠 상관없어. 공연은 잘 끝났어. 월요일에 보자."

그는 여전히 내 말을 듣는 둥 마는 둥 했다. 그리고 로스가 남주와 대화를 나누려고 아직 가지 않고 남아 있을지도 모른다는 기대를 안고 카페 안을 계속 훑어보았다. 하지만 그런 운은 따라주지 않을 것이다. 그녀는 벌써 사라지고 없었으니까.

"그래, 월요일에 보자." 크리스천이 건성으로 말했다. "넌 정말 잘했어, 샘."

"너도 크리스천." 나는 그가 실제로 꽤 잘해주었다고 생각했다. 막판의 실수만 제외하면.

그는 마음이 딴 데 간 채 손을 흔들며 작별 인사를 하고 사람들 속으로 걸어들어갔다. 그가 사라지자마자 할머니가 나를 발견했다. 할머니는 무대 앞에서 어정대는 사람들을 헤치고 나와 입이 귀밑까지 찢어지도록 활짝 웃었다. "정말 멋진 공연이야, 우리 강아지." 그녀가 두 팔을 크게 벌려 나를 힘껏 끌어안으며 말했다. 그녀에게서 세탁 세제와 가장 즐겨 뿌리는 디올 향수 냄새가 났다.

나도 똑같이 포옹했다. "더 잘할 수 있었는데 아쉬워요."

"그런 소리 말렴. 보는 내내 얼마나 감동받았는데. 모든 게 완벽했단다."

연극이 엉망진창이었다고 해도 당연히 이렇게 말하겠지만, 그래도 들으니 기분이 좋았다. "고마워요, 할머니."

"크리스천은 어디 있니? 걔한테도 축하해주고 싶구나."

"걔는 벌써 갔어요."

"아쉽구나. 네가 나 대신 전해주렴." 할머니는 다시 나를 짧게 안아주었다. "잘했다, 아가. 집에 가는 길에 이 할미가 아이스크림 사갈까?"

공연 뒤에 아이스크림을 먹는 건 내가 학교 연극 〈오즈의 마법사〉에서 도로시 역을 맡았던 초등학교 때부터 지속되어온 우리 둘 사이의 전통이었다. 마지막 대사를 망친 사실이 여전히 실망스러웠지만, 무스 트랙스 아이스크림이 확실한 치료제가 되어줄 것 같았다.

"당연하죠." 내가 말했다.

"그럼 집에서 보자꾸나. 운전 조심하렴."

할머니는 문 쪽으로 발걸음을 옮기고, 나는 공연을 위해 여기저기서 얻은 소품과 의상을 챙기러 무대 위로 다시 올라갔다. 이 과정에서 몇몇 학교 사람들이 나를 붙잡고 축하 인사를 건네주었다. 연극이 마음에 들었나 보다. 이들이 처음부터 연극을 관람하기 위해 왔다는 사실은 내 평판이나 이들이 얼마나 내 관심을 끌고 싶어 하는지를 말해주었다. 그리고 지금은 어느 쪽이든 상관없었다.

모든 것을 고려했을 때 사실 참사 수준은 아니었다. 대사 한 줄 실수했다고 연극 전체를 망치지는 않는 법. 그리고 장담하건대 내가 공들인 이 작품이 내 최선이었다. 그러나 머릿속에서는 항상 언제나 더 잘할 수 있었다고 불평하는 목소리가 들려왔다. 더 열심히 할 수 있었다고, 조금 더 할 수 있었다고. 그랬다면 만족스러웠을지도 모른다고.

그러나 아닐 수도 있다. 나는 수년간 최선을 다했지만, 내 내면의 비평가는 단 한 번도 내게 만족한 적이 없었다. 나는 고개를 흔들고 소품과 의상을 커다란 천 가방에 쑤셔 넣었다. 곧 카페 문을 닫을 시간이고, 그 전에 여기서 나가야 한다. 가방을 어깨에 둘러메자 입에서 저절로 끙 소리가 새어 나왔다. 확실히 지금 나는 지나치게 감성적이다. 내게는 아이스크림이 필요하다. 그리고 잠도.

적어도 다른 사람들이 공연을 좋아했다는 사실에 만족할 순 있었다. 스스로는 만족하지 못했지만 다른 사람들은 만족했을지도 모른다.

로스

집에 돌아오니 아빠는 소파에 앉아 티브이를 보고 있었다. 책과
휘갈겨 쓴 글씨로 채워진 종이 더미들이 테이블과 소파의 빈자리에
어지럽게 널려 있었다. 내가 안으로 들어서자 아빠는 몸을 돌려 내
게 미소를 지어 보였다. "왔어? 연극은 어땠어?"

"우웩."

"그 정도로 끔찍했어?"

나는 코트 걸이 옆에 가방을 아무렇게나 던져놓았다. "뭘 얼마나
기대하겠어? 고등학생이 쓴 건데."

"그건 공정한 평가가 아닌 것 같구나. 놀라운 일들을 해낸 젊은이
들이 얼마나 많니. 물론 너도 고등학생이고."

부엌의 아일랜드 테이블에 차갑게 식어버린 라자냐가 놓여 있었
다. 나는 한 조각 잘라내 접시에 툭 떨어뜨렸다. 전자레인지에 돌릴
생각 따위는 하지 않았다. "노스이스턴고는 아니야. 우리 학교에는

없어요."

아빠가 웃음을 터뜨리며 고개를 저었다. "뭐, 그렇기는 해도 최소한 글을 쓸 소재 정도는 건졌잖아."

아빠는 내가 소파에 앉을 수 있게 종이 뭉치를 옆으로 치웠다. 아빠는 비교적 마른 편이고, 눈 주변에 생긴 주름 몇 개를 빼면 자신이 가르치는 대학생들보다 그렇게 나이 들어 보이지 않는다. 나는 아빠가 젊었을 때 엄청난 인기남이었다고 들었다. 또 내가 아빠와는 전혀 딴판이라는 말도 들었다. 하, 유전자를 하나도 물려받지 않았는데 닮은 점이 있을 리가 있나.

"학교는 어땠니?" 아빠가 물었다.

나는 입안 가득 라자냐를 씹고 있었기 때문에 대답하는 데 시간이 조금 걸렸다.

"괜찮아. 트래버스 선생님이 세 페이지 분량의 주말 과제를 내줬어."

"책 제목은?"

"《암흑의 핵심》."

"아, 그… 명작." 아빠는 싫은 감정을 숨기는 데 소질이 없었다. "학교에서 아직도 그 소설을 가르치니?"

"아빠, 나 쳐다보지 말고 할 말이 있으면 학교 게시판에나 올리시죠."

"알았다, 알았어. 미안하지만 나는 그 책을 내 기억 속에서 완전히 지워버렸으니 도움이 필요해도 줄 수 없겠구나."

"괜찮아." 내가 말했다. "이미 다 읽었는걸."

우리 두 사람은 잠시 평온한 침묵 속으로 빠져들었다. 티브이에서는 아직도 쓰레기 같은 유명 리얼리티 쇼를 방송하고 있었다. 아빠는 리포트에 학점을 매길 때면 백색소음으로 이런 종류의 프로를 켜놓길 좋아한다. 한데 둘러보니 오늘 밤은 채점을 거의 단념한 모양이었다. 지금은 그냥 티브이를 보고 있었으니까. 테이블 위에 놓인책 중 몇 권은 아빠가 집필한 것들이었다. 오스만제국과 칭기즈칸, 로마노프왕조의 흥망성쇠를 다룬 교재들로, 하나같이 아빠의 이름이 책등에 인쇄되어 있었다. **헥터 쇼.**

아빠가 대학교수라는 사실이 지금껏 학교생활에 큰 도움이 된 적은 거의 없었다. 고등학교에서는 더 '인기 있는' 과목들에 주로 초점을 맞춘다. 예를 들면, 미국 역사나 고대 그리스 문명 같은. 아빠는 자신이 특별히 관심이 없는 것들은 전부 완전히 잊어버리는 경향이 있다. 인지 조례가 언제 통과되었는지 알려줄 수는 없어도 술레이만 대제의 자녀 열한 명은 모두 기억하고 있다. 이런 점이 아빠를 파티에서 **정말로 재밌는 사람**으로 만들었다.

"합동 생일 파티가 몇 달 안 남았어." 아빠가 잠시 뒤에 말했다. "뭘 할지 생각해둔 거 있니?"

"매번 하는 것 외에?"

아빠와 돌아가신 그의 남편(내 생물학적 아빠인 찰스)의 생일은 고작 이틀밖에 차이가 나지 않아서 둘의 생일을 같은 날에 축하하는 것이 전통이 되었다. 우리는 보통 함께 거하게 한 상 차린 다음에 아빠가 좋아하는 영화를 본다.

나는 어깨를 으쓱했다. "아빠만 좋다면 항상 하던 것도 나쁘지 않아. 이번에도 4월의 추수감사절 어때?"

아빠가 미소를 지어 보였다. "나도 마음에 든다. 그럼 칠면조 요리와 파이, 그리고 〈시네마 천국〉이네."

나는 〈시네마 천국〉을 하도 많이 봐서 이젠 아빠가 이 영화를 입에 올려도 못마땅한 표정을 짓지 않을 정도로 해탈의 경지에 도달했다. 1980년대에 제작된 오래된 이탈리아 영화로, 영화관의 영사 기사와 친구가 된 소년의 이야기를 다룬 감상적인 쓰레기지만, 아빠가 정말 좋아하는 영화였다. 그래서 나는 최소한 일 년에 한 번은 아빠가 하고 싶은 대로 하게 놔둔다.

감상적인 쓰레기 이야기가 나와서 말인데….

나는 접시에 남은 음식을 순식간에 먹어 치우고는 일어서서 접시를 싱크대로 가지고 갔다. "리뷰 작성을 시작해야겠어. 내 인생의 마지막 순간을 온전히 후회로 마감하기 전에 생각을 좀 적어놓고 싶어."

아빠가 다시 웃었다. "재미있는 시간 보내, 우리 따님. 내일도 지원 단체 모임에 가니?"

"응, 평소와 같은 시간에 가."

"그래, 알았다. 잘 자렴."

"아빠도 잘 자."

나는 리포트에 둘러싸여 리얼리티 쇼를 보고 있는 아빠를 남겨두고 위층으로 향했다. 내 방은 학기 중에 모아놓은 수많은 잡동사니로 가득했다.

아무래도 내일 해야 할 일 하나가 정해진 것 같다. 방 청소하기. 생물학적 부모가 아닌 대리모를 통해 태어난 아이들을 위한 지원 단체 모임에 가기 전에 끝내야겠다. 이렇게 태어난 사람들이, 적어도 우스터 지역에는 많지 않지만 나는 어렸을 때부터 이 모임에 나가고 있었다. 지금은 다른 이유가 있어서라기보다는 습관에 더 가까웠다. 물론 나 혼자가 아니라는 사실에 위안을 얻는 것 같기도 하다.

머리카락을 뒤로 질끈 묶고 노트북 앞에 앉아 전원을 켰다. 오래된 노트북이라서 부팅에 시간이 좀 걸렸다. 그래도 괜찮다. 수첩을 꺼내 공연에 대한 내 생각을 자세히 살펴볼 시간을 가질 수 있기 때문이다. 수첩 사이에 끼워둔 팸플릿을 다시 한번 빠르게 훑어보았다. 〈잘 있어, 털리도!〉 샘 딕슨 극본의 단막극. 제목이 주는 느낌은 꼭 〈회전목마〉나 그런 전형적인 뮤지컬 같지만, 최종 결과물은 확실히 그보다 재미가 떨어졌다. 게다가 극본도 별로다. 맙소사, 그 마지막 대사는 대체 뭐람.

마침내 컴퓨터를 사용할 수 있게 되자 워드 프로그램을 열고 기사에 쓸 기본적인 소개글을 작성하기 시작했다.

1월 4일 금요일 저녁 7시, 플래너리스 카페에서 고등학생이 연출하고 공연한 단막극 〈잘 있어, 털리도!〉가 무대에 올려졌다. 약 50명이 관람했고, 어쩌면 당신도 여기에 포함되었을지 모른다. 이 연극은 노스이스턴 고등학교 학생 샘 딕슨의 자전적 작품임을 표방하고 있다.

나는 여기서 코웃음을 치지 않을 수 없었다. **자전적**이라니. 나라면 아빠가 아래층에서 보고 있는 리얼리티 쇼만큼이나 실제라고 말하겠다. 모든 것이 우연의 일치라고 하기에는 조금은 지나치게 잘 맞아떨어졌다. 삼십 분인지 한 시간인지 모를 공연의 끝 무렵에는 모든 일이 언제나 깔끔하게 매듭지어졌다. 오늘 밤 공연을 보러 가기 전에 샘의 뒷조사를 했는데, 그녀의 엄마가 현재 LA에 거주하고 있는 상당히 성공한 배우라는 사실을 알아냈다. 이것으로 분명해졌다. 아무래도 배우들에 둘러싸여 있으면 실생활이 어떤 것인지 분간하기 어려울 것이다. 샘의 연기만 놓고 보면 그녀의 엄마보다 크게 뒤처진다고 볼 수 없었다. 확실히 재능이 있고 혼자서 연극 전체를 준비할 수 있을 정도로 꽤 의욕이 넘쳤다. 너무나도 뻔한 내용만 아니었다면 이 연극은 실제로 좋은 작품이 될 수 있었을지도 모른다.

결정했어. 이를 제일 먼저 언급해야겠다. 뻔한 전개. 나는 인생이 이렇게 편리한 방식으로 풀리는 사람을 만나본 적이 없다. 아무나 붙잡고 물어보라. 확신하건대 생각한 대로 일이 풀리는 경우는 거의 없다고 말할 것이다.《암흑의 핵심》의 주인공 찰스 말로는 콩고로 여행을 떠날 계획을 세운 적이 없었다. 아빠는 자신의 찰스와 가정을 꾸리고 삼 년 뒤에 그를 영영 잃게 되는 상황을 생각해본 적 없었으리라. 나 역시 금요일 밤에 형편없는 학생 연극의 리뷰를 작성하게 될 줄은 전혀 예상하지 못했다. 샘 딕슨이 전 세계에서 가장 운이 좋은 사람이 아닌 이상 나는 그녀가 주장하는 방식대로 일이 일어난다는 데 의심을 품지 않을 수 없다.

나는 샘을 학교에서 몇 번 본 적 있다. 그녀는 당연히 연극 동아리 부원이지만, 봄에는 운동장 트랙을 뛰고, 2학년 땐 무도회 준비위원회에서 활동했다. 남학생 선배가 데이트 상대로 무도회에 데려가주지 않으면 갈 수 없었는데도 말이다. 내가 볼 때마다 그녀의 뒤에는 늘 누군가가 따라다녔다. 이번 주 데이트하기 가장 적격인 남학생이거나 영향력 있는 친구를 사귀고 싶어 안달인 소녀 무리이거나. 매번 빈틈없이 화장하고 패션 잡지에서 곧장 튀어나온 사람처럼 옷을 입는다. 복장 규율을 어겨도 선생님께 불려가는 일이 절대 없었는데, 이는 그녀의 카리스마를 보여주는 또 다른 증거였다.

샘 같은 여자애들은 사람을 자기편으로 만들기 위해 무슨 말을 해야 하는지 언제나 정확하게 알고 있다. 샘은 무엇이 사람들을 움직이게 만드는지, 자기가 원하는 대로 그들이 느끼게 만드는 방법을 안다. 누군가는 이를 거부할 수 없는 매력이라고 부를지도 모르지만, 개인적으로 나는 사람을 교묘히 조종하는 능력에 더 가깝다고 생각한다. 나라면 사람들이 자신을 더 좋아해줄 거라는 생각으로 꾸민 가식적인 사람이 아니라, **진짜** 모습을 한 사람과 대화하고 싶을 것 같다.

어쨌든 이렇게 요령 있게 사회생활을 할 줄 아는 사람에게는 힘이 있다. 그녀의 인기도 이런 방식으로 얻어지지 않았나. 모든 비즈니스에서 네트워크 형성 기술은 유용하다. 어쩌면 나도 그녀와 같은 사람들로부터 무언가를 배울 수 있을지도 모른다.

나는 머리를 흔들고 눈을 세게 감았다 뜨며 컴퓨터 화면에 다시 집중했다. 나는 샘에 관한 기사를 쓰고 있는 것이 아니었다. 그녀의 끔찍한 연극의 리뷰를 작성하는 중이었다. 어깨를 한 번 돌려 긴장을 풀어준 다음에 그녀의 지나치게 감상적인 별 볼 일 없는 이야기를 산산조각 낼 준비를 했다. 어쩌면 내 의견은 인기가 없을지도 모른다. 하지만 나는 한 번도 내 생각을 솔직히 털어놓은 것에 대해 사과해본 적 없고, 앞으로도 그럴 계획이 없다. 샘이 노스이스턴고의 사람들을 그녀의 앙증맞은 손에 넣고 주무를 수 있다고 해도 나는 어림없다.

크리스천

엄마가 나보다 먼저 집에 도착한 것 같다. 차를 세우면서 보니 엄마의 차가 집 앞 진입로에 이미 주차되어 있었다. 아빠의 검은색 BMW도 보였다. BMW는 가로등 불빛을 받으며 매끄럽게 반짝거리고 있었다. 아빠는 공연을 보러 오지 않았다. 하지만 이미 예상하고 있었기에 아무렇지 않았다. 아빠는 연극에 관심이 없다. 아빠를 탓할 생각은 없다. 나도 연극에 그다지 관심이 없긴 마찬가지니까.

현관문을 들어서자마자 두 개의 그림자가 나를 덮쳤다. 하나는 내 허리를 감싸며 꺅꺅 소리를 지르고, 다른 하나는 내 얼굴을 핥으려고 뛰어올랐다. 나는 휘청거리며 넘어지지 않기 위해 문에 기댔다.

"양키, 내려가!" 나는 36킬로그램의 골든리트리버를 향해 소리친 다음에 이번에는 좀 더 부드러운 목소리로 말했다. "안녕, 에이미."

내 꼬마 여동생이 나를 올려다보며 활짝 웃었다. 동생은 며칠 전에 이빨 하나가 또 빠졌다. 그래서 미소를 지으면 모양이 한쪽으로 살짝 삐뚤어졌다. "안녕, 오빠."

양키는 내가 관심을 줄 때까지 쉬지 않고 꼬리를 흔들어댔다. 몇 분 뒤에 엄마가 이 혼란스러운 상황 속으로 모습을 드러냈다.

"오늘 공연의 주인공이 도착했네." 엄마가 함박웃음을 띠며 말했다. "잘했어, 아들."

살짝 쑥스러워 나는 어깨를 으쓱해 보였다. 내가 마지막 대사를 망쳐버렸다고 말해줄 수도 있었지만, 엄마는 어차피 알아차리지도 못했을 것이고, 나는 이 이야기를 꺼낼 기분이 아니었다. "모두 샘이 한 거예요, 엄마. 정말이에요. 걘 그저 무대 위에서 말할 사람이 필요했을 뿐이죠."

그때 거실에서 아빠의 목소리가 들려왔다. "그럼 여느 날들과 다를 게 없네?"

신발을 벗어 던진 나는 환영하는 무리를 뚫고 지나 겨우 현관에서 벗어났다. 아빠는 거실에 앉아 테이블에 다리를 올려놓고 티브이를 보고 있었다. 출근복은 청바지와 스웨트셔츠로 바뀌어 있었다.

아빠가 나에게 고개를 까딱여 보였다. "공연은 잘 마쳤니?"

나는 어깨를 으쓱했다. "괜찮았어요, 아마도."

"아주 근사했어." 엄마가 거실 건너편 부엌 입구 근처에서 목소리를 높여 말했다. "쟤 말은 믿지 마."

"물론 그랬겠지. 뛰어나지 않으면 크리스천이 아니지." 아빠가 씩 웃어 보였다. 하지만 계속 티브이를 곁눈질하는 모습으로 보아 관심은 딴 데 가 있는 것이 분명했다. "샘이 너를 다른 일에 끌어들일 계획이라니, 아니면 네가 당분간 다른 활동에 집중하게 해준다니?"

아빠는 샘을 별로 좋아하지 않았다. 아빠는 항상 샘이 지나치게 남을 지배하려 든다고 생각했다. 샘은 어디에 있든 너무 '과했다'. 샘은 분명 모든 사람이 좋아할 만한 성격은 아니었다. 아빠는 지금도 우리가 여전히 친구라는 사실을 이상하게 생각하지만, 대개는 이를 모른 척했다.

"대학에 지원할 때 좋은 경력이 될 수 있어서 연극에 참여해달라고 한 거예요." 나는 아빠에게 이 점을 상기시켜주었다.

아빠는 코웃음을 치며 말했다. "뱁슨 대학은 학교 연극에 신경 쓰지 않아. 네 실력으로도 충분해."

뱁슨 대학은 아빠의 모교다. 그는 하버드를 제외하고 이 대학이 동해안 지역에서 최고의 학생들을 배출한다고 주장했다. 그리고 내가 이 학교에 입학하기를 기대하고 있었다.

"그렇지만 다양한 경험을 쌓는 게 해가 되진 않아." 부엌 모퉁이를 돌아 나오며 엄마가 말했다. "여보, 테이블에서 발 좀 내려."

"왜? 난 오늘 하루 종일 일했다고. 이 정도도 못 하나?"

나는 두 사람을 보며 고개를 저었다. "저는 과제를 좀 하다가 잘게요. 그리고 코치가 내일 아침 일찍 훈련하겠다고 했는데 저도 간다고 했어요."

"저녁은 안 먹고?" 엄마가 걱정스럽게 물었다. "너 먹으라고 좀 남겨놨는데."

"고맙지만 집에 오는 길에 먹었어요."

엄마가 눈살을 찌푸렸다. "다음번엔 미리 말해주렴."

아빠는 나를 향해 손을 흔들었다. "그만 가서 과제나 끝내. 내일 코치에게 뱁슨대 장학금 신청에 필요한 추천서를 써달라고 부탁하는 거 잊지 말고. 그리고 몇몇 다른 장학금들도 받을 수 있는지 알아봐라."

"그럴게요. 안녕히 주무세요."

끝내준다. 과제가 늘었다. 우리 부모님은 본인들이 원할 땐 상당히 요구가 많아진다. 그러나 부모님에게도 그럴 만한 이유가 있었다. 내겐 윌이라는 형이 있는데, 형이 이 집에서 사는 동안 부모님과 엄청나게 많이 다퉜다. 형은 사 년 전에 이곳을 떠났고, 그 후로 가족 중 누구도 형의 소식을 듣지 못했다. 내 생각에 부모님은 내가 형처럼 되지 않게 하려고 노력하는 것 같다. 그게 어떤 의미이든.

엄마는 나를 안아주며 잘 자라는 인사를 건넸고, 양키는 위층까지 따라왔다. 2층으로 올라가는 계단 층계참에 에이미가 양손을 엉덩이에 얹고 서 있었다. 나는 몇 계단 밑에 멈추어 서서 동생의 자세를 따라 했다. "그 표정은 뭐야?"

에이미가 입을 삐쭉 내밀었다. "나도 오빠 공연에 가고 싶었는데 엄마랑 아빠가 안 된다고 했어."

"넌 재미없어 했을 거야, 꼬마 아가씨. 노래도 춤도 없었거든. 그냥 말만 많았어."

"그래도! 나도 오빠가 대스타가 되는 모습을 보고 싶었단 말이야!" 에이미는 몸을 앞으로 숙이며 손으로 입을 가린 채 속삭였다.

"오빠, 샘 언니랑 키스했어?"

나는 어이없다는 표정을 지었다. 아직 일곱 살인 에이미는 아빠와 다르게 샘을 무척 좋아했다. 샘이 자기가 아는 사람 중 가장 멋진 여자라고 확신하면서. 그리고 이는 틀린 말이 아니었다. "아니, 안 했어. 이제 비켜줄래?"

에이미는 다시 뿌루퉁해졌지만, 내가 남은 계단을 올라가게 비켜서며 길을 내주었다. "나는 지금도 오빠가 언니에게 다시 여자친구가 되어달라고 말해야 한다고 생각해!" 동생이 내 뒤에서 소리쳤지만, 나는 무시한 채 방에 들어가 문을 닫아버렸다. 방까지 따라 들어오는 데 성공한 양키는 곧장 내 침대 위로 그 커다란 몸뚱이를 내던지며 내가 막 앉으려고 했던 자리를 차지했다.

그래서 나는 책상으로 향했다. 그곳에는 낮에 던져놓은 내 배낭이 놓여 있었다. 나는 거짓말하지 않았다. 월요일까지 끝내야 하는 과제가 있었고, 늦기 전에 일찌감치 시작하는 편이 좋을 터였다. 하지만 내가 위층으로 올라오고 싶었던 진짜 이유는 아니었다. 아무튼 내 머리는 지금 당장 과제에 신경 쓸 상태가 아니었다. 플래너리스에서 본 여자애 생각으로 가득했기 때문이었다. 누구였을까? 낯익은 얼굴이니 분명 학교에서 봤을 것이다. 하지만 누군지 도통 기억나지 않았다. 밴드 동아리나 연극 동아리 학생인가? 그녀는 예술에 관심이 많은 부류처럼 보였다. 만약 연극 동아리 학생이라면 샘이 그녀를 알지도 모른다. 휴대폰을 꺼내 샘에게 문자를 보내려는 찰나 샘이 아직도 내가 대사를 망쳐버린 일로 화가 나 있을지도 모른다는 생각이 머리를 스쳤다. 아무래도 지금은 샘과 대화할 타이밍이 아닌 듯했다.

청바지 주머니에 들어 있는 무언가가 다리를 쿡쿡 찔러서 손을 집어넣어 꺼내보았다. 내 행운의 부적이었다. 보통은 주머니에 있다는 사실조차 잊고 지냈다. 항상 넣고 다니기 때문이었다. 이 부적은 작고 하얗고 완벽하게 둥근 모양으로, 오래된 게임인 바둑에서 쓰는 돌이었다. 무게도 거의 느껴지지 않았다. 그래서 지난 사 년여 동안 잃어버리거나 세탁물과 함께 세탁기에 던져 넣지 않았다는 사실이 일종의 기적이었다. 어쩌면 그래서 행운의 부적인지도 몰랐다. 이게 사실일 수도 있고 내가 너무 감상적인 것일 수도 있다. 어느 쪽이든 나는 이걸 항상 지니고 다니는데, 도움이 필요하다고 느낄 때면 더 그렇다. 예를 들면 축구 경기나 중요한 시험을 치러야 할 때처럼 말이다. 오늘 밤에도 잊지 않고 지니고 있었는데, 무대에 올라 연기하는 일이 이미 내가 감당할 수 있는 능력치를 초과했기 때문이었다. 이 작은 부적을 손안에 넣고 빙글빙글 돌려보았다. 사실 이 부적을 지니고 있었음에도 내가 연극을 실질적으로 망쳤다고 볼 수도 있었다. 그러나 어쩌면 공연을 위해 운이 필요했던 것이 아니었을지도 모른다. **그녀를 보게 된 것**이 행운이었을 수도 있다.

내 얼굴이 빨개졌다. 맙소사. 샘과 내가 처음 데이트했을 때 이후로 이런 기분을 느껴본 적이 없었다. 거의 일 년 만이었다. 잔뜩 긴장되고 기분이 묘하고 식은땀이 났다. 여자애에게 중학교 댄스파티에 같이 가자고 요청하기 위해 애쓰는 초조한 열두 살짜리 남자애가 된 기분이었다. 그녀의 무엇이 나를 매료시켰을까? 플래너리스의 내부는 어두웠다. 켜져 있는 조명은 곧장 내 얼굴을 비추고 있었다. 그래서 그녀의 모습을 제대로 볼 수 없었다. 긴 갈색 머리와 두꺼운 검은색 스웨터, 큰 눈은 기억이 났다. 그러나 이것 말고는 대부분이 흐릿했다. 공연이 끝나고 떠나는 그녀의 모습도 보지 못했으니 정보를 더 알아내지 못하면 다시는 볼 수 없을지도 모른다. 이런 생각만으로도 가슴이 철렁 내려앉았다.

너는 사람들에게 너무 쉽게 빠져들어, 크리스천.

나는 행운의 부적을 책상 위에 내려놓고 잠시 손으로 덮었다. "도와줘서 고마워." 혼자 중얼거리고 있자니 바보가 된 기분이 들기도 했다. "하지만 그녀를 다시 만날 수 있게 운이 조금 더 필요할 것 같아."

아무 반응이 없었다. 당연히 있을 리 없지. 나는 한숨을 내쉬고 고개를 저은 다음에 일어서서 옷장으로 향했다.

"할 수 있을 때 침대를 독차지한 순간을 즐겨." 어깨너머로 양키를 향해 큰 소리로 말했다. "왜냐하면 넌 코를 고는 데다 이번에는 네가 이불을 전부 가져가게 놔두지 않을 거거든."

양키가 덩치 큰 순진한 개의 미소를 지으며 나를 향해 꼬리를 흔들었다. 그때 나는 알아챘다. 녀석이 내 말을 믿고 있지 않다는 것을.

샘

나는 월요일이 가장 생산적이라고 느낀다. 아마도 한 주가 새롭게 시작하는 것과 관련이 있지 않을까 싶다. 나는 월요일이면 무언가를 하고 싶은 열의가 차오른다.

평소보다 일찍 일어난 나는 할머니가 마실 커피를 올려놓았다. 할머니는 디카페인 커피만 마시기 때문에 내가 마시는 커피와 다르지만, 그래도 할 수 있을 때면 할머니를 위해 커피를 끓여놓곤 한다. 그런 다음 몸에 활력을 불어넣기 위해 요가를 시작한다. 이때는 추가로 가장 예쁜 스포츠 브래지어로 갈아입고 내가 자세를 잡는 모습을 저속 촬영으로 동영상에 담는다. 이 동영상은 인스타그램에 올릴 아이디어가 바닥난 날 좋은 재료가 되어줄 것이다.

다음으로 등교하기 전에 몇몇 선생님에게 매달려 받아낸 과제를 꺼낸다. 다 끝내면 추가 점수를 받을 수 있다. 사실 추가 점수가 꼭 필요한 것은 아니었다. 모든 과목이 평균 B+이기 때문이다. 그래도 점수를 몇 점 더 받는다고 해가 될 일은 없지 않은가. 물론 졸업생 대표가 되지 못할 수도 있다. 그러나 평점이 좋지 않고 피나는 노력이 없으면 누구도 제2의 엠마 왓슨이 될 수 없다.

내가 엠마 왓슨처럼 되고 싶다고 말하면 사람들은 나를 엄청나게 오해한다. 사람들 대다수는 그녀의 연기만, 그중에서도 특히 〈해리 포터〉 시리즈만 떠올린다. 물론 나는 엄마를 질투할 만큼 연기자라는 직업에 충분한 애정을 품고 있지만, 내 말에는 이것만으로 설명되지 않는 훨씬 큰 의미가 담겨 있다. 사람들은 엠마가 영화를 계속 찍고 대기업의 모델로 활동하면서도 브라운 대학교에서 영문학 학위를 받았다는 사실을 잊곤 한다. 게다가 맙소사, 그녀는 UN의 여성 친선대사이기까지 하다. 그녀를 닮고 싶다는 말은 바로 **이 점**을 염두에 두고 하는 말이다. 단지 명성만이 아니라, 그리고 그녀가 누가 봐도 아름다운 여성이라는 사실만이 아니라 자기 능력에 한계를 정하지 않는 점을 닮고 싶은 것이다. 그녀는 자신이 원하는 것은 무엇이든 하고, 모두 훌륭하게 해낸다. 보고, 행동하고, 누구도 그녀를 막을 수 없다.

화학 과제를 절반 정도 끝냈을 때 내가 좋아하는 취미 중 하나가 끼어들며 방해했다. 휴대폰에서 작은 알림음이 띵 하고 울렸다. 데이트 앱에서 보내는 알림이었다. 내가 최근에 접촉한 희생양이 아직도 내 연락을 기다리고 있었나 보다.

나는 앱을 열고 메시지를 읽었다. 답장을 보내기 전에 대충 휙휙 훑어보는데 "좋은 아침이야"로 시작하는 진부하고, 살짝 관심을 갈

구하는 쓰잘머리 없는 소리로 채워져 있었다. 살람이라는 이름의 이 남자는 자신의 프로필에 여자들이 답장을 보내는 데 백만 년이 걸리는 게 싫다고 썼다. 그래서 나는 화술의 모범답안 같은 여자를 연기했다. 나는 실수하지 않기 위해 내 프로필을 빠르게 넘겨보았다. 가짜 이름과 가짜 사진, 가짜 소개글. 나는 대략 일주일에 한 번 새로운 인물을 만들어낸 다음에 몇몇 데이트 사이트를 살펴보며 이 가상의 여자에게 정확히 어울린다고 여겨지는 유형의 남자를 물색했다. 이건 게임과 같다. 남자가 전화번호를 가르쳐줄 때마다 '점수'가 올라가는. 그리고 번호를 받고 나면 게임은 끝난다. 나는 이들을 유령 취급하며 차단한 다음에 새 인물을 창조했다.

처음에는 심심할 때 무료함을 달래기 위해 시작한 놀이 같은 거였으나 일 년 정도 계속하다 보니 어느새 이 방면에 거의 전문가가 되어 있었다. 보통은 남자가 프로필에 작성한(그가 이를 귀찮아하지 않는다는 전제하에) 소개글뿐만 아니라 올린 사진을 보고도 정확히 어떤 유형의 여자를 찾는지 알 수 있었다. 심지어 명확하게 언급하지 않아도 되었다. 오랜 시간에 걸친 실험과 시험 후 그냥 알게 되었다. 지금 이 시점에서 나는 청소년 인류학자라고 할 수 있다.

나는 내 첫인상을 만들기 위해 모든 정보를 활용했다. 그런 다음에 내가 연기하는 여자의 프로필을 기반으로 정확히 이들이 찾는 여자가 되기 위해 나를 재창조했다. 일단 연결이 되면 진짜 게임이 시작된다. 나는 이들의 대화 방식(말이 얼마나 많은지, 'ㅎㅎㅎ'나 'ㅋㅋㅋ'를 사용하는지, 이모지를 사용하는지 등)을 연구하고 이들에게 같은 방식으로 반응해주면서 이들이 더 많은 것을 원하며 돌아오게 만들고 마침내 굴복시켰다. 그러면 샘 팀이 점수를 가져간다.

한편으론 상습 프로필 사기꾼이 되는 것에 조금은 미안한 마음이 들긴 한다. 가끔 불쾌한 놈들이 있기는 하지만, 대화를 나눈 남자들 대부분은 사실 그렇게 나쁘지 않으니까. 이들이 진정한 교감을 나누고 있다고 생각하는 순간 이들의 이상형인 여자는 갑자기 종적도 남기지 않고 증발해버리는 것이다. 그러나 사실 내가 이들에게 어떤 회복할 수 없는 상처를 남기는 것은 아니었다. 이들은 종국에는 이 여자를 잊고 더 크고 나은 무언가를 향해 나아갈 것이다. 어쩌면 나는 이들에게 호의를 베풀고 있는지도 모른다. 다음에 믿기지 않을 정도로 멋진 누군가를 우연히 마주치게 되면 조금 더 신중해져서 진짜로 상처받는 상황을 모면하게 될지도 모르는 일이지 않나.

집을 나서려는데 할머니가 식탁에 앉아 커피를 홀짝이고 있었다.

"잘 잤니, 우리 강아지?" 할머니가 감사의 제스처로 머그잔을 들어 보이며 말했다.

"안녕히 주무셨어요, 할머니?"

"오늘 계획은 뭐니?"

"아직 몰라요. 연극 연습도 더는 없고. 수업이 끝나고 같이 놀고 싶어 하는 애들이 있는지 봐야죠."

"원하면 언제든지 친구들을 집으로 초대해도 된단다." 할머니가 말했다.

나는 할머니의 시선을 피했다. "괜찮아요. 도서관에 가서 몇몇 프로젝트를 미리 끝낼 수도 있어요. 나중에 알려줄게요."

"그렇게 하렴, 우리 강아지."

내가 사는 집이 창피해서 그러는 게 아니다. 전혀 아니다. 우리는 엄밀히 말해 부유한 동네에 살고 있진 않지만, 이 집이 할머니의 형편으로 감당할 수 있는 곳인 데다 할머니는 집을 단정하게 유지하기 위해 열심히 노력했다. 이 점에 있어서 나는 할머니를 존경한다. 그저 나처럼 생각하지 않는 친구들이 있을 수 있기 때문이었다. 이들은 옆집의 벗겨진 페인트나 할머니가 아직 교체하지 못한 더러운 기와를 보며 이런저런 추측을 할 것이다. 할 수만 있다면 이런 상황을 피하고 싶었다.

나는 부엌 조리대에서 사과를 하나 집어 들었다. "지각하지 않으려면 그만 가야 해요." 이렇게 말하며 문을 나서기 전에 할머니에게 재빠르게 다가가 뺨에 뽀뽀했다. 그러자 할머니는 한 팔로 나를 짧게 안아주었다. 그런 다음에 나는 밖으로 나왔다. 매섭게 추운 날씨였다. 더 따뜻한 재킷을 가져올 생각을 못 했다니. 그러나 이미 밖으로 나왔기 때문에 그냥 운전석에 앉아 히터를 켜고 열기로 앞 유리의 서리가 녹을 때까지 몇 분간 떨며 기다렸다. 가장 생산적인 한 주의 시작이라고 말할 수는 없었다. 어쩌면 남은 하루 동안 이를 만회해야 할지도 모르지만, 적어도 이제는 여유 시간이 많이 생겼다. 더는 연극 연습을 하지 않아도 되기 때문이었다. 차 안은 아직도 추웠지만 불편함은 미뤄놓고 기어를 후진에 놓은 다음 흐릿하게 보이는 아스팔트 도로 위로 차를 빼냈다.

도로가 한산해서 내가 예상했던 것보다 학교에 더 일찍 도착할 것 같았다. 시간이 많이 남게 생겼다. 나는 멀리 돌아가는 길을 택해 플래너리스에 잠시 들러 커피를 사기로 했다. 사람들로 북적였지만 내가 좋아하는 바리스타 앤드루가 내 모습을 보고 손을 흔들었다. "항상 마시는 걸로?"

"네, 같은 거요."

"금방 만들어줄게요. 계산을 끝내기도 전에 만들어놓죠."

나는 그를 향해 싱긋 웃어 보였다. 그에게 말한 적은 없는데 한번은 데이트 앱에서 그와 연결된 적이 있었다. 그때 나는 '케이딘'이란 이름의 힙한 모습을 한 여자였다. 우리는 대략 한 시간가량 대화했는데, 그는 내게 자기 전화번호를 주었다. 이 남자는 인간성 좋고 친절한 바리스타의 분위기를 풍길지는 몰라도 대화하는 동안 믿을 수 없을 정도로 저속한 말들을 술술 내뱉었다.

카운터의 줄이 줄어들고 있는 참에 나는 빵과 케이크 진열대 앞에 놓인 잡지 선반을 발견했다. 지역 신문과 대학 신문, 그리고 꼭대기 선반에 얇은 〈아트 펄스〉 몇 권이 놓여 있었다. 머릿속에 즉각 로스가 떠올랐다. 공연 도중에 크리스천이 눈을 떼지 못했던 그 여자애다. 내 생각이 맞는다면 그녀는 〈아트 펄스〉에 기사를 제공할 것이다. 공연이 끝난 지 며칠이 지났는데, 내 연극에 대한 그녀의 리뷰가 실렸을까?

무대의 조명이 켜지기 바로 직전처럼 흥분으로 가슴이 쿵쾅거리기 시작했다. 나는 이때까지 내가 한 일에 대한 리뷰를 받아본 적이

한 번도 없었다. 고등학교 공연은 정식으로 인정해주지 않는다. 이 프로젝트는 전적으로 내 작품이었고, 누군가가 잡지에 공연 기사를 썼을 수도 있다. 나와는 일면식도 없는 사람들이 그 기사를 읽고, 나와 내가 하는 일을 알게 될 것이다.

나는 맨 위에 놓인 잡지를 재빨리 집어 들었다. 쌓여 있던 잡지들이 앞으로 살짝 기울어졌기 때문에 무의식적으로 그걸 정리했다. 그러면서도 엄지손가락은 이미 표지를 넘기고 있었다. 아니나 다를까, 목차에 〈잘 있어, 털리도!〉 리뷰와 페이지 번호가 적혀 있었다. 해당 페이지로 넘기는 데 시간이 조금 걸렸다. 마침내 리뷰 페이지를 펼치자 기본적인 기사 제목이 보였고, 그 밑에 작성자 이름이 적혀 있었다. 로절린 쇼. 첫 단락은 연극에 대한 배경 정보와 공연 장소, 출연 배우를 소개하고 있었다. 나는 이 부분을 건너뛰고 가장 중요한 내용이 적힌 중간 부분으로 넘어갔다.

이 연극은 대부분 상당히 잘 쓰인 작품임은 분명하다. 그러나 주요 줄거리에 진실성이 부족하다는 점을 지적하지 않을 수 없다. 감정선은 극작가가 관객으로부터 반응을 끌어내려는 목적 하나로 꾸며서 끼워 넣은 것만 같다. 상황은 '올바른' 결말을 만들어내기 위해 정확하게 일어나야 할 방향으로 일어난다.

뭐, 시작이 좋다고 말할 수는 없네.

연극의 전제가 분명했음에도(서로 불협화음을 이루는 두 젊은이의 직설적이고도 감정적으로 복잡하게 얽힌 이야기) 나는 여기서 뭐든 '복잡한' 것을 찾는 데 애를 먹었다. 노스이스턴 고등학교 3학년인 샘 딕슨이 연기한 주인공의 야망은 극도로 평면적으로 그려졌고, 나는 그녀를 응원하기는커녕 오히려 그녀의 미래 계획이 거의 실패하길 바라고 있었다. 그녀에게서 실제로 어떤 정서적 성장을 보게 될 기회가 있기를 바라면서 말이다.

내 심장이 바닥으로 내려앉았다. 내 연극이 싫었나?

딕슨의 상대역인 노스이스턴 고등학교 3학년 크리스천 파월이 맡은 역할은 주인공의 애인으로 상당히 매력적이었으나 그는 그녀의 성공을 방해하는 장애물로만 그려졌다. 딕슨의 캐릭터는 밋밋하고 흥미로운 점을 찾아볼 수 없었으며, 그녀의 유일한 결점이 의욕 '과다'일 정도로 너무 완벽했다. 전반적으로 나는 캐릭터들에게 매력을 느끼지 못했고, 구성이 진부하며 연극의 전제가 어떤 진짜 드라마틱한 이야기를 생산하기에는 너무 평범하다고 생각한다.

기사에 적힌 단어들이 내 앞에서 흐릿해지기 시작했다. 맙소사, 로절린 쇼는 내 연극을 **진심으로** 싫어했다. 다른 누군가가 이 리뷰를 읽을 것이라는 생각이 들자 갑자기 속이 뒤집혔다. 그들은 로절린 쇼가 하는 말이 모두 사실이라고 생각할 것이다. 나라는 사람은 알지 못해도 예술 잡지의 어떤 기자가 내가 완전히 별 볼일 없는 인간이라고 생각한다는 사실은 알게 될 것이다. 직접 이 기사를 쓴 로절린 쇼의 생각은 사실이겠지, 하고. 사람들은 나를 만나보기도 전부터 나를 싫어할 것이다.

"샘?"

나는 화들짝 놀랐다. 내 앞의 줄이 어느새 사라졌고, 앤드루가 계산기 앞에 서서 나를 쳐다보고 있었다. 나는 내가 공공장소에 있음을 떠올리고 순간 내 목이 잠기고 있음을 깨달았다.

여기선 안 돼, 딕슨.

나는 어깨를 곧게 폈다. 내 눈은 여전히 눈물에 살짝 젖어 있었지만 이를 무시했다. 지금 이목을 끌면 다른 사람들도 상황을 알아차릴 것이다. 아무 일도 없다는 듯이 나는 앤드루에게 애교 서린 미소를 지어 보였다.

"미안해요! 잠시 딴생각을 했네요."

나는 계산대로 다가가 카드를 꺼냈다. 앤드루의 표정이 누그러지는 것을 보니 내 말을 믿나 보다.

"괜찮아요." 그가 말했다. "커피 말고 더 필요한 건 없어요?"

나는 손에 들린 잡지를 내려다보았다. 내 안의 또 다른 나는 잡지를 선반에 다시 올려놓고 불쾌한 리뷰는 잊은 다음, 더 중요한 일들에 집중하라고 말하고 있었다. 그러나 지금, 이 순간에는 마치 잡지가 내 손에 달라붙은 것처럼 느껴졌다. 당혹스러운 감정이 여전히 남아 있었고, 기사 밑에 적힌 로스의 이름을 내려다보고 있자니 속이 부글부글 끓어올랐다. **화를 내면 왜 안 되는가?**

잡지를 카운터 위 내 커피 옆에 놓았다. "이것도 계산해줘요." 나는 차분한 어조로 말했다. "필요할 때 컵받침으로 쓰게요."

내 뒤에 서 있던 여자가 피식 웃었고, 나는 로스에게 한 방 먹인 듯한 통쾌한 감정을 느꼈다. **봤지, 로스? 낯선 사람이 내 말에 웃었어. 그렇게 평범하지 않다 이거야.**

나는 커피와 잡지를 계산하고 최대한 빠른 걸음으로 플래너리스에서 벗어났다. 뜨거운 커피가 내 목을 데웠고, 손에 들린 〈아트 필스〉는 거칠게 구겨졌다.

크리스천

젠장, 난 삼각법이 끔찍이 싫다.

이 수업 시간엔 거의 매번 집중하는 데 애를 먹지만, 오늘은 유난히 선생님의 말이 귀에 안 들어왔다. 두통이 오는 데다 금요일 밤에 본 여자애 생각을 한시도 멈출 수 없었기 때문이다. 아무래도 몬티에게 나중에 노트를 보여달라고 부탁해야 할 것 같다.

그녀를 내 머릿속에서 떨쳐낼 수가 없다. 전에 어디선가 본 적이 있는 게 분명한데 대체 어디지? 축구부원들과 어울리는 모습은 한 번도 본 적 없다. 같이 듣는 수업도 없다.

그때 주머니 속의 휴대폰이 진동했다. 나는 휴대폰을 책상 밑으로 꺼내 실눈을 뜨고 내려다보았다.

샘 ◟◞◟◞ 기다리는 중이야

크리스천 뭘 기다려?

샘 맙소사! 너 정말 구제불능이네

나는 샘이 이런 식으로 나올 때가 정말 싫다. 그녀가 나한테 화가 난 이유는 알지만, 내가 무슨 말을 해주길 바라는지 잘 모르겠다.

크리스천 내 사과를 듣고 싶은 거야?

샘 그래, 이제 깨달았나!

크리스천 알았어, 미안해. 연극의 마지막 대사를 망칠 의도는 절대 없었어. 그냥 집중이 안 됐던 거야

샘 그래, 그런 것 같더라

크리스천 나도 할 말은 있어. 넌 나를 항상 멍텅구리라고 부르잖아. 전부 내 잘못만은 아니라고

샘 멍청이, 맞아

"크리스천?"

나는 의자에서 거의 벌떡 뛰어 일어날 뻔했다. 허낸데즈 선생님이 나를 빤히 응시하고 있었고, 다른 학생들도 마찬가지였다. 선생님이 내 이름을 몇 번이나 부른 걸까?

나는 침을 꿀꺽 삼켰다. "네, 선생님?"

"수업을 듣고 있는 거니?"

"네, 선생님."

선생님은 나를 보며 눈살을 찌푸렸다. 그리고 선생님의 표정에서

수업 시간에 딴짓한 벌로 내게 질문을 할지 말지 고민하고 있음을 읽을 수 있었다. 나는 오늘 진도가 어디까지 나갔는지 모르고, 이런 상황이 벌어지면 분명 좋게 끝나지 않는다. 나는 선생님에게 가장 진심 어린 표정을 지어 보이려고 노력했다.

이게 통했나 보다. 선생님은 나를 몇 초간 더 노려보더니 다시 프로젝터를 향해 돌아섰기 때문이다. 나는 안도하며 자리에 앉은 다음 휴대폰을 가방에 넣어 치워버렸다. 샘이 계속 문자를 보내겠지만, 똑같은 이야기의 반복일 것이다. 내게는 지금 당장 생각해야 할 더 중요한 일이 있었다.

나는 다음 교실로 이동하기 위해 복도를 걸어가면서 지나치는 모든 얼굴을 살펴보았다. 심지어 혹시라도 가는 길에 미스터리 소녀를 한 번은 마주칠 수 있을지도 모른다는 생각에, 다음 교실로 가는 가장 긴 경로를 택할지 고민까지 했다. 하지만 그러자니 내가 변태 같은 놈이 된 것만 같았다. 그래서 이 충동과 반대되는 결정을 내렸다. 결과적으로 우회로는 필요 없었다. 미국 역사 교실 출입문 앞에 도착했을 때 복도로 나 있는 두 개의 문을 지나서 긴 갈색 머리 소녀가 휙 걸어가는 모습을 본 것이다.

내가 너무 빠르게 몸을 돌리는 바람에 한쪽 어깨에 메고 있던 백팩이 거의 날아갈 뻔했다. 저기, 그녀의 등이 보였다. 그녀가 문으로 걸어 들어가는 바람에 아주 잠깐밖에 보지 못했지만, 그녀가 확실했다. 헐렁한 체크무늬 셔츠에 짙은 색 진을 입고, 고개를 숙이고 있었다.

나는 반사적으로 복도 바닥에 가방을 떨어뜨린 채 그녀가 들어간 교실로 향했다. 고급 영국 문학 교실이었다. 내가 한 번도 들어본 적 없고, 앞으로도 아마 들을 일 없는 수업일 터였다. 미스터리 소녀는 교실 앞쪽에 앉아 벌써 책 몇 권을 가방에서 꺼내고 있었다.

그때 나를 밀치며 교실 안으로 들어가는 학생의 팔을 붙잡고 물었다. "쟤 누구야? 저 여자애 말이야. 갈색 머리, 앞에서 두 번째 줄에 앉은 애."

학생은 그녀와 나를 번갈아 쳐다본 다음에 얼굴을 찌푸리며 말했다. "로스 말이야?"

로절린 쇼. 그녀의 이름이었다. 나는 아무 말 없이 출입구에서 물러나 복도에 떨어뜨려놓은 백팩을 집어든 뒤 종이 울리기 직전에 미국 역사 교실의 내 자리를 찾아가 앉았다.

로스는 노스이스턴고에서 가장 총명한 애 중 하나다. 평점이 말도 안 되게 높고, 토론팀에서 활약하며, 지역 잡지에 기사를 쓰고, 한 학기에 내가 지금까지 고등학교 내내 들었던 것보다 더 많은 고급반 수업을 듣는다. 로스의 아빠도 인근 대학의 교수일 거라는 확신이 들었다. 그녀는 아빠에게서 재능을 물려받았나 보다. 나는 로스와 실제로 대화를 나누어본 적이 없고, 이날 이전까지는 그녀의 얼굴과 이름도 연결하지 못했다. 그러나 들은 바에 의하면 로스에게는 상당히 냉정한 면도 있는 것 같다. 나는 로스가 남자애들과 어울려 다니는 모습을 한 번도 보지 못했다(또는 여자애들과도 마찬가지다. 내가 샘에게서 배운 것이 하나 있다면 여자를 좋아하는 여자는 항상 체크무늬 옷을 입는다는 거였다). 그녀는 노스이스턴고의 누구와도 데이트한 적 없어 보였다. 이것이 내게는 좋은 기회가 될까, 그 반대가 될까?

나는 백팩을 뒤적여 다시 휴대폰을 찾아 꺼냈다. 놀랍게도 샘에게서는 새로운 메시지가 오지 않았다. 어쩌면 샘은 남은 하루 동안 나를 무시하기로 작정했는지도 모른다. 나는 인스타그램을 창에 띄우고 로스라는 이름을 검색하며 뭐가 나오는지 살펴보았다. 아무것도 없었다. 이번에는 그녀의 이름 전체를 친 다음에 '로스', '쇼', 심지어 애들 사이에서 불리는 별칭을 그녀가 실제로 사용하는 경우를 생각해 '성깔녀'라는 단어도 포함해 검색해보았다. 여전히 아무것도 나오지 않았다. 인스타그램을 하지 않을 수도 있다. 그렇다면 페이스북은?

나는 페이스북 앱을 재설치하고 다시 로그인하는 수고까지 들였다. 그러나 이번 역시 어떠한 결과도 찾지 못했다. 인터넷상에서 이여자애는 존재하지 않는다고 봐도 무방했다. 나는 휴대폰의 메시지버튼을 눌렀다.

크리스천 있잖아, 샘. 만약에 말인데, 내가 감히 넘볼 수 없는 누군가에게 반했다면 그녀가 나를 좋아하게 만들 방법이 있을까?

샘한테서 거의 즉시 답장이 날아왔다.

샘 요전 날 밤의 막대사탕 여자애를 말하는 게 아니길 바라

크리스천 맞으면, 그게 어때서?

샘 ◯◯ 절대 안 돼. 있을 수 없는 일이야!

크리스천 정말 이러기야? 미안하다고 사과했잖아!

한동안 샘에게선 답장이 오지 않았고, 나는 그녀가 더 이상 메시지를 보낼 생각이 없다는 확신이 들어 한숨을 쉬며 휴대폰을 다시 가방 안에 던져 넣었다.

나는 남은 수업 시간 내내 집중하기 위해 최선을 다했다. 역사는 내가 잘하는 과목 중 하나이고, 다른 선생님들과는 다르게 이 선생님은 수업을 재미있게 진행하기 위해 최선의 노력을 다했다. 지금은 1940년대 역사를 다루고 있지만, 내 마음이 복도의 문 두 개를 지난 어딘가에서 둥둥 떠다니느라 주트 슈트 폭동(Zoot Suit Riots)에 대한 강의에 집중하기 어려웠다.

맙소사, 로스 쇼라니. 그 많은 여자애 중 반한 애가 하필이면. 그것도 단 몇 초 만에! 이건 내게도 기록이다.

똑똑한 여자애하고는 어떻게 대화하지?

본능적으로 제일 먼저 떠오른 생각은 샘에게 통했던 모든 방법을 시도하는 것이었다. 예를 들면 흔한 사탕발림이나 입고 있는 옷 칭찬하기가 있다. 그러나 로스에게는 어쩐지 이런 방법이 잘 먹히지 않을 것 같았다. 샘은 정말 똑똑하다. 재치 있고 현실적이며 언제나 세 걸음 앞을 내다보고, 일반적으로 사람들과 잘 어울린다. 샘은 이런 소소한 것들에 관해 이야기하기를 좋아한다. 반면 로스는 좀 더 진지한 대화를 좋아할 사람처럼 보이고, 소문에 의하면 그녀는 대화하기 쉬운 상대가 아니었다. 대화가 되려면 그녀와 같은 수준이어야 하고, 명석해야 한다. 그녀는 내 능력으로 감당할 수 있는 상대가 아니었다. 내가 무엇을 할 수 있겠는가?

수업이 끝난 뒤에 로스한테 가볼까. 무슨 책을 배우고 있는지 물어볼까. 내가 영문학 시간에 배운 책일 수도 있지 않을까.《위대한 개츠비》말고 다른 책이라면 거의 확실히 망한 거나 다름없었지만.

맙소사. 나는 왜 이런 일에 이렇게 서툰 거지?

솔직히 말해 나는 관련 경험이 많은 편이 아니었다. 샘은 내가 정식으로 사귄 첫 여자친구였다. 그녀 이전에는 그냥 평범한 중학생이 경험할 법한 열병 정도였다. 뭐, 이런 만남도 '데이트'라고 부르기는 했지만, 진짜는 아니었다.

이전에는 어떤 여자애에게서도 이런 감정을 느껴본 적이 단 한 번도 없었다. 심지어 샘에게서도 못 느꼈다. 샘이 귀엽고 완벽하다고 생각했지만, 그녀가 내게 관심을 보이기 시작하기 전까지 나는 샘에게 아무런 감정도 없었다. 이후로는 샘이 하자는 대로 했고, 그녀가 가는 곳이면 어디든 기쁜 마음으로 따라갔다. 그러던 어느 날 샘이 내게 자신을 더는 따라 다니지 말라고 말했다. 그러나 이때조차 샘은 내 기분을 상하게 만들지 않으면서 관계를 끝내는 법을 알고 있었다. 이것이 헤어진 지 거의 칠 개월이 지났는데도 우리가 여전히 좋은 친구로 지내는 이유다.

이 상황에서 나를 가장 신경 쓰이게 하는 점은 왜 로스에 대한 감정이 이렇게 갑자기 생겼냐는 것이다. 나는 로스를 전에 본 적이 있다. 비록 그때는 로스가 누군지도 몰랐지만 말이다. 그렇다. 로스는 귀엽다. 하지만 왜 이전에는 이 사실을 깨닫지 못했을까? 어쩌면 나를 뒤흔들어놓았던 무대 공포증과 관련이 있을지도 모르겠다. 전에 샘이 '쇼맨스(showmance)'에 대해 이야기해 준 적이 있다. 자신의 상대 캐릭터와 이를 연기하는 배우를 분리하지 못하면서 캐릭터에게 가진 연애 감정을 그대로 배우에게서 느끼는 상황을 말한다. 그러나 로스는 내 상대 배우가 아니었다. 그녀는 그저 관객 속에 섞여 있던, 어쩌다 보니 정확한 타이밍에 막대사탕을 먹어 내가 완전히 냉정을 잃도록 만든 여자애일 뿐이었다.

수업 종료를 알리는 종소리에 깜짝 놀라 상념에서 깨어났다. 다른 학생들이 가방을 싸기 시작한 가운데 나는 노트를 가방 속에 던져넣고 곧장 문으로 향했다. 로스가 사라지기 전에 만나려면 먼저 나가서 기다려야 했다.

나는 복도로 제일 먼저 나왔다. 다른 학생들이 줄줄이 나를 지나쳐 가는 동안에도 고급 영국 문학 교실의 문에서 눈을 떼지 않았다.

내 뒤에서 오는 누군가와 부딪쳐 거의 고꾸라질 뻔했다. "조심해, 파월!"

축구팀의 미드필더인 애덤이었다. 나는 그에게 당황한 미소를 지어 보였다. "미안."

"복도 한복판에 서서 뭐 하는 거야?"

"아무것도 아니야. 누구를 좀 기다리고 있어."

애덤은 궁금한 게 많아 보였지만 결국에는 생각을 접고 고개를 저은 다음에 나를 혼자 남겨두고 가버렸다. 다행이다. 나는 다시 문 쪽을 바라보았다. 그리고 그녀를 보았다.

로스는 고급 영국 문학 교실 문가에 선 채 자신의 백팩에서 무언가를 찾고 있었다. 눈썹을 찡그리고 마치 집중하려는 사람처럼 입술을 살짝 깨물고 있었다. 내 두 다리가 복도 바닥에 얼어붙었다.

그때 그녀가 고개를 들자 내 심장이 날뛰기 시작했다. 이런 상황은 영화 속에서나 벌어지는 줄 알았다. 그러나 생각은 여기서 더 나아가지 못하고 멈췄다. 무언가를 깨달았기 때문이다. 그녀의 눈. **그녀의 눈**이 내가 로스에게 순식간에 빠져들었던 이유였다. 전에 로스를 봤을 때는 매번 책에 머리를 박고 있거나 머리카락이 얼굴을 거의 다 가린 채였다. 그녀는 눈을 잘 맞추지 않는 사람처럼 보였다. 지금껏 우리가 이야기를 나눌 이유가 없었는데 어떻게 그녀가 나를 바라봤겠는가?

그러나 금요일의 플래너리스에서 나는 그녀의 모든 관심을 한 몸에 받고 있었다. 나는 로스의 눈이 잿빛이 도는 또렷한 파란색이라는 사실을 발견했다. 이 눈이 로스의 짙은 갈색 머리를 더욱 돋보이게 만들었다. 눈 밑이 살짝 어두운 것으로 보아 어쩌면 독서를 하거나 과제를 끝내느라 밤늦게까지 깨어 있었는지도 모른다. 로스의 비정상적으로 높은 IQ가 가진 모든 요소가 두 눈에서 그대로 보이는 것 같았다. 전에는 로스의 눈을 보거나 눈동자의 깊이를 탐구할 기회가 전혀 없었다. 그러나 이제 내가 로스의 눈을 본 이상 모든 상황이 바뀌었다. 이제 로스가 나를 바라볼 때의 기분이 어떤 것인지를 알게 되었다.

그리고 바로 그때, 오롯이 로스만을 응시하던 십오 초 정도의 시간이 흐른 뒤에, 나는 그녀가 나를 바라보고 있음을 깨달았다.

로스

　고급 영국 문학 수업이 끝나고 나가는 길에 학교 축구 스타의 시선을 받는 일은 정말 없기를 바랐다. 수업 시작 전에 다리우스가 내게 다가와 "너 파월이랑 무슨 일 있어?"라고 물었기 때문에 이런 상황이 발생할 줄 대충 예상은 했지만 말이다.

　내가 무슨 정신 나간 소리냐는 눈빛으로 다리우스를 쳐다보자 그는 말을 이었다. "크리스천 말이야! 너도 알잖아, 축구팀에 속한 애. 걔가 좀 전에 너에 관해 묻더라. 내 팔을 꽉 움켜잡으면서 거칠게."

　나는 크리스천이 왜 나에 대해 물었는지 감도 잡히지 않았다. 다리우스가 한 말로 봐서 두 사람의 대화 방식은 다소 험악했던 것 같고, 그래서 솔직히 말해 나는 운동부원들이 일상적으로 다른 애들을 못살게 구는 어떤 전형적인 괴롭힘을 예상했다. 한데 크리스천이 복도를 따라 내게 걸어오는 모습을 보면서 어쩌면 연극 때문일지도 모른다는 생각이 잠시 머리를 스쳤다. 내 리뷰를 읽었나? 내가 쓴 글에

화가 났나?

하지만 크리스천은 나를 사물함이나 벽 같은 곳에 밀어붙이는 대신 몇 발자국 앞에서 멈춰 섰다. 긴장한 것처럼 보였다. "안녕." 크리스천이 인사했다.

"안녕." 나도 따라 인사했다.

"며칠 전 밤 연극 공연에서 널 봤어." 크리스천은 마치 '며칠 전 밤'이 자기 왼쪽에 서 있기라도 한 것처럼 고개를 옆으로 까닥하며 말했다. "연극은 어땠어?"

그러니까 그는 아직 내 리뷰를 읽지 않았다. 나는 조금 안도했다. 내 짐작대로 따지러 온 상황은 아닌 것이다. 그렇다면 대체 뭘 원하는 거지?

"그 연극은… 잘 만들어졌어." 내가 조심스럽게 말했다. "너희가 얼마나 열심히 준비했는지 알겠더라."

크리스천이 활짝 웃었다. "고마워. 맞아, 샘이 정말 열심히 했지." 크리스천은 이 말을 하며 마치 이런 말을 꺼낼 의도는 없었다는 듯 살짝 주춤했는데, 나는 이것이 그가 자신의 전 여자친구를 언급했기 때문임을 알아차렸다. "하지만 어… 아니야. 이런 얘기를 하려던 게 아니야. 전에 너를 학교에서 본 적이 있는데, 우리가 한 번도 얘기를 나눠본 적이 없는 것 같거든. 음…."

나는 휴대폰을 슬쩍 내려다봤다. 다음 수업에 들어가려면 학교를 가로질러 가야 하고, 이 대화를 조만간 끝내지 않으면 지각할 것이 틀림없었다.

"미안한데, 지금 뭐 하는 거야?"

이 말에 크리스천은 당황했다. "뭐라고?"

"나한테 뭔가 물어보려는 거야, 아니면 그냥 말을 걸려는 거야? 난 다음 수업에 들어가야 하거든, 그래서…."

"잠깐만!" 크리스천은 내가 못 가게 물리적으로 막으려는 사람처럼 손을 뻗었다. "미안, 나는… 연극 공연에서 널 봤고, 낯이 익다고 생각했어. 그런데 너에 관해 아는 것이 전혀 없더라. 그래서 생각해 봤는데, 혹시…."

무슨 일이 벌어지고 있는지 깨닫게 되자 그가 하는 다음 말들이 주변의 소음에 덮여버렸다.

이럴 수가.

크리스천은 내게 데이트를 신청하려 하고 있었다.

자랑하려는 말이 아니라 전에도 이런 일이 몇 번 있었다. 아무래도 어떤 사람들은 조용하고 똑똑한 '타입'의 여자애를 선호하는 모양이다. 노스이스턴고에서는 내가 이런 애로 알려져 있으니 적지 않은 사람들이 바로 지금 이 남자애가 시도하고 있는 행동을 했다. 이런 일이 있을 때마다 어색하고 불편한 기분이 드는데, 크리스천 같은 사람들은 대개 내가 어떤 사람인가에 대한 자신만의 생각을 가지고 접근하기 때문이다. 이들은 내게서 조용함을 보고, 똑똑함을 보고, 문학소녀를 본다. 이것이 전부다. 나와 가까워지려고 하기 전에 나에 대해 더 알려고 노력하지조차 않는다. 자신이 이전에 《제인 에어》를 절반 정도 읽었다는 사실에 내가 감동이라도 할 줄 안다.

정말 싫다.

이 남자애는 다른 애들보다는 좀 더 진정성이 있어 보이지만, 접근법이 같다는 사실은 변하지 않는다. 게다가 크리스천은 이 학교에서 선망의 대상이었다. 운동을 잘하고 인기가 있으며 모두의 사랑을 받았다. 크리스천이라면 원하는 어떤 여자애와도 사귈 수 있을 터였다. 심지어 샘 딕슨과도 데이트하지 않았는가. 크리스천은 나를 진짜로 원하는 것이 아니다. 자신이 생각하는 나를 원하는 것이고, 나는 여기에 맞춰줄 생각이 추호도 없다. 그를 위해서든, 어느 누구를 위해서든 싫다.

나는 침착하게 크리스천에게 한 발자국 다가가서 그의 눈을 바라보았다. 그는 내 태도 변화에 조금 당황한 것 같았고, 나는 이를 유리하게 활용했다.

"내 이름이 뭐지?"

"응?"

"내 전체 이름 말이야."

"로, 로절린 쇼?"

"맞아. 그러면 내가 좋아하는 영화는?"

"난…."

"이런 질문은 어때? 내가 즐겨 듣는 음악은? 내가 좋아하는 책은?"

내가 그의 뺨을 때렸다고 해도 이보다 더 놀란 표정을 짓지는 못할 것이다. 입을 벌린 채 나를 빤히 쳐다보며 눈을 계속 깜박거리는 것이 꼭 물고기 같았다. 크리스천이 얼른 대꾸할 말을 찾지 못하는 것 같아서 대신 내가 말을 이어갔다. "너무 기분 나쁘게 여기지는 마, 크리스천. 하지만 너는 나에 대해 제대로 아는 게 없어. 내 이름을 알고, 내가 네 공연을 봤다는 사실은 알지만, 그게 전부잖아. 너는 친구를 사귈 때 이 정도면 충분할지 몰라도 나는 아니야. 미안."

크리스천은 여전히 꿀 먹은 벙어리처럼 서 있었고, 나는 더 이상의 대화를 피하기 위해 어깨에 가방을 둘러메고 가능한 한 빠른 걸음으로 그에게서 멀어졌다. 모퉁이를 돌아 그의 시야에서 사라지고 난 다음에야 긴장감이 조금 풀리면서 내 심장이 쿵쾅거리고 있음을 깨달았다.

왜지? 나는 크리스천이 내게 데이트를 신청하는 걸 원하지 않았다. 나는 누구와도 데이트하고 싶은 열망을 느껴본 적이 없었다. 그럴 시간도 없었다. 이 사실은 변하지 않는다. 나는 긴장 때문이라고 결론을 내렸다. 처음에는 크리스천이 연극 일로 나를 괴롭히려는 줄 알았다. 이때 분비된 아드레날린이 사라지기 시작하는 모양이었다.

곧 수업이 시작된다는 예비종이 울리자 나는 발걸음을 재촉했다. 더는 생각할 가치가 없었다. 지금은 아니다. 내가 절대로 하지 않기로 결심한 한 가지가 있다면 남자애 생각에 더 중요한 일들이 방해받지 못하게 하는 것이었다. 지금까지 살아오면서 이 결심을 잘 지켜왔고, 앞으로도 이를 어기는 일은 절대로 없을 것이다.

샘

"네가 날 꼭 도와줘야 해." 크리스천이 말했다.

크리스천이 노스이스턴고의 인기남인 이유가 있다. 할머니가 말했듯이 그는 애플파이만큼이나 다분히 미국적이다. 여기에 더해 인기를 높여줄 멋진 미소와 근사한 턱선을 가졌다. 말발은 좋지 않지만, 사실 말발까지 좋을 필요는 없었다. 그저 눈부시게 환한 미소를 한 번만 지어주면 모두가 그에게 반해버렸으니까. 바로 지금 그는 자신이 가진 두 번째로 설득력 있는 강력한 전략을 사용하고 있었다. 발에 차여 놀란 강아지 같은 커다란 눈망울과 온 얼굴로 드러내는 절박한 표정이 그것이었다.

크리스천이 내게 다가왔을 때 나는 내 사물함 앞에서 같은 반 여자애랑 수다를 떠는 중이었다. 나는 크리스천을 잠시 쏘아본 다음에 그녀에게 다시 돌아서서 말했다. "나중에 얘기하자, 해나. 중요하게 할 말이 있나 봐."

그녀는 내게 고개를 까닥해 보이고 손을 흔들며 자리를 떴다. 그리고 이렇게 내 곁에는 크리스천과 함께 그가 가진 문제들만 남았다.

"사실 나한테 널 꼭 도와줘야 할 의무는 없어, 크리스천." 나는 그와 눈이 마주치지 않은 채 사물함의 문을 세차게 쾅 닫으며 말했다. "네가 대학에 지원할 때 도움이 될 거라 생각해서 내 연극에 너를 참여시켰다는 사실 기억하지?"

"하지만 그 여자애가 누군지 알아냈다고." 그가 물러서지 않고 대꾸했다. "연극 공연에서 봤던 애 말이야. 내가…."

"나도 누군지 알아. 로스 쇼지. 예술 잡지에 기사를 쓰는 애."

크리스천이 놀란 표정을 지으며 순간 말을 멈췄다. "맞아. 그 애야. 그 앨 알아?"

나는 터져 나오는 웃음을 참지 못했다. "아니. 하지만 그 앤 날 알지." 잡지는 해당 페이지의 모퉁이가 이미 접혀 있는 상태로 내 바인더 중 하나의 맨 위에 펼쳐져 있고, 나는 그걸로 그를 거칠게 찌르며 건네줬다. "아니면 안다고 생각하든가."

그는 기사를 읽지도 않고 잠시 멍하니 바라보기만 하다가 자기 손에 들린 것이 무엇인지 알아챘다. 그러고는 눈이 휘둥그레졌다. "아."

"그래, '아'라고 넌 말해야 해." 나는 다른 책들을 내 가방에 쑤셔 넣었다. "네가 걱정할까 봐 미리 알려주는데, 걘 네 연기에 대해선 비판하지 않았어. 심지어 한 번은 너를 '상당히 매력적'이라고 평하기까지 했더라."

"정말이야?"

"크리스천!"

"미안, 중요한 건 그게 아니지. 나도 알아." 그는 머리를 흔들며 기사를 내려다봤다. "맹세코 난 걔가 비평가인지 몰랐어, 샘. 근데 난 주말 내내 걔가 누군지 알아내려고 고생했는데…."

"난 장님이 아니야, 크리스천. 내가 쓴 대사를 말하지 않고 걔를 향해 추파를 던지는 모습을 봤어. 난 너랑 오 개월 동안 사귀었다고. 너의 '넘어졌는데 못 일어나겠어' 하는 표정 정도는 딱 보면 알아."

크리스천은 두피까지 새빨개졌다. "난 망했어, 샘. 조금 전에 걔하고 대화해보려고 했는데 완전히 얼어붙었어. 걘 화가 났고. 이 상황을 어떻게 해결하지?"

"해결하지 않아도 돼. 걘 그럴 가치가 없어."

"하지만 넌 대화에 능숙하잖아. 무언가 방법이 있을…."

"지금 당장 너와 기꺼이 사귀고 싶어 하는 여자애들이 과장하지 않고 백 명은 족히 될 거야. 그런데 너는 그 쇼라는 여자애한테 잘 보이고 싶다고? 걘 그야말로 얼음 공주야. 내가 장담하건대 걔의 호감을 사기는 글렀어."

크리스천은 다시 한번 발에 차여 놀란 강아지 표정을 지었다. "알아, 하지만 나도 어쩔 수 없어. 너도 걜 본 적 있지, 그치?"

본 적 있다. 키가 크고 호리호리하며 딱 적당한 정도의 웨이브가 진 긴 갈색 머리, 회색빛이 도는 크고 파란 눈, 인공적으로 다듬지 않아도 완벽한 눈썹. 그리고 이것이 어쩐지 상황을 더 악화시켰다. 특별한 노력 없이도 아름답고 위협적으로 보이는 그런 부류의 여자애.

그녀는 자신이 원하기만 한다면 이 학교의 누구와도 데이트할 수 있으나 우리 중 누구도 그만한 가치가 없다는 분위기를 내뿜었다. 그녀는 절대로 크리스천에게 시간을 내주지 않을 것이다.

머리 위에서 예비종이 울리자 나는 고개를 저으며 말했다. "꿈도 꾸지 마, 크리스천. 난 네가 내 연극을 깐 여자애랑 잘되게 도와줄 생각은 추호도 없어. 시간을 좀 가지면서 머리를 식혀봐. 걜 잊게 될 거야."

"머리를 식힐 시간이라면 주말 내내 충분히 있었어. 그런데 안 되는 걸 어떡해. 제발, 샘?"

크리스천의 불쌍한 표정을 이젠 정말 그만 보고 싶다. 그가 이렇게 나올 때면 그를 다른 방향으로 설득할 방법이 거의 없었다. 그리고 지금은 이런 일로 티격태격할 여유가 없었다. 그랬다가는 우리 둘 다 수업에 지각할 게 뻔했으니까. 그래서 나는 백팩을 어깨에 메며 단호한 어조로 말했다. "한번 생각해볼게." 이렇게 말하면서 크리스천의 얼굴이 밝아지는 모습을 애써 외면했다. "약속할 수 있는 건 이게 다야."

"넌 내 구세주야." 크리스천이 축구팀 동료를 대하듯이 내 등을 찰싹 때렸다. "나중에 밀크셰이크 쏠게."

"널 도와줄 생각을 고려한다는 것만으로도 한 잔 가지고는 안 될 거야, 크리스천 파월."

크리스천은 다시 한번 내게 매력적인 미소를 활짝 지어 보인 다음 복도를 따라 걸어 내려갔다. 복권이라도 당첨된 사람처럼 보였다. 나는 고개를 젓고 둥글게 만 잡지를 내 백팩 안에 던져 넣은 뒤 교실로 향하는 지각생 무리에 합류했다. 아무래도 생각해보겠다고 한 말만으로도 이미 너무 많은 약속을 해버린 기분이 들었다.

마지막 수업 시간이 되면 도서관 내부는 언제나 한산했다. 나는 이때가 더 좋다. 움직임이 많지 않아 집중이 더 잘되기 때문인데, 내게는 이런 환경이 절실했다. 외국어로 라틴어를 선택하다니, 명백한 실수였다. 그냥 흥미롭게 들려 선택했는데, 벌써 두 번째 학기라 되돌리기에는 너무 늦었다. 이제는 마지막까지 버티거나 패배를 인정하고 프랑스어나 다른 언어 수업을 두 학기 더 듣고 졸업이 늦어지는 위험을 감수하거나 둘 중 하나다. 이는 내 계획에서 벗어난 일이었다. 내 인생은 여름학교 말고도 해야 할 일들이 가득했다. 율리우스 카이사르가 언젠가 말했듯이, semper ad meliora— 항상 더 나은 것을 향해라.

이 해석이 맞기를 바란다. 내 기억으로 지난번 시험 성적이 좋지 않았기 때문이다.

이 학교에는 라틴어 수업을 교실에서 진행할 만한 예산이나 공간이 없어서 나는 도서관 컴퓨터실에서 온라인으로 수업을 듣는다. 컴퓨터실에는 몇 안 되는 학생들이 자리에 앉아 있었다. 나는 한적한 장소가 좋아서 맨 끝자리에 놓인 컴퓨터를 선택했다. 지금은 누구와도 대화할 기분이 아니었다. 잡지를 다시 꺼내 기사를 읽고 싶었지만 그 유혹을 뿌리쳤다. 어차피 중요한 내용은 내 머릿속에 각인되었다. 컴퓨터에 로그인하고 오늘 들을 수업 영상을 띄우면서 기사를 강제로 기억 저 뒤편으로 보내버리기 위해 노력했다. 현재완료 시제. 무엇을 보고 완료라고 하는지 모르겠지만, 내가 이 수업을 즐기지 못하리라는 점만큼은 확실했다.

그렇다. 나는 현재완료 시제를 이해하지 못하고 완전히 헤매고 있었다. 수업 대부분을 모니터 화면을 쳐다보며 실제로 이해되기 시작하기를 바라는 마음으로 같은 부분에 반복해서 밑줄을 긋고 또 그었다. 중간에 몇 번 인스타그램을 보느라 시간을 허비하고, 결국 수업 종료종이 울릴 때쯤에는 대략 수업의 절반 정도만 마친 상태였다. 나는 화가 난 채 노트를 정리하기 시작했다. 로스는 내가 자신의 리뷰를 읽을 거라는 걸 알고 썼을까? 그녀라면 그랬을 것 같다. 한데 그렇게까지 비판적일 이유가 뭐가 있었을까?

주인공의 이상은 과하게 낭만적으로 묘사된다. 지나치게 달콤하다고 말할 수 있을 정도다. 극적이거나 관객의 지지를 얻어야 하는 장면들은 궁극적으로 완벽히 실패로 돌아갔는데, 그저 우리가 미리 예견할 수 있었기 때문이다. 자칭 자전적 작품이라고 하기에는 〈잘 있어, 털리도!〉의 내용 중 최소한 조금도 꾸며낸 이야기가 없다고 믿기 어렵다.

내 백팩 안에 든 잡지가 활활 타오르며 가방을 태우고 있었다. '성깔녀' 로스 쇼가, 그 특출난 얼음 공주가 낭만에 대해 뭘 알겠는가?

그녀가 내 **인생**에 대해 대체 무엇을 알겠는가?

앞으로도 내가 대놓고 인정하는 일은 절대로 없겠지만, 사실 로스의 존재는 내게 조금 위압감을 주었다. 로스는 예쁘고 똑똑하며, 그녀가 원하기만 한다면 사람들이 자신을 좋아하게 만들 능력이 충분했다. 나는 크리스천 말고도 지난 삼 년 동안 최소한 세 명의 남자애들과 한두 명의 여자애들이 그녀에게 아주 푹 빠졌었다는 사실을 알고 있었다. 하지만 로스는 이들에게 단 한순간도 기회를 주지 않았다. 지금 와서 생각해보니 나는 그녀가 **누구와도** 데이트했다는 소리를 들은 적이 없다. 로스는 사람들과 대화하기보다는 구석에 앉아 책 읽기를 좋아했다. 이런 일에 신경을 쓰기는 하는 걸까? 나는 타인이 자신을 어떻게 보는지에 지나칠 정도로 관심이 없는 사람이 있다는 생각에 소름이 돋았다.

그때 스피커에서 삐 소리가 시끄럽게 울렸다. 레이건 교감선생님의 목소리가 낡은 스피커를 통해 흘러나왔다.

"노스이스턴 고등학교 학생 여러분, 안녕하세요! 얼른 집에 가고 싶은 여러분의 마음 잘 압니다. 하지만 마지막 종이 울리기 전에 짧게 몇 가지 공지사항을 전하겠습니다. 먼저 하급생들의 겨울 무도회 티켓을 이번 주 금요일 점심시간에 판매할 예정입니다. 참석하고 싶은 학생은 구내식당 밖에 설치된 티켓 판매대에 들러주세요."

나는 눈동자를 굴렸다. 이 겨울 무도회에 가는 학생은 없을 터였다. 1학년 때 가봤는데 참석한 학생은 스무 명 남짓에 불과했다. 그리고 디제이는 2006년 이후에 발표된 곡은 틀지 않았다. 나라면

3학년 무도회에 가기 위해 돈을 아끼겠다.

"다음으로 여러분들이 제출한 제안서를 검토한 후 올해의 벨레로즈 어셈블리 학생 기조연설자를 선정했음을 알려드립니다."

이건 내 관심을 끄는 얘기였다. 벨레로즈 어셈블리는 약 십 년 전에 노스이스턴 고등학교에 기부한 초로의 명망 있는 기부자의 이름을 따서 명명한 행사였다. 엄청난 부를 축적한 몇몇 졸업생들은 학교가 자신들의 이름을 딴 행사를 열어주기를 바라나 보다. 봄 방학 직후인 4월 말에 수업을 일찍 끝내는 날이 있다. 이날은 학생과 교직원이 전부 한자리에 모이고 연설자들을 초청한다. 기말고사 전에 공부량이 늘어나는 시기라 학생들은 잠시나마 학업에서 벗어나 짧은 휴식을 취할 수 있는 이 행사를 환영한다. 그러나 내게는 학생 기조연설자로 누가 뽑히느냐가 가장 중요했다. 나처럼 성취욕이 강한 학생들은 이 연설자 자리를 차지하기 위해 학교에서 결정한 주제에 맞춰 그것이 무엇이든 벨레로즈 어셈블리에서 보여줄 공연이나 발표 제안서를 학교에 제출한다. 올해의 주제는 "당신에게 '사랑'은 어떤 의미입니까?"이다. 선발 절차는 발표 메시지와 계획을 담은 동영상 제출을 포함해 놀랍도록 까다로웠다. 매해 이 자리를 놓고 적잖은 경쟁자들이(대다수는 대학 지원서를 근사하게 장식하기 위해) 치열하게 다투지만, 일부는 자신의 창의성을 드러내는 또 다른 방법으로 여겼다. 학교 전체가 공연을 지켜보는 만큼 자신의 견해를 표출하거나 명성을 쌓기에 이보다 더 좋은 기회는 없었다. 나는 몇 주에 걸쳐 제안서 작업에 매달렸다. 다양한 종류의 사랑과 미디어에서 보이는 사례들에 관한 연설문을 작성하는 것이 목적이었는데, 마치 독백처럼 읽혔다. 사랑과 인간사에서 이 감정이 얼마나 보편적인가에 대한 여성 원맨쇼나 다름없었다. 거짓말 하나 보태지 않고 나는 내 제안서가 정말로 자랑스러웠다.

"올해에는 정말로 멋진 제안서가 많았습니다." 레이건 교감선생님이 말을 이어갔다. "열심히 노력한 여러분 모두에게 축하의 말을 전합니다. 그러나 승자는 오직 한 명뿐이죠. 자, 발표하겠습니다. 올해 벨레로즈 어셈블리 학생 기조연설자로 뽑힌 영예의 주인공은 바로… 로절린 쇼입니다!"

내 턱이 실제로 바닥까지 떨어졌을지도 모른다.

로스라고?

그녀가 벨레로즈 기조연설자 경쟁에 참여했다고? '과하게 낭만적이고 지나치게 달콤하다'던 그 미스 쇼가? 말도 안 돼.

레이건 교감선생님의 말이 아직 끝나지 않았다. "교직원 전체를 대표해서 로스의 최종 발표를 빨리 보고 싶다는 말을 전합니다. 그리고 발표 때까지 여러분이 로스에게 모든 지원을 아끼지 않기를 바랍니다. 오늘 오후의 공지사항은 여기까지입니다. 남은 하루도 즐겁게 보내고, 내일 아침 일찍 학교에서 다시 만나요!"

수업 종료종이 울리고 컴퓨터실에 남아 있던 몇 안 되는 학생들이 출입문으로 향했다. 나는 방금 벌어진 상황을 파악하느라 허공을 응시한 채 자리에 얼어붙어 있었다. 로스가 나를 이겼다. **나를 이겼어.** 학교 측에 뭘 보여주었기에 그녀가 연설자 자리에 마땅한 사람이라고 여겨진 걸까?

안 된다. 로스의 승리를 인정할 수 없다. 그녀는 내 연극을 감상적이며 가짜라고 비평하면서 갈기갈기 찢었다. 그런데 이제는 나를 제치고 벨레로즈 연설자 자리를 차지한다고? 연단에 서서 **사랑**을 이야기하겠다고? 그럴 수는 없었다. 내가 학교의 결정을 바꾸지는 못해도 무언가 할 수 있는 일이 분명히 있을 것이다.

앞문을 통과해 걸어 나오는 내 손에는 휴대폰이 들려 있고, 이미 크리스천과 진지하게 대화를 나누는 중이었다.

샘 아직도 내가 얼음 공주와 잘되게 도와줬으면 좋겠어?

크리스천 당연하지! 이 신세는 잊지 않을게, 샘

샘 감사는 나중에 해. 오늘 연습 끝나면 전화해. 할 일이 정말 많아

나는 벌써 머리를 굴리며 크리스천이 기회를 얻을 수 있는 다양한 전략과 계획들을 떠올려보았다. 지금까지 한 번도 직접 만나본 적 없는 서른 명이 넘는 남자들에게 내가 자신들이 꿈에 그리던 이상형이라고 설득하는 데 성공했던 나다. 이 학교의 모든 데이트하기에 적합한 싱글 남학생들을 낚는 데 성공했고, 먼지처럼 털어낸 사람이다. 나는 그 정도로 사람들이 내게 반하지 않을 수 없게 만드는 데 일가견이 있다. 또 누군가에게 홀딱 빠져서 이성적으로 판단하지 못하는 사람의 모습이 어떻게 보이고 목소리가 어떻게 들리는지 잘 알고

있다. 지금의 나는 이 일에 관한 한 권위자라고 말할 수 있다. 내가 아는 로스는 지금까지 **누구와도** 데이트해본 적이 없다. 적어도 노스이스턴고에서는 없다. 그건 안 될 일이었다. 내 연극의 로맨스를 '가짜'라고 했던 로스에게 이제 그녀가 나보다 더 많이 안다고 입증할 기회가 주어지다니.

뭐, 나는 경쟁심 빼면 시체인 사람이다.

크리스천이 로스를 절실히 원한다고? 좋다. 내가 그를 거부할 수 없는 존재로 만들어놓겠다. 크리스천을 로스의 《오만과 편견》 속 꿈의 이상형으로 만들겠다. 내가 온라인에서 전화번호를 수집한 모든 남자들처럼 그녀를 가지고 놀겠다. 로스는 자신이 최고라고, 어떤 이유로든 다른 누구보다 뛰어나다고 생각할지도 모르지만, 나는 그렇게 생각하지 않는다.

내가 증명해 보이리라.

로스

나는 집에 가자마자 바로 벨레로즈 프로젝트 작업에 착수할 생각이었다. 특별한 이유는 없었다. 사실 지금부터 미리 준비할 필요도 없었다. 실제 행사가 열리기까지 삼 개월 조금 넘는 시간이 남아 있는 데다 딱히 어려운 일도 아니었기 때문이다. 하지만 영감이 떠오르는 것 같고, 그것이 무엇이든 잘 활용할 필요가 있었다. 게다가 크리스천의 실망한 얼굴이 머릿속에 박혀 떠나지를 않았다.

현관문 바닥 우편물 투입구 앞에 우편물 몇 개가 어지러이 흩어져 있었다. 나는 그것들을 모아 집어 들고 내 방으로 향하면서 훑어보았다. 아빠의 학교에서 보낸 소식지와 자동차 영업점에서 보낸 광고지, 레타 고모가 보낸 엽서. 레타 고모는 지금 포르투갈에 있는 모양이었다. 고모가 국토 반대편의 시애틀로 이주한 후로는 자주 보지 못했지만, 그녀는 지금도, 특히 그녀가 모험을 떠날 때면 아빠와 내게 짧은 편지 보내기를 좋아한다.

정확히 말해 레타는 내 고모가 아니다. 우리는 피가 한 방울도 섞이지 않았다. 그녀는 아빠와 찰스 아빠가 찾은 대리모였고, 두 아빠가 익명의 기부자로부터 내 DNA의 반쪽을 얻은 뒤에 나를 낳았다. 그녀는 옛날 히피로, 1960년대 후반에서 1970년대 초반 반전을 부르짖던 사랑과 평화의 시대가 끝나고 얼마 뒤에 태어났다. 또 그녀는 2000년대 초반 우스터에서 두 게이 남성을 위해 대리모를 해주겠다고 동의한 유일한 사람이었고, 그래서 그녀와 아빠는 이후로 계속 친구로 지내고 있다.

부엌 테이블에 우편물을 올려놓고 계단을 올라 내 방으로 향했다. 바이올린 연습을 안 한 지 꽤 되어서 바이올린 줄의 음이 당연히 맞지 않았다. 나는 잠시 그냥 그대로 둘까 고민했다. 하지만 음이 조금 안 맞은 상태에서 곡을 연주하며 내는 불협화음이 의도적으로 잘못된 음을 연주하는 것보다 신경에 더 거슬리지 않을까? 결국 나는 조율하기로 마음을 정했다. 조율 안 된 악기로 내는 소리는 그냥 형편없는 연주처럼 들릴 테고, '형편없는'이라는 단어는 내 사전에 존재하지 않는다.

올해의 벨레로즈 발표 주제는 "당신에게 '사랑'은 어떤 의미입니까?"다. 내 머릿속에 가장 먼저 떠오른 생각은 전부 책이나 연극, 영화에서 흔히 보았던 이야기들이었다. 로미오가 사람들로 붐비는 무도회장에서 본 줄리엣에게 첫눈에 반하고, 랜슬롯과 기네비어가 밀회를 즐기고, 엘리자베스와 다시가 자신의 감정을 인정하고…. 문제는 난 사랑을 이런 식으로 바라보는 관점에 구역질이 난다는 것이다. 현실과 동떨어진 이야기. 낭만적인 사랑이 인간 존재의 전부이자 궁극적인 목적이어서는 안 된다. 그런데 너무 많은 사람들이 이렇게 생각하는 것 같다.

나는 내 제안서에 찰스와 헥터 쇼, 즉 내 두 아빠의 현실적인 이야기를 포함했다. 찰스 아빠는 내가 세 살 때 돌아가셨지만, 헥터는 아빠의 역할을 상당히 잘하고 있는 중이다. 그와 찰스 아빠의 관계는 분명 동화책에 나오는 그런 종류의 것은 아니었지만, 적어도 그들의 관계가 단절되었을 때 서로 사랑하고 있었다. 내가 많은 사람에게 말로 다 이야기해줄 수 없는 그런 사랑이었다.

나는 최근, 특히 주말에 지원 단체 모임에 다녀온 이후로 이에 대해 많은 생각을 했다. 내 상황이 꼭 이상적이라고 말할 수 없을지는 모르지만, 내가 들었던 몇몇 다른 이야기들에 비하면 더 나았다. 예를 들어 부모가 미국인 대리모를 통해 낳은 아이를 데리고 프랑스로 이주한 사례가 있었다. 듣자 하니 이 일로 그의 시민권에 문제가 생겼고, 이제 그는 미국에서 대학에 진학할 수 있을지 불분명해졌다. 이로 인한 스트레스가 원인이 되어 그의 부모는 이혼까지 하게 되었다. 이런 이야기를 듣고 어떻게 이에 비해 이기적으로만 들리는 내 이야기를 공유할 수 있겠는가? **안녕, 난 로스라고 해, 정말로 멋진 아빠 한 사람과 지금도 함께 살고 있지만, 내가 아빠와 닮은 구석이 없어서 슬플 때도 있어.**

오늘 내가 연설자로 선정되었다는 사실을 알게 된 후에 레이건 교감선생님의 사무실에 들렀다. 교감선생님는 내 이야기가 정말로 '낭만적'이며, 목요일 아침에 내 '멋지고 감동적인' 이야기를 읽으며 책상 앞에 앉아 눈물을 흘렸다고 신이 나서 말했다. 문제는 그녀의 말이 요점에서 벗어났다는 것이다. 나는 때로는 사랑이 누군가에게 일어날 수 있는 최악의 사태임을, 영화에서 보는 '영원히 행복하게 살았습니다'는 절대 진정한 결말이 아님을 보여주고 싶었다. 이야기는 사랑하는 두 사람이 모두 죽어야만 끝나고, 일반적으로 이는 아주 행복한 상황과는 거리가 멀다. 내가 찬물을 끼얹는다고 말해도 좋다. 하지만 이것이 진실이다. 이를 깨닫기 위해 멀리 볼 필요도 없다. 주변 사람들만 보아도 얼마든지 알 수 있으니까.

바이올린을 조율하고 활을 들고 기본적인 음계를 켜며 몸을 풀었다. 줄이 조금 끽끽거리고 내 솜씨가 예전 같지 않았지만, 지금부터 연습하면 실제로 사람들 앞에서 연주해야 할 때쯤에는 완벽해질 것이다.

내 발표 계획은 이렇다. 아빠를 인터뷰하는데, 아빠가 자기 이야기를 직접 들려주는 동안 내가 이를 촬영한다. 발표 당일, 나는 무대 위의 프로젝터 옆에 서서 인터뷰 영상이 나가는 중에 바이올린을 연주한다. 예전부터 낭만적이라고 알려진 곡들을 다수 연주하는데, 가끔은 청중들이 충격을 받도록 곡들을 살짝 비튼다. 몇몇 음은 살짝 이상하게 들릴 것이다. 곡이 단조로 빠져들 수도 있다. 박자가 조금 빠를지도 모른다. 어떤 식이든 나는 사람들이 내 발표를 보며 감동하기를 바라지 않는다. 나는 이들이 슬퍼하거나 분노하기를 바란다. 모든 것에서 불공정함을 보기를 바란다.

연주를 시작하자 내 마음은 지난 주말의 기억 속에서 헤매었다. 연극 공연과 리뷰 작성, 그리고 토요일의 지원 단체 모임. 모임은 메이라는 이름의 쾌할 명랑한 이십 대 여성이 이끄는데, 그녀는 '공동체'와 전형적인 생물학적 가족관계를 갖지 못한 우리 같은 아이들에게 이것이 무슨 의미를 갖는가에 관한 토론회를 열었다. "여러분에게는 독특한 기회가 있어요." 메이가 말했다. "가족이 된다는 게 어떤 의미인지를 진지하게 검토해보는 기회죠. 여러분의 부모님들도 같은 방식으로 어떻게 여러분을 가질지 선택했고, 여러분에게는 단순히 혈연이 아닌 선택에 따라 자신만의 공동체를 구성할 기회가 있는 거예요."

나는 이 말에 폭소를 터뜨릴 뻔했다. 나의 선택으로 공동체를 구성하는 게 무슨 의미가 있지? 우리가 태어날 때 곁에 있던 사람들과 항상 함께한다는 보장이 있나? 왜 다른 사람에게 그런 모험을 건단 말인가?

그때 크리스천의 실망한 얼굴이 다시 떠올랐다. 내가 뒤돌아 갔을 때 그의 얼굴에 나타난 충격받은 표정이 생각났다. 내 손가락이 바이올린 줄에서 미끄러지더니 결국 바이올린이 내는 날카로운 끼익 소리에 움찔했다. 바이올린을 옆으로 집어 던지지 않기 위해 큰 인내심이 필요했다. 이 남자애를 내 머릿속에서 떨쳐내야 했다. 그에게 미안한 마음이 드는 것이 싫다. 그는 자기 멋대로 나에 대해 섣부른 판단을 내린 채 다가왔고, 다른 사람들처럼 나도 자기에게 당연히 넘어올 것이라고 믿었다. '공동체 찾기' 이야기를 해보자. 크리스천 파월은 가는 곳마다 자신을 중심으로 공동체를 만든다. 크리스천은 심지어 노력조차 하지 않는데도, 누구에게나 사랑받는다. 그는 결코 외로움을 느낄 이유가 없을 터였다.

맙소사, 내가 크리스천을 질투하는 건가?

어쩌면 그런지도 모른다. 공동체를 찾는 이야기는 모두 좋지만, 이는 공감할 수 있는 사람들을 만나야 가능하다. 문화와 관심사, 가치를 공유하는 사람들 말이다. 그리고 이런 공통점을 가진 사람들을 찾기 위해서는 실제로 자신의 문화와 관심사, 가치가 무엇인지 알아야 한다.

우리 아빠는 절반은 도미니카공화국 사람이다. 그의 따뜻한 피부색과 갈색 눈동자가 그 사실을 잘 보여준다. 찰스 아빠는 뉴욕에 거주하는 유서 깊은 유대인의 혈통을 이어받은 외아들이었다. 레타 고모에게는 네덜란드인의 피가 흐르고, 그 혈통은 1800년대까지 거슬러 올라간다. 나를 만든 난자를 기증한 여성이 파란 눈을 가졌다는 사실은 분명하고, 완전히 정신 나간 어떤 일이 벌어지지 않는 한 아마도 그녀에 대해 내가 알 수 있는 정보는 더 이상 없을 것이다. 아빠는 가족 식사나 행사 때마다 내가 소속감을 느낄 수 있게 정말로 열심히 노력했다. 그리고 아빠의 친척들은 하나같이 나를 죽을 만큼 사랑하지만, 이 모든 환경도 내가 여전히 외부인처럼 느껴진다는 사실을 바꾸기에는 역부족이었다.

나는 스페인어를 할 줄 모른다. 회당에 방문한 적도 없고, 유대교 소녀들의 성인식인 바트미츠바를 치른 적도 없다. 나는 내가 정말

네덜란드인인지 모르겠다. 내 푸른 눈은 스웨덴인이나 잉글랜드인, 독일인에게서 물려받은 것일 수도 있다. 나는 누굴까? 그냥 로스라는 사실을 빼면 뭐가 있지? 어떤 날에는 이 사실만으로도 충분하다고 느끼기는 하지만.

다른 날에는, 예를 들어 오늘 같은 날에는 잘 모르겠다.

나는 바이올린을 다시 턱 밑에 끼워 넣고 떨리는 두 손의 감각을 애써 무시했다. **항상 하던 대로 해, 로스. 집중. 다른 일에 집중해. 어쩌면 이번에는 잘될지도 몰라.**

연주를 다시 시작했다. 반복하고 또 반복했다. 음이 모두 이탈하고 불안정하게 느껴졌다. 이건 분명히 내가 원하는 방향이 아니었다.

크리스천

연습 시간인 지금 나는 확실히 최고의 기량을 발휘하지 못하고 있었다.

날씨가 여전히 쌀쌀한 관계로 코치는 실내 경기장에서 훈련을 진행하기로 했다. 노스이스턴고에는 미식축구팀도 있지만, 수년간 좋은 성적을 거두지 못했다. 그러나 축구팀은 이야기가 달랐다. 우리는 미국 내에서 최고의 팀 중 하나이고, 그래서 교육청에서 항상 우리에게 조금 더 많은 돈을 지원해주었다. 엄밀히 말해 지금은 축구 시즌이 아니지만, 브랜슨 코치는 선수들이 체력과 정신력을 유지하도록 규칙적으로 연습과 운동을 시켰다. 그는 약 십 년 동안 노스이스턴고 축구팀을 훈련하며 승리로 이끌었고, 우리가 그의 감시에서 벗어나게 놓아두지 않았다.

내가 훈련에 집중하지 못한 벌로 경기장을 몇 바퀴 더 뛰게 된 이유도 이것 때문일 것이다. 몬티도 내 상태를 눈치챈 모양이었다. 내가 그에게 공을 곧장 패스하지 못하고 실수할 때마다 수상쩍은 표정을 지어 보였다. 마침내 코치가 훈련을 멈추고 휴식 시간을 주자 몬티가 내게 다가와 어깨를 툭 부딪치며 말했다. "야, 오늘 정신을 어디에 두고 온 거야?"

몬티와 나는 초등학생 때부터 친구였다. 나의 모든 한심한 순간들을 보아온 몬티는 아마 다른 누구보다도 나를 제일 잘 알 것이다. 팀의 포워드인 몬티는 수년간 내 뒤를 받쳐주었고, 이는 경기장 밖에서도 예외가 아니었다. 중학생 때 딱히 여자친구라고 말하기 뭐한 여자애들과 만났을 때도, 윌 형이 집을 나가서 힘들어했을 때도, 샘과 헤어졌을 때도 내 곁을 지켜주었다. 또 몬티는 자기 아빠를 제외하면 내게 제일 먼저 커밍아웃을 했다. 내가 곧바로 그를 지지해주었다고는 말 못 하겠다. 몬티를 지칭하는 대명사가 바뀌지는 않았으나 남성도 여성도 아닌 제3의 성을 가진 사람이라는 개념을 이해하기 위해서는 설명이 필요했다. 그러나 결국 몬티는 여전히 몬티였고, 우리 둘 사이에 변한 것은 없었다. 그리고 몬티에게 누구든 이상하게 구는 축구팀원들이 있다면, 뭐, 그도 내가 자신의 뒤를 받쳐줄 거라고 믿고 있었다.

나는 몬티를 향해 고개를 저으며 물통을 들고 인조 잔디 위에 털썩 주저앉았다. "미안해, 몬티. 그냥 딴 데 있어."

"그래? 뭐, 애덤이 네 자리를 뺏는 데 다른 이유가 더 필요해 보이지 않네. 그러니 걔가 코치한테 가서 네 실력이 녹슬고 있다고 설득하기 전에 정신 차리는 게 좋을 거야."

나는 경기장 건너편을 응시했다. 애덤은 우리 팀 최고의 미드필더지만, 그가 포워드 자리 중 하나를 노리고 있음은 공공연한 사실이었다. 우리는 매년 테스트에서 이 자리를 놓고 경쟁했고, 내가 매번 차지해왔다. 애덤은 나를 라이벌로 생각하겠지만, 솔직히 나는 신경 쓰지 않았다.

나는 숨을 내뱉으며 낮게 신음했다. 그러자 몬티가 옆에 앉으며 나를 다시 툭 쳤다. "너처럼 만만한 상대도 없을 거다, 크리스. 한 번쯤 무언가를 얻기 위해 싸우면 죽기라도 한대?"

"지금 그러는 중이야."

"그러셔?" 몬티가 내 쪽으로 고개를 기울이자 그의 검은 머리가 한쪽으로 툭 흘러내렸다. "말해봐."

머쓱해진 나는 붉어지기 시작한 목 뒤를 문질렀다. "며칠 전에 어떤 여자애를 봤어. 샘의 연극에서. 오늘 걔와 대화를 시도했는데, 아무래도 내가 망친 것 같아."

"누구였어?"

"로스 쇼라고 알아?"

"로스?" 몬티는 충격을 받은 표정으로 나를 응시하며 몸을 뒤로 젖혔다. "맙소사, 걘 네게는 너무 벅찬 상대야, 친구."

"뭐라고? 왜?"

"걘 그냥 누구와도 어울리지 않는 애야. 그게 다야. 말도 별로 안 하고, 걔한테 대시하는 애들은 전부 단칼에 잘려나가지."

"응, 사실 네 마지막 말이 뭔지 이미 경험했어." 나는 최대한 신랄하게 들릴 어투로 말했다.

"그래도 포기 안 한다는 거지?" 몬티가 나를 부추겼다.

"안 해. 샘이 자기한테 나를 도와줄 계획이나 뭐 그런 게 있다고 했어."

몬티가 한 손을 들어 얼굴을 덮었다. "맙소사. 샘에게 도와달라고 했다고?"

"왜 안 그러겠어? 걘 똑똑한 데다 사람들이 자신에게 말을 걸게 만드는 법을 알아. 이런 문제에 조언해줄 사람으로 딱인 애지."

"그런데 넌 전 여친에게 데이트 도움을 부탁하는 게 조금 이상하다고 생각하지 않아?"

나는 입술을 깨물었다. "솔직히 말해, 전혀. 아무튼 우린 친구 사이가 더 잘 맞아. 그리고 걔도 여기에 동의했고."

"다시 한번 말하는데, 로스는 네게는 너무 벅찬 상대야."

이제 내가 그의 입을 다물게 만들 차례였다. "시끄러워."

몬티는 그저 웃기만 했다. "그래서 샘이 꾸미고 있는 놀라운 마스터플랜이 뭐래?"

"나도 아직 몰라. 연습 끝나고 얘기를 나누며 아이디어를 좀 내보자고 하더라. 걔는 내가 아는데, 내가 원하는 것보다 훨씬 더 많은 일에 휘말리게 될 거야."

"맞아, 하지만 네가 도와달라고 했지. 그러니 이제 네가 감당해야해. 누가 알아? 샘이 정말로 네가 노스이스턴고의 얼음 공주를 녹일수 있게 도움을 줄지도 모르지."

브랜슨 코치가 호루라기를 불자 모두가 자리에서 벌떡 일어났다. "넌 로스 같은 사람이 나를 정말 좋아할 리 없다고 생각해?" 경기장 안으로 들어가면서 나는 몬티에게 물었다.

"일단 너를 알게 되면 이 세상 누구도 너를 좋아하지 않을 사람은 없다고 생각해, 크리스." 몬티가 연습용 축구공 하나를 집어 들어 축구화 발등에 올려놓고 중심을 잡더니 내게로 찼다. 나는 날아오는 공에 머리를 맞지 않도록 조심하며 잽싸게 공을 잡았다. "샘이 재미를 다 봤을 때쯤에도 로스의 대화 상대가 여전히 너라는 점만 확실히 해."

샘

내 계획은 아주 심도 있는 조사로 시작할 것이다. 크리스천은 온라인에서 로스에 대한 정보를 하나도 찾을 수 없었다고 말했는데, 그는 아마추어 수준의 인터넷 스토커에 불과했다. 이 정도로 찾기 힘든 누군가를 찾아내기 위해서는 전문가의 솜씨가 필요한 법.

집으로 돌아온 나는 갓 내린 할머니의 디카페인 커피를 한 잔 들고 내 책상 앞에 앉아 휴대폰을 충전기에 연결한 다음 로절린 쇼 찾기라는 어려운 과제에 착수했다. 크리스천의 말대로 페이스북 어디에서도 그녀를 찾을 수 없었다. 어차피 여기서 그녀를 찾을 수 있을 거라고 기대하지도 않았다. 로스처럼 비사교적인 사람들은 보통 소셜미디어에 사생활을 공개하지 않는다.

대신에 나는 트위터와 인스타그램 수색에 집중했다. 두 사이트는 모두 자신이 원하는 온갖 종류의 사용자 이름을 사용할 수 있기 때문에 사람을 찾는 데 훨씬 더 어렵다. 그러나 내가 괜히 전문가가 아니다. 그녀의 본명으로 검색했을 때 아무런 결과를 얻지 못하자 나는 시험 삼아 그녀에게 어울린다고 생각하는 몇 개의 사용자 이름을 시도해보았다. 'tamingoftheshew(말괄량이 길들이기)'가 제일 마음에 들지만, 아무것도 나오지 않았다. 심지어 포괄적인 구글 검색을 해봐도 나오는 것이 거의 없었다. 이 정도면 내가 믿을 수 없을 정도로 운이 없는 사람이거나, 그녀가 자신을 비주류로 구분 짓는 개성 강한 힙스터라서 소셜미디어 근처에도 가지 않는 사람이거나 둘 중 하나다. 그리고 이건 내 작은 계획이 제대로 시작해보기도 전에 박살 날 수 있다는 걸 뜻했다.

나는 전략을 바꿔 그녀가 관여했을 만한 것들을 찾아보았다. 내가 아는 바에 따르면 그녀는 토론팀의 일원이다. 가끔 학교 트위터에 이런 토론 토너먼트 소식이 올라오기도 하지만, 학생들을 태그하는 경우는 없다. 역시 허탕이었다. 현실에서처럼 이 가상 세계 탐험에서도 노스이스턴고의 도움을 받을 수 있으리란 기대는 접어야 하나 보다.

참 아이러니하게도 마침내 〈아트 펄스〉에서 무언가를 건질 수 있었다. 이 잡지사는 상당히 활동적으로 트위터와 인스타그램 계정을 운영하고 있었다. 트위터 계정은 대부분 젠트리피케이션이 어떻게 그라피티 문화를 죽이고 있는가에(실제로 사실이기는 하지만 왜 모두 대문자로 적어야 했는가?) 관한 기사나 비판 글 링크들로 채워져 있었다. 하지만 예전 인스타그램 게시글을 살펴보던 나는 노다지를 캐냈다. 조명이라고는 좌석의 열을 따라 긴 그림자를 드리우는 희미한 스포트라이트 하나뿐인 텅 빈 극장을 찍은 흑갈색의 세피아 톤 사진 한

장이었다. 사진의 설명은 연극의 본질에 대한 유명한 극작가의 말을 인용한 것이었지만, 그 밑에 사진의 출처와 링크가 적혀 있었다.

@rosshewphotography

내 심장이 세차게 쿵쾅거렸다. **찾았다!** 그녀가 분명했다. 로스 쇼라는 동명이인이 〈아트 펄스〉에서도 일할 가능성이 얼마나 되겠는가? 팔로워 수가 특별히 많지는 않았지만, 내가 생각하는 그 사람이 맞다면 800 팔로워는 그리 나쁘지 않았다.

내 1만 5천 팔로워에는 미치지 못하지만, 그래도.

나는 이 계정의 사진들을 훑어보며 운영자에 대해 더 많은 정보를 얻을 수 있는지 보았다. (풍경 사진, 클로즈업한 단풍 사진, 예술적인 스타일의 카페라테 사진 등) 평범한 '사진 기법'으로 찍은 사진들이 몇몇 보이는 가운데 놀라운 사진들도 일부 눈에 띄었다. 남자가 한쪽 무릎을 꿇고 공개 프러포즈하는 장면처럼 실제로 마음이 따스해지는 순간을 담은, 꾸밈없이 자연스러운 사람들의 모습을 찍은 사진들이었다. 평범한 것들마저 특이한 각도나 흥미로운 초점으로 찍혀 있었다. 마치 우리가 이 임의의 것들을 완전히 다른 시각으로 봐주기를 바라는 것처럼, 우리가 놓친 중요한 무언가가 존재하는 것처럼, 그리고 사진 작가가 이를 우리에게 보여주기로 결심한 것처럼.

내 얼굴에 미소가 서서히 피어오르기 시작했다. **의심의 여지 없이** 로스다.

나는 곧바로 크리스천에게 문자 메시지를 보냈다.

샘 네 인스타 비번이 뭐야?

크리스천 그건 왜?

샘 그냥 좀 알려줘, 바보야☹

　그는 몇 분 뒤 답장을 보냈고, 나는 그의 계정에 로그인한 뒤 잠시 시간을 내서 그의 프로필을 살펴보았다. 내가 기억하는 그대로였다. 정말… 우스꽝스러울 정도로 엉망이었다. 어색한 셀카 사진이나 흐릿한 축구장 사진, 필터를 지나치게 많이 씌운 반려견 사진이 대부분이었다. 매우 '크리스천'답기는 하지만 흥미롭지 못했다. 열정적이고 지적인 사진작가가 그와 대화하고 싶게 만들 만큼은 아니었다. 개선할 필요가 있었다.

　샘 네 계정은 엉망이야☺

　크리스천 적어도 누구처럼 여기저기에 내 반나체 사진을 올려놓지는 않았지

　샘 내가 입은 건 스포츠브라야, 이 남성 우월주의자야. 내일 학교 끝나고 만나. 네 온라인 프로필을 손 좀 봐야겠어

　크리스천 걜 찾았다는 얘기야?

　샘 당연하지☺

　크리스천 넌 마법사가 분명해, 샘

　샘 그래, 반나체 마법사지

　크리스천 그 말은 미안

샘 시끄럽고, 오늘 밤에 그래도 좀 괜찮은 모습이 담긴 네 사진을 찍어봐. 그러면 모두 용서해주지. 나 혼자 모든 일을 다 할 순 없어

크리스천 👍 알았어

나는 휴대폰을 내려놓고 식어서 미지근해진 디카페인 커피를 한 모금 마셨다. 이 프로젝트는 그 어느 것보다도 까다로운 계획이 되어가고 있었다. 만약 성공한다면? 크리스천은 기뻐 날뛸 테고, 나는 내가 그 리뷰보다 낫다는 사실을 확인하게 될 터였다. 로스는 지구상에서 가장 차가운 사람이 되지 않는 이상 크리스천과 같은 남자에게 관심을 가지지 않을 수 없을 것이다.

그리고 로봇이 아니고서는 내가 그녀 앞에 던지는 유혹을 뿌리치지 못할 것이다. 이 점이 더 중요했다. 크리스천이 가진 전형적인 미국 소년의 매력에 나의 완벽한 프로필 사기 전력이 더해지면 로절린 쇼에게 승산은 없다.

크리스천

"한 번만 더 움직이면 정말 내 손에 죽을 줄 알아." 샘이 으르렁거리며 말했다.

나는 험악한 눈초리로 샘을 쏘아봤다. "난 이제 지쳤다고, 샘. 잠깐만이라도 쉬었다 하면 안 돼?"

"알았어, 십 분."

나는 안도하며 뒤로 몇 걸음 물러난 다음 침대 위로 쓰러졌다. 샘이 손수 내 방을 깨끗이 정리하며 침대 시트를 팽팽하게 잡아당겨 놔서 예상했던 것보다 내 몸이 더 높게 튕겨 올랐다.

샘이 놀렸다. "엄살 한번 대단하네."

"벌써 몇 시간째라고!"

사실이었다. 오늘은 방과 후에 축구 연습이 없었고, 그래서 샘은 수업이 끝나고 '소셜미디어 변신'을 위해 만나야 한다고 우겼다. 그녀는 로스의 인스타그램을 어떻게 찾아냈는지와 첫인상이 엉망진창이었음에도 로스가 나와 대화를 나누고 싶어 할 만큼 충분히 흥미로운 프로필을 어떻게 만들어야 하는지를 설명했다. 내 예전 게시물들을 일부 삭제하는 작업이 첫 출발이었는데, 내가 어떤 소녀들과 함께 찍은 사진들이나 샘이 계속 올려놓고 있기에는 너무 별로라고 생각하는 것들("네가 축구 선수인 건 다 알아!") 등이었다. 그리고 지금은 변신 단계를 진행하는 중이었다. 전부 다른 날에 찍은 사진처럼 보이기 위해 나는 지금까지 최소한 여섯 벌의 셔츠를 바꿔 입었다. 지금은 오후 다섯 시가 다 되었고, 나는 수업을 마친 뒤부터 지금까지 계속해서 자연광 활용법과 가장 멋지게 보이는 각도, 진심처럼 보이는 미소 짓기에 대한 잔소리를 들어야 했다.

두 뺨이 다 아플 지경이었다. 지금 내가 가장 하기 싫은 일이 이 미소 짓기였다.

양키가 침대 위로 뛰어올라 내 얼굴을 핥았다. "지금까지 찍은 사진으로 충분할 거야." 내가 양키를 밀어내며 말했다.

샘이 고개를 저었다. "아직은 아니야. 다양한 사진이 좀 더 필요해. 그래야 자연스러운 변화처럼 보이지. 네가 어느 날 갑자기 인스타그램을 잘하게 된 것처럼 보이면 안 된다고. 그러면 의심을 사게 될 거야."

"넌 이 일을 지나치게 복잡하게 생각하고 있어."

"그렇지 않아, 크리스천! 사람들은 실제로 이런 것들에 관심을 기울인다고. 이 문제는 날 믿어. 내가 더 근사하게 만들어줄게."

양키는 나를 질식시킬 작정인 게 분명했다. 그래서 나는 몸을 조금 일으켰다. "하지만 이런 건 하나도 나같이 느껴지지 않아, 안 그래? 나는 평소 사진이나 내 모습에 이렇게 공을 들이지 않는다고. 나는 그런 사람이 아니야. 로스가 나와 시간을 보내게 된다면 금방 알아차릴 거야."

"그게 내가 똑똑하게 구는 이유지." 샘이 침대 반대편에 앉으며 잠시 양키의 주의를 끌었다. 샘은 한 손에 들린 휴대폰에 시선을 고정한 채 우리가 찍은 사진들을 훑어보면서 다른 손으로 내 머리를 끌어당겼다. "나는 너를 완전히 다른 사람으로 만들려는 게 아니야. 약속할게. 이게 지속되려면 여전히 익숙한 모습일 필요가 있어. 나는 네가 가진 장점들을 가져와서 뻥 터뜨릴 거야. 이 모두가 여전히 너인 거지. 단지 더 나을 뿐."

"내가 쓰레기 버전이란 걸 알려줘서 고맙네."

이제 샘이 날 쏘아볼 차례였다. "난 지금이라도 그만둘 수 있어, 파월."

나는 싱긋 미소를 지었다. "안 그럴 거야. 지금 그만두기엔 너무 깊게 관여했거든."

샘이 침대에 털썩 드러눕자 손에 들고 있던 휴대폰이 튕겨 나왔다. "네가 그 사실을 알고 있단 사실이 마음에 안 들어."

나는 지난 며칠간 나를 괴롭혀온 질문을 할까 말까 고민하며 샘을 잠시 바라보았다. "샘?"

"응."

"왜 날 도와주기로 한 거야? 내가 처음에 부탁했을 땐 정말 열 받아 했잖아. 그런데 이젠 이 일을 마치 네가 통과해야 하는 시험처럼 여기고 있어. 뭣 때문에 생각이 바뀐 거야?"

샘은 꼼짝도 하지 않고 입술을 깨물었다. 나는 안다. 지금 샘의 머릿속에서 무언가가 돌아가고 있다는 걸. 전에도 샘에게서 본 적 있지만, 그녀가 절대로 인정하지 않은 무언가가.

"벨레로즈 어셈블리 발표 말이야." 샘이 마침내 입을 열었다. "로스가 학생 기조연설자로 뽑혔잖아. 내 연극이 너무 달달하고 비현실적이라고 말했던 걔가 자신은 마치 실제로 뭐라도 아는 사람처럼 진정한 사랑이 뭔지를 이야기하는 자리에 서게 됐다고. 이건 불공평해."

"그래서 뭐야? 걔가 나와 데이트하게 만드는 걸로 복수하겠다는 거야?"

샘은 자리에서 벌떡 일어나 앉았다. "아니야! 네가 걔한테서 뭘 봤는지는 모르겠어, 크리스천. 왜냐하면 개인적으로 난 걔가 끔찍하다고 생각하거든. 하지만 넌 내 친구야. 네가 도움을 청했고, 그래서 내가 지금 여기 있는 거야. 우린 서로를 도와야 하잖아, 안 그래?"

샘이 주먹을 내밀자 몇 초 뒤에 나도 주먹을 내밀어 그녀의 주먹을 쳤다. 내 질문에 대한 정확한 답은 아니었지만, 아마 내가 들을 수 있는 대답에 가장 근접한 말일 터였다. "그래, 그래야지."

그때 방문이 삐걱거리며 열리는 소리가 났다. 문틈으로 우리를 엿보는 한 쌍의 커다랗고 파란 눈이 보였다. 그녀는 이가 빠진 자리를 드러내며 활짝 웃고 있었다. 나는 한숨을 내쉬었다. "원하는 게 뭐야,

에이미?"

에이미가 문을 밀어 열고 양손을 엉덩이에 얹은 채 큰 소리로 알려주었다. "오빠가 적절하게 행동하는지 확인해보라며 엄마가 보냈어!"

나는 신음하며 베개 중 하나에 얼굴을 묻었고, 동생과 샘은 웃음을 터뜨렸다. "얼른 나가, 이 꼬마 악당아."

"아니야, 이건 완벽해." 샘이 침대에서 뛰어내려 방을 가로질렀다. 사방이 조용해지고, 나는 베개에서 얼굴을 들고 샘이 내 동생의 귀에 대고 무언가를 속삭이는 모습을 보았다. 에이미의 눈이 어린아이의 천진한 즐거움으로 반짝이더니 갑자기 비명을 지르며 나에게 달려들었다.

순식간에 벌어진 일이라 동생이 나를 덮치기 전에 손을 들어 방어하는 데 실패하고 말았다. 조그만 손가락이 내 옆구리로 파고들었으며 까르륵거리는 높은 웃음소리가 내 귓가에 울렸다. 나는 몸을 접어 빠져나오려고 했지만, 동생은 일곱 살짜리치고 깜짝 놀랄 정도로 힘이 셌다. 나는 저항할 힘을 잃고 폭소를 터뜨리고 말았다.

양키는 이 상황을 재미있는 놀이로 인식했는지 여기에 가담하기 위해 다시 침대로 뛰어올랐다. 이제 양키의 불쾌한 입 냄새까지 더해져 동생의 간지럼 고문을 받다가 질식할지도 모를 일이었다. 그리고 문자 그대로 이건 하나도 재미없었다. 그런데도 나는 웃고 있었다. 그리고 누군가가 바로 지금 내게 이 상황에서 벗어나고 싶은지 묻는다면 분명하게 아니라고 대답할 것이다.

방문 쪽에서 누군가가 킥킥거리며 웃고 있었다. 샘이 여전히 그곳에 서서 내가 시달리는 동안 휴대폰을 들고 이 장면을 찍고 있었다. "좀 도와줘, 이 변태야." 나는 힘없이 숨을 헐떡이며 말했다.

　　"절대로 그럴 순 없지." 샘은 오랜만에 아주 환하게 웃고 있었다. 학교에서 보여주는 미소나 사진에 잘 나오기 위해 짓는 미소가 아닌 진짜 미소, **진짜** 샘의 모습이었다. 심지어 나도 샘의 이런 면을 자주 보지 못했다. 보기 좋았다. 내가 본래 샘에게서 보았던 것을 떠올리게 했다. 샘은 고개를 저으며 문틀에 기대어 휴대폰을 더 멀리 내밀었다. "이게 오늘 내내 찍은 영상 중 최고야."

샘

크리스천에게 별난 여자친구 만들어주기 작전을 공식적으로 개시한 지 사흘이 지났다. 이제 첫 번째 접촉을 시도할 때가 되었다. 나는 우리가 화요일에 찍은 사진들을 지난 며칠간 꾸준히 인스타그램에 올려왔다. 그 결과, 내 자랑은 아니지만, 크리스천의 보기 지루할 정도로 단조로운 인스타그램이 시선을 끄는 매력적인 사진들로 상당히 매끄럽게 채워지고 있었다. 운이 따라준다면 로스가 기꺼이 그에게 다시 한번 기회를 줄 정도로 좋은 두 번째 인상을 남길 수 있을 것이다.

샘 이제 때가 된 것 같아, 친구

크리스천 잠깐만, 진심이야? 확실해?

샘 물론 확실하지. 내가 걔 번호를 알아내면 걔랑 얘기 나눌 수 있겠어?

크리스천 응, 그럴 수 있을 것 같아. 맙소사, 엄청 긴장되네

샘 진정해. 내가 먼저 대화를 시도할 거야. 그러니 운이 좋다면 제일 힘든 부분은 이미 해결되는 거야. 넌 그냥 마음 편히 가지고 내가 가르쳐준 대로만 해

크리스천 오케이!

샘 또 연락할게 👄

내게는 크리스천과 로스의 첫 번째 조우를 위한 대본이 있었다. 어제 오후 5교시 수업을 듣는 도중에 연애 천재다운 영감이 떠올라 기록해두었다. 이제 인스타그램에서 이를 그대로 활용하는 일만 남았다. 그러면 여기서부터 모든 일이 흘러갈 것이다.

개인 메시지를 시작하기 위해 로스의 계정을 여는 내 손이 조금 떨렸다. 젠장, 내가 왜 떠는 거지? 프로필 조작 경험은 이번이 처음이 아니고, 데이트 신청도 분명 처음이 아니다. 그런데 여기에 걸린 판돈이 어쩐지 다르게 느껴졌다. 어쩌면 나만 영향을 받고 끝나는 게 아니기 때문일지도 모른다.

나는 깊게 숨을 들이마시고 보내기 버튼을 누른 다음에 휴대폰을 내려놓았다. 메시지 창만 계속 뚫어지게 들여다보다가는 나 자신에 대한 의심이 들기 시작할 것 같아서였다. 내 접근법은 완벽했다. 지나치게 겸손하지도, 지나치게 자신만만하지도 않고, 완벽하게 크리스천다웠다. 내가 그를 아주 잘 안다는 사실이 그에게는 행운이었다. 이제 공은 내 손을 떠났고, 그녀가 답장을 보내든지 말든지 둘 중 하

나로 결론이 나겠지. 그리고 결과가 어떻든 나는 이 일에 최선을 다했다고 말할 수 있다.

나는 체스를 잘 모르지만, 첫수를 먼저 두는 사람이 일반적으로 더 유리하다고 들었다. 나는 내 폰을 움직였고, 이제 상대가 대응하기를 기다리기만 하면 된다.

로스가 나보다 체스를 더 잘 두지 않기를 바랄 뿐이다.

로스

나는 과제를 하는 동안에는 휴대폰을 잘 보지 않는다. 그런데 역사 에세이를 작성하는 도중에 필요한 날짜가 기억나지 않았다. 나는 휴대폰을 집어 들었다. 교과서에서 찾아보기보다는 구글에서 검색하면 언제나 더 빠르게 원하는 정보를 얻을 수 있기 때문이다. 휴대폰을 집어 들었을 때 인스타그램 아이콘에 떠 있는 작은 알림 풍선을 보았다. 이런 경우는 상당이 드물었다. 알림 설정이 되어 있기는 하지만, 조회 수가 많지 않고, 있다고 해도 누군가가 내 사진을 보고 가격이나 다른 것들을 물어보는 일이 보통이었다.

용돈을 벌 기회라는 생각이 든 나는 인스타그램 앱을 열고 모서리의 작은 말풍선을 클릭했다. 내가 생각했던 대로 모르는 계정에서 보낸 쪽지였다. 그런데 내용은 내 예상을 빗나갔다.

크리스포2002 안녕! 난 같은 학교에 다니는 크리스천이야. 로스
맞지?

세상에. 처음엔 데이트를 신청하더니 이젠 이거다. 내가 잘못 보
고 있는 건 아니겠지? 나는 재빨리 답장을 보냈다.

로스쇼포토그래피 맞아, 나야. 이 계정은 어떻게 찾은 거야?

답장은 몇 분 뒤에 왔다.

크리스포2002 〈아트 펄스〉 인스타그램을 팔로우하고 있어. 거기
서 게시한 사진 중 하나를 통해 이 계정을 알게 됐고, 여기서 다른 사
진들을 보고 분명 너일 거라고 생각했지

내가 다시 답장을 보내려고 할 때 크리스천의 이름 아래에 작은
'작성 중' 표시가 떴다. 크리스천에겐 아직 할 말이 더 남아 있나 보
다. 내게 한소리를 하고 싶다거나 뭐 그런 걸까? 어떤 남자들은 거절
을 잘 받아들이지 못한다. 그를 차단하는 게 좋을지도 모른다.

그러나 그렇게 하는 대신에 나는 두 번째 메시지가 뜰 때까지 화
면만 응시했다.

크리스포2002 있잖아, 지난번 일에 대해 사과하고 싶었어. 내가

너무 감정적으로 군 데다 다음 수업에 들어가야 하는 바쁜 사람을 붙잡고 너무 몰아붙인 것 같아. 이런 어색한 첫인상을 남기고 싶진 않았는데 ㅎㅎ

아. 내 어깨에서 긴장이 어느 정도 풀렸다.

크리스포2002 그런데…

하지만 곧바로 원상태로 돌아갔다.

크리스포2002 기분 나쁘게 듣지는 말아줘. 네가 먼저 말해주지 않으면 네가 물어본 것들을 내가 어떻게 전부 알 수 있겠어? 너는 페이스북도 하지 않고, 이 계정을 찾은 것도 다 운이었는데. 게다가 너는 학교에서 사람들과 말을 잘 하지 않는 것처럼 보이더라. 네가 물어볼 상황에 대비해 내가 그 모든 것들을 알아내려고 네 주변을 기웃거릴 수는 없는 거잖아? 어디서 읽었는데 여자들은 졸졸 따라다니며 귀찮게 구는 남자를 싫어한다더라. 그날 왜 그런 거야?

크리스천이 한 말 중 몇 가지는 맞는 말이었다. 크리스천은 실제로 바쁜 사람을 붙잡고 몰아붙였고, 그의 접근 방식은 전반적으로 좋지 않았다. 하지만 다른 한편으로 내가 질문을 퍼부으며 그가 실패할 수밖에 없는 상황을 만든 것도 사실이었다. 하지만 내가 왜 그

랬는지 간단하게 답해줄 수 없었는데, 나조차도 잘 모르기 때문이었
다.

로스쇼포토그래피 사과 받아줄게. 그리고 맞아, 내가 조금 불공평
했을지도 몰라. 하지만 넌 나를 엄청 당황하게 만들었어. 내가 뭘 어
떻게 해야 했겠어?

크리스포2002 기회를 주는 건 어때? 일부러 너를 당황스럽게 만
든 건 아니었어. 맹세해. 긴장해서 그랬던 거야

긴장했다고? 나는 크리스천 파월이 어떤 일에 긴장하는 그런 사
람이라는 인상을 받은 적이 없다. 내가 그에 대해 들은 이야기들은
하나같이 모두가 그를 좋아한다는 말뿐이었다.

로스쇼포토그래피 왜 긴장했는데?

크리스포2002 그 질문에 꼭 대답해야 해?

로스쇼포토그래피 지금 사과를 하는 사람은 너야. 그러니 대답해
야지.

크리스포2002 좋아, 알았어. 왜냐하면 난 네가 멋지다고 생각하
거든

로스쇼포토그래피 …아무래도 네가 사람을 잘못 본 것 같네.

크리스포2002 그건 절대 아니야

로스쇼포토그래피 도대체 어떤 평행 우주에서 너 같은 애가 나를

멋지다고 생각하겠어?

크리스포2002 몰라. 넌 그냥 그런 분위기를 풍겨. 마치 너무 똑똑해서 널 성가시게 할 수 있는 건 아무것도 없다는 것처럼 말이야

벽에 머리를 박고 싶었다. 그 '분위기'란 것이 전에도 나를 이런 상황에 빠뜨렸다. 사람들은 항상 사실인지 아닌지 확인할 생각도 하지 않고 나에 대해 이런저런 추측을 한다. 크리스천에게 정확한 사실을 막 말해주려고 하는데, 그의 메시지가 먼저 떴다. 아무래도 그가 문자를 치는 속도가 나보다 빠른 모양이다.

크리스포2002 네 말이 맞아. 난 너를 잘 몰라. 하지만 알고 싶어. 혹시 너도 나를 알고 싶은 마음이 있는지 알아보기 위해 너랑 대화해볼 생각을 한 거야. 하지만 첫 번째 시도에서는 망쳐버렸지. 적어도 미안하다는 말은 해야 할 것 같아서 너와 다시 얘기해보고 싶었어. 그리고 네가 나에게 재도전의 기회를 줄 마음이 있는지도 궁금하고. 아니어도 전부 이해해. 그냥 물어보고 싶었어

내가 휴대폰 화면을 응시하는 동안 몇 분의 시간이 흘렀다. 이 대화는 내가 예상했던 방향과는 전혀 다르게 흘러가고 있었다. 어쩌면 내가 첫 만남에서 불필요하게 냉정했는지도 모르지만, 그에게 두 번째 기회를 줄 가치가 있을까? 내가 그걸 **원하기는** 하는 걸까?

나는 시간을 끌기 위해 대화를 중단하고 크리스천의 인스타그램

을 살펴보았다. 상당히 단순해 보였다. 그의 프로필에는 이름과 재학 중인 학교, 노스이스턴고 축구팀 이름만 적혀 있었다. 팀 이름은 디컨스였다. 사진들은 상당히 평범했다. 열일곱 살 남자애의 사진에서 발견하고 충격받을 만한 모습은 없었다. 가장 최근 것은 일상적인 셀카 사진이었다. 밝은 빨간색 티셔츠를 입은 크리스천이 카메라를 응시하며 미소를 짓고 있었다. 일종의 필터를 씌웠는지 그의 파란 눈이 유독 눈에 띄었다.

나는 고등학교의 현실에 완벽히 무관심하지는 않았다. 크리스천이 인기가 많은 이유가 있었다. 그는 누구와도, 심지어 선생님들과도 잘 지냈고, 스포츠 잡지에서 곧장 튀어나온 듯한 외모도 한몫 거들었다. 그는 여러모로 잘났다. 이것이 이 모든 상황이 말이 안 되는 이유였다. 크리스천 같은 애가 내게서 무슨 매력을 느꼈을까? 나의 무엇을 보고 자신과 어울린다고 생각했을까?

다음 사진은 늦은 저녁에 노스이스턴고 야외 축구장에서 찍은 것이었다. 그림자가 길게 드리워지고 황금 시간대의 빛이 색깔을 돋보이게 만들었다. 솔직히 말해 나쁜 사진은 아니었다. 밑에 달린 설명에는 '제2의 고향을 그리워하며'라고 적혀 있었다.

맙소사, 이건 운동광 소년이 책벌레 소녀에게 반하는 전형적인 이야기 아닌가? 실제로 토할 것 같은 느낌이 들었다. 나를 미치게 만드는 진부한 표현이었지만, 다른 사람들에게는 먹히는 모양이었다.

그런데 축구장 사진 다음 게시물을 보고 나는 조금 놀랐다. 이번에는 동영상이었다. 전문가의 손길을 거친 듯한 앞의 두 장의 사진과는 느낌이 달랐다. 흐릿해서 동영상 속의 존재가 크리스천인지 바로 알아보기 힘들었다. 크리스천은 자신의 침대에 큰대자로 뻗어 있는데, 그를 덮친 골든리트리버와 작은 소녀의 몸에 가려져 그의 모습은 거의 보이지 않았다. 머리와 눈 색깔에 근거해 나는 이 소녀가 그의 동생이라고 추측했다. 동생이 크리스천을 간지럽히는 모습처럼 보였고, 그가 입을 크게 벌리며 웃고 있었다. 동영상을 무음으로 해놓아도 그의 웃음소리가 들리는 듯했다. 그는 정말 순수하게 행복해 보였다. 내 머리 한구석에서 평소에 자주 들리지 않는 작은 목소리가 속삭였다. **어쩌면 크리스천은 다를지도 몰라.**

나는 메시지 창을 다시 열었다.

로스쇼포토그래피 엄밀히 말해 연극이 네 첫인상이었어. 이번은 세 번째야.

크리스포2002 좋다는 말이야?

로스쇼포토그래피 '두고 보자'는 뜻이야.

크리스포2002 '두고 보자'도 괜찮아. 이제 내가 한시라도 빨리 알아내지 못하면 혼날 테니 물어볼게. 좋아하는 책이 뭐야?

이 말에 나는 살짝 웃음을 터뜨렸다. 재미있네. 크리스천은 실제로 노력하고 있었다.

로스쇼포토그래피 딱히 없어. 고전문학을 좋아하지만, 뭔가 다른 걸 읽고 싶은 기분이 들 땐 판타지나 공상과학 소설도 좀 읽어.

크리스포2002 그럼 전엔 날 속이기 위해 그 질문을 던졌던 거네? 이건 불공평한데. 좋아하는 영화는 어때?

이번에도 없다고 말하려니 회피하는 기분이 들었다. 나는 영화를 그다지 좋아하지 않지만, 이렇게 말하면 크리스천이 내가 그냥 자기를 엿 먹이고 있다고 생각할지도 몰랐다. 머릿속에 찰스 아빠의 생일 때면 아빠와 전통처럼 하는 연례행사가 떠올랐다.

로스쇼포토그래피 〈시네마 천국〉. 너도 알아?

크리스포2002 아니라고 말하면 점수 깎이는 거야?

로스쇼포토그래피 이번엔 아니야. 오래된 이탈리아 영화야. 잘 알려지지 않아서 모른다고 해도 비난할 생각은 없어. 넌 뭐 좋아해?

크리스포2002 〈대부〉. 진부하다고 생각해도 좋아. 하지만 난 이 영화를 보며 자랐고 걸작이라는 생각에 변함이 없어

로스쇼포토그래피 사실 난 〈대부〉를 한 번도 본 적 없어.

크리스포2002 뭐라고? 네가 뭘 놓치고 있는지 짐작도 못 할 거야. 진심이야. 이 영화는 꼭 봐야 해

로스쇼포토그래피 그 말을 하는 사람이 네가 처음은 아니야. 아무래도 동기의 등쌀에 떠밀려 결국 언젠가 그 영화를 보게 생겼네.

크리스포2002 이게 이 대화에서 유일하게 건진 거라고 해도 난 기쁠 거야. 그런데 화내지 말고 들어. 좋아하는 영화나 뭐 그런 얘기

를 네가 전문적으로 찍은 사진들을 올려놓는 계정에서 하자니 기분
이 좀 이상하다. 대화할 다른 방법은 없을까?

나는 입술을 깨물었다. 선택의 갈림길에 서 있는 기분이 들었다.
여기서 크리스천을 차단한다면 내게 익숙한 단계에 계속 머물게 될
것이다. 남자에게 내 번호를 주는 행동은… 최종 선고처럼 느껴졌다.
마치 우리가 어떤 사이라고 약속이라도 하는 것 같았다. 애초에 내
가 이걸 원하는지 확실하지도 않은 상태에서 말이다.

하지만 여동생과 함께 등장한 크리스천의 동영상이 계속 마음을
쿡쿡 찔렀다. 크리스천의 미소가 가진 무언가가, 걱정 근심 없는 미
소가 잊히지 않았다. 나 같은 여자에게서 무언가를 바라는 남자들은
보통 자신의 인스타그램에 여동생과 함께 찍은 사진을 올리지 않는
다. 나는 항상 크리스천의 서글서글하고 상냥한 성격이 연기라고 생
각했는데, 잘못된 생각일지도 모른다는 사실을 깨닫기 시작했다. 나
는 지금 결정을 앞두고 있고, 그 대답은 내가 예상했던 것이 아니었
다.

메이는 우리가 삶에서 우리의 '공동체'를 찾아야 한다고 말했다.
나는 지금까지 찾으려는 노력을 별로 하지 않았다. 누가 알겠는가?
어쩌면 이게 기회가 될지.

로스쇼포토그래피 내 번호는 774-555-6129야. 제발 이 순간을
후회하지 않게 해줘.

크리스포2002 네가 안 하면 나도 안 그럴게. 좋지?

로스쇼포토그래피 좋아.

샘

나는 휴대폰 화면을 내려다보며 두 뺨이 아플 정도로 활짝 웃었다. 나는 무엇 때문에 그렇게 걱정했던 걸까? 로스 쇼도 결국 남들과 같은 인간이었다.

샘 크리스, 이제 나설 준비 됐지?

크리스천 성공했다는 의미야?

나는 로스의 휴대폰 번호를 포함한 전체 대화의 화면을 캡처해서 그에게 보냈다. 상황이 앞으로 어떻게 진행될지 크게 걱정되지 않았다. 내가 이십 분도 안 돼서 로스의 두꺼운 껍데기를 깰 수 있었다면, 그녀가 크리스천을 좋아하게 만드는 일은 식은 죽 먹기나 다름없었다.

샘 내가 이끄는 대로 잘 따라와, 크리스. 계속 그렇게만 하면 잘될 거야. 체크메이트야, 자기 🙋

크리스천

모든 상황을 고려했을 때 이 첫 대화는 사실 그렇게 나쁘지는 않
았다. 나는 로스와 샘이 앞서 나누었던 대화의 중요한 세부 내용을
기억해두기 위해 둘 사이에 오간 메시지를 반복해서 읽고 또 읽었
다. 마침내 용기를 내 첫 문자를 보냈고(이렇게 하기까지 십 분이라는 시
간이 걸렸고, 그동안 샘이 문자로 내내 나를 비웃었다), 로스는 상당히 빠르
게 답장을 보내왔다. 나는 내가 이미 알고 있는 로스가 좋아하는 주
제나 부담 없는 잡담에서 벗어나지 않은 채 대화를 가볍게 유지했는
데, 이게 효과가 있었다. 로스에게서 조금은 거리감이 느껴지기도 했
지만, 그렇다고 대화를 완전히 끝내려고 하지도 않았다. 이것이 내게
는 자그마한 희망의 불씨가 되어주었다.

대화 내내 나는 모든 내용을 캡처해서 샘에게 보내고 있었다. 그
러면 샘이 내게 어떻게 반응해야 하는지, 다음에 무슨 질문을 해야
하는지, 그리고 때때로 로스가 한 말에 어떤 의미가 담겨 있는지를

알려주었다.

크리스천 걘 이모티콘을 사용하지 않고 문장을 끝낼 때마다 마침표를 찍어. 뭘 어떻게 해야 하는지 모르겠어

샘 그냥 걔가 글 쓰는 스타일이어서 그래. 문법 같은 것들을 신경쓰는 거지. 문장을 좀 더 신중하게 써서 보낸 다음에 걔가 어떻게 반응하는지 봐봐

크리스천 좋아, 이제 넌 내가 실제로 문법을 잘 안다고 생각하는 군☺️

샘 좋은 지적이네. 네 영어 에세이를 읽은 적이 있거든

솔직히 샘의 조언 없이 내가 무엇을 할 수 있을지 모르겠다. 우리가 사귈 때 주도권을 잡았던 사람은 언제나 샘이었다. 샘이 내게 먼저 대시했고, 먼저 데이트 약속을 잡았고, 먼저 키스했다. 그리고 어떤 상황에서든 무엇을 해야 하는지 다 알았다. 나는 거기에 불만이 없었다. 샘이 하자는 대로 따라갔고, 아무런 문제가 없어 보였다. 로스와의 대화에서 동일한 직감을 따르기로 한 것은 완벽한 생명의 은인을 만난 것이나 다름없었다.

샘 내게 화면 캡처 사진을 보내지 않은 지 좀 됐어. 상황 보고는?

크리스천 별것 없어. 걔가 방금 농담을 한 건가?

샘 그럼 웃어주라고, 천재 양반

크리스천 그렇게 했어!

샘 어떤 식으로?

크리스천 ㅎㅎㅎ라고 했어

샘 그냥 그랬다고? 맙소사

최근의 대화 방식을 고려해서 샘과 나는 기본적인 질문을 던지며 로스에 대해 알아가는 것이 좋겠다는 데 동의했다. 샘이 이미 로스가 좋아하는 영화를 알아내기는 했지만, 지금 우리는 더 흥미로운 주제로 문자 메시지를 주고받는 중이었다. 예를 들면 좋아하는 음악이나 학교 밖에서는 무엇을 하며 시간을 보내는지, 〈아트 펄스〉에 어떤 글을 쓰는지 등이다. 예상했던 대로 로스의 관심사 대부분은 내 수준을 뛰어넘었다. 로스는 고전문학과 외국 감독들을 좋아했고, 그녀가 좋아하는 음악가들은 모두 내가 한 번도 들어본 적 없는 사람들이며, 그녀가 즐겨 하는 일들은 독서와 바이올린 연습이었다. 나는 슬슬 걱정되기 시작했는데, 샘은 우리 사이에 무언가 공통점이 반드시 존재할 거라고 말하며 나를 안심시켰다.

로스 너는 학교에 있지 않을 땐 뭘 해?

크리스천 특별한 거 없어. 축구가 내 인생의 대부분을 차지한다고 볼 수 있지. 축구를 하지 않을 땐 보통 가족이나 친구인 몬티와 어울려

로스 인스타그램 동영상 속의 여자애는 네 동생이야?

크리스천 맞아, 동생이야

로스 정말 사랑스럽더라! 너랑도 많이 닮았고. 여동생이 너랑 분장 놀이하자고 조르지 않아?

크리스천 가끔은, 하하하. 동생은 주로 자기는 원더우먼이고 나는 렉스 루터 같은 악당 흉내 내는 걸 좋아해. 이거 아니면 캔디랜드 게임을 하지

로스 하! 더 끔찍한 보드게임들도 많아.

크리스천 좋아하는 보드게임 있어?

로스 솔직히 몇 년간 해본 적 없어. 그래도 전에는 아빠랑 바둑을 자주 두었어. 아빠가 좋아하는 게임이거든.

나는 무의식적으로 내 행운의 부적을 만지작거렸다. 바둑돌을 바지 주머니에 다시 집어넣고 대화에 집중하기 위해 노력했지만, 다음 대화부터는 내 마음의 일부가 다른 어딘가에서 방황하고 있었다. 평소 같으면 어지간해선 가지 않는 그런 곳이다.

월 형은 바둑을 좋아했다.

왜 바둑을 좋아하는지 그 이유는 나도 모른다. 더 재미있고 흥미로운 게임들이 백만 가지는 되지만, 형은 바둑에 어떤 특별한 애착을 느끼는 것 같았다. 형이 이 게임을 잘했기 때문인지도 모른다. 형은 내가 여덟 살 때 내게 바둑 두는 법을 가르쳐주었고, 이후로 딱히 하고 싶은 일이 없는 지루한 밤에 바둑을 즐겨 뒀다. 네 살 터울이 난다는 것은 함께할 수 있는 일을 찾기 어렵다는 뜻이기도 하다. 나는

형에게 조금 어렸고, 그는 내게 나이가 조금, 아니 너무 많았다.

그러나 에이미가 태어나면서 상황이 바뀌었다. 어느 날 갑자기 나는 집안의 막내 자리를 빼앗겼고, 형은 이제 자신이 갓난 여동생이 있는 십 대라는 현실과 마주해야 했다. 이후로 에이미가 엄마와 아빠의 시간을 독차지하기 시작하면서부터 우리 사이는 더 가까워졌다. 우리는 서로를 돌봐주었고, 부모님이 바쁠 때는 알아서 놀아야 했으며, 갓난아기의 침략에 대항해 일종의 연합 전선을 형성했다.

어쩌면 이런 이유로 형이 내게 바둑을 가르쳐주었는지도 모른다. 형은 **우리만의**, 우리끼리 공감할 수 있는 무언가를 가지고 싶어 했다. 나는 형에게 에이미가 바둑을 배울 수 있을 만큼 성장하면 가르쳐줄 거냐고 물어봤던 날을 기억한다.

형은 코를 찡그리며 말했다. "어쩌면. 하지만 가르쳐달라고 해야만 가르쳐줄 거야. 당분간은 바둑이 우리 두 사람만의 놀이이면 좋겠어."

당시에 나는 형의 말에 동의했고, 이런 대화를 나눈 적 없었다는 듯이 다시 바둑을 두기 시작했다. 형이 이겼다. 매번 형이 이겼지만, 그렇다고 내가 게임을 포기한 적은 없었다.

몇 달 후면 에이미는 여덟 살이 된다. 예전에 사용했던 오래된 바둑 세트를 더는 가지고 있지 않지만, 어쩌면 동생을 가르쳐주기 위해 구해와야 할지도 모르겠다. 그러나 하려면 비밀스럽게 해야 한다. 엄마와 아빠는 무엇이든 형을 떠올리게 하는 걸 좋아하지 않았다. 아빠는 화를 내고 엄마는 침묵에 빠졌다. 그러면 집에 있는 모두가 기분이 나빠진 상태로 남은 하루를 보내게 된다. 우리는 그냥 이에 관해 이야기하지 않는 경우가 많다. 이렇게 하는 게 더 낫다고 동의한 것처럼.

에이미에게 바둑을 가르쳐주는 일은 좋은 생각이 아닐 수도 있다. 이 게임과 우리 가족 사이에는 이제 이상한 관계가 형성되었다. 부모님이 알게 되었을 때 뭐라고 설명할 수 있을까? 바둑을 두었던 때가, 형과 함께했던 시간이 그립다고 부모님에게 어떻게 말한단 말인가? 부모님은 이해하지 못할 것이다. 그리고 이건 집안에 파장을 일으킬 만큼 가치 있는 문제도 아니다. 게다가 형이 집을 나갔을 때 에이미는 고작 세 살이었다.

에이미는 오빠가 한 명 더 있었다는 사실을 기억이나 할까? 잘 모르겠다.

샘

내 컴퓨터 화면에서 깜박이고 있는 커서가 자꾸 신경에 거슬린다. 나는 한 번 더 눈길을 주는 대신에 인터넷 창을 축소했고, 〈잘 있어, 털리도!〉의 문서 작업 창을 띄웠다. 학업과 크리스천의 커플 프로젝트 외에 지난 며칠간 연극 대본을 살펴보며 몇 장면을 수정하고 있었다. 지나고 나서 보니 몇몇 대사는 조금 상투적으로 들렸고, 이를 깨닫자마자 드는 부끄러움은 모두 내 몫이었다. 연극 일부가 '과하게 낭만적'이라는 로스의 말이 어느 정도는 이해할 만했다. 그러나 이제 와서 과거로 돌아가 공연을 바꿀 수도 없는 노릇. 그러니 편집은 무의미했다. 아니면….

나는 인터넷 창을 다시 열었다. 페이지 위쪽에 자리한 배너에 '대 뉴잉글랜드의 젊은 극작가 대회'라고 적혀 있었다. 그 아래에는 내가 기입하다 만 신청서가 있었다. 이 젊은 극작가 대회에 대해 들어 보기는 했지만, 한 번도 제대로 관심을 가져본 적은 없었다. 연극반 캠벨 선생님이 내가 극작에 관심이 있다는 사실을 처음 알게 되었을 때 한번 도전해보라고 권했었던 것 같다.

이 대회에 대해 알아보면 알아볼수록 얼마나 굉장한 기회인지 더 실감이 났다. 먼저 상금이 2천 달러에다 전문 극단에서 당선작을 무대에 올려 낭독해준다. 나는 언제나 내 작품을 뽐낼 다양한 기회를 좇았는데, 이 대회에서 우승하면 누구도 내 실력을 의심하지 않을 터였다.

그러나 몇 가지 이유로 나는 제출 버튼을 누르지 못했다. 로스의 리뷰에 적힌 말들이 내 머릿속에서 계속 맴돌면서 시간이 갈수록 무시하기가 더 어려워졌다. 로스의 목소리가 아닌 다른 누군가의 음성이 들리기 시작했기 때문이다.

내 방 한 귀퉁이의 벽에는 도로 지도가 붙어 있다. 특별한 지도는 아니다. 고속도로 주유소에서 흔히 볼 수 있는 지도로, 낡고 색이 바랬으며 거의 너덜너덜해졌다. 어렸을 때 엄마와 나는 LA로 여행을 떠난 적이 있는데, 나는 지도를 가져가야 한다고 우겼다. 그래야만 더 모험처럼 느껴졌기 때문이다. 내가 1학년이었을 때로 기억한다. 아직 읽는 법을 다 깨우치지 못한 때여서 뒷좌석에 앉아 도시 이름들을 소리 내어 읽고 있었다. 그때 지도 아래쪽 모퉁이에 거의 숨겨져 있어서 눈에 잘 띄지 않는 작은 점 하나와 그 옆에 회색 글씨로 적힌 '로레도'라는 지명을 발견했다. 나는 어떤 이유에서인지 이 이름이 마음에 들었고, 엄마에게 이곳을 방문할 수 있는지 물었다.

엄마는 이마를 찌푸리며 말했다. "**로레도**에 볼만한 게 뭐가 있겠니? 지금까지 한 번도 들어본 적 없는 곳인데."

내가 지도에 찍힌 작은 점을 보여주자 엄마는 웃음을 터뜨리며 말했다. "아, 거긴 아무 곳도 아니야, 아가. 분명 히피들이 닭이나 키우며 사는 작고 별 볼 일 없는 마을일 거야."

그때 나는 일곱 살이었고 사물에 집착하는 경향이 있었기 때문에 여행 내내 로레도 이야기만 했다. 우리는 할리우드 명예의 거리에서 유명인들의 이름이 적힌 별들을 보고, 엘카피탄에서 영화를 감상하고, 마천루의 꼭대기 층 레스토랑에서 저녁을 먹었지만, 나는 오로지 도로 지도에서 우연히 발견한 이 작은 도시에만 신경을 썼다. 나는 엄마에게 히피들이 키우는 닭한테 모이를 줄 수 있느냐고 끈질기게 물었다. 참다못한 엄마는 짜증을 내며 단호하게 말했다. "중요한 사람은 누구도 로레도 같은 곳에서 살지 않아, 샘. 우리는 지금 로스앤젤레스에 있다고! 좋은 시간 망치지 말고 실제로 어떤 일들이 일어나는 도시에 관심을 가져봐."

이후로 나는 로레도 이야기를 꺼내지 않았다. 여전히 가보고 싶었지만 그러면 엄마가 화를 낼 것이 분명했기 때문이다. 그리고 엄마가 그곳에서 시간을 보내기 아깝다고 생각했다면 그녀의 생각이 맞았을 것이다. 나는 이 지도를 버렸다고 생각했는데, 벽을 장식하려고 오래전 사진과 물건을 뒤지던 중 상자 바닥에서 발견했다. 로레도에 검은색 매직 마커로 서툴게 큰 원이 그려져 있고, 그 옆에는 1학년생의 어설픈 필체로 화살표와 **가자!**라는 말이 적혀 있었다.

내가 크는 동안 엄마는 로레도 이야기를 꺼내며 놀리기를 좋아했다. 그러다가 우리 둘만 통하는 이상한 농담이 되어버렸다. 둘 중 한 명이 우스터에서는 아무 일도 일어나지 않는다고 불평할 때마다 다른 한 명이 어깨를 으쓱하며 말했다. "적어도 로레도는 아니잖아, 안 그래?" 또 내가 숙제를 안 하고 버티면 엄마는 나를 퇴학시키겠다며 겁을 주었다. 그러면서 내가 로레도로 가서 히피들이 키우는 닭들과 살 수밖에 없을 거라고 말했다. 내 생각에 이것은 "너는 엄마 집 지하실에 사는 백수 패배자가 될 거야"라는 오래된 말의 엄마식 표현이었다. 이 도시는 **아무 곳도 아닌**과 동의어가 되었다. 살면서 아무것도 해내지 못한 사람들이 가는 곳이었다. 당신이 그곳에 갔다면 인생을 포기한 것이다.

육 년 뒤에 엄마가 LA로 아주 이사하기로 결심했을 때(그리고 나는 엄마와 같이 가는 게 아니라는 이야기를 들었을 때) 이에 대한 논쟁이 몇 주간 지속되었다. 엄마는 자신이 우스터에 갇혀 있는 것처럼 느껴진다고 말했다. 지금 떠나지 않으면 언제 또 기회가 오겠는가? 엄마는 이미 웨스트코스트에 친구와 연줄이 있었고, 완전히 새로운 삶을 살길 원했다. 바로 내가 없는 삶이 그것이었다. '늦깎이' 배우로 활동을 시작한 여배우는 이미지를 걱정하지 않을 수 없었던 것이다.

엄마는 이런 이야기가 오가는 동안에도 나를 버리고 떠나는 것이 아니라고 주장했다. 우리는 언제든 대화를 나눌 수 있고, 그녀는 여전히 내 엄마일 것이라며. 어떻게 보면 엄마는 약속을 지켰다. 매년 생일 카드를 보냈고 크리스마스에 전화를 걸어왔다. 그녀는 주로 선물로 현금을 보냈다. 어차피 내가 무엇을 원하는지 모를 테니 나는 크게 신경 쓰지 않았다. 내 열여섯 번째 생일에는 내 생애 첫 자동차를 사주라며 외할머니에게 돈을 보냈다. 정말 멋진 선물이었으나 조금 아이러니하게 느껴지는 것은 어쩔 수 없었다. 일종의 시적 표현으로 엄마는 내게 자유를 선물했다. 나는 그냥 차에 올라타서 운전대를 잡고 우스터를 벗어날 수 있게 되었다. 그리고 원하는 곳 어디로든 갈 수 있었다. 내가 원하기만 하면 LA에서 엄마와 함께할 수도 있었다. 또는 언제든 포기하고 로레도로 향할 수도 있었다. 나는 아직도 그곳으로 가는 길을 알고 있었으니까.

도로 지도를 버리지 않아서 다행이지 뭔가. 지금은 내 침대 위 벽에 붙어 있다. 압정은 오래되어서 변색되었지만, 매직 마커로 그린 동그라미와 어설픈 필체가 여전히 지워지지 않고 남아 있었다. 할머니는 나를 감상적이라고 생각하는데, 사실은 그 반대였다. 나에게 이 지도는 경고였다. 내가 나를 강하게 몰아붙이지 않을 때 일어날 수 있는 일들을 떠올리게 해주니까. 운이 따라주거나 열심히 노력하지 않으면 누구도 삶에서 자신이 원하는 것을 손에 넣을 수 없다. 그리고 그동안 충분히 경험한 바에 의하면 나는 운이 좋은 사람이 아니다. 내가 하는 모든 일에 최선을 다해야만 한다. 그렇지 않으면 무슨 의미가 있겠는가? 포기하거나 쉬고 싶은 기분이 들 때마다 벽에 붙은 지도를 올려다보면 그런 충동이 사라졌다. **중요한 사람들은 로레도에 가지 않는다.**

나는 이를 악물고 '대 뉴잉글랜드의 젊은 극작가 대회' 지원 페이지로 다시 주의를 돌렸다. 불안은 내게 아무런 도움을 주지 않는다. 이 대회 우승은 내 연극이, 다시 말해 **내가 뛰어나다**는 증거가 될 것이다. 그리고 솔직히 말해 완전히 재앙 수준이라고 할 수 있는 로스의 리뷰를 읽고 난 지금, 내게는 이런 종류의 자신감 증폭제가 필요했다. 더 이상 고민하지 않고 제출 버튼을 누른 다음 노트북을 닫고 삼십 초 동안 참았던 숨을 내뱉었다. 저질렀다. 이제 내 손을 떠났고, 결과가 나올 때까지 잊고 있으면 된다. 그때 휴대폰에서 띵 소리가 울리며 메시지가 도착했음을 알렸다. 소개팅 앱인 틴더에서 알게 된 내 최근 희생양으로부터 온 것이다. 나는 기쁜 마음으로 기꺼이 내 주의를 여기로 돌렸다. 나도 안다. 최소한 이 분야에서만큼은 나도 재능을 타고났다.

로스

이번 주말에 레이건 교감선생님에게 경과를 보고해야 한다. 그래서 나는 아빠와의 인터뷰를 녹화하기에 지금이 가장 적시라는 결론을 내렸다. 최종 결과물이 어떤 모습일지 감을 잡기 위해서는 기준이 되어줄 무언가가 필요했다. 그게 없으면 길을 잃게 될 것이다. 게다가 이 프로젝트에서 가장 큰 부분 중 하나를 지금 해치워버리면 더는 걱정하지 않고 발표 자체에 집중할 수 있어서 더 좋았다.

저녁 식사 후에 아빠를 거실로 끌고 가서 영상을 찍을 준비를 시작했다. 사진 기술을 배운 덕분에 조명에 대한 지식이 충분한 나는 특정 장면에 필요한 적절한 강도의 빛이 어느 정도인지 알고 있었다. 적절한 노출량을 얻기 위해서는 다수의 가정용 램프와 몇 개의 연장 코드만 있으면 되었다. 내 카메라의 동영상 품질도 꽤 좋은 편이었다. 아빠가 나를 바라보며 초조한 모습으로 셔츠의 맨 윗단추를 만지작거리는 동안 나는 소파 앞에 놓은 삼각대에 카메라를 설치했다.

"이 일에 정말 엄청난 노력을 쏟고 있구나." 아빠가 말했다.

"네, 뭐." 나는 카메라를 정렬하기 위해 허리를 곧게 펴고 앉으라는 제스처를 보낸 뒤 몇 개의 버튼을 눌러가며 카메라를 조작했다. "학교 전체가 이 영상을 볼 거예요. 최고가 아니면 안 돼요."

"다들 분명 좋아할 거야, 우리 딸. 넌 항상 일을 훌륭히 해내잖니."

나는 입술을 깨물고 화이트 밸런스를 좀 더 조절하는 척했다. 진실을 말하자면 이 프로젝트를 진행하며 생각보다 더 많은 스트레스를 받고 있었다. 지난번 바이올린 연습을 엉망으로 마친 후부터 시작이 좋지 않다는 느낌을 지울 수 없었다. 이 점을 강조라도 하듯이 주머니 속의 휴대폰이 진동했다. 아마도 크리스천이겠지.

우리는 지난 며칠 동안 지속해서 대화를 나누고 있었다. 내가 받은 첫인상은 빗나갔다. 그는 실제로 괜찮은 사람이었다. 조금 어색한 구석도 있었지만 대화하는 데 방해될 정도는 아니었다. 크리스천은 확실히 다른 사람들보다 대화가 더 잘 통했고, 적어도 나를 알아가는 데 진심인 것처럼 보였다. 물론 이상한 구석이 있기는 하다. 나는 크리스천이 무엇을 바라는지 알지만, 그것이 내가 원하는 것인지는 아직 잘 모르겠다. 알고 보니 내가 원하지 않는 것이고, 그래서 크리스천을 계속 속여온 것이 된다면 그는 어떻게 나올까?

나는 이 생각을 머릿속에서 밀어내려고 애썼다. 지금은 내 애매한 연애 관계가 망가지는 상황을 생각할 여유가 없었다. 인터뷰 대상은 내가 아니었다. "준비됐어요?" 나는 물었다.

아빠는 고개를 끄덕이며 앉은 자리에서 조금 더 움찔거렸다. "그런 것 같아." 아빠는 조용히 웃었다. "기분이 이상하구나. 지금까지 한 번도 다른 사람들에게 이런 이야기를 해본 적 없거든."

나는 아빠에게 미소를 지어 보였다. 꽤 큰 강의실에서 학생들을 가르치는 아빠도 사적인 이야기를 할 때는 긴장이 되는 모양이었다.

"그냥 나한테 또 얘기한다고 생각해요."

나는 카메라에서 나에게로 관심을 돌리면서 눈에 띄게 안정되어 가는 아빠의 모습을 지켜보았다. 나는 이 이야기를 몇 번이나 들었는지 기억도 나지 않을 만큼 많이 들었다. 아빠는 매년 찰스 아빠의 생일이 점점 가까워지는 이맘때가 되면 항상 감상에 젖는다. 그리고 내가 다른 아빠를 잘 기억하지 못함에도 내가 그를 잊지 않기를 바라는 마음에 무언가를 하려고 노력한다. 나는 이 배려가 고마웠다. 비록 나는 실질적인 것을 더 좋아하지만. 하지만 삶에서 원하는 것만 얻지는 못하잖나. 이것이 내 프로젝트가 말하고자 하는 바였다.

아빠와 계속 눈을 맞춘 채 손을 뻗어 카메라 측면의 버튼을 누르자 작은 빨간 불이 깜박였다.

"처음부터 이야기를 시작해보세요."

아빠와 찰스 아빠는 뉴욕시에서 처음 만났다. 대학 강의실 맨 끝자리에서였다. 찰스 아빠는 식물학을 공부하고 있어서 이들의 첫 아파트는 칭기즈칸과 로마노프 왕조를 다룬 책더미 위에 놓여 있는 양치식물과 다육식물 같은 작은 식물들로 넘쳐났다.

아빠가 매사추세츠주에 있는 대학교에서 강의를 맡게 되면서 두 사람은 이 지역으로 이사했다. 그리고 이후로 죽 이곳에서 살았다. 이들은 에이즈 위기가 절정에 달했을 때와 동성 간 성행위를 인정해준 **로런스 대 텍사스** 판결이 났을 때, 그리고 이후로 일어난 모든 사건을 함께 지켜보았다. 이들은 항상 자녀를 가지고 싶어 했지만, 1990년대를 살고 있던 두 게이 남성에게는 쉽지 않은 일이었다. 이 일을 실현하는 데 육 년이라는 시간과 수천 달러, 한 부대의 변호사들, '기적적'으로 구한 한 명의 대리모, 레타 고모가 필요했다.

"우린 그저 널 너무나도 원했단다." 아빠는 내게 미소를 지으며 종종 이렇게 말하고는 했다.

내가 태어났을 때 법적으로 유일하게 인정된 아빠는 찰스였다. 아빠와 찰스 아빠가 결혼하는 것조차 허락되지 않던 시기였다. 그러나 이 년 뒤, 마침내 주 정부가 의견을 통합해 동성혼을 합법화하자 둘은 결혼식을 올렸다. 운이 좋았다. 매사추세츠주가 미국에서 게이 커플에게 결혼 허가서를 내준 첫 번째 주였기 때문이다. 이들은 지방 법원에서 약식으로 식을 올렸다. 레타 고모가 나를 안고 첫 줄에 앉아 있었는데, 듣자 하니 나는 식이 진행되는 동안 거의 내내 울었다고 한다.

그러다가 몇 달 뒤에 찰스 아빠가 3기 뼈암 진단을 받았고, 상태는 하루하루 점점 더 나빠졌다. 아빠는 정신을 차릴 새도 없이 병원 진료와 항암 치료, 방사선 치료, 두 살배기 딸의 양육이라는 폭풍에 휩쓸렸으며, 거의 십이 년 동안 함께한 남자, '남편'이라고 부를 수 있게 된 지 얼마 안 된 남자가 머지않아 곁을 떠날 수도 있다는 사실을 받아들여야 했다.

아빠는 그 상황에서 내게 무슨 일이 일어날지 모르는 것이 최악이었다고 말했다. 헥터는 내 생물학적 아빠도 법적 아빠도 아니었다. 나는 찰스 아빠의 DNA를 물려받았고, 내 출생 증명서에는 찰스 아빠의 이름이 적혀 있었다. 찰스 아빠의 가족은 둘의 관계를 인정하지 않았고, 두 아빠는 찰스 아빠가 죽은 후에 이들이 내 법적 보호자 지위를 얻으려고 할까 봐 걱정했다. 찰스 아빠가 자신의 병에 대해 털어놓았을 때 이들이 양육권을 갖겠다고 위협했던 것이다. 만약 이런 일이 실제로 일어난다면 이들이 헥터를 차단하리라는 것은 불을 보듯 뻔했고, 그러면 아빠는 나를 다시는 보지 못했을 것이다. 그래서 아빠는 병원을 방문하고, 건강을 염려하고, 어마어마한 청구서를 처리하고, 풀 타임으로 근무하면서도 이미 자신의 아이인 나를 입양하는 엄청나게 까다롭고 겁나는 일을 처리해야 했다.

이런 상황이었는데도 둘 중 누구도 내게 자신들이 괴로워하는 모습을 보여주지 않았다. 당시엔 내가 너무 어려서 많은 일을 기억하지 못하지만, 내가 가진 추억들은 모두 좋은 것들이었다. 아빠가 매일 밤 책을 읽어주었던 기억, 찰스 아빠가 거실에서 나와 함께 노래하고 춤췄던 기억 등등. 찰스 아빠가 병원에 입원했을 땐 내가 면회 갈 때마다 두 사람 모두 웃고 있었다. 아빠가 내게 찰스 아빠가 우리와 오랫동안 함께하지 못한다고 말해주었던 기억은 나지 않는다. 물론 아빠가 말해주지 않았다는 얘기가 아니다. 그저 내가 이 말을 오래 기억하지 않았을 뿐이다. 아마 그게 최선이었을지도 모른다.

찰스 아빠는 뼈암 진단을 받고 육 개월 뒤에 사망했다. 내 세 번째 생일이 지나고 약 삼 주 뒤였다. 공식 입양 절차는 아직 끝나지 않은 상태였다. 심리가 한 번 더 남았고, 찰스 아빠의 가족들이 자신들의 입장을 주장하기 위해 출석하기로 했다.

아빠는 거의 십오 년 만에 처음으로 이날 기도를 했고, 높은 곳에 있는 누군가가 들어주었다고 말했다. 판사가 아빠의 손을 들어주었고, 마침내 매사추세츠주는 아빠가 처음부터 알고 있었던 사실, 즉 내가 아빠의 딸이며 무엇도 이 사실을 바꿀 수 없음을 법적으로 인정해주었다. 아빠는 지금도 여전히 이 판결을 내린 판사에게 매년 크리스마스카드를 보낸다. 이 이야기를 끝마칠 때쯤 우리 두 사람은 모두 감정이 복받쳐 목이 멨다. 촬영이 끝나자 아빠는 길고 무거운 한숨을 토해냈다. 방 안의 분위기가 조금 가벼워진 느낌이었다. "포토샵으로 눈물을 지워줄 순 없겠지, 그치?" 아빠가 웃으며 물었다.

나는 안도하며 따라 웃었다. "안 될 거예요."

"가치 있는 일이었어." 아빠는 딱 하고 손뼉을 치며 자리에서 일어났다. "이게 끝이니? 더 필요한 일 없으면 난 이제 과제 채점을 시작하고 싶은데?"

"다 끝난 것 같아요. 고마워요, 아빠."

"그래, 우리 딸. 결과물이 어떻게 나올지 정말 기대되는구나."

아빠가 채점을 하는 동안 나는 동영상 일부를 재생해보았다. 조명이 생각보다 훨씬 어두웠고, 소리가 너무 작을까 봐 걱정되었다. 그러나 이제 와서 바꾸기에는 너무 늦었다. 게다가 아빠에게 이 이야기를 처음부터 다시 들려달라고 부탁할 자신이 없었다. 아빠는 이번에도 백색소음으로 쓰레기 같은 리얼리티 쇼를 틀어놓았고, 티브이에서 억만장자 주부들이 언쟁하는 소리를 무시하려고 애쓰며 채점을 하고 있었다. 하지만 내 마음은 다른 곳에서 방황했다.

벨레로즈 어셈블리 프로젝트 제안서를 제출할 때 내 발표의 초점이 어디에 맞춰져 있는지를 보여주기 위해 아빠 이야기를 짧게 요약해 함께 냈다. 레이건 교감선생님은 그 글을 읽으면서 우리 아빠의 '아름다운 비극' 이야기에 감동해 울었다고 말했다. 그녀가 이야기 전체를 다 들으면 얼마나 더 울지 상상이 간다. 그렇다고 이런 식으로 반응하는 그녀를 비난할 수도 없다. 역사상 모든 유명한 사랑 이야기에는 극적인 사건과 역경이 가득하기 때문이다. 로미오와 줄리엣, 랜슬롯과 기네비어, 〈타이타닉〉, 〈노트북〉을 보라. 유일한 문제라면 이들 중 어느 하나도 우리가 '해피엔딩'이라고 부르는 결말을 보여주지 않는다는 사실이다. 로미오와 줄리엣은 모두 자살하고, 랜슬롯과 기네비어는 함께 아서왕을 배신한다. 잭은 로스의 품에서 죽고, 노년의 앨리는 치매로 노아를 기억하지 못한다. 어째서 이들이 역사상 가장 위대한 사랑 이야기로 불리는가? 누구도 영원히 행복하게 함께하지 못했는데?

전반적으로 나는 아빠의 이야기가 사람들의 마음을 움직이기에 충분하다고 생각했다. 아빠는 이야기를 하는 동안 미소를 짓기도 하고, 찰스 아빠가 했던 재미있는 말을 떠올릴 때는 웃음을 터뜨리고 바로 눈물을 흘리기도 했다. 아빠는 몇 번이고 나에게 이 모든 일이 가치가 있었는데, 결국에는 나를 얻을 수 있었기 때문이라고 말했다. 그러나 나는 이것이 상당히 끔찍한 위로라는 느낌을 지울 수 없었다. 물론 우리 아빠는 자신이 사랑하는 것들을 잃지 않기 위해 싸울 만큼 용감했지만, 애초부터 왜 싸워야만 했단 말인가? 왜 이 노력의 보상이 슬픔이란 말인가? 불공평하다.

내 앞 테이블 위에 놓아둔 휴대폰에 불이 들어오며 크리스천이 보낸 문자 메시지가 떴다.

크리스천 넌 고전만 읽어? 아니면 더 현대적인 책들도 좋아해?

나는 화면을 내려다보며 얼굴을 찌푸렸다.

로스 내용이 흥미롭다면 뭐든 읽어. 하지만 맞아, 고전을 선호하긴 하지. 왜?

크리스천 그냥 이 년 전에 《오만과 편견》을 읽은 것이 언젠가 도움이 되기를 바라고 있었어

로스 네가 《오만과 편견》을 읽었다고? 어째서?

크리스천 누군가가 내가 읽지 못할 거라고 했거든

로스 그다지 놀랍지 않은걸?

잠시 뒤에 아빠가 내게로 몸을 기울이며 내 팔을 쿡쿡 찌르는 것이 아무래도 내 복잡한 심경을 눈치챈 모양이었다. "괜찮아, 우리

딸?"

나는 멍하니 고개를 끄덕였다. "네, 그냥 생각 중이에요."

"네 생각을 좀 나눠 가질 수 있을까?"

"아무것도 아니에요. 정말로요."

내 휴대폰이 다시 울렸다. 아빠가 내려다본 뒤에 다시 나를 바라보았다. "내가 알아야 하는 사람이니?"

나는 얼굴이 벌써 빨개지는 것을 느낄 수 있었다. 아빠와 나는 보통 이런 이야기를 나누지 않는다. 전에는 그럴 일이 없었다. "학교에서 알게 된 남자애예요."

아빠의 한쪽 눈썹이 올라갔다. "그러면… 내 딸 건드리면 가만 안 둔다고 해야 하는 상황인가?"

"아니요, 아빠. 맙소사."

"뭐, 물어는 봐야 했어."

"그런 거 아니에요. 약속해요. 그냥 대화만 하는 거예요." 하지만 아빠는 분명 내 목소리에서 머뭇거림을 감지했을 것이다. 그리고 내 얼굴이 지금 새빨갛게 불타고 있다는 사실도.

그러나 아빠는 더 이상 재촉하지 않았다. "알았다, 우리 딸. 네 말을 믿으마. 하지만 생각이 바뀌면 걔를 언제든지 저녁 식사에 초대해도 좋아."

솔직히 말해 이보다 더 뜨거워질 수는 없을 만큼 얼굴이 뜨거워졌다. "기억해둘게요." 나는 휴대폰과 카메라를 낚아채듯이 집어 들고 자리에서 일어서면서 중얼거렸다. "그만 내 방으로 갈게요. 가서 좀 전의 대화를 나눈 적 없다는 듯이 굴래요."

계단을 다 올라갈 때까지 등 뒤에서 아빠의 웃음소리가 멈추지 않았다.

샘

로스가 크리스천에게 자연스레 반하게 만드는 계획을 확실히 성공시키기 위해서는 작은 과제를 수행해야 했다. 지난 며칠간 문자를 주고받으며 정보를 수집한 덕분에 이제 나는 로스가 어떤 사람인지 감을 잡을 수 있을 정도로 그녀에 대해 충분히 알게 되었다. 대부분은(좋아하는 것, 그녀가 외동딸이라는 사실 등) 표면적인 수준에 불과하지만, 이 정도만으로도 한 사람에 대해 알 수 있는 사실이 놀랄 만큼 많다. 유일한 문제라면 그녀가 좋아하는 것 중 일부는, 특히 그녀가 전에 말했던 영화는 지금까지 들어본 적도 없다는 점이었다.

그래서 일요일 밤, 크리스천과 나는 내 방에서 노트북을 앞에 놓고 자막 처리된 잘 알려지지 않은 이탈리아 영화를 보고 있다. 지금까지의 내용을 바탕으로 보건대 〈시네마 천국〉은 유명한 감독으로 성장하는 어느 소년의 이야기다. 그는 작은 이탈리아 마을에서 어린 시절을 보내며 영사 기사가 되는 법을 배운다. 줄거리에 로맨스가 포함되어 있지만(로스가 로맨스를 싫어한다는 사실을 고려한다면 좀 놀랍다), 영화의 큰 줄기는 이 소년과 나이 든 극장 영사 기사의 우정에 초점이 맞춰져 있다. 재미없어 보이지는 않았다.

내 옆에서 크리스천이 가만히 있지 못하고 계속 꼼지락거렸다. 나는 팔꿈치로 그의 옆구리를 쿡 찔렀다. "집중하고 있는 거야?"

크리스천이 과장된 한숨을 내쉬었다. "네가 '영화의 밤'이라고 말했을 때 난 마이클 베이 감독 영화나 그런 류의 오락 영화를 기대했어."

"취향하고는."

"나는 이해해야 하는 영화는 보지 않아, 샘. 아주 잠시 한눈만 팔아도 줄거리의 절반을 놓쳐버린다고!"

"그건 네 잘못이지. 더군다나 우리는 조사 중이야. 로스에 대해 알고 싶다며? 그럼 걔가 좋아하는 영화를 안 보면 안 되지."

크리스천이 뒤통수를 벽에 박았고, 그러자 툭 하고 둔탁한 소리가 났다. "그냥 날 죽여줘."

나는 장식용 베개 하나를 집어 들어 그의 얼굴을 향해 던졌다. "그거라면 얼마든지 가능해, 크리스천 파월. 입 다물고 보기나 해."

우리는 영화가 계속되는 동안 다시 침묵에 빠졌다. 감독으로 성장한 십 대 소년이 자신의 여자친구에게 편지를 쓰는 장면이 나왔다.

모든 점을 고려했을 때 나는 영화의 줄거리가 나쁘지 않다고 생각한다. 외국어 영화는 집중하기 더 어렵다는 크리스천의 생각에 동의하지만, 소년과 영사 기사의 우정은 마음을 따뜻하게 해주었다. 어쩌면 나는 로스가 좋아하는 영화이니만큼 예술 영화관에서나 상영할 법한 일종의 완전히 비주류적인 영화일 거라고 예상했나 보다. 그렇다면 로스는 더 주류적인 것들도 좋아하는 걸까? 한번 물어볼 만하다. 이 정보가 나와 크리스천의 작업을 더 수월하게 만들어줄 것이기 때문이다.

나는 크리스천에게 로스한테 문자를 보내라고 시켰는데, 몇 분 뒤에 그의 휴대폰이 울리며 답장이 도착했음을 알려왔다.

로스 내용이 흥미롭다면 뭐든 읽어. 하지만 맞아, 고전을 선호하긴 하지. 왜?

"걔한테 네가《오만과 편견》을 읽었다고 말해." 내가 말했다.

크리스천이 얼굴을 찌푸렸다. "하지만 안 읽었는데. 걔가 나한테 질문을 던지면 어떡해?"

"아이고, 이리 줘봐." 나는 크리스천의 손에서 휴대폰을 잡아챈 다음 메시지를 적고 그가 항의하기 전에 얼른 보내버렸다. "이번 주에 과제가 하나 더 늘었네?"

"이제 그 책을 다 읽어야 한다는 말이야?!"

"이런, 불쌍하기도 해라."

그는 나를 잡아먹을 듯이 째려보았다. "우리가 아직 친구인 이유를 대봐."

"내가 없으면 넌 완전히 길을 잃고 헤맬 테고, 너도 그 사실을 아니까." 나는 싱긋 웃으며 크리스천이 웃지 않으려고 애쓰는 모습을 바라보았다. 몇 분 뒤에 그는 눈을 치켜뜨더니 영화에 집중하기 위해 뭐라고 중얼거리며 다시 컴퓨터 화면으로 시선을 돌렸다. 사실 그는 화나지 않았다. 웃음을 참고 있을 뿐이며 내가 그의 어깨에 기대도 밀쳐내지 않았다.

나는 언제나 전 애인과 친구로 지내는 짓은 하지 않는다고 주장해 왔다. 노스이스턴고에서 (남자애든 여자애든 누구하고든) 차고 넘치게 많은 데이트를 해봤지만, 대개 오래가지 않았고, 일단 관계가 끝나고 나면 다시는 말을 걸지 않았다. 고등학교에서 지속적인 관계를 맺는 게 무슨 의미가 있단 말인가? 졸업만 하면 나는 최대한 빨리 우스터에서 벗어나고 싶다. 나를 망설이게 만들 만한 사람은 필요 없었다.

그러나 크리스천은 조금 달랐다. 우리는 초등학교 때부터 수년간 서로의 궤도 위에 존재했지만, 작년까지만 해도 그와 데이트할 생각조차 해본 적 없었다. 나는 축구팀의 인기 많은 포워드라는 크리스천의 위상과 그의 서글서글한 인간관계가 좋아 보여서 그에게 관심을 가졌다. 크리스천은 내게 내 지위를 상승시켜줄 기회였다. 어쩌면 그를 통해 내가 아직 속하지 않은 몇몇 사교 단체와 관계를 형성할 수 있을지도 모른다고 생각했다. 그러나 연애를 시작하고 나서 크리스천이 내 기대만큼 포부가 크지 않다는 사실을 알게 되었다. 그는 프로 축구 선수가 되는 것에 관심이 없었고, 다정함은 연기가 아니었다. 그는 정말로 친절했다. 물론 말주변이 조금 없을 때도 있지만 그래도 친절했다. 나는 보통 때와 다르게 몇 개월 더 길게 그와 사귀었는데, 그의 마음을 아프게 하고 싶지 않았기 때문이다. 크리스천의 친절함은 전염성이 있었다. 그의 곁에 있고 싶게 만들었다. 내가 정말 열심히 노력해야만 성취할 수 있었던 것을 그는 의도하지 않았는데도 얻었다. 인정하느니 차라리 죽는 게 낫지만, 그래도 처음에는 이게 조금 부러웠다.

헤어진 후에도 친구로 지내자고 말하는 사람들을 많이 봐왔지만, 내가 실제로 이에 동의한 사람은 크리스천이 처음이었다. 내 생각에 그가 자신의 목소리를 낸 경우는 이때가 처음이었던 것 같다. 나는 뿌듯했다. 그리고 그때 깨달았다. 내가 크리스천을 좋아한다는 사실을. 남자친구나 뭐 그런 것이 아닌 한 인간으로서 말이다. 그와 어울리고 매일 대화하고 그의 여동생과 반려견을 보기 위해 집에 놀러 가던 일이 그리워질 것이다. 지금 와서 생각해보니 노스이스턴고 친구들 중 우리 집에 초대한 사람도 크리스천이 처음이었다. 그가 여기 내 침대에 앉아 베개를 모두 독차지한 채 영화를 보고 있다는 사실에는 어떤 의미가 있었다. 내 의도보다 크리스천과 더 가까워졌다는 의미이고, 이제 그에게 발목이 잡힌 것 같다는 생각마저 들었다.

크리스천의 휴대폰이 다시 울렸다. 그가 메시지를 확인하고 미소를 지었다. "걔는 네가 한 말이 웃긴다고 생각하나 봐. 아무래도 참고서에서 그 책의 줄거리라도 찾아봐야 할 것 같네."

"사기꾼."

"책을 다 읽을 때까지 육 개월이란 시간을 기다릴 여유가 없어, 샘."

"좋아. 하지만 줄거리에 대한 세 페이지 분량의 에세이를 작성해. 행간 여백 없이 MLA 형식(논문 인용 양식의 하나―옮긴이)에 맞춰서. 표절한 낌새만 보여도 탈락시킬 테니 각오해."

이제 크리스천이 내게 베개를 던질 차례였다. 곧 베개가 내 얼굴을 강타했고 나는 비명을 질렀다. 크리스천이 큰 소리로 우스꽝스럽게 웃자 나도 따라 웃었다. 영화 속의 주인공인 감독이 그의 작은 마을을 뒤도 돌아보지 않고 떠나는 장면에서 우리는 영화 보기를 완전히 포기했다.

로스

교감실의 히터가 학교의 다른 구역만큼 제대로 작동하지 않거나 사람을 불편하게 만들기 위해 온도를 일부러 더 낮게 설정해놓았거나 둘 중 하나일 것이다. 나는 몸을 떨면서 레이건 교감선생님이 내 USB를 그녀의 매끈하게 생긴 작은 컴퓨터에 삽입하는 방법을 알아낼 때까지 기다렸다. 그러면서 온기가 빠져나가지 못하게 내 다리를 덮고 있는 재킷을 다시 잘 정돈했다.

그녀는 내 벨레로즈 프로젝트가 잘 진행되고 있는지 알고 싶어 했다. 나는 아빠의 이야기를 담은 개략적인 영상과 내가 연주하게 될 음악 녹음을 모아 정리한 다음 영상에 음악을 깔아 발표용 자료를 만들었다. 내가 원하는 흠 잡을 곳 없는 최종 결과물과는 한참 거리가 멀었지만, 전반적으로 지금까지 한 작업에 만족했다. 영상은 정말 잘 만들어졌고, 음악은 적절한 효과를 낼 만큼 불안정하게 들렸다.

레이건 교감선생님이 내게 짧게 미소를 지어 보였다. "이번 주 내

내 학생의 프로젝트가 얼마나 진척되었는지 볼 날만 기다렸답니다."
그녀가 말했다. "학생의 제안서는 아주 감동적이었죠. 전체 이야기
를 들으면 어떨지 상상이 안 가네요."

그러나 교감선생님은 동영상 파일을 열고 시청을 시작하자 침묵
에 빠졌다. 내 자리에서는 그녀의 컴퓨터 화면이 보이지 않았지만,
바이올린과 아빠가 이야기하는 소리가 들리는 걸 보니 어느 부분인
지 알 것 같았다. 그녀의 눈썹이 찌푸려지는 모습을 보며 내 목덜미
에서 식은땀이 나기 시작했다.

무언가 잘못되었다. 동영상 화질이 만족스럽지 않은가? 내 연주가
문제인가? 나도 안다. 더 많이 연습했어야 했다. 아니면 바이올린을
가져와 선생님 앞에서 직접 연주라도 해야 했다. 내 낡은 휴대폰으
로 허접하게 녹음한 음악을 들으며 충분한 감정을 느끼기란 불가능
했다. 약간의 공포감이 엄습해오기 시작했고, 침착하게 앉아 있기 위
해 큰 자제력을 발휘해야만 했다.

레이건 교감선생님은 동영상을 끝까지 다 보지도 않았다. 중간쯤
에서 정지 버튼을 누르고 입을 열려고 할 때 내가 불쑥 말을 꺼냈다.
"물론 최종본이 아니에요. 동영상에서 몇 가지 문제들을 정리해야
하고, 집에 좋은 녹음 장치가 없어서 음악이 약간…"

"음악 이야기를 나눠보고 싶네요." 교감선생님은 얼굴을 찌푸리
고 있었다. 앞서 보여주었던 들뜬 기대감은 사라지고 없었다. "학생
생각에는 이게… 뭐라고 해야 할지… 벨레로즈 어셈블리 프로젝트
에 사용하기에는 불안정하다고 느껴지지 않나요?"

나는 고개를 저으며 말했다. "그게 제가 의도하는 바예요. 이야기와 살짝 대조되어서 관객들이 생각하게 만드는 거죠."

교감선생님이 입술을 오므리며 의자에 기대어 앉는 모습을 보니 그녀가 듣고 싶었던 대답이 아님을 분명히 알겠다. "학생 아버지의 이야기에 슬픈 순간들이 있었음을 이해해요. 그리고 과거에 게이 커플들이 고난을 겪었던 이야기를 다루는 것은 확실히 의미 있는 일이죠." **고작 십사 년 전의 일이라고요.** 내 머릿속에 이런 생각이 떠올랐지만 입 밖으로 내진 않았다. "하지만 학교에서 주최하는 행사가 이런 견해를 피력하기에 마땅한 자리인지 잘 모르겠군요, 로스 쇼 학생."

"학교가 아니면 어디서 하나요? 물론 사랑은 위대해요. 하지만 이를 당연하게 여기는 사람들이 너무 많아요. 제가 제출한 제안서에는 이것이 제가 다루고 싶은 주제라고 적혀 있어요."

"그래요. 하지만 나는 학생이 이런 식으로 접근할 거라고는 생각 못 했어요." 레이건 교감선생님이 두 손가락으로 콧날을 꼭 집으며 말했다. "지금 이 구성대로라면 발표를 승인해줄 수 없어요."

나는 교감선생님을 빤히 바라보며 말했다. "음악이 만족할 만큼 **행복**하지 않기 때문에요?"

"**불안정**해서예요, 로절린. 전반적으로 그날의 행사나 하루의 분위기에 어울리지 않아요. 지금과 같은 식이면 행사에 포함하기에 적합하지 않군요."

"그래서요? 그냥 다 폐기 처분하고 처음부터 다시 시작하라고요?"

지금까지 선생님에게 이처럼 감정을 솔직하게 드러내 보인 적은 없었지만, 지금은 참을 수가 없었다. 레이건 교감선생님에게는 제안서를 통해 이미 내가 무엇을 하고 싶은지 말했었고, 그녀는 이에 동의했었다. 그런데 지금 (내가 모든 것을 달콤하고 사람들이 쉽게 소화할 수 있는 것으로 만들 줄 알았는데 그 예상이 빗나갔다는 이유로) 내가 공들여 만든 작품을 버리라고?

교감선생님은 머리를 저으며 내게 피곤한 미소를 보냈다. "영상은 좋아요. 이건 손대지 않아도 됩니다. 그저… 음악만 조금 바꿔봐요. 때로는 슬플 수도 있지만, 내가 읽은 제안서에 따르면 학생 아버지의 이야기는 희망적인 분위기를 풍기며 끝나요. 음악도 아마 이런 분위기에 맞추는 게 좋겠죠."

교감선생님은 선택의 여지가 있기라도 하다는 듯이 '아마'라는 표현을 사용했다. 하지만 나는 이것이 선택 사항이 아님을 알았다. 나는 아무 말 없이 USB를 돌려받고 교감실에서 나왔다. 머릿속이 안개에 덮인 것처럼 뿌얬다.

교감선생님은 이해를 못 하고 있다. 누구든 다 그렇다. 사람들은 상실을 실제로 이해하기보다는 매일 비극적이고 불행한 운명을 맞이하는 사랑 이야기를, '가치 있다'고 여겨지는 방식으로 제시되는 경우에만 받아들인다. 나는 복잡한 무언가를, 미묘한 차이가 있고 일반 고등학생들의 사고 수준을 뛰어넘는 무언가를 보여주려고 하는데 누구도 이를 듣고 싶어 하지 않는다. 또는 최소한 들으려는 사람들도 레이건 교감선생님 같은 이상주의자들이 '영원히 행복하게 살았습니다'로 끝나지 않는 이야기를 감당하지 못한다는 이유로 듣지 못한다.

교감실에서 멀어질수록 점점 더 화가 났다. 나는 평소 화를 잘 내지 않는다. 상냥한 아빠와 감정이 무엇인지 알 만한 나이가 된 이후로 줄곧 참여해왔던 지원 단체 덕분에 나는 부정적인 감정을 다루는 데 상당히 능숙했다. 하지만 지금과 같은 상황에서는 분노를 느끼는 것이 당연했다. 레이건 교감선생님의 지침을 따른다면 나는 창의적인 시각을 잃게 된다. 그러나 내 주장을 굽히지 않는다면 내 프로젝트를 아예 발표하지 못할 가능성이 컸다.

관련이 없는 무언가가, 이 일이 나를 얼마나 화나게 만드는지를 잠시 잊게 해줄 무언가가 필요했다. 그래서 아빠에게 문자를 보내려고 휴대폰을 꺼내 드는데 크리스천이 보낸 메시지가 눈에 들어왔다.

크리스천 안녕! 갑작스럽게 말을 꺼내서 미안한데, 플래너리스에서 차라도 한잔하는 거 어때? 남은 오후 시간이 비어서 물어보고 싶었어

나는 크리스천의 완벽하면서도 동시에 끔찍한 타이밍에 웃어야 할지 비명을 질러야 할지 갈피를 잡지 못했다. 그는 이번에도 마치 내게 데이트를 신청하는 최악의 순간을 알고 정확히 그때를 기다렸던 사람 같다. 나는 곧바로 그에게 쏘아붙이고 싶은 충동을 느꼈지

만, 메시지 창을 열자 무언가가 나를 멈춰 세웠다.

좀 더 많은 경험을 쌓는 기회로 생각하면 어떨까? 고등학생들의 데이트가 어떤 건지 전혀 모르는 사람 손들라고 하면 내가 가장 먼저 들 것이다. 나는 데이트와 관련된 것은 전부 피해 왔다. 심지어 책이나 영화를 볼 때도 그랬다. 지금까지 누구와도 데이트한 적이 없고, 원했던 적도 없었다. 내가 놓치는 게 있는 걸까? 레이건 교감선생님이 이 프로젝트에서 무엇을 원하는지 이해하는 데 도움이 되는 무언가를? 어쩌면 크리스천과의 데이트를 통해 내가 무엇을 잘못하고 있는지 깨달을 수 있을지도 모른다.

다른 건 차치하고라도 적어도 내가 지금 얼마나 열 받았는지를 잊는 데 도움이 될 것이다.

로스 좋아, 그러자. 카페에 십 분이면 도착할 거야. 괜찮지?
크리스천 좋아! 그럼 좀 이따 봐 👍

나는 휴대폰을 다시 호주머니 속에 쑤셔 넣고, 내 모습이 한심해 고개를 저으며 차가 주차된 곳으로 향했다. 프로젝트 조사를 위해 누군가와 데이트를 한다고? 어쩌면 조금 지나친 행동일 수 있다. 그러나 이미 가겠다고 했고, 솔직히 말해 해가 될 게 뭐가 있는가? 이렇게 하면 내 멍청한 조사를 진행하면서 동시에 내가 크리스천을 정말로 좋아하는지 아닌지도 알 수 있다. 일석이조 아닌가.

나는 백팩을 조수석에 던져놓고 차의 시동을 건 다음 기어를 넣고 학생 주차장에서 벗어났다. 가슴이 벌렁거리며 신경이 곤두서는 전율을 무시한 채 조용히 혼잣말을 하며. 이건 평범한 일이다. 평범한 청소년들이 주중 오후에 하는 일이다.

로스, 네 인생에서 한 번쯤은 평범한 척해봐. 단 한 시간만이라도 말이야.

크리스천

이 데이트는 실수다.

전부 샘이 꾸민 일이었다. 내가 계속 미적거리는 모습에 지쳤는지 조만간 뭐라도 하지 않으면 로스가 흥미를 잃을 것이라고 주장했다. 샘은 우리가 만나기 가장 좋은 장소로 플래너리스를 지목했다. 우리 의 시선이 처음 마주친 곳이기도 하고, 어느 한쪽에게 더 유리한 장 소가 아니기 때문이었다. 샘은 내게 정확히 뭐라고 로스에게 문자 를 보내야 하는지 알려주었는데, 로스가 내 제안을 받아들이는 바람 에 나는 많이 놀랐다. 심지어 샘도 놀란 모습이었다. 로스가 오기 전 까지 너무 긴장되어서 밖으로 뛰쳐나갈 뻔했다. 그런데 지금 로스가 여기 모퉁이에 놓인 테이블을 사이에 두고 내 건너편에 앉아 있다. 그리고 내가 카페 데이트를 싫어한다는 사실이 상황을 더욱 꼬이게 만들고 있었다.

이런 데이트의 문제점과 내가 이 방면에 아마추어인 이유는 이렇다. 카페는 활동적인 데이트 장소가 아니다. 볼 것도 별로 없고, 앉아서 모카커피를 홀짝이며 대화를 나누는 일 말고 할 일도 딱히 없다. 할 수 있는 거라고는 오직 대화뿐이다. 샘과 같은 사람들에게는 완벽한 장소일지 몰라도 나는 샘이 아니다. 나는 그냥 앉아서… 대화만 나눌 줄 모른다. 이런 상황에서 로스가 맞은편에 앉아 허브차가 든 머그잔을 들고 내가 무슨 말이라도 하기를 기다리는 사람처럼 나를 응시하고 있었다. 나는 입을 열면 바로 구토가 나올 것 같은 기분이었다.

내가 그녀의 머그잔을 손가락으로 가리킬 때 손이 떨리고 있음을 로스가 눈치챘을까. "무슨 차야?"

그녀는 자신이 뭘 주문했는지 기억하려는 사람처럼 잔을 내려다보았다. "라벤더 앤드 허니야."

"아, 어디 아파?"

로스가 얼굴을 찌푸렸다. "뭐?"

"아, 추측해본 거야. 우리 엄마는 아플 때 그 차를 마시거든."

"아니야, 난 그냥 맛이 좋아서 마시는 거야."

"아."

아 좀 그만해!

그때 테이블에 놓인 내 휴대폰이 진동했다. 나는 휴대폰을 보며 신경을 딴 데로 돌릴 수 있어서 정말 다행이라고 생각했다.

샘 잘하고 있지?

크리스천 안 좋아

샘 뭐? 왜?

샘이 이유를 모를 리 없었다. 문제는 나였다. 샘이 계속 봐주지 않으면 나는 대화에 젬병이었다. 이건 정말 재앙이 아닐 수 없었다.

크리스천 무슨 말을 해야 할지 모르겠어! 그리고 얘도 말을 안 해서 둘 다 그냥 앉아만 있어

샘 지금까지 우리가 했던 조사는 다 어디 간 거야? 걔한테 뭘 좋아하는지 물어봐!

로스가 좋아하는 것들이라. 맞다. 로스는 특별히 좋아하는 책이 없지만, 고전문학을 많이 읽는다. 나는 독서를 하지 않는다. 로스가 물어볼 때를 대비해 《오만과 편견》 요약본을 읽은 것이 전부였다. 하지만 지금은 너무 긴장해서 내용이 거의 기억나지 않는다. 그녀가 좋아하는 영화는 어떨까? 그 이탈리아 영화. 어린 소년이 영사 기사와 친구가 되는 이야기였지? 이 영화 제목이 뭐였더라? 얼마 전에 보았다. 기억해야 마땅했다.

고개를 들자 로스가 나를 쳐다보고 있는 게 보였고, 나는 내가 휴대폰에 너무 몰두하고 있었음을 깨달았다. 이건 예의가 아니었다.

"미안해." 로스에게 사과했다. "내… 동생이 학교 숙제로 물어볼 것이 있다고 문자가 왔어. 내가 문자를 씹으면 내 전화기를 박살 내

버릴 거야."

로스가 고개를 끄덕였다. "괜찮아."

첫 데이트를 거짓말로 시작하다니. 잘하는 짓이다, 크리스천.

순간 샘이 내게 질문하라고 했던 말이 떠올랐다. 그래서 불쑥 질
문을 내뱉었다. 어쩌면 조금 큰 소리로. "네가 좋아한다던 그 영화 봤
어."

로스는 깜짝 놀란 것 같았다. "내가 좋아하는 그 영화?"

"응, 꼬마랑 영사 기사가 나오는 거. 이름이… 뭐, 이름은 기억이
안 나네. 하지만 재미있었어."

"아, 〈시네마 천국〉 말이구나."

"맞아, 그거야."

"영사 기사의 이름은 알프레도야."

"맞다, 파스타 이름 비슷했는데, 그런데…."

"그리고 꼬마의 이름은 살바토레고."

"그래, 맞아."

로스가 다시 얼굴을 찌푸렸다. "내가 좋아하는 영화라고 해서 봤
다는 말이야?"

어어. 이게 소름 돋는 행동인가?

"그러니까 맞아." 나는 말을 더듬으며 이 건물에서 얼마나 빨리 뛰
쳐나갈 수 있는지 생각해보기 시작했다. "난 그저, 한 번도 들어본 적
없는 영화였거든. 알지? 그리고 네가 좋아한다니까, 그러니까 내 말
은 분명 잘 만들어진 영화일 거라고 생각했어. 그리고 나도 마음에

들었고."

입 다물어, 입 다물어, 입 다물라고!

로스는 여전히 조금 불편해 보였지만 고개를 끄덕여주었다. "뭐, 마음에 들었다니 다행이네. 내게는 일종의 향수를 불러일으키는 영화거든. 우리 아빠와 난 매년 이 영화를 보고 있어."

"와! 전통 같은 거네?"

로스가 미소를 짓자, 잠시 나는 대화에 진전을 보인다고 생각했다. "맞아."

"정말 멋지다. 너희 엄마도 좋아하셔?"

이 질문에 로스의 미소가 사라졌다. "나는 엄마가 없어."

"뭐? 아, 미안…."

"다른 아빠의 생일마다 보고 있어. 내가 세 살 때 돌아가셨거든. 그래서…."

"아니야, 알아들었어. 말이 되네."

말이 된다고? 끝장이다. 로스가 나를 얼간이라며 죽이거나 내가 지금 당장 이 자리에서 부끄러움으로 죽기 전에 여기서 벗어나야 한다.

우리는 다시 침묵 속으로 빠져들었다. 로스는 자신의 머그잔에 담긴 차를 응시했고, 나는 다시 휴대폰으로 손을 뻗었다.

크리스천 임무 중단

샘 진정해, 넌 할 수 있어

크리스천 아니, 정말 할 수 없어. 로스가 좋아하는 영화에 관해 질

문하려고 했는데, 어떻게 된 건지 로스의 돌아가신 게이 아빠 얘기를 하게 됐어

샘 뭘 했다고?

크리스천 제발 도와줘

샘 주제를 바꿔봐. 당장. 그리고 휴대폰 그만 보고. 관심이 딴 데 있는 사람처럼 보인다고

나는 샘이 조언을 더 해줄 때를 대비해 휴대폰에서 손을 떼지 않은 채 뒤집어서 테이블에 올려놓았다. 하지만 휴대폰은 다시 진동하지 않았다. 그래서 나는 눈길을 피하는 로스를 슬쩍 곁눈질하고, 오른쪽 주머니에 쓸모없이 들어 있는 행운의 부적이 갑자기 지각을 얻어 내 목구멍 속으로 뛰어들어와 나를 질식시켜주기를 온 마음을 다해 바랐다.

로스

이 데이트는 실수인지도 모른다.

플래너리스의 계산대 앞에 서 있는 크리스천을 보자마자 내가 그와 함께 시간을 보내고 싶어서 이 데이트에 응한 게 아니라는 사실을 깨달았다. 나는 기분 전환이 필요했다. 그러나 지금 나는 여기에 있고, 상황을 되돌리기에는 너무 늦었다.

내 생각에 크리스천도 무언가 이상하다는 사실을 알아차린 모양이었다. 그의 행동이… 달라졌기 때문이다. 문자를 주고받았던 남자는 친절했다. 조금 어수룩했으나 전반적으로 대화하기 편했다. 직접 만나니 이야기가 완전히 달랐다. 긴장한 그는 거의 안절부절못하는 수준이고, 대화를 시작할 때마다 말을 끝마치기도 전에 벌써 후회하고 있는 것처럼 들렸다.

내가 그를 도와줘야 하는지도 모르겠다. 어쨌든 그는 내가 좋아한다는 이유로 〈시네마 천국〉을 보았다고 했다. 얼마나 착한가. 나는 단답형으로만 대답하고 먼저 말을 꺼내지 않으면서 분위기를 불편하게 만들고 있었다. 그러나 내가 무슨 말을 하겠는가? 우리에게는 공통점이 거의 없었다. 나는 축구에 문외한이고, 문자 메시지를 통해 그에 대해 알게 된 몇 가지를 제외하면(좋아하는 영화가 〈대부〉라고 했던가?) 그의 정체는 미스터리였다.

몇 분간 할 말을 찾아 허둥대는 크리스천의 모습을 지켜보자니 애처롭게 느껴졌다.

나는 용기를 내기 위해 다 식은 차를 한 모금 마신 다음 물었다. "그런데 축구 시즌은 언제 시작해?"

그의 눈빛이 밝아졌다. 얼굴에 안도감이 피어나는 모습에 웃음이 터질 뻔했다. 마침내 우리는 크리스천이 편안하게 느끼는 주제에 안착한 듯 보였다.

"보통 여름이나 가을이 시즌이야." 크리스천이 말했다. "하지만 코치가 비시즌에도 훈련과 연습 경기를 시키고 있어. 경기력 유지에 필요한 것들 말이야."

"고등학교 스포츠가 그렇게 강도 높은 줄 몰랐어."

"그래. 우리는 우리 주에서 가장 실력이 뛰어난 고등학교 축구팀이야. 그래서 정상을 유지해야 한다는 압박이 훨씬 더 크지." 크리스천이 활짝 웃으며 말했다. 그가 자랑스러워한다는 사실을 알 수 있었다. "불만이 있는 건 아냐. 할 일을 만들어주거든."

"축구로 장학금을 신청할 계획이야?" 내가 물었다.

그가 어깨를 으쓱했다. "아마도. 뱁슨 대학에 꽤 괜찮은 축구팀이 있어. 하지만 다른 학교들만큼 경쟁이 치열하지 않아서 축구로 소액의 장학금 정도는 받을 수 있을지도 몰라."

나는 눈썹을 치켜떴다. 뱁슨 대학은 내가 지원해볼 목적으로 살펴본 대학 중 하나였는데, 비즈니스와 마케팅에 초점을 맞추고 있는 학교처럼 보였다. 내 분야는 아니었다. 크리스천의 분야라는 생각도 들지 않았다.

"그래서 프로 축구 선수가 되는 게 꿈이야? 아니면 그 학교에 지원하는 다른 이유가 있는 거야?"

"아, 프로 축구 선수가 될 생각은 없어. 실력이 꽤 좋기는 하지만 그 정도는 아니거든. 사실 뱁슨 대학은 우리 아빠의 모교야. 아빠는 나도 그 학교에 가길 바라지."

"너는 어때? 그 학교에 가고 싶어?"

크리스천은 의자의 위치를 바로잡았다. "아빠 그 학교가 나한테 잘 맞는다고 생각해."

아. 그러니까 크리스천은 그런 남자 중 하나였다. 자기 아빠의 복제품. 인생에서 유일한 꿈이 자신을 양육한 사람이 이미 걸어온 길을 걸어가는 것인. 놀랐다고는 말 못 하겠다.

크리스천이 재빠르게 입을 다무는 모양으로 봐서 내 차가워진 태도를 감지한 것 같다. 그는 (지금쯤이면 다 식어버렸을) 커피를 단숨에 들이켠 다음 곧장 휴대폰을 다시 만지작거렸다. 다시 휴대폰이다. 대략 십오 분 사이에 그가 누군가에게 문자를 보내는 게 이번이 세 번째다. 정말로 동생과 대화하는 건가? 이 자리에 있고 싶기는 한 걸까? 아니면 처음부터 내가 거절할 것을 예상하고 데이트를 신청한 걸까?

최악은 내가 그를 거의 응원하고 있다는 점이었다. **포기하지 마, 크리스천. 내게 어느 대학에 지원할 건지 물어보라고. 이건 쉬운 대화 주제란 말이야. 어서 해봐.**

그러나 그는 묻지 않았다. 그냥 계속 문자만 쳤다. 철저히 나를 외면하는 모양새가 의도적인 행동이 분명했다. 그러자 그가 몇 분 전의 대화를 통해 얻은 호감이 모두 사라졌다. 이곳에 오기로 한 결정은 실수였다. 이제 기억나기 시작하는데 나는 그에 대해 아는 것이 거의 없었다. 우리는 완전히 다른 세상에서 왔고, 잘될 가능성은 없었다. 게다가 어차피 나는 잘되기를 바라지도 않는다. 집에 가는 게 낫겠다.

바로 그때였다. 크리스천이 내 생각을 눈치채기라도 한 걸까? 휴대폰에서 얼굴을 든 그는 지금 막 생각났다는 듯이 나를 잃지 않기 위해 필사적인 사람처럼 불쑥 말을 꺼냈다. "여기서 나갈래?"

♥

샘

내가 실수한 것이 분명하다.

이 게임에서 크리스천을 혼자 이렇게 일찍 내보내다니, 판단 착오다. 그리고 이 결정은 확실히 성과를 거두지 못하고 있었다. 그는 몇 분마다 정신없이 내게 문자 메시지를 보내 엉망진창이 된 대화를 이야기해주면서 도움을 간청했다. 그러나 멀리 떨어진 곳에 있는 내가 해줄 수 있는 일은 많지 않았을뿐더러 그가 자꾸 휴대폰을 보면 로스에게 나쁜 인상만 심어줄 것이 뻔했다. 이도 저도 못 하는 상황이었다. 내가 조금만 더 신중하게 생각해보았더라면 예상할 수 있었을 결과였다.

노스이스턴고 도서관은 보통 수업이 다 끝난 뒤에는 텅 빈다. 동아리 모임도 열리지 않고, 학생들은 일반적으로 필요한 경우를 제외하면 금요일에 도서관에 남아 있으려고 하지 않는다. 보통 때 같았으면 나도 플래너리스에 있었을 것이다. 아무튼 이 카페는 학교에서 가까운 거리에 있고, 나는 크리스천과 로스의 데이트에 문제가 생길지도 모르는 상황에 대비해서 근처에 있어야겠다고 생각했다. 내 직감이 맞았다.

현실에서 누군가를 속이는 일은 메시지를 주고받으며 하는 것보다 훨씬 더 어렵다. 결국 제일 중요한 것은 로스의 대화 상대가 크리스천이어야 한다는 점이었다. 나는 크리스천을 대신할 수 없고, 그인

척할 수도 없다. 그러나 사실 나를 제일 긴장시키는 문제는 만약 여기서 크리스천이 실패하면 나도 실패한다는 사실이었다.

지금쯤이면 내 성공이 타인의 손에 달려 있는 상황에 익숙해질 만도 했다. 이것이 연기에서 차지하는 가장 큰 부분 중 하나였다. 자신의 역할을 연구하고, 주어진 일을 해내고, 그다음에는 다른 배우들도 이와 똑같이 하리라고 믿는 것 외에 할 수 있는 일이 없었다. 내가 최근에 연출하고 제작하며 경험한 모험은 신선한 변화였다. 내가 원했던 대로 모든 일을 전담해 진행하며 창의성을 보여줄 수 있었던 기회였기 때문이다. 그러나 지금은 그 어느 때보다도 더 무력하게 느껴졌다. 크리스천에게 세상에 존재하는 모든 지시를 내릴 수 있지만, 그가 이를 따르느냐 마느냐는 오롯이 그에게 달려 있었다. 게다가 그가 따른다고 해도 로스가 그와의 관계를 원하지 않을 수도 있었다. 이 작업에 노력을 쏟더라도 실패할 가능성은 언제나 남아 있었다.

나는 이 문제가 나를 왜 이렇게 긴장하게 만드는지에 대해 생각하지 않기로 했다.

크리스천이 내게 문자를 보내왔다.

크리스천 로스가 다시 조용해졌어. 대화가 꽤 괜찮게 흘러간다고 생각했는데, 아무래도 내가 말실수를 했나 봐

샘 걔의 돌아가신 아빠 얘기를 또 한 건 아니지?

크리스천 나도 그런 멍청이는 아냐, 샘

샘 잘 들어, 친구. 이 데이트는 확실히 잘되어가고 있지 않아. 상황이 더 나빠지기 전에 이만 끝내는 게 좋을지도 몰라

크리스천 안 돼! 잘돼야 한단 말이야

샘 알아, 하지만 안 그렇잖아. 계속 이런 식이면 걔가 겁먹고 도망가게 될 거야

크리스천 이 상황을 살릴 만한 방법이 너한테 분명히 있을 거야

나한테? 나는 이 데이트가 성공할 수 있게 최선을 다하고 있었다. 하지만 이 작업의 승패를 좌우하는 사람이 내 지시를 따르지 않으면 나도 어쩔 도리가 없었다!

어쩌면 환경 변화가 필요한지도 모른다. 크리스천은 카페에 가는 그런 부류의 남자가 아니었다. 그리고 나는 로스가 이런 곳을 좋아할지도 모른다고 추측해 플래너리스로 초대하라고 말했을 뿐이다. 크리스천은 자신이 감당할 수 없는 상황에 놓여 있고, 이는 일정 부분 내 잘못이다.

샘 대화가 잘되었을 때 무슨 얘길 했어?

크리스천 어?

샘 걔가 조용해지기 전에 대화가 잘 흘러간 것 같았다고 했잖아

크리스천 그냥 축구 얘기였어. 왜?

나는 의심스러운 표정을 지었다. 어떤 대화에서든 크리스천이 자

신감을 가지고 말할 수 있는 유일한 주제이자, 확신하건대 로스는 전혀 관심 없는 주제일 것이다. 그러나 장소 변경은 그렇게 나쁜 생각이 아닐지도 모른다.

도서관 맞은편에서 누군가가 내 이름을 불렀다. 비키다. 작년에 수학 수업을 같이 들었던 여자애로 나와 절친이 되고 싶어 하는 애다. 나는 그녀를 향해 거짓 미소를 활짝 짓고 휴대폰을 들어 보여주면서 입 모양으로만 말했다. "미안, 가봐야 해." 진짜처럼 보이기 위해 나는 자리에서 일어나 짐을 정리하기 시작했다.

비키는 실망한 표정이었지만 그대로 물러났다. 그리고 나는 다시 내 휴대폰으로 관심을 돌렸다.

샘 걔한테 너랑 학교 축구장을 같이 걷지 않겠냐고 물어봐

크리스천 왜?

샘 그냥 해! 걔가 동의하면 완전히 망친 건 아닐지도 몰라. 어쩌면 가는 길에 네 축구 얘기에 걔가 귀를 기울일 수도 있어

크리스천 네 말이 맞기를 바라, 샘

샘 내가 언제 틀린 적 있어?

크리스천은 답장을 보내오지 않았는데 나는 그가 내 조언을 따르고 있다고 짐작했다. 이들이 축구장으로 향한다면 나도 그곳에 있을 필요가 있었다. 당연히 숨어 있겠지만 그래도 있어야 했다. 내가 실제로 현장에 있어야 상황을 더 잘 지켜볼 수 있을 것이다. 그게 아니

더라도 적어도 이 데이트가 산산조각이 나는 장면을 누군가를 통해 듣는 대신 눈앞에서 직접 목격할 수 있지 않겠는가.

나는 가방을 집어 들고 급히 밖으로 나왔다. 나오는 길에 사서에게 고개를 끄덕여 인사하고, 공평한 경쟁의 장을 만듦으로써 내 명성과 이 재앙 같은 첫 데이트를 모두 구할 수 있게 해달라고 그게 누구든 저 위에서 듣고 있는 존재에게 빠르게 기도했다.

샘

로스와 크리스천은 축구장으로 가는 길이다. 내가 지금 하려는 일은 도박이나 마찬가지지만, 달리 뭘 할 수 있겠는가? 이렇게 일찍 크리스천을 혼자 내보낸 것은 실수였다. 그것도 **카페 데이트**에? 카페에서 만나 할 수 있는 일이란 대화밖에 없다. 그리고 바로 이 부분에서 그는 내 도움이 필요했다. 이 결정은 실수였지만, 어쩌면 상황을 만회할 기회가 아직 남아 있을지도 모른다.

플래너리스에서 축구장까지는 걸어서 몇 분 걸리지 않기 때문에 두 사람이 도착하기 전에 내가 할 일이 뭔지 생각을 정리해야 했다. 당연히 지금 크리스천은 긴장한 상태이고, 그를 격려해줄 무언가가 필요했다. 축구장에서라면 그가 좀 더 편안해져 긴장을 풀지도 모른다. 내가 문자 메시지를 통해 그에게 알려줄 수 있는 화젯거리는 제한적이었다.

그러나 내가 가장 걱정하는 한 가지 변수는 통제권이 나에게 없다

는 점이었다. 로스는, 특히 남자와 관련해서 너그러운 사람과는 거리
가 멀었다. 만약 크리스천이 이번 일을 망친다면 로스가 그에게 다
시 한번 기회를 준다고 누가 장담할 수 있겠는가? 내가 부릴 수 있는
마법에는 한계가 있다.

　내 휴대폰이 윙윙거렸다.

　크리스천　로스가 입을 다물었어. 무슨 말을 해야 할지 모르겠어
　샘　화가 나 보여?
　크리스천　어쩌면? 잘 모르겠어

　나는 입술을 깨물었다. 출발이 좋지 않다. 그녀가 열 받은 거라면,
이 계획은 이미 물 건너간 것인지도 모른다.

　샘　지금 축구장으로 가는 길이지, 그치? 걔한테 어렸을 때 스포츠
를 해본 적 있는지 물어봐
　크리스천　좀 전에 물어봤는데, 없대
　샘　그래서 또 뭐라고 물어봤어?
　크리스천　없다는 사람한테 뭘 물어보라는 거야?

　자동차 사이드미러를 통해 보니 멀리 있는 출입문을 통과해 걸어
오는 두 사람의 모습이 보였다. 여기서는 저들의 몸짓을 읽을 수 없
었지만, 크리스천과 로스가 꽤 떨어져서 걷고 있음을 알 수 있었다.

나는 작게 욕을 내뱉었다. 내가 크리스천에게 문자 메시지를 더 많이 보낼수록 그는 로스가 아닌 다른 사람과 대화하느라 그녀를 더 무시하게 된다. 하지만 내가 아무 말도 하지 않으면 저들은 완전한 침묵 속에서 축구장을 걸을 것이다. 어느 쪽이든 망하는 거다.

이건 말도 안 된다. 얼음 공주와의 멍청한 카페 데이트에서 내가 지게 놔둘 수는 없다. 이 상황을 뒤집기 위해 내가 직접 나서야 한다면 그렇게 하는 수밖에.

연기 수업에서 가르치는 가장 중요한 지침 중 하나는 '~인 것처럼 연기하기'이다. 자신을 배역이 처한 상황에 놓고, 심지어 무대에 오르기도 전부터 특정 장면에 자신이 등장해야 하는 이유를 생각한다. 그런 다음에 마치 자신이 그곳에 계속 있었던 '것처럼' 연기하는 것이다. 내가 현실에서 이렇게 할 수 없다고 누가 그래?

나는 재빨리 입고 있던 스웨터를 벗어 내 백팩에 집어넣었다. 그래서 지금은 레깅스와 스포츠브라만 입은 채였다. 나는 가방에 항상 넣어 다니는 운동화를 꺼내 바꿔 신었다. 그런 다음 다른 모든 것을 좌석 밑으로 쑤셔 넣고, 무선 이어폰을 귀에 꽂고 휴대폰을 손에 든 채 숨어 있던 자리에서 나와 축구장을 둘러싸고 있는 트랙을 따라 가볍게 뛰기 시작했다. 나는 계속 이곳에 있었다. 트랙을 돌며 달리려고 학교에 왔고, 우연히 크리스와 로스와 마주친다. 이게 뭐가 이상한가?

크리스천이 먼저 나를 발견했다. 그리고 나라는 사실을 깨닫고 다시 쳐다보았다. 크리스천이 나에게 가라고 손짓하기 전에 로스가 고개를 돌려 나를 봤다. 내 눈에 로스가 나를 알아보고 커진 눈으로 위아래로 훑는 모습이 들어왔다. 승리감이 몰려오는 느낌이 살짝 들었다. **바로 저게** 내가 기대했던 반응이다. 운이 좋다면 내가 등장한 모습을 보고 로스는 방어적인 자세를 취할 것이다. 아직 크리스천을 싫어하지 않는다면 사악한 전 여자친구로부터 자신을 지켜야 한다고 느낄 것이다. 이것이 바로 내가 원하는 상황이었다.

"안녕." 두 사람과 거리가 충분히 가까워지자 내가 인사했다. 달리기를 멈추고 진짜처럼 보이기 위해 숨이 조금 가쁜 척했다. "두 사람 여기서 뭐 해?"

"그냥 걷고 있어." 로스가 경계하며 내게서 눈을 떼지 않은 채 말했다.

나는 크리스천을 보고 씩 미소를 지었다. 그리고 윙크하지 않기 위해 내 모든 자제력을 끌어다 썼다. "안녕, 크리스."

크리스천이 나를 뚫어지게 바라보았다. 입은 충격을 받아 크게 벌어져 있었다. 그는 로스와 내가 3미터도 안 되는 거리를 두고 서 있는 이 상황을 제대로 이해하지 못하는 사람처럼 로스를 보더니 나를 보고, 다시 로스를 보았다. "너 여기서 뭐 하고 있어?" 크리스천이 마침내 내게 물었다.

나는 내 신발을 가리켰다. "조만간 달리기 시즌이 돌아오잖아. 테스트에 대비해 좋은 컨디션을 유지하고 싶거든."

그런 다음 로스에게로 관심을 돌렸다. 로스가 조금 전에 한 것처럼 똑같이 그녀를 위아래로 훑어보면서. "네가 로스구나, 맞지?"

로스는 눈을 가늘게 떴다. "맞아. 너는 샘이고."

"내가 좀 유명하지." 대화 주제에서 벗어난 말이지만 한 방 살짝 먹이고 싶었다. "내 연극 공연을 보러 왔었지, 맞지? 거기서 널 본 것 같아. 연극은 어땠어?"

로스의 표정이 굳어지더니 시선이 크리스천과 나 사이를 빠르게 오갔다. 잠시 뒤에 그녀가 입을 열었다. "나는… 잘 쓴 작품이었어. 내게는 조금 뻔해 보였지만 다른 사람들이 왜 좋아하는지 알겠더라. 두 사람 호흡이 잘 맞았어."

크리스천은 방금 손바닥으로 한 대 맞은 사람처럼 움찔했다. 지금 로스가 집중해야 할 부분은 우리 둘 사이의 케미가 아니기 때문에 나는 그녀가 방금 말한 감상 중 다른 부분을 짚고 넘어가기로 했다. "전에는 누구도 내 삶을 '뻔하다'고 말한 적 없었어."

"맞다. 팸플릿에서 실화를 바탕으로 했다는 글을 읽은 게 기억나." 로스가 얼굴을 찡그렸다.

"내 연극을 젊은 극작가 대회에 제출했어." 조금 우쭐해진 기분을 느끼며 내가 말했다. "대학에 지원할 때 우승 경력을 추가할 수 있게 말이야."

완벽한 곡선을 그리는 로스의 한쪽 눈썹이 치켜올라갔다. "**우승한다면** 말이지."

좋다. 그러니까 **이렇게** 나오시겠다는 거군. 로스가 자신이 나를 능가할 수 있다고 생각한다면 다시 생각해야 할 것이다.

나는 태연한 척하며 어깨를 으쓱했다. "내 연극을 본 사람들은 모두 좋아하는 것처럼 보이던데. 내가 우승 못 할 이유가 뭐가 있겠어?"

나는 로스가 이 부분에서 화를 내길 기다렸다. 사람들 대부분은 이 정도까지 말하기 전에 이미 싸움을 시작한다. 하지만 로스는 나를 다시 한번 위아래로 훑을 뿐이었다. 그녀의 표정에서 화난 기색은 찾을 수 없었다. 오히려 마치 나를 손쉽게 쓰러뜨리기 위해 무엇이 나를 발끈하게 만드는지 알아내려는 듯한 모습이었다. 이것은 도발이었다. 그리고 나는 아주 기쁜 마음으로 상대할 것이다. **게임 시작.**

"자신감이 넘치는구나. 그건 인정할게." 로스가 말했다. "그리고 3학년을 다 마치기도 전에 대학에서 합격 통지서를 받았다니 상당히 인상적이야. 어느 학교랬지?"

나는 체중을 한 발에서 다른 발로 옮겼다. "뭐… 그건 연극적 표현이야. 당연히 가을까진 대학에 지원할 수 없지. 하지만 그때까지 얼마 남지 않았어. 더 전통적인 예술 교육을 받을 수 있는 티시 대학이나 뉴욕 대학, 줄리아드 대학을 고려해보고 있어."

"그러니까 사실이 아닌 거네."

"응?"

"네 연극 말이야. 가짜네."

로스는 내 거짓말을 잡아냈다는 표정을 하고 있었다. 내 목소리가 날카로워졌다. "다시 말하지만 그건 연극적 표현이었어. 너 고급 영국 문학 수업 듣지? 그럼 뭔지 알겠네? 그리고 난 실화를 바탕으로 했다고 했어. 당연히 일부 내용은 진짜가 아니지."

"맞아." 로스의 표정은 바뀌지 않았다. "그게 어느 부분인지 궁금하네."

크리스천은 내 분노를 감지할 수 있었을 것이다. 그는 상황을 진정시키고 어쩌면 로스에게서 점수를 따기 위해 말했다. "연극의 기반이 된 도시는 로레도야, 털리도가 아니고. 샘이 내게 사람들이 이름을 알아볼 수 있는 도시면 더 좋겠다고 말했었지."

나는 크리스천의 머리에 불을 붙일 수 있을 만큼 이글거리는 눈빛으로 그를 쏘아보았다. 나를 제외하고 로레도를 아는 사람은 우리 엄마와 할머니, 크리스천밖에 없다. 내가 이 마을을 향한 이상한 집착을 누구에게도 이야기하지 않은 이유가 있었다. 사적인 문제이기 때문이다. 사람들이 나에 대해 알아도 되는 정보를 결정하는 유일한 존재는 나여야만 했다. 하지만 지금 크리스천은 로스에게 잘 보이기 위해 정보를 유출했다. 크리스천이 내 표정을 보고 움츠러들며 자기 방어적인 자세로 어깨를 구부정하게 말았다.

로스는 잠시 빠르게 그를 힐끗 보더니 다시 내게 시선을 고정했다. "정말 그래?"

"…그래. 하지만 가본 적은 없어. 남부 캘리포니아에 있는 어떤 시골 마을이야. 누구도 살지 않는 그런 곳." 나는 목소리를 침착하게 유지하려고 노력했다. 크리스천이 방금 사적인 정보를 공짜로 뿌렸다는 사실을 드러내지 않기 위해서였다. "최소한 마을 이름을 우스터라고 부르지 않으면 관객들로부터 몇 점 더 받을 수 있을 거라고 생각했어."

로스가 얼굴을 찌푸렸다. "우스터는 시골 마을과는 상당히 거리가 있는데. 매사추세츠주에서 두 번째로 큰 도시니까."

나는 터져 나오는 웃음을 참지 못했다. "그래. 크고 텅 비어 있지. 믿거나 말거나 이 지역에는 연예 사업이 많지 않아."

"그래서 너는 이곳이 싫어?"

"너는 안 그래?"

"별로 그렇진 않아."

"뭐, 잘된 일이네."

크리스천은 랠리가 오가는 테니스 경기를 보고 있는 사람처럼 우리를 번갈아 쳐다보았다. 긴장감이 점점 고조되는 가운데 나는 로스와 내가 말싸움을 하고 있는 게 맞는지 의심이 들기 시작했다. 로스의 표정에는 변화가 없었다. 그녀는 대화 내내 전혀 동요하지 않는 듯했고 나만 혼자 약점을 드러내고 있는 꼴이었다. 마음에 안 든다.

나는 로스가 이 상황을 이용할 거라고 예상했다. 지금 얻은 새로운 정보로 나를 잡아뜯을 거라고. 하지만 로스는 한 발자국 물러났다. "그만 집에 가야겠어." 그녀가 크리스천에게로 몸을 돌리며 아무렇지 않게 말했다. "재밌었어. 차 잘 마셨어." 로스의 말이 거짓말처럼 들리지는 않았다. 그리고 나를 돌아볼 때 내가 기다려왔던 분노를 무심결에 아주 조금 드러냈지만 내가 바랐던 식은 아니었다. "좋은 시간 보내, 샘."

로스는 다른 말을 덧붙이지 않고 자리를 뜨더니 한 번도 뒤돌아보지 않고 멀어져갔다. 로스의 짙은 머리가 늦은 오후의 햇살을 받아

반짝였고, 그녀는 축구장을 가로질러 트랙의 반대편까지 평온하게 걸어가 끝에 있는 출입문으로 사라졌다.

우리의 대화 소리가 들리지 않을 만큼 로스가 멀리 가버리자 크리스천이 버럭 화를 냈다. "뭐 하는 짓이야, 샘?"

"쟤가 먼저 시작했어." 내가 방어적으로 받아쳤다. "널 도와주려고 온 건데 쟤가 경쟁심을 자극하잖아."

"날 도와준다고? 멀리 떨어져서 도와줬어야지. 이렇게 나타나서 모든 걸 네 마음대로 할 게 아니라!"

"네가 쟤한테 **로레도** 이야기를 했잖아! 그게 네 해결책이야? 날 팔아서 널 더 좋은 사람으로 보이게 만드는 게?"

"화제를 바꿔보려 한 거라고! 네가 말싸움하는 분위기를 만들었잖아! 내가 누군가를 만나고 있는데 전 여자친구가 같은 장소에 나타나서 싸움을 걸려는 모습이 어떻게 보일 것 같아? 게다가 그 시간 내내 네가 셔츠도 입고 있지 않았다면 말이야?"

나는 어이없다는 표정을 지었다. "걔의 질투심을 끌어내려고 했던 거야. 보통 이 방법이 다른 여자애들에게는 잘 먹히거든."

"그래, 뭐, 이제 로스가 다른 여자애들과 다르다는 사실은 확실해졌네." 크리스천이 손으로 머리카락을 쓸면서 아랫입술을 잘근 씹었다. 크리스천은 화난 사람처럼 보였는데, 이때부터 내 행동에 후회가 들기 시작했다. 크리스천은 쉽게 화를 내는 사람이 아니었기 때문에 지금 그가 열 받았다는 건 내가 일을 제대로 망쳤다는 의미였다. 내가 분에 못 이겨 그가 로스와 잘해볼 기회를 놓쳐서는 안 된다.

나는 깊게 한숨을 내쉬었다. "알았어. 미안해. 이렇게까지 될 줄은 몰랐어. 하지만 맹세하는데, 도움을 주려고 했던 거야. 이 문제는 내가 해결할게."

크리스천이 나를 힐끗 보며 말했다. "그럴 수 있어?"

"너 나 몰라? 당연히 할 수 있지. 필요하다면 내가 직접 로스한테 사과할게. 며칠만 시간을 줘. 그러면 모두 다 해결해놓을게."

크리스천의 표정을 보니 내 말을 믿는 것 같지 않았다. 하지만 한참 후에 그는 한숨을 내쉬며 시선을 돌렸다. "좋아."

나는 이상한 안도감이 밀려오는 걸 느꼈다. "고마워, 크리스천. 내가 정말로 해결한다고 약속할게."

"그래, 알았어. 네 멋진 해결 계획에 나도 끼워주는 거야?"

"어떻게 할지 생각나면 그렇게 할게." 나는 팔을 뻗어 그의 팔에 손을 얹었다. "지금은 집에 가서 네 화나 식혀. 내일 다시 만나자."

크리스천이 나를 내려다보며 체념한 미소를 지어 보이더니 곧바로 하늘을 올려다보았다. "부탁이니 가서 셔츠나 다시 입어."

"야, 넌 이것보다 더한 것도 봤잖아."

"닥쳐. 네가 입만 다문다면 돈이라도 줄게."

"좋아, 알았어. 하지만 내가 네 옆에서 지금까지와 다르게 행동할 거라고는 기대하지 마." 나는 그에게 윙크했다. "여기서 완벽하게 보여야 하는 사람은 내가 아니라 너니까. 나는 지금 이대로도 이미 완벽하다는 것에 우리 둘 사이에 이견이 없을 거라고 생각해."

크리스천

샘이 지난번 일을 어떻게 해결할 계획인지 알려줄 때까지 기다리는 동안 불안감이 견디기 힘들 정도로 치솟았다. 학교 복도에서 로스를 얼핏 보게 될 때마다 내 가슴속의 무언가가 폭발하기 일보 직전인 듯한 느낌이 들었다. 카페 데이트 이후 몇 시간 뒤에 (당연히 샘이 그러라고 해서) 그녀에게 문자 메시지를 보냈으나 지금까지 답장을 받지 못했다. 내 신경이 갉아 먹히고 있었다. 샘은 침묵이 반드시 끝을 의미하지는 않는다며 걱정하지 말라고 했지만, 모든 것이 여전히 불확실한 상황에서 어떻게 침착할 수 있겠는가?

나는 심지어 에이미가 방문을 벌컥 열고 들어올 때까지 같은 삼각방정식을 십 분 동안이나 빤히 쳐다보고 있었다는 사실을 인지하지도 못했다. 방문이 벽에 세차게 부딪히며 요란한 소리를 내는 바람에 나는 놀라서 연필을 떨어뜨렸다. "심심해." 내 의자 등받이에 몸을 걸치며 동생이 징징거렸다. 양키가 에이미 뒤로 성큼성큼 걸어와 웃으며 헐떡거렸다.

"그래서 내 방에서 파티를 열 생각이라도 한 거야?" 내가 말했다.

에이미의 눈빛이 밝아졌다. "파티를 열 수도 있지! 내가 음악을 틀고 오빠가 양키와 춤추는 거야."

"나는 지금 숙제하는 중이야, 꼬마 아가씨. 파티는 안 돼. 다음에하자."

"하지만 벌써 몇 시간째 숙제만 하고 있잖아!"

"그래, 뭐, 아직 안 끝났어. 그러니 넌…."

계단 아래에서 큰 목소리가 쩌렁쩌렁 울렸다. "에이미! 오빠 방해하는 거니?"

에이미가 눈을 크게 뜬 채 얼어붙었다. "아니야, 아빠."

"오빠 내버려둬라, 에이미. 숙제 다 끝내면 놀아줄 거야."

아빠와는 논쟁하지 않는 게 낫다는 것을 우리 둘 다 알고 있었다. 나는 에이미에게 어깨를 으쓱하며 미안하다는 몸짓을 했다. "어차피 좀 있으면 잘 시간이잖아. 내일 놀까?"

에이미는 입을 삐죽 내밀었지만 더는 조르지 않고 방을 나갔다. 나는 에이미가 나가는 뒷모습을 보면서 데자뷔를 보는 듯한 기이한 기분에 사로잡혔다. 마음을 다잡고 다시 숙제를 해보려고 했지만, 분명 오늘 밤에 끝내지 못할 터였다.

나는 형 방의 바닥에 앉아 바둑을 두고 있었다. 내가 완전히 깨지는 중이었다. 형은 개지 않은 빨래 더미에 기대어 앉아 집중하느라 얼굴을 잔뜩 찌푸린 채 다음 수를 고민하고 있었다. 형은 항상 흰 돌로 두는데 지금 그의 흰 돌이 내 검은 돌보다 수적으로 월등히 앞서 있었다. 그의 돌은 열여섯 개이고 내 돌은 열두 개였다. 그리고 나는 학교의 누군가에 관한 이야기를 꺼내며 형의 다음 수를 방해하려 시도하는 중이었다.

"왜 여자애들은 항상 여럿이서 몰려다니는 거야? 이러면 무리 중 한 명에게 따로 말을 걸기가 너무 어렵잖아."

형이 교차하는 지점에 자신의 흰 돌을 놓아 내 검은 돌을 또 하나 잡으며 웃음을 터뜨렸다. "질문할 사람을 잘못 골랐어, 크리스."

"형이라면 모든 질문에 답할 수 있어야 하는 거 아냐?"

"이 형은 아니야." 형이 곁눈질로 나를 힐끗 보았다. "근데 왜 너와 상관없는 여자애랑 대화하려는 거야? 네가 초등학교 때부터 여자애랑 친구로 지낸 기억이 없는데."

"없어. 하지만 친구로 삼고 싶은 애가 있어서 그 애하고 이야기해 보려면 다른 친구들이 나를 쳐다보며 자기들끼리 수군거리는 상황을 감수해야 하잖아."

"미친놈들을 막는 방어기제야. 너 미친놈처럼 행동하냐?"

"아니야!"

"그럼 괜찮아." 형이 바둑판을 가리키며 말했다. "네 차례야."

나는 한숨을 내쉬며 크게 고민하지 않고 돌을 놓았다. 이 게임에서 내가 이길 가능성은 없었다. 게다가 바둑은 그저 형하고 대화를 나누기 위한 핑계에 불과했다. "중학교는 구려."

"맞아, 정말 그래. 그런데 고등학교라고 해서 더 낫지도 않아. 그러니 너무 희망에 부풀지는 마."

"형이 그렇게 말하면 안 되지! '더 좋아질 거야'는 어디 간 거야?"

형이 웃으며 머리를 흔들었다. "정말로 더 좋아진다면 그건 네가 마침내 학교를 졸업하고 난 뒤에야 가능할 거야. 그때까지는 어떻게든 살아남아야 해, 크리스."

"형의 충고가 더는 마음에 들지 않네."

형이 활짝 웃었다. "그럼 자꾸 해달라고 하지 말든가."

우리는 말없이 몇 분간 바둑을 더 두었지만, 결국 내가 참지 못하고 물었다. "여자친구 사귄 적 있어, 형?"

형은 바둑판으로 뻗던 손을 그대로 멈춘 채 얼어붙었다.

"엄마랑 아빠한테는 말 안 할게."

이 말에 형은 조금 안심한 듯 보였다. "있어."

"정말? 언제?"

"작년에. 진지하거나 그런 관계는 아니었어. 몇 주 만난 게 다야."

"나도 아는 누나야?"

형이 히죽거렸다. "네가 알 리가 없지."

"그 누나한테 어떻게 데이트 신청했어?"

"갑자기 여자애들 질문은 왜 하는 거야, 크리스? 나한테 뭔가 하고 싶은 말이 있는 거야?"

내 얼굴이 달아오르는 게 느껴졌다. 나는 눈이 마주치지 않게 시선을 피했다. "없어."

"거짓말쟁이."

"아니야!"

"거어지이잇말재애앵이."

"알았어!" 더 열 받았다가는 머리에서 불이 날지도 모르겠다. "학교에 좋아하는 여자애가 있는데, 걔랑 같이 듣는 수업이 하나도 없어. 게다가 걘 항상 다른 친구들하고 몰려다니고."

"전에 걔랑 얘기해본 적 있어?"

"아니, 방금 항상 친구들하고 몰려다닌다고 말했잖아."

"그 여자애 이름을 알기는 해?"

나는 내가 잡은 형의 바둑알 중 하나를 만지작거렸다. "내 생각에 A로 시작하는 이름인 것 같아."

형이 웃음을 터뜨렸다. "너는 사람들에게 너무 쉽게 빠져들어, 크리스천."

"그렇지 않아."

"그래. 그게 너란 사람이야. 너는 모든 일에 크게 마음을 쓰지. 내가 삼 년 전 생물학 시간에 개구리 해부한 이야기를 해줬을 때 네가 한 시간이나 울었던 일 기억 안 나?"

"한 시간은 아니었어!"

"꽤 확신하는데, 맞아. 내가 재봤어."

내가 형에게 소리를 지르려던 참이었다. 형제간 싸움이 막 시작될 찰나였으나 이 다툼은 결국 일어나지 않았다. 형의 방문이 열리더니 엄마가 모습을 드러냈기 때문이다. 엄마는 에이미를 안은 채 눈을 크게 뜨고 우리 두 사람과 바둑판을 번갈아 쳐다보았다.

"윌리엄." 엄마가 말했다. 목소리에 경고가 담겨 있었다. "바둑을 시작하기 전에 과제는 다 끝냈니?"

나는 형의 어깨가 긴장되는 모습을 보았다. "네."

"크리스천은 과제를 다했니?"

형이 나를 곁눈질했다. "나는… 난 잘 모르겠어요."

"크리스천, 했어?"

나는 언쟁이 벌어질 것을 감지하고 바닥을 내려다보며 들리지 않을 정도로 작은 목소리로 웅얼거렸다.

엄마가 다시 형을 보고 말했다. "바둑판은 이제 치워라. 크리스천이 과제를 해야 하는데 네가 방해하고 있잖니."

형이 눈을 부릅떴다. "그건 내 잘못이 아니에요! 쟤가 하고 싶다고 했고, 나한테 말도 안 했…."

"엄마한테 목소리 높이지 마라. 네가 형이잖아. 그러니 물어보는 건 네 책임이야. 십 분 뒤면 아빠가 집에 오실 거야. 이 일이 아빠 귀에 들어가길 바라니?"

형은 할 말이 많아 보였지만, 아빠를 끌어들이겠다는 협박은 입을 다물게 만들기에 충분했다. 형은 그저 주먹을 동그랗게 꽉 쥐고 바닥만 뚫어지게 응시했다. 두 눈이 활활 타오르며 광채를 내뿜었다. "아니요."

"그래. 그럼 게임은 정리하고 동생이 과제를 마저 끝마치게 해주자. 그리고 제발 빨래 좀 개렴. 위에 올라앉지 말고. 나는 다림질을 다시 해줄 생각 없으니까."

엄마가 방을 나가자, 형은 바둑판에서 돌들을 쓸어모은 다음에 상자 안으로 던져 넣었다. 형의 좌절감을 대변이라도 하듯이 돌들이 튕기면서 흩어졌다.

나는 형이 왜 그렇게 화가 난 건지 이해하지 못했다. 최근 형과 부모님 사이의 언쟁이 점점 더 잦아지고 있는데, 그럴 때면 나는 그 소리를 듣지 않으려고 보통 음악을 틀거나 머리를 베개 밑에 파묻었다. 나도 십 대 청소년들이 감정 변화가 특히 더 심하다는 건 알고 있었다. 어쩌면 그래서일지도 모른다.

방을 나오려다가 문 앞에서 형을 향해 돌아선 채 말했다. "어차피 형이 이길 게임이었어."

형이 바둑판을 막 상자 안에 세게 던져 넣으려다 말고 멈칫했다. 그는 어깨너머로 나를 바라보며 힘없는 미소를 지었다. 형의 눈이 조금 빨갛게 충혈되어 보였지만 그냥 못 본 척했다. "나도 알아. 그러니 이제 그만 나가."

나는 이빨 빠진 자리를 드러내며 활짝 웃어 보이고는 방을 나갔다. 게임보다 숙제하는 것이 더 좋아서가 아니었다. 지금 시작하지 않으면 또 다른 싸움으로 번질 것이고, 나는 이 집에서 싸움을 먼저 시작하는 아이가 아니었다. 게다가 이미 화가 난 사람들의 기분을 더 나쁘게 만들고 싶지도 않았다.

샘

크리스천은 지난번 트랙에서 있었던 일로 아직 화가 풀리지 않았다. 나도 인정한다. 로스의 질투심을 유발하기 위해 싸움을 거는 짓은 위험한 행동이었다. 하지만 나는 크리스천이 이해해주리라 기대했다. 때로는 위험을 무릅쓸 가치가 있다고. 크리스천이 나중에 내게 문자 메시지를 보냈다. 하고 싶은 말을 정리하는 데 시간이 좀 걸린 모양이었다.

크리스천 그런 일을 벌일 생각이었으면 내게 먼저 말했어야지, 샘. 이건 내 일이기도 하다고

샘 네 승인까지 받을 시간이 없었다고, 안 그래?

크리스천 그러면 차라리 하지 마! 완전히 네 뜻대로만 하지 않는 다른 뭔가를 생각해내라고

샘 네가 내 뜻대로 하겠다고 해서 이 일을 시작한 걸로 아는데

크리스천 네가 '도와줬으면' 좋겠어. 내가 대화에 능숙하지 않을 진 몰라도 결국 로스와 데이트하는 사람은 네가 아니야. 나라고. 적어도 무슨 일이 일어나고 있는지에 대해 내가 말은 할 수 있게 해줘야지

나는 크리스천에게 구걸하는 사람에게는 선택권이 없다고 말하고 싶었지만, 그가 이 말을 잘 받아들일 것 같지 않았다.

어쨌든 나도 내 개입이 기대했던 결과를 가져오지 않았다는 점에 동의한다. 시작점인 플래너리스에서의 부자연스럽고 어색한 대화부터 잘못됐고, 로스의 질투심을 유발하려던 내 노력이 상황을 더 악화시켰다. 정말로 바보 같은 실수였다. 로스가 평범한 계책에 넘어갈 사람이 아님을 알았어야 했다.

지금도 나는 당시에 로스가 더 화난 사람처럼 보이지 않았다는 사실이 놀랍다. 어쩌면 로스는 감정을 숨기는 데 능숙한지도 모른다. 하지만 그보다는 로스가 나를 시험하는 것처럼 보였다. 그녀를 열받게 만들려는 내 모든 공격을 막아내고 이를 다시 내게 돌려주면서 내가 어떻게 반응하는지 보려고 기다리는 것 같았다. 그 시험이 뭐였든지 간에 내가 통과했는지 아닌지 확신이 서지 않는다. 그리고 이것이 내 신경을 건드린다.

여기서 우위를 점하고 있는 사람은 로스가 아니어야 한다. 만약 로스가 우위에 있다면 크리스천한테 한마디도 안 하고 그녀에게 문자 메시지를 보내는 건 아마 좋은 생각이 아닐 것이다. 그러나 지금

상태에서 상황을 만회하려면 크리스천의 소심한 사과로는 부족했다. 더 많은 것이 필요했다. 나는 옛날식 비위 맞추기 수법을 사용해보기로 했다.

더불어 내 마음 작은 한구석에서는 로스가 자신의 대화 상대가 나라는, 크리스천은 전혀 관여하지 않았다는 사실을 알게 되었을 때 어떻게 행동할지 궁금해하고 있었다. 로스가 나와 대화한다는 전제하에 가능한 얘기지만 말이다.

로스의 다음 시험이 무엇이든 나는 반드시 통과할 생각이었다.

로스

휴대폰 알림음이 울리자 나는 크리스천이 보낸 문자 메시지이기를 기대하며 전화기를 확인했다. 크리스천은 지난 첫 데이트가 대참사로 마무리된 후에 메시지를 한 번 보내고는 내내 감감무소식이었다. 다른 건 몰라도 최소한 여자를 귀찮게 하지 않는 법은 알고 있는 것 같았다. 그런데 메시지창을 열었을 때 눈에 들어온 번호는 크리스천의 것이 아닌 모르는 번호였다.

발신자 정보 없음 안녕, 로스? 나 샘 딕슨이야

가슴이 세차게 쿵쾅거렸다. 이런 날이 올 줄 예상했어야 한다. 이

애는 강심장이다. 그것 하나는 인정한다. 특히 스포츠브라만 입고 등장하면 나를 주눅 들게 만들 수 있을 거라고 생각한 점이 그렇다. 물론 샘은 좋은 게임 상대이고, 실제로 내가 처음에 생각했던 것보다 더 똑똑해 보였지만, 이것이 질투와 짝을 이룬다면, 그리고 그 화살이 정확히 나를 겨냥하고 있다면 좋을 게 하나도 없었다. 나는 남자애 하나를 두고 싸움에 휘말리고 싶지는 않다. 그럴 가치가 없다. 내게는 이를 감내할 인내심도, 에너지도 없다.

샘이 메시지를 작성하는 중이라는 표시가 떴다. 그래서 나는 짧은 메시지를 보내 대화를 중단하려고 했다.

로스 샘, 네가 내 번호를 어떻게 알았는지는 모르겠지만, 크리스천 얘기라면 신경 쓰지 않아도 돼. 걘 전부 네 거니까.

작성 중 표시가 사라졌다. 나는 잠시 참사는 피했다고 생각했다. 하지만 작성 중 표시가 다시 뜨더니 몇 초 뒤에 문자 메시지가 날아왔다.

샘 사실 네 번호, 크리스가 알려줬어. 지난번 일에 대해 사과하고 싶었거든. 맹세하는데 이상하게 굴거나 소유욕을 보이거나, 뭐 그러려고 한 건 아니었어. 달리기 중이었는데 너희 둘이 눈에 띄어서 인사하고 싶었어. 그런데 네가 내 경쟁심을 깨웠고… 그렇게 됐어. 그러니 미안해. 네 데이트(?)를 망칠 생각은 없었어. 그게 뭐든 너희 둘

181

사이를 훼방 놓고 싶지 않아

하! 샘 같은 여자애들은 보통 자신의 전 애인을 지키려는 경향이 있다. 관계를 끝낸 장본인이 자신임에도 그렇다. 싸움은 사소한 문제에서 시작한다고 들었다. 지금까지 겪어본 바에 따르면 샘은 다르리라고 장담할 수 없었다. 그런데 이 이상하고 짧은 사과는 내가 샘에게서 기대했던 것이 전혀 아니었다.

샘에게 어떻게 답장을 보낼지 생각하는 데 몇 분이 걸렸다.

로스 사과해줘서 고마워. 지난번 일에는 뭔가 오해가 있었다고 생각해. 우리는 '데이트'를 하고 있었던 게 아니야. 크리스천은 상냥하지만, 우리 사이엔 공통점이 별로 없는 것 같아.

샘 정말? 내 눈에는 두 사람 사이가 좋아 보였는데

이 말에 웃음이 나왔다. 샘이 엉망이었던 그 자리에 계속 있었던 게 아닌 건 분명했다. 크리스천이 샘에게 실제로 무슨 일이 있었는지를 다르게 이야기해주었을 수도 있다.

로스 따지려는 건 아닌데, 네가 왜 신경 쓰는 거야? 개랑 이미 끝난 관계잖아.

샘 아닌지도 모르지. 어쨌든 우린 여전히 친구거든

로스 친구라고? 확실해?

답장이 즉각 날아왔다.

샘 '매우' 확실해. 지금은 내 남동생이나 마찬가지야. 걜 보살펴주고 싶은 마음이 들 정도라니까. 솔직히 우린 좋은 커플이 아니었어. 그런데 이런 말 해도 될지 모르겠는데

로스 뭔데?

샘 크리스천이 너와 대화하면서 정말 행복해하더라

이 메시지에 어리둥절해진 나는 휴대폰을 잠시 뚫어지게 바라보았다. 나는 자기 남자를 빼앗기지 않으려는 한심한 영역 싸움을, 내 인생을 망쳐버리겠다는 위협 같은 반응을 예상했다. 그런데 샘이 실제로 내게 크리스천과 사귀라고 종용하고 있다고?

내 휴대폰에서 또 다른 메시지가 도착했다는 알림 소리가 났다.

샘 걘 일주일 내내 네 얘기밖에 안 했어. 네가 걔와 대화하기로 했을 때 얼마나 신나 하던지. 내가 지난번 너희 데이트를 엉망으로 만들었다고 나한테 얼마나 화를 냈는지 넌 짐작도 못 할 거야. 난 정말로 아무것도 망칠 생각이 없었어. 그리고 너희 둘이 어울리는데 중간에서 방해할 거라는 생각은 하지 않았으면 좋겠어. 나는 걜 아끼고, 그래서 걔가 행복해지길 바라. 내가 말이 너무 많았다면 얼마든지 전부 무시해도 좋아. 너는 크리스천에 대해 같은 마음이 아닐 수 있으니까. 그렇다고 해도 괜찮아. 혹시 나 때문에 네가 걔한테 기

회를 주지 않는다면 난 나 자신을 조금 미워하게 될 것 같아

    도대체 이 얘기는 다 어디서 나오는 거지? 이것이 모두 샘의 거짓말이라면 정말 타고났다고 해야겠다. 그러나 한 가지 분명한 점은 어쨌든 샘이, 그것이 플라토닉한 것이든 아니든 크리스천을 **아낀다**는 사실이었다. 샘이 크리스천에 대해 이야기하는 방식에서 그 사실을 느낄 수 있었다. 샘에게서 기대하지 못했던 수준의 깊이인데 막상 알고 나니 어떻게 반응해야 할지 모르겠다.

    로스 그건… 정말 사려 깊은 행동이네, 샘. 난 전 여친이 이런 상황을 잘 받아들이는 경우를 확실히 많이 보지 못했어.
    샘 난 사람들 대다수가 기대하지 않는 일을 하는 것에 자부심을 느끼지 ☺ 그래서… 사과 받아주는 거지?

    나는 내가 미소 짓고 있음을 깨달았다. 내가 말재주 좋은 사람에게 넘어가는 타입은 아니라고 생각했는데, 샘은 특이한 경우다. 항상 샘의 동기 뒤에 숨어 있다고 생각했던 악의적인 의도는 존재하지 않는 것처럼 보였다. 지금도 크리스천에 대한 내 감정이 어떤 건지 여전히 모르고 샘이 몇 마디 말로 이를 바꿀 수 있다고 생각진 않지만, 적어도 이 순간만큼은 가망이 없다고 여겨 모든 것을 포기해서는 안 된다는 그녀의 설득이 통했다.

로스 사과는 받을게. 한 번쯤은 크리스천과 이 문제를 이야기해 봐야겠네. 그건 그렇고 너와 나 사이는 괜찮아.

샘 아, 걔는 너랑 얘기하고 싶어 할 테니 걱정 마. 내가 보장하지. 근데 내가 네 번호를 당장 지우지 않아도 되는 거지?

나는 의자에 등을 기대며 씨익 웃었다.

로스 그런 것 같네.

샘 알았어, 좋아. 왜냐하면 네가 계속 크리스천과 만난다면 우리가 서로 더 자주 보게 될 거라서 말이야. 그러면 우리가 서로 계속 모르는 척하는 건 정말 이상할 거야

로스 내가 들은 바로는 네가 노스이스턴고에서 모르는 사람이 없다던데, 샘. 그런 일은 처음부터 불가능해 보여.

샘 좋은 지적이야. 이래서 다들 네가 똑똑하다고 말하는 건가 봐 ✌️

내 평판에 대한 말은 무시하기로 했다. 그저 나를 놀리기 위해 하는 말이니까. 그러나 휴대폰을 책상에 내려놓으면서 순간 내가 내 안전지대에서 얼마나 멀리 떨어져 있는지를 깨달았다. 나는 한 번도 외톨이라서 외롭다거나 고등학교에서 일시적으로 누릴 뿐인 인기가 부족한 것에 마음 쓰지 않았다. 그리고 내 인생은 항상 이럴 거라고 생각했다.

개구리와 뜨거운 물에 대한 오래된 이야기가 떠올랐다. 개구리를 끓는 물에 넣으려고 하면 당연히 밖으로 뛰쳐나온다. 하지만 물이 차가울 때 넣고 끓을 때까지 온도를 서서히 올리면 개구리는 산 채로 천천히 삶아진다. 물이 뜨겁다는 사실을 깨달았을 땐 이미 너무 늦었기 때문이다. 나는 변화를 눈치채지 못하고 항상 하던 대로 살아왔는데, 어느 날 갑자기 노스이스턴고에서 제일 잘나가는 남자애랑 데이트하고, 그의 전 여자친구와 어느새 안면을 튼 사이가 되고 말았다. 제일 말도 안 되는 부분은 내가 실제로 이런 상황을 불편해하지 않는다는 것이다. **불편해야만 할 것처럼** 느껴졌다. 이건 내가 아니다. 눈곱만큼도 아니다.

그런데 나는 애초에 내가 누구인지 정확히 파악했던 적이 있었던가?

크리스천

수요일에 학교 복도에서 만난 샘이 굳게 결심한 얼굴을 하고 나를 구석으로 끌고 갔다. 자신에게 좋은 생각이 있는데 내가 그걸 탐탁해하지 않을 거라고 말하는 듯한 표정이었다. "너 걔랑 얘기해야 해." 샘이 말했다.

내 얼굴에서 핏기가 사라지고 있었다. "지금?"

"그래, 지금. 걔 다음 수업 교실이 어딘지 알아?"

"물론 알지. 고급 영국 문학이야. 역사 교실에서 복도를 따라 내려가면 돼."

"그러면 수업 전이나 후에 대화를 해."

나는 얼굴을 잔뜩 찌푸리며 말했다. "그냥 문자로 하면 안 돼?"

"안 돼." 샘은 물러서지 않았다. "문자로 하는 사과는 진심처럼 보이지 않아. 내가 이미 판은 깔아놨어. 걘 너와 대화할 의향이 있어. 그러니 이젠 네가 움직일 차례야."

"네가 그랬다고? 샘…."

"그래, 내가 잘 처리해놨어. 너를 다시 차지하려고 그런 짓을 한 게 아니라고 맹세했지. 걔 말투로 보면 널 용서해줄 준비가 된 것 같더라."

이 말이 내 불안감을 조금 덜어주었다. "정말?"

"내가 거짓말한 적 있어?"

내 시야에 들어오는 주변의 움직임이 눈길을 끌었다.

복도에는 많은 애들이 있지만(예비종이 아직 울리지 않았다) 나는 모퉁이를 돌아 사라지는 뚜렷한 긴 갈색 머리를 얼핏 보았다. **로스**다. 샘이 한 말이 사실이라면 그녀에게 말을 걸기가 그렇게 어렵지는 않을 것이다. 그냥 미안하다고 말하고 다시 정상 궤도에 오를 수 있다. 그렇게 나쁠 건 없다. 아닌가?

이런 생각을 하는 것만으로도 식은땀이 흐른다는 사실을 제외하면 말이다. 로스여서라는 사실 때문만도 아니다. 그녀가 내게 화가 나 있다면? 내가 이 문제를 해결할 수는 있을까?

나는 시선을 돌려 샘을 바라보았다. "나 도와줄 거지?"

"어떻게, 문자로?"

"무슨 말을 해야 할지 모르겠단 말이야!"

"하지만 이번에도 휴대폰만 바라보고 있을 수는 없어, 크리스천. 지난번에 잘되지 않았잖아."

"그렇지만 널 데리고 갈 수도 없잖아, 안 그래?"

샘이 얼굴을 찌푸렸다. "안 되겠지. 하지만…." 그러더니 인상을 풀면서 자신의 휴대폰을 꺼내 무언가를 치기 시작했다. 몇 분 뒤에 주머니 속에 든 내 휴대폰이 진동했다.

나는 샘을 응시했다. "내게 전화 건 거야?"

"받아. 그리고 끄지 말고 켜놔. 걔하고 대화하는 동안 무선 이어폰을 계속 끼고 있고."

"잠깐, 무슨 짓을⋯."

"크리스천." 샘이 눈을 부릅뜨고 말했다. "네 첫 번째 데이트가 어떻게 됐는지 우리 둘 다 알잖아. 너 혼자 걔랑 얘기하는 건 좋지 않아. 이렇게 하면 내가 들으면서 네게 어떻게 반응해야 하는지 실시간으로 말해줄 수 있어. 너한테 계속 문자 메시지를 보내지 않고도 말이야."

나는 고개를 저었다. "이건 네 생각 중 최악이야. 마치 무슨 토크쇼 장난질 같다고! 절대 안 돼."

"그럼 걔랑 대화하는 내내 코를 휴대폰에 박고 있겠단 말이야?"

"차라리 나 혼자 걔랑 얘기하겠어."

"넌 아직 그럴 준비가 안 됐어. 네가 로스 수준으로 올라가기 전까진 내 도움이 필요할 거야. 그렇지 않으면 걔가 널 완전히 박살 낼 거라고."

듣기에 기분 나빴지만 샘의 말이 맞았다. 로스는 나보다 훨씬 더 똑똑하고, 나는 그녀 앞에 서면 여전히 긴장한다. 나 혼자, 특히 지금 같은 상황에서 그녀를 만나면 끝은 보나 마나 처참할 것이다. 이번 일에는 샘의 지원이 필요하다.

크게 한숨을 내쉬며 무선 이어폰 한쪽을 귀에 꽂고 샘이 건 두 번째 전화를 수락했다. "내가 하라는 대로만 해." 샘이 말했다. 전화기 너머로 들려오는 샘의 목소리가 기이한 메아리가 되어 울렸다. "다 잘될 거야."

"나한테 어떤 멍청한 말을 하게 시킨다면 우리 우정은 끝이야." 나는 이렇게 중얼거리며 로스가 사라진 방향으로 터벅터벅 걸어갔다.

나는 로스가 교실 문으로 들어가기 전에 붙잡는 데 성공했다. 내가 로스의 이름을 부르자 그녀는 긴장하는 모습을 보였지만, 자신을 부른 사람이 나라는 사실에 많이 놀라지는 않은 것 같았다. 로스는 한 손으로 백팩 어깨끈을 잡은 채 내가 다가갈 때까지 기다린 다음, 문에서 비켜섰다. "안녕, 크리스천."

"안녕."

로스가 나를 올려다보자 나는 이번에도 그녀의 눈에서 시선을 떼지 못했다. 내가 로스를 공연장에서 처음 보았을 때도 이랬다. 삼각법 수업이 끝나고 복도에서 그녀가 나를 차갑게 내쳤을 때도 마찬가지였다. 식은땀이 흐르기 시작했다.

"있잖아, 어…." **바로 지금이야, 샘.**

그리고 딱 맞춰서 내 귀에 샘의 목소리가 들렸다. **"미안하다는 말을 하고 싶었어."**

"미안하다는 말을 하고 싶었어." 나는 로스의 얼굴을 바라보며 샘의 말을 따라 했다. "지난번 플래너리스에서 내가 보여준 행동에 대해서 말이야. 너한테 묻기 전에 데이트에 대해 제대로 잘 생각해보지 않았어. 그런 데다 긴장까지 했었어. 일을 망치고 싶지 않았는데, 내가 혹시라도 뭔가 잘못 말할까 봐 지나치게 걱정하다가 그리 되고 말았네."

로스가 한숨을 쉬며 시선을 돌렸다. "응, 그날은 나도 좋은 모습을 보여주지 못했어."

"난 널 많이 좋아해." 샘이 불쑥 말했다.

"난 널 많이… 어, 좋아해. 난 정말로 너에 대해 알고 싶은데, 아무래도 너한테 좋은 인상을 남기지 못할까 봐 너무 걱정했나 봐. 다음에… 어, 다음번에 더 나은 **네 번째** 인상을 심어줄 테니 만나자고 하면 무리인 걸까?"

로스는 한동안 나를 바라보았는데, 나는 그녀가 좀 전에 내가(사실, 샘이) 한 말을 정말 진심으로 고민해보고 있음을 감지했다. 내가 만난 제일 똑똑한 여자애가 내가 한 말을 곰곰이 생각해보게 만들었다는 사실에 감동해야 할지 무서워해야 할지 모르겠다.

로스는 천천히 다시 내 눈을 바라보며 미소를 지었다. 그녀가 미소를 지었다. 나는 충격과 함께 이것이 로스가 지금까지 내게 보여준 미소 중 가장 진심 어린 것임을 깨달았다. 정말 너무나도 예쁜 미소였다. 마치… 그녀의 얼굴을 환하게 밝혀주고, 그녀에게 더 편하게 다가갈 수 있게 만들어주는 것 같았다. 순간 사람들이 왜 로스를 '성깔녀'라고 부르는지 이해가 가지 않았다.

"좋아, 크리스천." 로스가 입을 열었다. "네 번째가 매력 있지. 그리고… 나도 미안해. 난 이런 일에 익숙하지 않아서 모든 게 새롭거든.

어떻게 행동해야 할지 잘 몰라."

"그래, 뭐, 내게도…." 샘이 시켰다.

"…이런 일이 자주 있는 건 아냐."

"그 말을 들으니 마음이 놓이네." 로스는 잠시 발을 바닥에 문지르더니 얼굴을 찌푸리며 물었다. "그런데 내가 그렇게 무서워?"

"넌 쉽게 좋은 인상을 심어줄 수 있는 사람은 아닌 것처럼 보여."

로스가 이 말을 모욕적으로 받아들이지 않을까 걱정되었지만, 다행히도 그녀는 웃음을 터뜨렸다. "알았어, 그거면 됐어. 그리고 적어도 계속 너와 대화하게 만드는 네 능력은 인상적이라고 할 수 있네." 로스가 흔들리지 않는 눈빛으로 나를 바라보았다. "더는 어색한 카페 데이트는 하지 않는 것으로. 좋지?"

"좋아. 그리고 다음번에 어울릴 땐 네가 장소를 골라도 돼."

"난 데이트라고 했어, 크리스. 어울리는 게 아니라."

로스가 다시 미소를 지었다. "좋은 생각이네."

예비종이 울리자 우리 둘 다 위를 쳐다보았다. 다른 학생들이 서둘러 교실로 향하기 시작했다.

"그만 가봐야겠다." 내가 말했다. "수업 재밌게 들어."

"그럴게."

"나중에 문자 할까?"

"그래."

나는 로스에게서 눈을 떼지 않은 채 복도를 따라 뒷걸음질로 걷다가 다른 방향에서 오는 학생과 부딪칠 뻔했다. 로스가 웃음을 터뜨리며 머리를 흔들었다. 그리고 나를 마지막으로 힐끗 보더니 교실 안으로 사라졌다.

나는 복도를 따라 샘이 있는 곳으로 갔다. 그녀는 무선 이어폰을 귀에 꽂은 채 사물함에 기대어 서 있었다. 다른 사람들 눈에는 그냥 할 일 없이 음악이나 듣고 있는 모습으로 보일 터였다. 나는 샘의 어깨를 움켜잡았다. "샘, 넌 천재야."

"이미 아는 얘기 아닌가." 하지만 샘도 활짝 웃고 있었다. "잘했어, 로미오. 다시 정상 궤도에 올라왔어."

"너한테 밀크셰이크 한 잔 쏘겠다고 했던 말 기억해? 방금 열 잔으로 올라갔어."

"크리스, 넌 남은 평생 내게 밀크셰이크를 사줘야 해. 이제 그만 수업에 들어가."

로스

내가 예술 분야 전문가라고 말하진 않겠다. 그건 거짓말일 테니까. 미술관에 자주 가지도 않는다. 하지만 크리스천은 내가 원하는 장소에 가자고 했고, 나는 걸어 다니며 구경할 거리가 있는 편이 플래너리스에서의 재앙 같았던 첫 데이트보다 낫겠다고 생각했다.

데이트. 이 말은 여전히 어색하게 느껴진다. 사람 간의 단순한 상호작용에 일종의 압력을 가하는 표현 같기 때문이다. 지금 데이트를 하고 있다는 것이 나를 긴장시키고 입이 얼어붙게 만든다. 나는 이런 일에 준비가 되어 있지 않았다. 데이트란 게 원래 이런 건가?

그런데도 나는 지금 이곳에 나와 있고, 크리스천에게 한 번 더 기회를 주겠다고 약속했다. 우스터 미술관은 크고 오래되었으며 대화의 주제로 삼을 만한 흥미로운 것들로 가득했다. 나는 당연히 사진 소장품들을 좋아하지만, 우리는 대부분의 시간을 별말 없이 고대 조각품과 화병을 보며 어슬렁거렸다.

지금은 그리스관을 둘러보는 중인데, 대리석 바닥 때문인지 발걸음 소리가 울려 퍼졌다. 관람객이 꽤 많았지만, 전시실을 둘러보는 사람들은 대부분 침묵하거나 작은 목소리로 대화했기 때문에 아주 조용했다.

나는 크리스천을 곁눈질로 바라보았다. 크리스천은 내가 생각했던 것보다 더 관심을 기울이고 있었다. 실제로 멈추어 서서 작품을 한두 번 바라보고 사진까지 찍었다. 지금도 말에 올라탄 남성의 그림이 반복적으로 그려진 고대 그리스 도자기 앞에 서서 자세를 잡고 있었다.

"무선 이어폰을 꽂고 있네." 내가 말을 걸자 그는 깜짝 놀란 듯 펄쩍 뛰었다. 한쪽 무선 이어폰이 바닥으로 떨어졌다. 하지만 소리가 너무 작아서 무슨 음악을 듣고 있는지 내 귀에까지 들리진 않았다.

"아, 맞아." 크리스천이 말을 더듬었는데, 순간 나는 우리가 다시 시작점으로 되돌아간 것 같은 걱정이 들었다. 그러나 크리스천은 잠시 생각을 정리하더니 목을 가다듬고 수줍게 미소를 지었다. "내가… 긴장한 것 같아. 전부터 음악을 들으면 마음이 항상 진정됐거든. 이 방법이 도움이 될 줄 알았어. 게다가 이 안은 이미 너무 조용하니까."

나는 어깨를 으쓱했다. 그럴 수 있다. "그 말에 할 말이 없네. 난 사람들이 미술관에서 대화를 더 많이 하면 좋겠어. 내 말은 넌 뭘 기대하고 있는 거야? 3천 년 된 도자기보다 더 나은 대화 상대?"

크리스천은 미소를 지었다. "난 이런 것들에 대해 이야기하는 방법을 잘 몰라."

"그렇다면 여기서부터 시작해보자." 나는 그가 조금 전에 사진을 찍었던 도자기를 손가락으로 가리켰다. "이 사람들은 말을 타고 뭘 하는 걸까?"

크리스천은 눈을 가늘게 뜬 채 오래된 도자기를 바라보았다. "저들 주변의 저 작은 선들은 꼭 밀 같네. 어쩌면 추수를 도와주고 있는 거 아닐까?"

"그럴 수도. 그렇지만 이런 고대 예술은 보통 주관적이지 않아." 나는 진열장 아래에 있는, 그림에 대한 설명이 적혀 있는 작은 작품 명판을 가리켰다. 〈말을 타고 달리는 시타로스에 둘러싸인 채 앉아 있는 디오니시우스와 아리아드네〉

크리스천은 창피한 듯했다. "아, 나는… 그것까진 읽지 못했네."

"괜찮아. 대다수 그리스 예술은 역사 속 이야기나 순간 같은 어떤 특정한 장면을 묘사하거든. 주관적인 표현을 바란다면 근대 예술을 보는 게 더 나을 거야."

크리스천이 작게 웃었다. "그거야말로 내가 정말 이해 못 하는 분야인데." 그런 다음에 몇 초간 침묵하더니 덧붙여 말했다. "그런데 고대 예술이 조금 주관적일 수도 있지 않을까?"

나는 그를 힐끗 바라보았다. "무슨 뜻이야?"

"내 말은 특정한 역사 속 이야기나 단편을 보여주는지 모르겠지만, 보통은 그런 방식을 보고 예술가가 뭔가에 대해 어떻게 느끼는지 알 수 있잖아? 그러니까…" 그는 생각을 정리하느라 잠시 말을 멈쳤다. "브루투스가 율리우스 카이사르를 칼로 찌르는 모습을 세 명의 미술가가 그렸다고 치자. 이들은 모두 기본적으로 같은 장면을 그리고 있지만 누가 브루투스 편이고 누가 카이사르 편인지는 그림을 보면 알 수 있을 거야. 이를 단순히 암살 사건으로 보는지, 브루투스와 그의 동조자들이 지나치게 폭력적이었다고 보는지를 말이야. 그림을 통해 미술가의 생각 일부를 엿볼 수 있는 거지. 그들은 자신이 해석한 대로 그림을 그릴 테니까 말이야. 안 그래?"

이건 대체 어디서 나온 거지? 몇 주 전만 해도 나는 크리스천 같은 남자애는 이런 식의 비판적 사고를 하지 못한다고 생각했다. 오늘도 마찬가지다. 나는 그에게서 '근사한 화병' 정도의 표현 이상은 기대하지 않았고, 그래도 실망하지 않았을 것이다. 그런데 한 달도 채 안 되어서 크리스천 파월이 나를 두 번째로 놀라게 했다. 그리고 이제 그는….

내 얼굴에 미소가 번지는 게 느껴졌다. "그건… 정말 좋은 의견이네. 고대 로마시대에 관심 있어?"

이 말이 끝나자마자 크리스천은 다시 수줍은 모습으로 돌아갔다. "내가 아는 유일한 로마 역사 지식을 다 썼을 거야."

나는 웃음을 터뜨렸고, 그 소리가 반짝이는 벽과 바닥에 부딪혀 울리자 몇몇 관람객들이 뒤돌아서 나를 바라보았다. "상관없어. 나도 로마시대에 관심이 없거든. 하지만 이제 2층으로 가서 네가 르네상스 화가들이 어떤 '견해'를 가지고 있다고 생각하는지 알고 싶어졌어. 해볼래?"

크리스천이 내게 미소를 지어 보였다. 그의 눈빛에서 도전의 의지를 살짝 본 것 같았다. "언제든지."

크리스천

시간이 갈수록 로스와의 대화가 점점 더 수월해지고 있다. 직접 만나서 나누는 대화만이 아니라 문자 메시지도 마찬가지다. 나는 로스의 말투나 그녀가 무엇을 재미있어 하는지, 그녀의 말이 진심인지 아닌지, 그녀가 언제 냉소적이 되는지를 알아가고 있다. 이것이 대화를 훨씬 더 쉽게 만드는데, 다음에 무슨 말을 해야 할지 걱정하며 신경을 곤두세울 필요가 없기 때문이다. 이제는 거의 샘과 대화할 때랑 비슷해졌다.

물론 샘은 여전히 도움을 주고 있었다. 내가 갑자기 대화의 달인이 될 수는 없으니까. 로스와 내가 만나는 날이면 샘은 휴대폰을 통해 우리의 대화를 듣고, 우리가 주고받은 문자 메시지를 캡처한 사진을 보내주면 필요한 조언을 해주었다. 이 방법이 효과를 보고 있기는 하지만, 더는 샘에게 전적으로 의존하지 않는 것도 나쁘지 않을 것 같았다. 솔직히 말해 로스의 말수가 더 많아진 점도 기뻤다. 처음에는 답장이 짧고 모든 문장마다 끝에 마침표를 찍어서 걱정했다 (진심으로 하는 말인데 문자 메시지를 보내며 누가 그렇게 한단 말인가?). 나는 로스와 대화하는 요령을 절대로 익히지 못할 것만 같았다. 그러나 지금은 로스가 먼저 대화를 시작할 때도 있었다. 내게 질문을 하고 내 대답에 진심으로 관심을 보이는 것 같았다. 무엇이 변했는지 확실하지는 않지만, 이 관계가 (그것이 무엇이든) 잘 진행되고 있다고 진심으로 믿고 싶었다.

나는 최근 들어서 내가 실제 대화를 왜 그렇게 못하는지 궁금해졌다. 내 피에는 수다쟁이 유전자가 들어 있다. 엄마는 사교적인 잡담의 대가이고, 아빠는 '인적 네트워크'의 중요성에 대해 잔소리를 멈추지 않는다. 그리고 세상에서 에이미의 입을 다물게 할 수 있는 것은 기껏해야 세 가지 정도일 것이다. 그리고 물론 나도 익숙한 사람과 잘 아는 주제를 놓고 이야기할 때는 몇 시간이고 수다를 떨 수 있었다. 그러나 익숙하지 않은 주제로 이야기하거나 말실수로 상대의 기분을 상하게 했다고 생각하는 순간, 내 뇌 속 대화 담당 뉴런의 모든 기능이 정지해버린다.

로스는… 열정적이었다. 그녀는 많은 것들에 대해 해박했고, 일반적으로 자기주장이 강했다. 샘도 마찬가지이긴 하지만 그녀와 의견이 일치하지 않을 땐 놀림을 받는다면, 로스는 모든 대화가 시험이고 실패할 확률이 기분 나쁠 정도로 높다는 분위기를 풍긴다.

예를 들면 지금 같은 경우가 그렇다. 로스는 자신이 듣는 수업 중한 과목에 대해 문자 메시지를 보내고 있다(고급 영국 문학 선생님이 최근 시험에서 그녀가 답했던 말로 그녀의 점수를 깎았다). 로스의 말투로 보아 화가 난 게 분명했다. 내 역할은 로스의 편을 들어주는 거라고 생각하지만 어떻게 해야 하는지 잘 모르겠다. 샘은 내가 문제의 해결책을 제시해주려고 할 때마다 화를 냈고, 그럼 어쩌라는 거냐며 도움을 청하자 문제점을 일깨워주었다.

샘 사람들의 90퍼센트는 화가 났을 때 조언을 듣고 싶어 하지 않아, 크리스천. 너는 아무것도 고쳐주려고 할 필요 없어. 그냥 경청하고 정말 지랄 같다며 맞장구쳐줘

그래서 나는 약 십오 분 동안 '지랄 같다'의 다른 표현을 써가며 호응하고 있는데, 나조차도 내가 계속 같은 반응을 반복하고 있음을 느낄 정도였다. 로스도 분명 알아차렸을 것이다.

로스 분석의 요점은 '주관적이어야 한다'는 거야. 의견을 뒷받침해줄 좋은 사례들이 있는 한 점수를 주어야 한다고.

크리스천 맞는 말이야

로스 나는 이 중년 백인 남자가 다른 중년 백인 남자에 대해 어떻게 생각하는지를 정확히 앵무새처럼 따라 해야 한다는 말은 듣지 못했어. 아무래도 그가 독립적 사고를 채점하는 데 시간이 너무 오래 걸리나 봐.

크리스천 그래, 그건 정말 불공평해

손바닥이 땀으로 젖었다. 얼굴을 맞대고 나누는 대화가 아닌데도 나는 여전히 열 받은 사람을 어떻게 대해야 하는지 모른다. 이런 상황은 스트레스를 안겨준다. 내 첫 번째 본능은 둘 중 하나를 따르라고 한다. 로스를 진정시키며 듣고 싶은 말이 무엇인지 물어보거나 대화에서 완전히 빠져버리거나. 솔직히 말하자면 나는 누군가가 화가 난 상황이 두려운 것 같다. 갈등으로 인해 사람들 사이가 갈라지는 모습을 보았고, 이런 위험을 감수하느니 차라리 갈등을 피하고 싶어진다. 하지만 로스를 유령 취급할 수는 없는 노릇이었다. 그래서 나는 미친 듯이 샘에게 문자 메시지를 보내 어떻게 해야 하는지 물었다. '지랄 같다' 방법이 더는 도움이 될 것 같지 않다는 느낌이 들었던 것이다. 그런데 답이 없는 걸 보니 다른 일로 바쁜 모양이었다. 그래서 나는 점점 더 초조해지기 시작했다.

로스 솔직히 나는 선생님보다 더 높은 위치에 있는 사람한테 성적 이의 제기를 해볼지도 몰라. 이 문제를 선생님과 얘기해보려고 했지만 듣지 않더라. 어쩌면 레이건 교감선생님이나 교장선생님은 들을지도 모르지.

지금이 내가 조언해줄 때인가? 로스에게 동의해야 하는 건가, 아니면 다른 의견을 말해줘야 하나? 내 심장이 거칠게 뛰기 시작했다. 나는 소용없는 줄 알면서도 혹시나 답장했을지도 모른다는 마음에 샘의 문자 메시지를 다시 확인했다. 그러나 아무것도 없었다. 아무래도 나 혼자서 해결해야 하나 보다. 깊게 숨을 한 번 들이마신 다음 대화를 재개했다.

크리스천 네가 받은 성적이 뭐야? 그러니까 평균 성적이 어떻게 돼?

로스 B+야. 하지만 수월하게 A를 받을 수도 있었어. 트래버스 선생님이 나를 걸고 넘어가지 않았다면 말이야. 게다가 이건 원칙의 문제야.

크리스천 네가 이 일로 그 선생님을 곤란하게 하면 다른 시험에서 더 깐깐하게 굴지 않을까? 이런 일을 마음에 담아둘 사람처럼 들리는데

로스 어쩌면 그럴지도. 그리고 이게 실제로 내 평균 점수에 크게 영향을 줄 거라고 생각진 않아. 그저… 우웩. 미안, 내가 불만을 쏟아내고 있는 거 알아. 그냥 짜증이 난 것뿐이야. 들어줘서 고마워.

크리스천 그래, 난 괜찮아! 그리고 네 기분이 좋아질지는 모르겠는데, 내가 B+를 받는다면 많이 발전한 거야😊

로스 그래, 그럴 수도 있겠네.

나는 안도의 한숨을 내쉬며 의자 등받이에 몸을 기댔다. 대화를 망치지 않았다. 로스는 내게 화나지 않았고, 나는 혼자서 이 상황을 처리했다. 이제야 잔뜩 긴장했던 근육이 풀렸다.

갑자기 한 가지 기억이 떠올랐다. 형이 내 방문 앞에 서 있다. 내 생각에 나는 열네 살이고 형은 고등학교 졸업반이었던 것 같다. 대학을 알아보고 미래를 설계해야 할 시기였다. 앞서 또 싸움이 있었다. 이번에는 고성이 오가지는 않았으나, 엄마와 아빠가 언성을 높이는 소리는 들렸다. 형은 방에 들어가도 되는지 확신하지 못하는 모습이었다. 나는 무언가 잘못되었음을 감지했다. 그리고 어떤 이유에서인지 이것이 나를 두렵게 했다.

형은 물어뜯어서 이미 짧아진 손톱을 씹으며 한동안 아무 말 없이 서 있었다. 나는 형이 입을 떼기를 기다리며 형이 나타나기 전까지 하던 일을 다시 시작하는 척했다. 그렇게 이 분가량이 흘렀다.

"너는 피곤하지 않아?" 형이 마침내 말을 걸었다. 목소리는 부드럽고 조금 허스키했다. "두 분과 함께 있는 게."

"엄마랑 아빠 말이야?"

"그래."

"무슨 뜻이야?"

"내 말은… 피곤하지 않냐고. 몸은 아니지만 더는 생각이란 걸 할 수 없는 것처럼, 마치 두 사람이 네 안에서 모든 생명을 뺏어간 것처럼, 그리고 자신만의 생각을 가질 가치도 없다는 것처럼 말이야."

심장이 빠르게 뛰기 시작했다. 왜 이런 질문을 하는 거지? 왜 누구 편에 설지 고르라고 하는 사람처럼 느껴지지? 형과 나는 깊은 대화를 나누지 않았다. 그냥 하지 않았다. 우리는 바둑을 두고 형제들이 늘 그렇듯이 서로를 놀리며 장난쳤다. 이게 전부였다. 형은 학교 친구들 이야기도 하지 않았다. 형에게는 나뿐이었다. 나는 엄마와 아빠에게 그 문제에 대해 이야기해보라고 말하고 싶었지만, 형이 싸우는 대상이 부모님이었다. 그리고 싸우지 않는다고 해도 나는 부모님이 무슨 말을 할지 짐작이 갔다. 엄마는 실제로 상황이 심각하지 않다는 식으로 말할 테고, 아빠는 형에게 참으라고 말할 것이다. 내 생각에 형이 이 문제를 이야기할 수 있는 상대는 내가 유일해 보였다. 그러나 나는 무슨 말을 해야 좋을지 알지 못했다. 나는 형처럼 곤경에 처하는 위험을 감수하고 싶지 않았다.

그래서 형을 밀어냈다.

나는 형을 향해 얼굴을 찌푸리며 말했다. "아니. 내가 왜?"

그러자 바로 형의 표정에서 뭔가가 차단되는 것을 느꼈다. 형의 턱이 굳어지고, 내게서 시선을 거두었다. 무슨 기회였든 나는 형에게서 다시는 얻지 못할 것이다. 내 말이 형에게 상처를 줬다.

"아무것도 아니야." 형이 말했다. "내가 한 말은 잊어버려." 그러고는 몸을 돌려 자리를 떴다.

형은 내 방문을 열어두고 갔는데, 형이 사라지자 엄마와 아빠가 여전히 목소리를 낮춘 채 대화하는 소리가 들렸다.

"…듣질 않아. 걘 고집이 너무 세…."

"…대체 뭐가 문제래?"

나는 일어서서 방문을 닫았다. 내가 더 듣기 전에 엄마 아빠의 말소리가 끊겼다. 나는 듣고 싶지 않았다. 알고 싶지 않았다.

그때 손에 든 휴대폰이 진동해 나는 깜짝 놀랐다.

샘 미안, 할머니를 도와주고 있었어. 내가 뭘 놓친 거야?
크리스천 걱정 마. 참사는 면했어. 너 없이도 잘 해결했다고 😊
샘 잠깐, 정말이야?

나는 화면 캡처 사진을 증거로 보내주었는데, 그러자 샘은 감탄사를 연발했다. 샘을 감명시켰다는 생각에 왠지 모를 뿌듯함이 몰려왔다. 그리고 로스와의 남은 대화에서 이 기분을 만끽했다. 내가 평소 느끼지 못했던 자신감을.

샘

내가 로스와 대화하는 건 여기서 접어야 한다.

지속할 이유가 없다. 축구장 트랙에서 마주친 뒤에 일어났던 우리 사이의 문제를 잘 봉합했고, 로스와 크리스천은 다시 잘 지내고 있다. 내 임무는 완수했다. 나는 이제 뒤로 물러나 막후에서 작업하면 된다. 우리 사이의 유일한 상호작용은 일방적이고 크리스천을 통해 걸러질 것이다. 내가 크리스천에게 무슨 메시지를 보낼지 알려주거나 실제로 둘이 만났을 때 그의 귀에다 속삭이거나 둘 중 하나다. 특히 크리스천의 전 여자친구라는 내 위치를 생각하면 로스와 내가 이야기하지 않는 편이 더 나을지도 모른다. 또 내게 다른 대화 상대가 없는 것도 아니다. 아리아와 나는 한동안 대화하지 못했고, 놀러 나가지 않은 지도 한참 되었다.

그러나 나는 궁금했다. 처참했던 카페 데이트 이후 우리가 가진 대화는 엄밀히 말하면 논쟁이었지만, 생각했던 것만큼 화가 나지는 않았다. 나와 비슷한 수준으로 대화하는 사람을 자주 만나기란 어려운 일이다. 나는 크리스천을 진심으로 아끼지만, 그는 이 방면에는 소질이 없다. 로스 같은 사람이 나타나 논쟁에서 나를 거의(여기서 거의라는 표현이 중요하다) 이길 뻔할 때 뭐, 대화가 흥미진진해지는 건 맞으니까.

물론 나는 크리스천과의 관계를 망치지 않게 조심해야 한다. 호기심 때문에 이를 끝장내기에는 너무 큰 노력을 들였다. 하지만 크리스천을 통해 얻는 정보는 제한적일 수밖에 없었다. 크리스천이 말하거나 물어보지 않는 주제들이 있기 때문이다. 그리고 이것이 무수히 많은 미개척지를 남겨놓았다. 나는 무엇이 사람들을 발끈하게 만드는지 파악하는 능력을 타고났고, 지금은 특별한 경우였다. 나는 로스가 단지 오만한 가짜 지식인이라고 생각했는데, 지금까지 경험한 바에 의하면 내 예상이 빗나갔다. 로스 쇼는 양파와 같았다. 그리고 나는 한 겹 한 겹 전부 벗겨볼 생각이었다.

샘 내가 네 번호를 지우지 않을 거라고 했던 말 기억해?

로스 아, 어.

샘 아우 이러지 마! 왜 크리스천만 너와 대화하는 재미를 독차지해야 하는데?

로스 지금 크리스천을 질투라도 한다는 거야?

내 심장이 팔딱였다. **내가 맞았어.** 와, 이거 정말 재밌어지겠어.

샘 그렇다고 말하면 네가 나를 상대해주는 데 도움이 되는 거야, 해가 되는 거야?

로스 배심원이 자리에 없어. 결정하는 데 몇 달만 시간을 줘. 그런 다음에 알려줄게.

샘 아야☹️ 나와 대화하기 싫다고 해도 괜찮아. 진심이야. 나는 성숙한 사람이거든. 잘 감당할 수 있어

로스 정말 그럴 수 있어? 지난번엔 네게서 그런 인상을 못 받았는데.

로스는 빙빙 돌려 말하는 타입이 아니었다. 다른 사람들 같으면 조금 더 요령 있게 굴거나 아예 아무 말도 하지 않았을 것이다. 자신이 잘 모르는 사람이라면 특히 더. 나는 로스의 이런 점을 존중한다. 그녀는 직설적이다. 지금은 잡담이나 나눌 시간이 없다. 잠자코 있기보단 차라리 나도 한마디하겠다. 이 게임은 두 명이라야 할 수 있으니까.

샘 솔직한 것과 날 화나게 만들려고 까칠하게 구는 건 다른 거야, 로스

로스 그래, 알겠어. 하지만 난 너 같은 사람은 웬만해선 잘 동요하지 않는 줄 알았어. 특히 연예계에서 일하고 싶은 사람이라면.

샘 고맙지만, 단지 연예 활동만이 아니야. 나는 온전한 엠마 왓슨이 될 생각이야. 쇼비즈니스, 사회운동, 학문 등 뭐든 흥미를 끄는 일

들은 다 할 거야

로스 야심 차게 들리네.

샘 그게 나란 사람이야 😉 하지만 내가 얼마나 대단한지는 그만 얘기하자. 오늘 오후는 어때?

로스 나쁘지 않아. 과제를 끝내고 벨레로즈 발표 준비를 좀 더 해야 해.

그래. 이게 있었지. 어떤 이유에서인지 이 행사가 언급되었는데도 전처럼 화가 나지 않았다.

샘 크리스천한테서 둘이 미술관에 갔었다는 얘길 들었어. 어땠어? 앞선 데이트처럼 어색하지 않았으면 좋았을 텐데

로스 사실 나쁘지 않았어. 재미있었어. 크리스천이 제법 통찰력 있는 의견을 가지고 있더라.

나는 내가 이 부분에 대한 칭찬을 이끌어내기 위해 우회적으로 유도하고 있었다는 점을 조금도 부인할 생각이 없다. 크리스천은 상냥하다. 하지만 통찰력이 있다고? 그건 아니다. 나는 두 사람이 만나는 내내 휴대폰으로 대화를 듣고 있었고, 우스터 미술관의 소장품은 인터넷 홈페이지에서 찾아볼 수 있었다. 크리스천은 그저 내게 사진을 찍어 보내주기만 하면 되었다. 그러면 나는 침실에서 편안한 자세로 앉아 재빠르게 검색한 후에 백 가지나 되는 통찰력 있는 견해를 말

해줄 수 있었다. 어쨌든 이 방법이 효과적이었음을 확인하고 나니 내 자부심이 상승했다.

샘 멋지네! 그런데 네가 좋아하는 피자 토핑은 뭐야?

로스 …그러니까 그냥 이렇게 주제를 완전히 바꾸는 거야?

샘 맞아, 기본적으로는 그래

로스 그렇다면 좋아. 나는 다른 토핑은 없는 구식 페퍼로니 피자를 좋아해. 하지만 우리 아빠는 햄과 파인애플이 들어간 피자를 좋아하지. 그래서 보통 이 피자를 아빠와 같이 먹곤 해.

샘 잠깐. 전부 멈춰봐. 너 정말로 파인애플이 들어간 피자를 먹는다고?

로스 응, 그런데?

샘 맙소사. 난 한 번도 외계인을 만나리라고 생각한 적 없어. 그런데 너는 그동안 내내 지구에서 평화롭게 살고 있었다는 얘기잖아. 나와 같은 학교에 다니고, 내 전 남친과 사귀고

로스 찌질하게 상대를 모욕하는 짓은 그만하는 걸로 알았는데, 샘.

샘 너 나 알아?

로스 거의 모르지.

샘 그렇다면 여기에 익숙해져야 할 거야. 이게 내가 사람들에게 좋아하는 마음을 보여주는 방식이거든

로스 무례하게 구는 게?

샘 거의 그렇다고 봐야지

로스 이건 트랙에서의 일을 완벽하게 설명해주거나 전체 상황을 훨씬 더 혼란스럽게 만들거나네.

샘 그건 네가 알아서 고민하게 놔둘게. 숙제 재밌게 해!

로스 얼마든지 환영이야, 샘

크리스천

"나한테 퀴즈를 내려는 건 아니지, 그치?"

로스가 웃었다. "그러기를 바라?"

"제발 하지 마."

공원을 산책하기에는 아직 조금 추운 날씨였지만 우리는 봄이 벌써 왔다고 믿기로 했다. 그래서 쌀쌀한 금요일 늦은 오후에 이곳 공원에 나와 있는 것이다. 공원에 있는 사람은 벌거벗은 나무들 사이를 어슬렁거리고 있는 우리가 유일했다. 로스가 조리개와 화이트 밸런스 같은 용어를 사용해가며 자신이 가져온 카메라의 조작 방법을 설명해주었다. 물론 나는 아무것도 제대로 이해하지 못했다. 그러나 그녀는 내 무지를 신경 쓰지 않는 것처럼 보였다. 언제나처럼 샘과 휴대폰으로 연결되어 있었고, 샘은 도움이 필요한 순간이면 언제든 개입할 준비를 하고 있었다. 하지만 사실 나는 지금 상당히 상쾌한 기분이 들었다.

"봄이 오기 전에는 찍을 만한 사진이 많이 없을 줄 알았어." 내가 말했다.

로스는 어깨를 으쓱했다. "물론 야생동물은 많지 않아. 하지만 괜찮아. 이런 환경이 나를 더 창의적으로 만들어준다고 생각해. 좋은 사진이 될 만한 다른 피사체로 눈을 돌리게 해주거든."

로스는 손을 들어 근처에 있는 나무를 가리켰다. 이파리는 거의 없고, 창백한 파란 하늘을 배경으로 가지들이 검은색으로 보였다. "저런 것처럼 말이야." 로스가 말을 이어갔다. "저 나무 밑에 서서 위를 올려다봐."

나는 그렇게 했다. 눈이 부셔 실눈을 떴다. "가지들이 거미줄처럼 얽혀 있는 것 같아."

"바로 그거야." 로스가 내 옆으로 다가와 카메라 렌즈를 위로 들어 올렸다. 그런 다음 몇 가지 기능을 조작하더니 사진을 한 장 찍었다. "재미있는 사진이 나올 것 같네."

"로스한테 걔가 네 인스타그램을 관리하는 게 좋겠다고 말해." 샘이 내 귀에다 말했다.

"어쩌면 너한테 그냥 내 인스타그램 비번을 넘겨줘야 하는 건지도 모르겠다, 로스. 나보다 네가 형편없는 것들을 더 잘 처리할 수 있을 거야."

로스가 웃었다. "내 기억으로 네 인스타그램은 사실 그렇게 나쁘지 않았어. 휴대폰이 있으니까 너도 괜찮은 사진을 찍을 수 있을 거야. 그리고 네가 사진을 찍는 걸 상관하지 않는 친구들도 있잖아."

나는 귀에 꽂혀 있는 무선 이어폰을 잔뜩 의식한 채 웃음을 터뜨렸다. "그래, 맞아. 걔네들이 없다면 내 사진도 없을 거야."

"뭐, 그렇다면," 로스가 몸을 돌려 번개 같은 속도로 내 사진을 찍었다. "여기 네 사진 하나 추가야."

"뭐야! 아무것도 조정하지 않고 찍어버렸잖아. 사진이 잘 안 나올 게 뻔해. 조리개나 뭐 그런 기능들을 설정하지도 않았으니까."

"아, 진정해, 크리스천. 넌 십 대 영화배우 같은 얼굴을 가지고 있다고. 사진은 잘 나올 거야."

내 몸 안의 모든 피가 얼굴로 몰렸다. 그때 내 귓속에서 샘이 속삭였다. **"너도 칭찬을 돌려줘, 얼굴 천재 양반!"**

그러나 내가 입을 떼기도 전에 로스가 말을 이어갔다. "게다가 넌 네 인스타그램에 크게 신경 쓰지도 않잖아, 아니야? 샘하고는 다르게."

"걔가 내 인스타그램을 봤어?" 샘이 놀란 듯 말했다.

"샘의 인스타그램을 봤어?"

로스는 어깨를 으쓱했다. "응. 멋지긴 한데 너무 골라서 올렸더라. 네 것이 더 진짜 같아. 너랑 네 여동생 동영상처럼 말이야." 그녀가 다시 미소를 지었다. "그 영상이 정말 마음에 들어."

"그래?"

"그래. 그 동영상 때문에 너한테 기회를 한 번 더 줘야겠다고 생각했던 거야."

"아, 고맙습니다, 하느님." 샘이 말했다. **"걔가 정말로 관심을 가졌네."**

"아, 고맙…." 나는 샘의 혼잣말이란 걸 깨닫기 전에 입을 떼고 말았다. "…어, 고마워."

다행히 로스는 이 실수를 눈치채지 못한 것 같았다. 그녀가 말했다. "여동생 이름이 뭐야? 내가 물어본 적 없지?"

"에이미야. 이제 여덟 살이 되어가."

"우와, 터울이 많이 나네. 네가 맏이야?"

"아니야, 난 둘째야. 형이 한 명 있어. 이름은 윌이고. 근데 지금은 우리랑 같이 살지 않아." 나는 주머니에 든 행운의 바둑돌을 무심결에 만지작거렸다. 그러고는 로스가 형을 떠올리게 해서, 앞서 들었던 칭찬이 내 머릿속을 조금 뒤죽박죽으로 만들어놓아서, 그리고 샘이 끼어들지 않아서 나는 "언제 내 여동생을 만나러 한번 와"라고 말했다.

로스가 멈추어 서서 나를 돌아보았다. "그 앨 만나라고?"

"응, 왜? 너도 개가 정말 마음에 들 거야. 또 우리 집 개와 부모님도 만날 수 있어. 네가 저녁 식사 자리에 함께한다면 모두 기뻐할 거야."

샘이 거친 숨소리를 내쉬며 다급하게 말했다. "**크리스, 입 다물어!**"

나는 로스를 내려다보았는데 그녀는 너무 놀라 잔뜩 커진 눈으로 나를 빤히 바라보고 있었다. 그 이유가 우리 부모님을 만나보라며 로스를 집으로 초대했기 때문임을 알아차리기까지 몇 초가 걸렸다.

아차.

"하지만 부담 가질 건 없어." 나는 샘이 도움을 주기 위해 끼어들기 전에 불쑥 내뱉었다. 샘의 목소리가 무선 이어폰을 통해 들려왔다. 샘은 휴대폰을 몸에서 멀리 떼어놓고 큰 소리로 욕하고 있었다.

"원하지 않으면 안 해도 돼. 그냥 내 생각이었을…."

"난 아직 너랑 키스할 생각이 없어, 크리스천."

나는 입을 벌린 채 얼어붙었다. "나는… 뭐라고?"

"그러게, 정말 뭐라는 거야?" 샘도 놀라 말했다.

로스는 나를 외면한 채 서 있었다. 로스의 두 뺨이 빨갛기는 하지만 이건 아마 추운 날씨 탓일 것이다. 내 얼굴도 불타오르는 것 같은 느낌만 아니라면. 근데 이 생각은 도대체 어디서 나온 거지?

"지금까지 한 번도 키스해본 적 없어." 로스가 말했다. 로스의 목소리에 담겨 있던 모든 자신감과 총명함은 사라지고 그 자리를 미세한 떨림이 채우고 있었다. 로스는 여전히 나를 쳐다보지 않았다. "널 좋아하지 않거나 그런 건 아니지만, 네가 나보다 경험이 더 많잖아. 확실히 준비되기 전까진 어떤 것도 할 생각이 없어. 그러니까 지금 이상을 기대하고 있는 거라면…."

"잠깐, 잠깐." 나는 얼굴을 찡그리며 손을 흔들어 그녀의 말을 잘랐다. "미안한데, 내가… 내가 좀 당황스럽네. 당연히 나는 네가 원하지 않는 일을 억지로 하게 하지 않을 거야."

로스는 균형을 잃은 사람처럼 보였다. "아, 알았어."

"미안해, 로스. 그런 식으로 보일 줄 몰랐어. 너한테 우리 부모님을 만나자고 하는 게 어떤 의미가 있다는 걸 미처 생각 못 했어. 정말 순수한 초대였을 뿐이야. 응하지 않아도 돼. 그리고… 키스도 안 해도 돼. 네가 원하지 않는다면 말이야. 이미 알겠지만 난 너랑 시간을 함

217

께 보내는 게 즐거워."

나는 로스가 이렇게까지 부끄러워하는 모습을 본 적이 없었다. 평소의 차분한 모습을 보이려고 최선을 다하고 있었지만, 미세한 변화들이 감지됐다. 로스는 손으로 머리를 쓸며 깊게 숨을 내쉬었다. "그래. 그래, 뭐, 나도 너랑 보내는 시간이 즐거워."

"그리고 참고로 난 정말로 네가 내 여동생을 마음에 들어 할 것 같아."

이는 샘이 내게 해줄 말처럼 생각되었다. 그리고 이 말이 통한 것 같았다. 로스가 웃음을 터뜨렸기 때문이다. "그럴 것 같네." 로스가 말했다. "어쩌면 언젠가 정말로 너희 집에 놀러 가서 동생을 만나게 될지도 모르지."

그제야 내 심장이 다시 제자리를 찾았다. 나는 다른 무엇보다도 안도감을 느끼며 로스를 따라 웃었다. 그리고 우리 사이에 맴돌던 긴장감이 우리의 입김과 함께 허공으로 사라졌다.

"**잘했어, 크리스천.**" 내 귀에 샘의 목소리가 들렸다. 그러자 스스로 상황을 처리했을 때 느껴지는 자부심이 강하게 밀려왔다.

"아무튼," 로스는 다시 자신을 추스르며 말했다. "다시 걷는 게 좋겠다. 계속 서 있자니 추워지네."

"그래, 그게 좋겠다. 화이트 밸런스에 대해 다시 설명해줄래?"

"별로."

"마음대로 해."

우리는 대화를 멈추지 않고 다시 길을 따라 걷기 시작했다. 우리 사이의 분위기가 더 가벼워진 것 같았다. 그리고 샘은 놀랍게도 남은 오후 내내 아무 말도 하지 않았다.

샘

모든 방면에서 최고가 되고자 노력하는 사람은 가끔 외로워지기도 한다.

크리스천이 오늘 내게 같이 놀지 않겠냐는 문자 메시지를 보내왔다. 로스와 만날 계획이 없는 데다 몬티도 바빴기 때문이다. 하지만 나는 '로스와 데이트하기 작전'을 시작한 이래로 미뤄두었던 많은 일을 처리해야 했다. 화학 과제를 제출해야 하고, 영문학 리포트를 작성해야 하며, 그동안 소홀했던 학교 일들과 대학 지원서를 마무리해야 했다. 한때 몇 개 안 되는 사소하고 다루기 쉬웠던 일들이 이제는 산더미같이 쌓여버렸다. 그리고 나는 이 모든 것들을 다 끝마칠 때까지 내 방 밖으로 한 발자국도 나가지 않을 생각이었다.

일을 시작한 지 네 시간 가까이 흘렀다. 나는 침실 창문을 통해 완벽하고 근사한 토요일이 다 지나가는 모습을 지켜보았고, 한 과제당 몇 분이면 끝낼 수 있는 여섯 개의 과제를 겨우겨우 해나가고 있었다. 오늘따라 머리가 잘 돌아가지 않는다. 나는 바로 이 순간 다른 어딘가에서 다른 무언가를 하고 있을 수도 있었다. 같이 놀자던 크리스천의 제안을 받아들일 수도 있었고, 카페에서 커피를 마시거나 아리아랑 어딘가를 갔을 수도 있었다. 멋진 연극 동아리 친구들이 같이 어울리자고 했었고, 수업을 같이 듣는 애들도 그랬었다. 케이시는 지금 싱글이다, 맞나? 아니면 안드레는 어떨까? 그는 귀여웠다. 그리고 확신하건대 나에게 마음이 있다. 그에게 기회를 줘보는 것도 재미있을지 모른다.

윽. 지금은 타인과 대화를 시도한다는 생각만으로도 골치가 아팠다. 시간 낭비일 뿐이다. 내 시선이 벽에 걸린 로레도 지도로 향하자, 심장이 조금씩 빨리 뛰기 시작했다. 평소 같으면 이 지도가 내게 더 잘하라는 동기부여가 되었을 텐데, 오늘은 상태를 악화시킬 뿐이었다.

저기서 내 인생을 끝낼 순 없어.

침대 옆 테이블에 뒤집은 채 놓아둔 휴대폰이 울렸다. 걸어가 집어 들면서 아주 잠깐 로스일지도 모른다는 희망을 품어보았다. 화면을 바라보며 나는 내가 거의 한 달간 좋아하는 취미를 잊은 채 지내고 있었다는 사실을 깨달았다. 다른 일에 몰두하느라 머릿속에서 완전히 지워져 있었다. 최근 내 컨디션이 안 좋았던 이유가 이 때문인지도 모른다.

나는 잠시 일에서 손을 떼고 쉬기로 했다. 침대에 털썩 주저앉아 휴대폰을 내 얼굴 위로 들어 올렸다. 이전 생활 방식으로 돌아갈 필요가 있었다. 그러면 금세 정상 컨디션을 찾을 것이다. 나는 데이트 앱을 열고 현재 내가 누구인 척하는지 확인하기 위해 프로필을 훑어보았다. 이번 인물은 늘 다니던 길에서 많이 벗어나지 않았다. 몇 주전에 작성한 내 프로필에 따르면 내 이름은 '캐리'이고 인생에서 이루고 싶은 꿈은 유명한 배우가 되는 것이었다. 환한 미소를 가진 그냥 예쁘고 흔히 볼 수 있는 백인 소녀의 사진을 사용하고 있었다. 알림 메시지를 확인해본 결과 캐리에게 관심을 보인 사람이 아흔 명이 넘었다.

나는 잠재적 희생양 목록을 살펴보다가 손쉬운 표적처럼 보이는 상대를 발견했다. 그의 실제 이름은 마크다. 열여덟 살이나 열아홉 살쯤 되어 보이고, 귀여운 주근깨와 캐리와 견주어도 뒤지지 않는 미소를 가지고 있었다. 그는 진심인 유형처럼 보였다. 만나기 전에 정말로 상대를 알려고 노력하는 그런 사람 말이다. 그에게서 전화번호를 따내는 일은 조금도 어렵지 않을 것이다. 앱에 따르면 약 일주일 전에 내게 메시지를 보냈다. 나는 그의 메시지를 클릭했다.

안녕, 캐리! 네 프로필에서 네가 초밥을 정말 좋아한다는 내용을 봤어. 나는 한 번도 먹어본 적 없는 데다 날생선을 먹는다는 생각만으로 토할 가능성이 상당히 크지만, 네게 내 생각을 변화시킬 기회를 줄게 😊

그는 사실상 내게 데이트를 신청하고 있었다. 식은 죽 먹기였다. 나는 아마 십 분도 안 돼 그의 번호를 손에 넣게 될 것이다. 그 후 다음 남자로 표적을 바꾼다. 하지만 내가 (그의 메시지를 보지 못했다는 뻔한 변명을 하고, 그가 귀엽게 생겨서 답장을 보내지 않을 수 없었다는 유혹적인 미끼를 던지는 등) 답장을 하려고 할 때 뭔가가 나를 망설이게 했다. 나는 다시 한번 그의 메시지를 읽으며 날생선에 대한 소소한 농담에 미소를 지었다. 크리스천이 할 법한 말이었다.

그러다가 방금 떠오른 생각이 트럭처럼 나를 치고 갔다. 이건 틀림없이 크리스천이 내게 할 만한 말이다. 왜냐하면 그는 나도, 내 유머 감각도 알기 때문이다. 또 일단 그를 알게 되면 정말로 매력적이기 때문이다. 일단 그를 알게 된다면 말이다.

나는 무얼 보고 이 남자들을 안다고 생각하는 걸까? 이들의 프로필을 읽고 사진 몇 장을 훑어본 것으로 갑자기 이들이 무엇을 원하는지 안다고 단정한다고? 지금까지 나 스스로 이런 것들을 가짜로 꾸밀 수 있음을, 온라인상에 올라온 모습이 반드시 진실은 아니라는 점을 증명해오지 않았던가. 그리고 현실에서도 어떤 사람들은 자신을 증명할 기회가 한 번 이상 필요하다.

만약 이번처럼 크리스천을 앱을 통해 만났다면 우리 관계는 시작도 하기 전에 끝났을 것이다. 그를 꼴사나운 실패자라고 여기며 절대로 다시는 말을 섞지 않았을 것이다. 지금 내가 알고 있는 그의 측면을, 즉 내게 남매에 버금가는 그런 존재로 만들어주는 측면을 볼 기회가 전혀 없었을 것이다. 여기에 도달하기까지, 다시 말해 내가 사람들이 일반적으로 보지 못하는 그가 가진 측면을 보고 그에게 내가 가진 측면을 보여줄 수 있게 되기까지 노력이 필요했다. 그리고 내가 그에 대해 알게 된 점들은 모두 첫인상만으론 알 수 없는 것들이었다.

나는 마크의 메시지와 그의 주근깨, 미소에서 물러났다. 내 계정을 삭제한 다음 앱도 삭제해버렸다. 이와 유사한 다른 앱들도 똑같이 했다. 그러고는 생각이 많아지기 전에 문자 메시지를 보냈다.

샘 네 대학 계획은 어떻게 돼?

로스 너도 안녕, 잘 지내지?

샘 미안. 바쁜 건 아니지?

로스 지원 단체 모임이 막 끝났어. 왜?

샘 심심해서

로스 그래서 그 해결책으로 내게 문자를 했다고?

샘 아마도. 하지만 네 대학 계획을 정말로 알고 싶어

로스 다시 물을게, 왜?

샘 왜냐하면 난 심심하니까

로스 아직 없다고 하면 믿을 거야?

나는 침대에서 몸을 꼿꼿이 세우고 앉았다.

샘 잠깐, 진심이야?

로스 응. 다음 가을에 지원을 시작할지, 아니면 졸업 후 일 년간 갭이어를 가질지 아직 모르겠어.

로스의 이 말은 그녀에게서 들은 말 중 가장 놀라운 것이었다. 그녀가 나를 놀리는 건지 아닌지 정말 모르겠다.

샘 하지만 넌 우리 학교에서 최고로 똑똑하잖아. 원한다면 아이비리그 대학도 갈 수 있을 거야. 그런데 왜 갭이어로 시간을 낭비해?

로스 난 아직 미래에 무얼 하고 싶은지 모르겠어. 일 년 쉬다 보면 찾는 데 도움이 될지도 몰라.

샘 당장 하버드에 갈 수 있고, 그곳에 가서 찾을 수도 있는데 왜 그러려는 거야?

로스 난 하버드에 안 가도 돼. 나나 아빠가 감당하기에 학비가 지나치게 비싸지 않은 괜찮은 수준의 학교면 만족해.

내가 만난 가장 똑똑한 여자애 중 한 명이 자신이 가는 대학에 신경 쓰지 않는다는(심지어 무엇을 위해 대학에 가고 싶은지도 모르겠다는) 말은 생각보다 나를 더 불안하게 만들었다. 로스 같은 사람이 아직까지 자신의 인생을 어떻게 살아야 하는지 모른다면 나머지 사람들에게 어떤 희망이 있겠는가? 내가 어느 대학에 갈지 모른다고 말한다면 사람들이 나를 어떻게 생각할까? 맙소사, 우리 **엄마**는 어떻게 생각할까?

샘 있지, 난 가끔 널 정말 이해 못 하겠어

로스 뭐? 왜?

샘 너는 로스 쇼니까. 너는 천재 수준으로 똑똑하고 모든 일에, 심지어 노력조차 하지 않았는데도 능숙하잖아. 그런데 미래 계획이 전혀 없다니? 이건 말이 안 된다고

로스로부터 답장이 오기까지 시간이 조금 걸렸다. 그래서 잠시 내가 로스의 기분을 상하게 한 건 아닌지 걱정됐다. 하지만 작성 중 풍선이 뜨고 잠시 그대로 유지됐다. 이는 그녀가 할 말이 아주 많거나 할 말을 신중하게 고르고 있다는 의미였다. 마침내 문자 메시지가 도착했다.

로스 나는 열여덟 살도 안 된 우리가 남은 인생에서 무엇을 하고 싶은지 정확히 알아야 한다고 생각하지 않아. 내 말은 내게도 물론 미래 계획이 있어. 집도 사고 싶고, 여행도 좀 다니고 싶고, 어쩌면 매사추세츠주에서 다른 지역으로 이사할지도 모르지. 하지만 일과 관련해서는 잘 모르겠어. 그리고 내가 벌써 알아야 한다고 생각하지도 않아. 우리 아빠도 이 문제에 대해선 나를 아주 잘 이해해주시기도 하고. 아빠 대학에 좀 늦게 진학했고, 기다리길 잘했다고 생각하신대. 나는 내가 어디에 어울릴지 결정하기 전에 내가 살게 될 세상을 좀 더 알고 싶어. 무슨 뜻인지 알겠어?

모르겠다. 나는 수년 전부터 내 인생 계획을 세워놓았다. 엄마가 집을 나간 후부터. 그리고 그날 이후로 한 번도 바뀐 적이 없었다. 항

상 바꿀 필요가 없다고 생각했다. 내 근면 성실함은 전액 장학금과 멋진 이력서, 사람들로 붐비고 흥미로운 일들로 가득한 어딘가에서의 공연으로 조만간 보상받게 될 터였다. LA나 뉴욕, 시카고도 좋다. 하지만 어디든 대도시여야 한다. 안정적인 일자리가 있는 곳이고. 중요한 사람은 소도시에서 살지 않기 때문이다. 적어도 충분히 부유하고 유명해져서 일찍 은퇴해 숲속 저택에서 생활할 정도가 되기 전까지는 아니다. 지금 열심히 일하고 훗날 보상받거나 게으름을 피우다가 결국 로레도에서 닭이나 키우며 사는 삶을 살거나 둘 중 하나다.

그러나 최근 들어 늘어지거나 스트레스를 받는 날이면 머릿속에서 작은 목소리가 속삭이기 시작했다. **꼭 중요한 사람이 돼야 하는 거야?** 세계 인구의 99퍼센트는 그렇게 중요한 사람들이 아니다. 그런데도 문제 없이 잘 사는 것처럼 보인다. 사람들이 단순하고 조용한 행복감을 느끼지 못한다면 로레도 같은 지역은 존재하지도 않았을 것이다. 여행용 도로 지도에나 등장하는 작은 지역에서 누구도 알아주지 않는 삶을 살면서도 만족감을 느끼게 해주는 것은 대체 무엇일까? 이들이 학교에서 배우지 못한 교훈이 무엇이길래 그게 자신들이 바라는 최선이라고 느끼는 걸까?

나는 모르는데 이들은 아는 게 뭘까?

로스는 이런 생각을 하는 나를 보고 세상을 모른다고 할까? 로스와 이야기하면 기분이 나아질 거라고 생각한 이유를 모르겠다. 그녀는 항상 내가 균형을 잃게 만드는 법을 찾아낸다. 의도했든 하지 않았든.

내 휴대폰에서 다시 알림음이 울렸다.

로스 하지만 네가 네 인생을 어떻게 살지 이미 파악해놓았다는
점은 존중해. 많은 사람들이 가지지 못한 능력이지! 이건 자랑스러
워해야 할 일이야.

로스의 메시지를 읽으면서 마음이 따뜻해지는 기이한 느낌을 받
았다. 쌓여 있던 불안감이 조금 녹아내리자 나는 숨을 깊게 들이마
셨다.

샘 아, 걱정할 것 없어. 그러고 있으니까
로스 전형적인 샘의 태도네.
샘 너도 좋아하잖아!

로스는 답하지 않았다. 하지만 처음으로 내가 그녀의 기분을 상하
게 했을지도 모른다는 걱정을 하지 않았다. 어쩌면 몇 주간 로스와
크리스천의 대화를 엿들었을 때보다 지금 그녀에 대해 더 많이 알게
된 것 같았다. 로스는 내키지 않으면 지금 한 말 중 어떤 말도 할 필
요가 없었고, 이런 말을 할 만큼 나를 충분히 믿었다는 사실은 의미
가 있다.

나는 그저… 아직 뭐가 뭔지 잘 모르겠다.

로스

나는 공식적으로 나의 안전지대를 벗어났다.

지금 나는 난생처음 스포츠를 관람하러 경기장에 와 있다. 아빠도 스포츠를 즐기지 않아서 어렸을 때 와본 적이 없었는데, 이런 사실이 지금 내 모습에 고스란히 드러나는 중이었다.

나는 인파를 쉽게 뚫고 나아가는 크리스천의 옆에 바짝 붙어서 따라갔다. 구역 번호를 확인하기 위해 그의 손에 들린 티켓을 힐끗힐끗 내려다보면서.

"여기 와본 적 있어?" 내가 물었다.

크리스천은 고개를 끄덕였다. "몇 번 와봤어. 보통은 USL을 보러 폭스버러나 보스턴으로 가. 하지만 거긴 오늘 밤 경기가 없고, 네가 거기까지 운전해 가고 싶어 하지 않을 것 같았어."

크리스천은 나를 보며 미소를 지었다. 나는 USL이 뭔지 아는 사람처럼 보이기를 바라며 미소로 답했다. 나를 위해 거리와 붐비는 정도를 생각해준 것은 사려 깊은 행동이었다. 크리스천도 이번이 내 생애 첫 경기 관람이라는 사실을 알고 있었다. 그래서 모든 상황이 상당히 압도적이었다.

"파월!"

우리는 소리가 들린 쪽으로 고개를 돌렸다. 대가족 무리에서 부스스한 검은 곱슬머리를 한, 키가 크고 마른 형체가 빠져나왔다. 크리스천이 전에 얘기했던 친구일 것이다. 이름이 몬티랬지.

크리스천이 몬티와 몸을 부딪치며 짧게 포옹하고 나서 나를 바라보았다. "둘이 만난 적 있어? 내가 이 녀석에 대해 말했었지?"

몬티가 장난기 어린 표정을 지어 보이며 말했다. "일 년 반 전에 수업 하나를 같이 들었던 것도 인정해주는 거야?" 몬티는 내게 활짝 웃어 보이더니 악수를 청했다. "몬티 웰스야. 크리스천의 유일하게 제정신인 친구지."

나는 그와 악수하며 미소를 지었다. "샘을 제외하고 말이지?"

"내가 한 말 그대로야."

크리스천이 웃음을 터뜨리며 다정하게 그의 어깨를 쳤다. "어서 가자. 우리 자리는 이쪽이야."

그는 우리를 자리로 인도하는 동안에 이미 오늘 경기나 맞붙게 될 두 축구팀 이야기에 푹 빠져 있었다. 나는 한 발자국 정도 뒤에서 따라가며 둘이 농담을 주고받는 모습을 바라보았다. 나조차도 데이트에 친구를 데려오는 행동이 실례란 걸 알았지만, 솔직히 나는 전혀 신경 쓰이지 않았다. 크리스천이 경기를 보러 가자고 처음 제안했을 때 그는 보통 친구와 함께 가지만 나를 위해 이번은 예외로 하겠다고 했었다. 몬티를 부르라고 고집을 부린 사람은 나였다. 그렇다고 오늘 밤 완충 장치 같은 게 필요해서 그랬던 것은 아니다.

좋다, 어쩌면 조금은 그런 생각을 했을지도 모른다.

하지만 크리스천을 더 잘 알고 싶은 마음이 더 컸다. 그는 나에 대해 알려고 하고 내가 평소 즐기는 활동을 함께하기 위해 부단히 노력해왔다. 그리고 크리스천이 처음 말을 걸어왔을 때 차갑게 대한 뒤로 그의 호의에 보답하지 않는 것이 마음에 걸렸다. 내가 그에 대해 아는 것이라고는 그가 내게 말해준 것과 샘이 언급했던 단편적인 정보가 전부였다. 하지만 이것이 전부일 리 없었다. 크리스천이 축구팀 친구들과 함께 있을 때 행동이 달라지는 모습을 보았고, 비록 내가 축구에 대해 문외한이라고 해도 그의 축구 사랑에 대해 알고 싶었다. 게다가 몬티를 알게 된 지 고작 일 분이 넘었을 뿐이지만, 내가 그를 마음에 들어 할 거라고 거의 확신했다.

우리는 큰 어려움 없이 자리를 찾았다. 몬티와 크리스천이 여전히 수다 삼매경에 빠져 있어서 나는 잠시 경기장을 구경했다. 내 예상보다 더 컸다. 나는 항상 대학의 인기 스포츠는 미식축구라고 생각했기 때문에 축구 경기장에 이렇게 많은 좌석이 있다는 사실에 조금 놀랐다. 필드와 좌석을 나누는 낮은 분리벽을 따라 장소명이 큰 글씨로 연속해서 인쇄되어 있었다. 우리는 상당히 높은 곳에 앉아 있었다(스포츠 경기장에서 좋은 자리가 어디인지 모르지만, 극장과 다르지 않다면 우리 자리는 맨 뒤에 가깝다). 그리고 여기서는 필드 전체가 잘 보였다. 어떤 팀이 골을 넣은 건지 알려주는 표지판이 있기를 바랐으나 그런 행운은 따라주지 않았다. 야간 조명등이 주위를 환하게 밝히고, 밤이 되자 겨울 끝자락의 차가운 공기가 스며들기 시작했다.

크리스천은 우리 세 사람의 중간에 앉았다. 왼쪽에는 내가, 오른 쪽에는 몬티가 있었다. 그리고 내가 소외되고 있다는 느낌을 받기 시작할 무렵 그는 몬티와의 대화를 갑자기 중단하고 내게로 돌아섰 다. 마치 방금 무언가가 막 생각난 사람처럼. "로스, 미안해! 추워? 원 한다면 내 후드 점퍼를 빌려줄게."

몬티가 두 손을 들어 보이며 말했다. "이제야 말하네! 네가 안 했 으면 내가 말하려고 했지."

확실히 날씨가 추워지기 시작했다. 나는 크리스천에게 미소를 지 었다. "고마워. 그런데 너도 필요하지 않아?"

"뭐, 운이 좋다면 경기가 아주 흥미진진해질 거야. 그러면 추위 같 은 건 느낄 새도 없어." 크리스천은 대수롭지 않다는 듯이 말하며 자 신의 두꺼운 점퍼를 벗어 건네주었다. 받아 입으니 옷 속의 온기가 그대로 전해져왔다. 그리고 그의 체취가 조금 느껴졌다.

맙소사, 정말 진부한 전개네.

몬티가 눈썹을 올리며 내게 말했다. "근데 로스! 축구에 대해 얼마 나 알아?"

나는 겸연쩍어 하며 어깨를 으쓱했다. "기본적으로 전혀 몰라."

크리스천이 나를 응원하는 미소를 지어 보였다. "걱정할 것 없어. 잘 모르면 내가 설명해줄게."

몬티는 다시 크리스천에게로 주의를 돌리며 얼굴을 찌푸렸다. "야, 무선 이어폰은 왜 끼고 있는 거야?"

갑자기 크리스천이 긴장한 사람처럼 멈칫했다. 그리고 나도 이어폰을 발견했다. 한 짝은 한쪽 귀에 볼록 나와 있고, 다른 한 짝은 어깨에서 달랑거리고 있었다. 그의 이런 모습이 너무 익숙해서 아무래도 눈치채지 못했나 보다.

"그냥 음악일 뿐이야." 크리스천이 방어적으로 말했다. 하지만 몬티는 손을 뻗어 그의 귀에서 이어폰을 빼냈다.

"우리 둘만으로는 네 마음을 사로잡기에 부족하다는 거야, 파월? 게다가 경기가 시작되고 나면 음악 소리는 들리지도 않을 거라고."

크리스천은 경기가 진행되는 동안 음악을 들을 수 없다는 현실에 이상할 정도로 당혹스러워했다. 그가 전에 긴장했을 때 마음을 진정시키는 방법이라고 말해주었던 기억이 났다. 그래서 내가 막 대화에 끼어들어 그의 편을 들어주려고 할 때 크리스천이 어깨를 펴고 투덜거렸다. "알았어." 그러고는 무선 이어폰의 버튼을 조작하지 않고 주머니 속에 집어넣었다.

주변 관중들의 환호성이 점점 더 커졌다. 관중석 아래 어딘가에서 두 팀이 등장하자 나는 필드로 다시 시선을 돌렸다. 몬티와 크리스천이 즉각 다른 관중들과 합류하듯 함께 일어서서 박수 치며 환호했다. 깜짝 놀란 나도 얼떨결에 일어났다. 우리는 너무 멀리 떨어져 있어서 선수들의 유니폼에 적힌 이름이나 심벌을 알아보기 어려웠고, 사실 나는 아직도 우리가 어느 팀을 응원하는지조차 몰랐다.

나는 크리스천을 향해 몸을 기울였다. "저 둘은 왜 다른 색 셔츠를 입고 있는 거야? 심판이나 뭐 그런 거야?"

"아니, 저들은 골키퍼야."

"골키퍼는 왜 다른 색깔 옷을 입어?"

몬티가 믿을 수 없다는 표정을 지으며 나를 바라보았다. "하느님 맙소사, 크리스천, 쟨 아기나 마찬가지야."

"입 다물어, 몬티."

"쟨 축구 숫처녀라고!"

그의 말이 농담임을 안 나는 웃으며 말했다. "전혀 모른다고 했던 말, 농담이 아니었어."

경기가 시작되고 실제로 눈앞에서 선수들이 움직이자 경기 진행 방식이 조금 이해됐다. 크리스천이 내 귀에 바짝 대고 규칙이나 선수들의 다양한 포지션을 계속 설명해주었다. 나는 필드의 한쪽 끝에서 반대쪽 끝으로 공을 발로 차는 정도로만 생각했었는데, 그보다 훨씬 더 복잡했다. 알고 보니 따라야 하는 규칙이 한둘이 아니었다. 그는 (크로스 패스, 오프사이드, 경고, 스루패스 등의) 명칭과 용어를 마구 쏟아냈고, 나는 하나도 놓치지 않으려고 최선을 다해 들었지만, 내 뇌와 그의 뇌는 작동 방식이 다른 것 같았다. 살면서 처음으로 바보가 된 기분이었다.

하프타임이 시작될 때쯤 나는 내가 위선자임을 깨달았다. 나는 지난 수년간 사람들이 나에 대해 자기들 마음대로 생각하는 것(똑똑하다, 도도하다, 오만하다, 까칠하다)을 걱정했는데, 지금까지 나도 이들과 똑같이 행동하고 있었다. 나는 크리스천이 좋아하는 스포츠와 여기에 쏟는 열정과 노력을 이해하지 못한다는 이유로 그를 그저 운동광이라고만 생각했다. 샘의 경우도 마찬가지였다. 이전에 그녀와 대화해본 적 없었을 때는 그녀가 허영심 많은 전형적인 인기녀라고만 생각했다. 내가 한 일이라고는 사람들에 대해 멋대로 추측하고, 그들이 내게 같은 행동을 보이면 뒤돌아서서 불평하는 것이 전부였다.

나는 제대로 알지도 못하면서 사람들을 판단하고 좋은 사람을 사귈 기회를 잃고, 많은 경험을 포기했던 것이다.

물론 나는 이 깨달음을 크리스천에게 말하지 않았다. 그와 몬티는 심판을 향해 소리를 지르거나 골 찬스 때 환호하면서 경기에 완전히 빠져 있었다. 어느 순간부터 몬티가 노래를 부르기 시작했다. 그가 형편없이 흉내 내려는 억양으로 보아 어느 영국 축구팀 노래인 것 같았다. 크리스천도 웃으면서 함께 노래를 불렀다. 나는 조금 전의 깨달음으로 크게 동요한 마음을 진정시키지 못한 채 그를 바라보고 있다가 또다시 충격을 받았다.

내 눈앞의 크리스천은 지금까지 내가 본 모습 중 가장 그다웠다. 주변의 모든 사람과 행동을 함께하며 노래하고 환호하고 소리를 지르고 있었다. 크리스천에게는 어울릴 무리가 있었는데, 그럴 때 그 안에 묻히기보다는 어떤 이유에서인지 더욱 그다워 보였다. 그런데 우리 둘만 있을 때는? 그는 예측 불가능했다. 긴장한 모습과 자신감이 넘치는 모습을 왔다 갔다 했다. 무선 이어폰을 만지작거리더니 금세 뜻밖의 재치 있는 말을 내뱉었다. 그리고 문자 메시지를 주고

받을 땐 완전히 다른 사람처럼 말했다.

크리스천이 몸을 돌려 나를 향해 환하게 웃었다. 머리 위의 조명으로 인해 그의 치아가 반짝였다. 내 가슴에서 기습적으로 생긴 이상한 감각을 느끼면서 나도 그에게 미소를 지어주었다. 나는 크리스천의 지금 모습이 마음에 들었다. 몬티를 좋아하는 것처럼, 티브이 시트콤에 나오는 사랑스러운 형 캐릭터를 좋아하는 것처럼. 그런데 그 보기 드문 영리한 모습은 뭐지? **여기엔 무언가가 있다.** 나를 더욱 궁금하게 만들고, 뒤에 무엇이 있는지 찾아내서 알고 싶게 만드는 무언가가. 어쩌면 단순한 호기심일 수도, 또는 다른 무엇일 수도 있다. 하지만 그의 그런 모습을 파헤쳐보고 싶다. 그가 사과한 이후로 처음부터 나를 잡아끌었던 것이 그 모습이니까. 그것이 무엇인지 다시 알아내고 싶어졌다. 그가 가진 그런 측면이 뭔지는 모르겠지만, 일단 찾고 나면 마침내 내 감정을 알게 될지도 모른다.

하지만 지금 당장은 축구를 이해하는 데 집중할 때다.

로스

과제를 하는데 집중이 안 된다. 이건 놀랍게도 크리스천 때문이 아니다.

나는 삼각법 수업을 지난 학기에 들었는데, 크리스천이 이 과목에 애를 먹고 있다고 해서 내가 도와주겠다고 약속했다. 우리는 아빠가 재직 중인 대학의 도서관에 숨어 있다. 어렸을 때부터 내가 좋아해 시간을 자주 보내던 곳이다. 사람들이 붐비지 않는 모퉁이에 방음이 잘되는 스터디룸이 있다는 것이 이곳의 장점 중 하나였다. 평소라면 이 공간에서 완벽히 평온한 상태로 학교 과제에 온전히 집중했겠지만, 지금은 이 환경만으로는 충분하지 않았다. 내 프로젝트를 생각하느라 정신이 없었기 때문이다.

나는 레이건 교감선생님에게 또 다른 배경음악 녹음 파일을 보냈다. 교감선생님이 요청한 대로 하기는 했지만(음악이 귀에 덜 거슬리게 변경하고 도입부를 더 신나게 만들었다), 내 본래 생각을 버리지는 않았다. 그리고 교감선생님은 승인해주지 않았다.

"방향을 제대로 잡았군요, 쇼 양. 하지만 궁극적으로 아직은 충분하지 못한 것 같네요. 이 계획안을 최종 발표로 승인해줄 순 없겠어요. 위대한 영화음악 작곡가들이 이런 상황에서 어떤 주제음악을 사용했는지 인기 있는 사운드트랙에서 영감을 얻어보는 건 어때요?"

그녀의 말에는 내가 무얼 하고 있는지 모른다는 의미가 담겨 있었다. 내가 요점을 증명하려고 **의도적으로** 규칙을 깨고 있다고 생각하기보다는 경험이 부족해 나쁜 선택을 하고 있다고 보는 것이다. 황당했다. 내 화는 아직 가라앉지 않았지만, 이 분노에 편승하는 것은 새로운 불안감의 파도를 몰고 왔다. 교감선생님이 내 프로젝트를 거절한 것은 이번이 두 번째였다. 내게 몇 번의 기회가 더 남아 있는 걸까? 다음에도 제대로 하지 못해서 그녀가 내 프로젝트를 아예 없었던 일로 하겠다고 결정한다면?

크리스천이 내 어깨를 톡톡 치자 깜짝 놀라 그를 쳐다보았다. "괜찮아?" 그가 물었다.

"응! 괜찮아. 미안. 생각 중이었어."

"이 방정식이 맞는 거야? 나도 미치기 일보 직전이야." 그가 한쪽 입꼬리를 올리며 씩 웃었다.

크리스천에게 웃어주려고 해보았지만 그럴 기분이 아니었다. 손은 축축했고, 노력을 쏟아부은 이 모든 일이 헛수고가 될 수 있다고 생각하자 심장이 빠르게 쿵쾅거렸다.

그때 한 가지 생각이 떠올랐다. 크리스천은 노스이스턴고 학생들의 완벽한 기준선이었다. 그와 같은 사람들이 내 관객의 대다수일 것이다. 그리고 그는 다른 사람들이 내 발표에 보이는 반응과 같은 반응을 보일 가능성이 컸다. 그는 어쩌면 완벽한 실험 대상자가 될지도 모른다.

그러나 이런 생각을 하는 동안 또 다른 불안감이 내 가슴을 날카롭게 관통했다. 이 프로젝트는 내가 직접 작곡한 곡과 아빠 이야기를 포함하고 있었다. 그래서 기이할 정도로 사적인 형태를 띠어가고 있었다. 나는 이걸 정말로 그에게 보여줄 준비가 되어 있나?

그러나 레이건 교감선생님이 내 프로젝트 전체를 폐기해버릴 수도 있다는 생각에 마음을 다잡았다. 나는 의자에 몸을 꼿꼿이 세워 앉았다. "있잖아, 과제를 잠깐 쉬었다 해도 괜찮을까?"

크리스천이 얼굴을 찡그리며 말했다. "그럼. 무슨 일이야?"

"네 의견을 듣고 싶은 게 있어. 한동안 벨레로즈 어셈블리 발표 준비를 해왔는데 레이건 교감선생님한테서 받은 피드백은 도움이 안 돼. 네가… 한번 봐주지 않을래? 내가 제대로 하고 있는지만이라도 알고 싶어서 그래."

잠시 크리스천의 눈동자가 흔들리더니 귀에 매달려 있는 무선 이어폰을 만지작거렸다. "난… 그래, 물론이야. 얼마든지 봐줄게."

그의 동의에 내가 안도하는 건지 걱정하는 건지 잘 모르겠다. "잘 됐다. 아빠 사무실에 가서 내 가방과 물건 몇 개만 챙겨올게. 오래 걸리지 않을 거야."

"그래, 좋아."

"금방 다녀올게."

나는 재빨리 일어나서 스터디룸을 빠져나갔다. 오늘 바이올린을 가져온 건 정말 다행스러운 우연의 일치다. 나중에 음악 연습실에서 연습할 계획이었다. 동영상을 보고 난 크리스천의 의견이 좋다면, 어쩌면 모든 일이 끝났을 때 연습할 의욕이 여전히 남아 있을지도 모른다. 하지만 그 전에 먼저 이 과정을 무사히 넘겨야 한다.

아빠의 사무실이 있는 건물이 보이기 시작하자 나는 어깨를 똑바로 펴고 머리를 조금 높게 들었다. 크리스천 앞에선 유약한 사람으로 비쳐도 괜찮지만 아빠한테까지 그렇게 보일 생각은 없었다.

샘

로스가 노트북을 가지러 나가자마자 크리스천이 휴대폰을 다시 집어 들었다. "이걸 내가 어떻게 비평하라는 거야?" 크리스천은 당황한 목소리로 속삭였다.

"나도 몰라. 걔가 영상을 틀어주는 동안 당연히 넌 이어폰을 끼고 있을 수 없을 거야."

"뭐라고?"

"끼고 있으면 온전히 관심을 기울이고 있는 것처럼 보이지 않을 거라고!"

"그럼 나는 어떻게 해야 해?"

"전화 끊지 마. 네가 무언가를 말해야 하는 상황이 확실하다는 생각이 들면 문자 메시지를 보낼게. 그게 아니면 그게 무엇이든 간에 걔한테… 사람들과의 유대감이 우리에게 미치는 영향에 관한 심도 있고 복잡한 탐구라는 등의 말을 해줘."

"그런데 만약 걔 프로젝트가 그런 내용이 아니면?"

"로스잖아. 그런 내용일 게 분명해."

크리스천이 뭐라고 말하려다 말고 중단했다. 뒷배경에서 어떤 소리가 들렸다. 로스가 막 스터디룸으로 들어왔나 보다. 크리스천이 귀에서 이어폰을 뺐는지 그의 목소리가 더 멀어졌다. 하지만 두 사람의 대화는 여전히 잘 들렸다.

"너 바이올린도 연주할 줄 알아?" 크리스천이 놀란 목소리로 말했다.

"응." 로스가 답했다. "내 연주를 프로젝트에 포함할 거야. 동영상과 함께 틀 녹음이 있지만, 몇 군데 손을 봐야 해. 그리고… 뭐, 라이브로 연주하는 것과는 소리가 다르니까, 그래서…."

마이크의 성능이 형편없어서일까, 잠시 로스의 목소리가 긴장한 듯이 들렸다. 평소와 같은 확신이 묻어 있지 않았다. 자신에 대해 어떻게 생각하든 신경 쓰지 않는다고 말하는 살짝 차갑고 날 선 느낌이 없었다. 마치 실제로 우리와 같은 열일곱 살 청소년 특유의 쉽게 상처받는 사람처럼 들렸다. 갑자기 나는 이 프로젝트가 그녀에게 어떤 의미인지 궁금했다.

몇 초간 바스락거리는 소리가 났다. 케이스에서 바이올린을 들어

올리면서 가볍게 띠리링 하는 소리가 조용히 울렸다. 그녀가 동영상을 컴퓨터에 띄우면서 클릭하는 소리와 조금 뒤에 바이올린을 조율하는 소리가 들렸다. 크리스가 의자에서 몸을 움직였다. 나는 내 심장이 세차게 뛰고 있음을 깨달았다. 로스가 느끼는 긴장감이 전염되고 있었다. 마치 무언가를 막 시작하기 직전 같은 기분이었다. 나는 그게 뭔지 알고 싶은지 확실하지 않았다.

로스가 빠르게 떨리는 숨을 내쉬었다. "준비됐어?"

"응." 크리스천이 말했다.

"아니." 내가 속삭였다.

그리고 로스가 연주를 시작했다.

♥

크리스천

내 앞에 놓인 컴퓨터 화면으로 짙은 곱슬머리에 안경을 쓴, 나이가 좀 든 남자의 모습이 나타났다. 그는 로스와 전혀 닮지 않았다. 하지만 그녀의 아빠라는 사실은 알겠다. 이렇게 확신하는 이유를 말해줄 수는 없지만 감으로 알겠다. 그가 카메라를 보고 미소를 지으며 말했다. "저는 1970년대 후반, 1980년대 초반 무렵에 롱아일랜드에서 성장했습니다. 스톤월 폭동과 게이 해방 운동 이야기를 듣기에는 너무 어린 나이였지만, 이들의 영향을 받으며 자랐죠. 제가 다섯 살 때 지하철에서 남성 동성애자 한 명을 우연히 마주친 뒤에 어머니가 저를 앉혀놓고 이들에 대해 설명해준 기억이 납니다." 그가 웃었다.

내 왼쪽에서 로스가 연주를 시작했다. 무언가 조용하고 느리며 조금 무거운 곡이었다. 그녀는 눈을 감고 있었고, 인터뷰 속도에 맞추기 위해 연주에 완전히 몰입한 상태였다. 나는 로스가 내 시선을 느끼기 전에 다른 곳을 바라보았다.

"저는 이런 것들이 제 인생에 영향을 미칠 거라고 생각하지 않았습니다." 로스의 아빠가 화면 속에서 이야기를 이어갔다. "제가 고등학교를 졸업하기 전까지는요. 저는 십 대 때 파티에 가거나 데이트를 해본 적 없었죠. 그리고 저와 부모님은 제가 그저… 여자와 관련해서 좀 늦는 것뿐이라고 생각했어요. 하지만 고등학생이 되고 졸업할 때까지 아무 일도 일어나지 않았어요. 대학교 1학년 때 룸메이트를 만나면서 처음으로 크게 깨닫게 되었죠. 아마도 제가 여자를 좋아하는 일은 없을 거라고요. 이후로 몇몇 징후들이 있었습니다. 하지만 찰스를 만나기 전까진 정말로 '이거다' 하는 생각은 못 했어요."

동영상이 계속 이어지며 쇼 아저씨가 새하얀 피부에 카메라를 향해 활짝 웃고 있는 다른 남성과 함께 찍은 사진을 보여줬다. 찰스라는 이 남성이 로스와 혈연관계임이 분명했다. 눈이 같은 모양이고, 짙은 눈썹도 똑같았다. 그리고 로스의 머리카락도 그처럼 어두운 갈색이다. 나는 내가 둘 사이의 닮은 점을 하나라도 더 많이 찾아내려고 동영상이 아닌 그녀를 보고 있음을 깨달았다. 하지만 이것 또한 그저 로스를 보기 위한 핑계일 뿐이었다. 그녀는 집중하느라 인상을 쓰고 있었다. 음악이 조금씩 무르익기 시작하더니 어느새 좀 더 희망적인 분위기로 바뀌었다. 찰스 아저씨가 자신을 얼마나 행복하게 해주었는가를 이야기하는 그녀 아빠의 얼굴에 떠오른 미소와 잘 어울렸다.

나는 동영상이 실제로 얼마나 긴지 모른다. 몇 분밖에 되지 않을 수도 있지만, 이곳에 앉아 찰스 아저씨를 만나고, 가족을 꾸리기로 결심하고, 로스를 얻고 이후에 그녀를 잃지 않기 위해 많은 난관을 이겨내야 했던 쇼 아저씨의 이야기를 듣고 있자니 일 초 일 초가 평상시보다 훨씬 더 길게 느껴졌다. 오래 들을수록 음악이 이야기의 속도를 완벽하게 따라가고 있음을 알 수 있었다. 이 영상을 위해 로스가 특별히 작곡하지 않았다면 이렇게 잘 맞아떨어질 수 없었다. 로스의 앞에는 악보조차 없었다. 두 아빠의 이야기와 이들이 겪은 일들을 떠올리며 연주하고 있었다. 로스가 의도했다고 생각하지는 않지만, 그녀의 표정에 감정이 조금씩 묻어났다. 쇼 아저씨가 찰스 아저씨를 잃었을 때의 기분이 어땠는지를 설명하는 대목에서는 쇼 아저씨의 목이 메여 지켜보기가 더 힘들었다.

의도하지는 않았지만 내 마음은 몬티에게로 향했다. 그가 내게 자신이 이성애자가 아님을 처음 고백했을 때 얼마나 떨렸을지 짐작해 보았다. 그는 학교에서 시스젠더 남학생처럼 보이도록 행동했다. 그래서 그의 진실을 아는 사람은 많지 않지만, 여전히 가끔 이것 때문에 곤욕을 치르기도 했다. 그리고 샘도 있다. 우리가 사귀기 전에 그녀가 인기 있는 집단의 다른 여자애와 만난다는 소문이 돌았었다. 그리고 샘은 이를 부인하려고 하지 않았다. 나는 샘에게 물어본 적이 있었는데, 그녀는 그냥 어깨를 으쓱하며 말했다. "그래, 난 여자애들을 좋아해. 그래서?" 이 '그래서'는 평상시 그녀의 자신감 넘치는 모습에 반하는 것이었고, 내게 하고 싶은 말이 있으면 어디 한번 해보라는 의도가 담긴 명백한 도전이었다. 학교에서는 스톤월 폭동 같은 사건들을 가르치지 않았기 때문에 나는 여기에 대해 아는 바가 거의 없었다. 하지만 친구들을 보며 과거보다 더 쉬워졌다고 해서 이것이 실제로 쉽다는 뜻은 아니란 걸 알게 되었다.

나는 로스가 어느 섹슈얼리티 범주에 속하는지 모른다. 물어본 적도 없다. 하지만 그녀 아빠의 이야기가 그녀에게 엄청나게 큰 영향을 미쳤음을 알 수 있었다. 아니었다면 그녀는 이에 대한 주제로 프로젝트 전체를 구성하지 않았을 것이다. 음악이 어딘가 이상했다. 찰스 아저씨 가족들과의 법정 다툼 끝에 로스를 계속 키울 수 있게 되었을 때 쇼 아저씨가 얼마나 행복했는지를 이야기하는 장면에서조차 슬프게 들렸다. 작정이라도 한 듯이. 나는 로스가 전달하고자 하는 메시지가 사람들이 어떤 것, 예를 들어 사랑을 당연하게 여긴다는 점이라고 생각했다. 나도 그랬다. 로스에게 처음 대화를 시도했을 때 그녀가 좋은 반응을 보일 것으로 예상했다. 이 동영상을 모두 이해한 척하진 않겠다. 하지만 로스가 제작했고, 이것이 그녀에게 의미가 있다면 내게는 그걸로 충분했다.

동영상이 끝나면서 음악 소리도 점점 잦아들었다. 로스는 눈을 감은 채 몇 초간 제자리에 서서 여운이 얼마간 지속되게 놔두었다. 나는 박수를 쳐야 할지 말아야 할지 갈피를 잡지 못했다. 마침내 내가 목을 가다듬으며 말했다. "이건… 정말 멋져, 로스."

로스가 안도하는 모습으로 미소를 지었다. "정말?"

"정말! 네 아빠의 이야기는 강렬해. 둘 사이가 정말 가까운가 봐."

"맞아." 로스가 아랫입술을 깨물고 얼굴을 찡그리며 말했다. "음악은 어땠어? 내가 직접 작곡한 거야. 그리고 교감선생님으로부터 몇 가지 지적을 받았어. 벨레로즈 어셈블리의 주제에 어울리지 않는다고 하더라."

여기서 나는 나를 도와줄 샘이 있다는 사실에 감사했다. 이어폰을 다시 귀에 꽂을지 고민하다가 무례하게 보일 것 같아 그만두었다. 나보고 뭐라고 말하라고 했었지? '유대감이 우리에게 미치는 영향에 관한 복잡한 탐구'였나?

"조금은… 슬프게 느껴지더라. 그럴 필요가 없을 때도 말이야. 하지만 어쩌면 네가 의도한 것인지도 모르겠네."

로스가 기운을 차리며 고개를 끄덕였다. "맞아, 그랬어."

"알았어. 그러니까 너는 아빠의 사랑 이야기가 정말로 슬픈 거라고 말하려는 거야? 아니면 이보다 더 복잡한 건가? 우리가 갖는 사람들과의 유대가 그저 '사랑'이나 '가족'보다 더 복잡하다는 거야?"

나는 이 말이 샘이 시킨 말이 아니라는 사실을 깨닫고 내가 무언가를 망친 건 아닌지 걱정했다. 로스는 놀란 표정을 지었는데, 그러고 나서 몇 초간 정적이 흘렀다. 잠시 후 로스의 얼굴에 지금껏 보지 못한 가장 환한 웃음이 피어올랐다. "바로… 바로 그거야, 크리스천. 네가 이해했네."

나는 로스를 기쁘게 만들어준 말이 사실 온전히 내 머리에서 나온 말이 아니라는 사실에 조금 죄책감이 들었다. 샘이 아니었다면 방금 한 말을 할 생각도 못 했을 것이다.

"레이건 교감선생님이 음악을 마음에 들어하지 않는다면 너무 슬프게 만들지 않으면서 하고자 하는 말을 할 수 있는 방법을 찾아봐." 내가 말했다. "찰스 아저씨는 네가 다른 아빠와 계속 함께 살면서 행복하기를 바랄 것 같은데, 아냐?"

"응, 찰스 아빠라면 그럴 것 같아." 로스는 한숨을 쉬었다. 나는 그 한숨과 함께 그녀에게서 부담감이 사라지는 것을 느꼈다. "다른 시각으로 바라보는 방법이네, 고마워. 레이건 교감선생님은 내가 좀 더 '로맨틱'하게 만들기를 원해서. 나는 그게 짜증 났어."

"그래, 뭐, 네 첫 번째 실수는 처음부터 레이건 교감선생님의 말을 들으려고 한 거였어."

"그 선생님이 실권을 쥐고 있다고!" 로스가 웃으며 말했다.

"그래서?"

"너 정말 못 말리는 애다." 로스는 고개를 흔들더니 미소를 지으며 나를 올려다보았다. "고마워. 신선한 의견이 절실하던 참이었거든. 이제 과제를 다시 시작하자. 밖이 벌써 어두워졌어. 이곳에 너무 오래 붙잡혀 있고 싶지 않아."

우리는 다시 삼각법 문제로 돌아갔다. 로스의 기분이 훨씬 더 행복해 보였다. 그런데 나는… 혼란스러웠다. 무엇이 나를 신경 쓰이게 하는지 정확히 모르겠고, 아직은 그 원인을 찾아내기 힘들 것 같았다. 이 수학 과제처럼 나 혼자 해결하기엔 너무 까다로웠다. 나는 중간에 샘이 여전히 연결되어 있는지 보기 위해 휴대폰을 확인했지만 그녀는 이미 사라지고 없었다. 아무래도 과제와 관련된 대화를 계속 듣고 싶지는 않았나 보다. 하지만 괜찮다. 이 문제는 샘과 나중에 이야기하면 된다.

샘

나는 전화를 끊었다.

더는 들을 필요가 없는 데다 크리스천 혼자서도 잘하는 것처럼 보였기 때문이다. 손이 달달 떨려서 겨우 종료 버튼을 눌렀다. 동영상 때문에 이런 기분이 드는 건 아니었다. 아니, 어쩌면 맞나? 적어도 일부는 그런지도 모른다. 로스의 바이올린 연주와 그녀의 아빠가 들려주는 이야기를 들으면서 갑자기 모든 상황이 이해되는 기분이었다. 로스가 그렇게 차갑고 냉담하게 행동하는 이유는 **두렵기** 때문이었다. 사람들을 잃을까 봐 두렵고, 자기 삶 속으로 받아들인 사람이 사라질까 봐 두려운 것이다. 이것이 크리스천 이전에 누구와도 데이트하지 않은 이유였다. 처음부터 크리스천을 그토록 빨리 차단했던 까닭이었다. 로스가 강한 척하는 이유는 그게 사람들을 받아들이는 것보다 더 쉽기 때문이었다. 맙소사, 내가 그 느낌을 알 수는 있을까?

지난 몇 주 동안 내가 본 로스의 순간순간 약해 보였던 모습들이 진짜 그녀였다. 내가 전화로 엿듣고 있는 동안 그녀가 그에게 인정했던 것들이, 마치 그가 화를 낼까 봐 두려워하는 것처럼 키스하고 싶지 않다고 말했을 때 그녀의 목소리에서 감지되었던 미세한 떨림이 진짜였다. 나는 지금 심지어 로스가 연주를 마쳤을 때 어떤 표정을 지을지도 그려볼 수 있었다. 입술을 살짝 깨물고 크리스의 의견을 기다리며 그가 싫어해도 충격받지 않은 척할 것이 분명했다. 마음 깊은 곳에서는 그렇지 않더라도 말이다.

내 뇌가 감당할 수 있는 용량을 초과한 것 같았다.

나는 휴대전화 전원을 끄고 책상 위에 엎어놓았다. 이 행동이 지금의 복잡한 심경에 어떤 도움이 될지는 모르겠다. 이런다고 머릿속에 떠오른 이미지가 사라지지는 않을 것이다. 앞으로 로스를 볼 때마다 내 배 속에서 울렁대는 이상한 느낌을 멈추게 하지도 못할 것이다. 대화 중에 내가 로스보다 한 수 위라고 여길 때의 아찔한 승리감이 사실은 그녀를 웃게 만들었다는 사실에 대한 내 뇌의 반응임을 깨닫는 그 느낌을 멈추게 하지는 못할 것이다.

정말 진심으로 바로 이 순간 내가 크리스천의 자리에 있기를 바란다는 사실도 바꾸지 못할 것이다.

나는 할 일을 찾아야 했다. 마음을 다른 곳에 쏟을 무언가를. 그게 뭐든 상관없었다. 그냥 무엇이든 괜찮았다.

나는 방에서 나와 부엌으로 갔다. 할머니가 와인을 한 잔 따르고 있었다. "설거지를 아직 안 하셨네요?"

할머니는 이상하다는 듯한 표정으로 나를 바라보았다. "그래, 아직 안 했단다. 왜 그러니?"

"제가 하려고요." 나는 이미 수세미와 음식 묻은 접시를 집어 들고 싱크대 근처까지 왔다.

할머니는 내 몸에서 팔이 하나 더 자라기라도 한 것처럼 나를 쳐다보았다. "괜찮은 거니, 우리 강아지? 조금 정신이 없어 보이는구나."

물론 지금 나는 정상이 아니었다. 넋이 나간 상태였다. 하지만 할머니에게 알릴 필요는 없었다. 그래서 나는 어깨를 으쓱하고 지난 한 달동안 전 남자친구와 이어주려고 애썼던 여자애랑 간절히 키스하고 싶은 마음이 없는 사람처럼 행동하기 시작했다. 그리고 어깨너머로 할머니를 향해 미소를 지어 보이며 말했다. "아니에요, 그냥 심심해서 그래요. 숙제도 다 끝냈고, 아무 할 일 없는 사람 같은 기분이 들어서요. 게다가 할머니는 오늘 밤을 마감할 준비를 하고 있잖아요."

할머니는 부끄러운 사람처럼 와인 잔을 힐끗 내려다보았다. "아침에 일어나서 할 생각이었단다." 할머니는 인정했다. "하지만 네가 한다니 고맙구나, 우리 착한 손녀딸."

"저한테 맡겨요, 할머니."

할머니가 부엌을 나가고 시야에서 사라지자마자 나는 가면을 벗어던졌다. 뜨거운 물을 세게 튼 다음에 접시와 포크, 유리잔을 닦기 시작했다. 얼마 지나지 않아 사방이 주방세제 냄새로 가득 찼다. 흐르는 물소리와 함께 이런저런 상념이 떠내려갔고, 뜨거운 열에 완전히는 아니어도 주의를 어느 정도 돌리는 데 성공했다.

로스

나는 자기 부모님과 함께 저녁을 먹자는 크리스천의 제안을 결국
받아들였다. 그가 처음 제안한 지 거의 이 주가 지나서였다. 나는 예
상보다 더 긴장했다. 그들을 만나고 싶지 않아서가 아니었다(크리스
천은 부모님 이야기를 정말 많이 한다). 그저 이런 방면에 내가 완전히 아
마추어이기 때문이었다. 나는 내 능력으로 감당하지 못하는 상황을
좋아하지 않는다. 하지만 크리스천은 부모님이 나를 만나기를 고대
하고 있다며 안심시켰다. 그리고 나도 중간에 약속을 깨서 크리스천
을 실망시키고 싶지 않았다.

놀랍게도 크리스천은 내가 차를 진입로에 주차하는 동안 밖으로
나와 맞이해주었다. 차고 가까이에 광이 나고 비싸 보이는 차가 주차
되어 있어서 나는 가능한 한 멀찍이, 크리스천의 차 근처에 세웠다.
앞 유리를 통해 그가 미소를 지으며 손을 흔드는 모습이 보였다. 크
리스천은 단색의 (멋진) 티셔츠와 진을 입고 있었다. 3월의 쌀쌀한 공

기에 적응된 사람처럼 보였다. 갑자기 불안감이 또다시 엄습해왔다.

"내가 지나치게 차려입고 왔어?" 나는 차에서 내리면서 물었다.

크리스천이 내 모습을 살펴보았다. 나는 짙은 색 진과 집을 나서기 전까지 입을까 말까 삼십 분가량 고민했던 블라우스를 입고 있었다. "아니, 잘 어울려!"

"오케이." 나는 깊게 숨을 내쉬었다.

"걱정하지 마, 로스. 부모님은 분명 너를 마음에 들어 할 거야. 안 그럴 이유가 어딨겠어?"

그가 내게 시간만 주면 이유를 몇 개라도 댈 수 있었다. 하지만 그러는 대신 그에게 미소를 지어 보였다. "그래. 그리고 마중 나와줘서 고마워. 이럴 것까진 없었는데."

"아, 뭐⋯." 크리스천이 현관문 계단 앞에서 잠시 멈춰 섰다. "사실 들어가기 전에 먼저 해줄 말이 있어. 우리 형 얘기 해줬잖아, 그치?"

"그래. 이름이 윌이었지?"

"맞아." 크리스천이 갑자기 긴장하며 발로 바닥을 쓸었다. "형 얘기는⋯ 꺼내지 말아줄래? 우리 둘만 있을 땐 얘기해도 상관없는데, 형이 떠나고 부모님이 정말 많이 상심하셨거든. 내가 너에게 형 얘기를 한 사실을 알면 화를 낼지도 몰라."

"아." 어차피 형 이야기를 꺼낼 계획은 없었지만 이제 금기 주제임을 알게 되었으니 특별히 더 조심해야겠다.

"물론이야." 내가 말했다. "네 형에 대해선 한 마디도 안 할게."

크리스천은 안도하는 모습이었다. "고마워. 이제 그만 들어갈까?"

밖은 꽤 어두워졌고, 나는 집을 나서면서 재킷을 깜박하고 안 가져온 걸 깨달았다. 초봄의 쌀쌀한 기운이 몸 안으로 스며들었다. 나는 고개를 끄덕였다. "들어가자."

크리스천의 엄마는 현관문에서 함박웃음을 지으며 우리를 맞아주었다. 그녀는 갈색 머리에 웃을 때 생기는 팔자 주름을 가진 아름다운 여성이었다. 그녀의 파란 눈은 크리스천의 눈과 같은 모양이었다. 그녀는 나와 악수한 다음 몸을 돌려 크리스천을 바라보았다. "그 옷을 입고 있을 거니?"

크리스천은 어깨를 으쓱했다. "그런데요?"

"로스는 널 위해 멋지게 차려입었는데 넌 그냥 티셔츠나 입겠다고? 안 되지, 아들. 올라가서 갈아입으렴."

크리스천이 한숨을 쉬었다. "알았어요. 금방 올게." 그가 위층으로 올라가자 그의 엄마가 나를 보며 다시 미소를 지었다.

"만나서 반갑구나, 로스." 그녀가 말했다. "여기서 신발을 벗고 부엌으로 들어오렴. 마실 거라도 줄까?"

"물이면 괜찮아요, 파월 아주머니." 나는 신발을 벗어 현관문 근처에 놓으면서 말했다.

"그러렴!" 그녀는 부엌으로 향하면서 위층을 향해 큰 소리로 말했다. "여보! 내려와 봐! 로스가 왔어!"

내가 그녀 뒤를 따라가려고 할 때 계단 쪽에서 발걸음 소리가 들렸다. '여보'라고 불린 사람의 발걸음이라고 하기에는 너무나 가볍고 빠른 소리였다. 이윽고 몇 초 뒤에 금발 머리 꼬마 여자애가 모퉁이를 돌아 뛰어나오다가 나를 보더니 그 자리에서 딱 멈춰 섰다. 머리카락은 엉켜 있고 이빨 빠진 자리가 눈에 확실하게 들어왔다.

"안녕하세요." 금발 머리 꼬마가 말했다.

나는 그녀에게 미소를 지었다. "안녕. 네가 에이미니?"

그녀의 눈이 반짝였다. "오빠가 내 얘기를 했어?"

"물론 했지! 네 얘기를 얼마나 많이 하는데."

이 말을 들은 에이미는 정말 신나 보였다. "당연히 그래야지."

나는 웃음을 터뜨렸다. "그런데 오늘 저녁 메뉴는 뭐야, 에이미?"

"엄마가 캐서롤을 만들고 있어." 에이미는 코를 찡긋했다. "그리고 샐러드도."

"네가 좋아하는 건 아닌가 봐?"

"아니야. 난 피자를 주문하고 싶었어."

"그랬구나. 난 네 엄마와 아빠가 날 위해 요리해줘서 기쁜걸. 어쩌면 피자는 다음에 먹을 수도 있을 거야."

에이미가 어깨를 으쓱하며 말했다. "어쩌면." 그러고는 복도를 따라 뒷걸음질 치며 내게 따라오라고 손짓했다. "따라와, 내 방 보여줄게."

"알았어. 앞장서."

에이미는 슬그머니 부엌 앞을 지나가려다가 파월 아줌마에게 딱 걸렸다. "에이미, 왜 아직도 머리를 안 빗었니? 로스가 도착하기 전에 하라고 한 것 같은데."

"저녁 먹기 전에 할 거야!" 에이미가 입을 삐쭉 내밀며 말했다.

"엄만 그렇게 말하지 않았어. 로스가 네가 머리를 빗지 않는 애라고 생각하길 바라니?"

"난 신경 안 써."

"나는 쓴단다. 가서 머리 빗어."

"엄마—."

파월 아줌마는 나를 향해 미안하다는 미소를 지어 보였다. "미안하구나, 로스. 에이미는 가끔 못 말릴 때가 있단다. 잠시만 기다려줄래?"

나는 언쟁이 일어날 조짐을 감지했다. 그래서 최대한 두 사람에게서 떨어져 있기 위해 두 사람의 목소리가 배경 속으로 사라지기에 충분히 먼 거리에 있는 거실로 자리를 옮겼다. 가구가 멋지고 한눈에 보아도 비싸 보이는 데다 산 지 얼마 되지 않은 것처럼 깨끗했다. 아마 이 가족 구성원 중 누군가는 좋은 직업을 가지고 있는 모양이었다. 사방에 사진이 있었다. 밝은 금발 머리의 꼬마 크리스천이 활짝 웃고 있는 모습과 두 살쯤 되어 보이는 에이미의 모습이 담긴 사진들도 있고, 크리스천의 부모님 결혼사진도 있었다. 사진을 놓을 수 있을 만한 공간이면 어디든 가족사진이 있는 것 같았고, 모든 사진이 너무나 완벽하고 미국적이어서 꼭 광고사진 같았다.

그러나 나는 이곳에 크리스천과 에이미, 그리고 부모님 사진만 있다는 사실을 눈치챘다. 크리스천과 에이미가 어렸을 때 찍은 독사진들도 있고, 둘이 같이 찍은 사진도 몇 장 있고, 네 가족이 최근에 함께 찍은 사진도 한 장 있었다. 하지만 대충 훑어보아도 크리스천의 형인 윌의 사진은 단 한 장도 보이지 않았다. 그가 이야기를 해주지 않았다면 그에게 형이 있다는 사실을 알 수 없을 정도였다.

어쩌면 그의 형이 큰 잘못을 저질렀는지도 모른다. 그가 이들의 삶에 더는 소속되지 않게 된 합당한 이유가 있을지도 모른다. 나는 무슨 일이 있었는지 사정을 모른다. 크리스천이 한 번도 말해준 적 없고, 나도 물어볼 생각을 하지 않았다. 나중에 물어봐야겠다. 크리스천에 대해 새로운 무언가를 더 알게 되겠지.

마치 그가 내 마음을 읽기라도 한 것처럼 내 뒤에서 말했다. "염탐하는 중이야?"

나는 몸을 돌려 그를 향해 싱긋 웃었다. "에이미가 자기 방을 보여주고 싶어 했는데 너희 엄마가 머리를 빗고 오라며 돌려보냈어. 그래서 혼자 놀던 중이야."

"아, 소란이 있었다니 미안해. 부모님은 외모에 까다롭거든."

"난 상관 안 해. 에이미는 아직 어린애잖아."

크리스천이 웃었다. "우리 부모님한테도 그렇게 얘기해줘. 아무튼 에이미는 저녁을 먹고 난 다음에 어떻게든 순회 관광을 시켜줄 방법을 찾아낼 거야. 네가 놓치는 건 별로 없을 거야."

그가 티브이장 앞에 서서 가족사진을 보고 있던 내 곁으로 왔다. 잠시 침묵이 흐르자 나는 재빨리 다른 할 말을 찾았다. 그동안의 데이트와는 느낌이 달랐다. 미술관에서나 공원에서나 축구 경기에서는 대화할 주제가 있었다. 서로가 아닌 다른 곳에 관심을 집중할 수 있었다. 그리고 사실 오늘 밤에도 우리 둘만 있지는 않을 것이다. 세

명의 완전히 낯선 사람들이 함께한다. 크리스천은 상냥하지만, 지금까지 그를 상대하는 것만으로도 쉽지 않은 일이었다. '남친 부모님 만나기'를 내가 고등학교를 다니며 경험하게 될 거라고는 상상도 해본 적 없었다.

무언가 말을 꺼내기 위해 그의 형에 관해 물으려던 순간 또 다른 발걸음 소리가 들렸다. 이번에는 한층 묵직한 소리였는데, 곧이어 크리스천의 아빠가 거실에 모습을 드러냈다. 그를 보자마자 나는 크리스천이 아빠를 훨씬 더 많이 닮았다는 사실을 깨달았다. 파월 아저씨는 키가 크고 금발 머리이며 체격이 건장했다. 아마 젊었을 때 운동을 했을지도 모른다. 그를 보면 크리스천이 삼십 년 뒤에 어떤 모습일지 짐작해볼 수 있었다. 매일 누군가에게서 자신의 미래를 볼 수 있다는 건 어떤 기분일까? 궁금하다. 나는 이런 기분이 어떤 건지 모른다.

파월 아저씨가 우리를 위아래로 훑어보았다. "청소년 관람가 등급은 유지하고 있는 거겠지, 크리스?"

크리스천은 황당하다는 표정을 지었다. "아빠, 전 지금 말 그대로 거실 한가운데 서 있다고요."

"농담이야." 그가 다가와 내게 악수를 청하며 짧은 미소를 건넸다. "만나서 반갑구나, 로스."

"저도 만나 뵙게 되어 반갑습니다. 초대해주셔서 감사해요."

"응해줘서 우리가 고맙지." 그가 몸을 돌려 부엌 쪽을 힐끗 바라보았다. "애너가 식사 준비를 거의 다 끝냈을 거야. 배고프니?"

"네, 많이요."

"잘됐구나. 애엄마는 언제나 음식을 조금 많이 준비하거든. 우리에게는 다행이지. 남은 음식을 먹을 수 있으니까."

나는 불길한 예감과 함께 저녁 식사 내내 잡담이 오가리라는 사실을 깨달았다. 이런 상황을 예상했어야 했다. 음식이 맛있기를 바랄 수밖에. 그래야 무언가가 잘못되었을 때 입안에 음식이 잔뜩 들어서 말을 하지 못한다는 핑계로 상황을 모면할 수 있을 테니까.

모든 것을 고려했을 때 저녁 식사 대화는 그렇게 고통스럽지 않았다. 크리스천의 부모님은 친절했지만, 매우 피상적이었다. 그들은 내가 듣는 수업이나 대학 졸업 후 계획 외에 더 깊은 이야기에는 관심이 없어 보였다.

부모님은 미래 계획이 아직 확실하지 않다고 답하자 조금 놀란 눈치였다. 파월 아줌마는 눈썹을 치켜올리며 내게 물었다. "몇 학년이라고 했지?"

"3학년이에요. 크리스천과 같아요." 내가 말했다.

"그럼 시간이 얼마 안 남았네. 크리스천 말로는 네가 졸업생 대표가 될 수 있다던데, 사실이니?"

"맞아요."

"아, 그렇다면 어느 학교든 갈 수 있겠구나! 생각해놓은 학교는 있니?"

"몇 군데 알아는 봤는데 아직 확정된 곳은 없어요."

파월 아줌마가 이해할 수 없다는 표정을 짓고, 크리스천이 의자에서 자세를 바꾸는 모습을 보니 아무래도 내가 대답을 잘못한 모양이었다. 전에 샘과 나누었던 대화가 기억났다. 내가 앞으로 무엇을 할지 아직도 결정하지 못했다는 사실에 그녀는 충격받은 사람처럼 보였다. 아무래도 지금쯤이면 장래를 계획해놓은 것이 일반적인 생각인가 보았다.

"그래, 부모님은 무얼 하시니?" 파월 아저씨가 물었다. 마치 이것이 모든 상황을 정리해줄 것처럼.

나는 잠시 뜸을 들였다. 크리스천은 내게 자신의 부모님이 한 명 이상의 아빠를 가진 사람들을 **받아들이는지** 말해준 적이 없었다. 이런 이야기를 나눌 기회도 없었고. 만약 그들이 동성애 혐오자라도 나는 이 자리에서 그 사실을 알게 되고 싶지는 않았다. 그래서 나는 "엄마는 안 계세요. 아빠는 클라크 대학교 교수세요. 전공은 역사학이고요"라고 말했다.

파월 아줌마는 내가 엄마가 없다고 말할 때 당황하는 모습을 보였지만, 아저씨는 거의 표정 변화가 없었다. "거기서부터 시작해도 좋겠구나. 가르치는 일은 언제나 좋은 선택이지."

나는 가르치는 일에는 관심이 없었다. 또 지금껏 아빠로부터 비잔틴 제국과 술레이만 대제에 대해 충분히 배우기도 했다. 나는 이런 걸 내 직업으로 삼고 즐길 것 같지 않다. 그러나 왠지 이런 말을 꺼내서는 안 될 듯한 분위기였다. 파월 아저씨가 이미 마음을 정해버려서 이 대화에 다른 의견이 들어설 공간은 거의 없었다. 나는 그냥 입을 다물기로 했다.

내 반대편에 앉은 에이미가 손대지 않은 밥을 깨작거리며 자리에서 꼼지락거렸다. "양키를 집에 들어오게 하면 안 돼?"

"안 돼, 에이미. 식사가 끝날 때까진 밖에 있어야 해."

나는 크리스천에게 궁금하다는 눈빛을 보냈다. 크리스천은 웃으며 입 모양으로 말했다. "우리 집 개."

"어째서? 매일 저녁밥 먹을 때마다 양키도 집 안에 있었잖아."

"그래, 하지만 오늘 밤은 아니야." 파월 아줌마가 말했다. "손님이 있잖니."

"로스 언니도 만나고 싶어 할지 몰라!"

"그럴 수 있지. 하지만 식사가 끝나기 전까지는 아니야."

에이미가 얼굴을 찌푸렸다. "밖은 춥단 말이야. 제발 들어오게 하면 안 돼?"

"네가 안 먹는 채소를 주려고 들어오게 하려는 거잖아." 크리스천이 말했다.

"아냐, 아냐!"

"둘 다 예절을 갖춰." 파월 아줌마가 무거운 시선으로 나를 힐끗 바라보며 말했다.

"난 버섯 싫어. 내가 버섯 싫어하는 걸 알잖아. 그냥⋯"

"에이미."

파월 아저씨는 언성을 높이지 않는다. 사실 그의 어조는 완벽하게 일정하고, 표정도 거의 변화가 없다. 하지만 이 한마디에 에이미는 곧바로 입을 다물었다. 에이미는 의자에 몸을 구부정하게 기대어 앉았다. 불만으로 뺨이 붉어지고 눈썹을 찡그렸다. 에이미 옆에 앉은 크리스천은 턱을 움찔거리며 불편해했다. 식탁에 갑자기 어색한 긴장감이 감돌았다.

"엄마 말 들으렴." 파월 아저씨가 새로운 분위기는 신경도 쓰지 않는다는 듯이 말을 이었다. "더 빨리 먹으면 식사를 더 빨리 끝낼 수 있어. 그러면 양키를 데리고 들어와도 돼. 이제 이야기를 바꿔보자꾸나. 로스, 크리스천으로부터 네가 얼마 전에 난생처음 축구 경기를 보러 갔었단 얘기를 들었단다. 너를 축구 팬으로 만들지는 못한 거니?"

주제가 갑자기 바뀌는 바람에 정신이 없었다. 그래서 답을 하기까지 몇 초가 걸렸다. "아… 아직이요. 하지만 제가 생각했던 것보다 훨씬 더 재미있었어요."

"바로 그거야! 다음은 네게 프리미어 리그를 소개해줘야겠구나. 금세 토트넘 팬이 되고 말 거다."

파월 아저씨가 크고 매력적인 미소를 지었다. 나도 따라 미소를 짓지 않을 수 없는 분위기였다. 파월 아줌마도 내게 미소를 지어 보였다. 식탁 건너편의 크리스천도 웃음을 되찾았다. 에이미는 살짝 당황한 모습이었다. 긴장감이 여전히 유령처럼 주위를 맴돌고 있었지만 우리는 이를 무시했다. 대화는 방금처럼 피상적이고 안전한 주제로 이어졌다. 나름 대화에 잘 녹아들고 있기는 했지만, 그래도 남은 식사 시간 내내 내 마음이 산란하지 않았다고 한다면 거짓말이다.

중간에 에이미와 눈을 맞추고 그녀에게 격려의 미소를 지어주었다. 에이미도 주저하며 내게 미소로 답했다. 하지만 나는 에이미가 미소 짓기 전에 부모님을 힐끗거리며 눈치를 보는 걸 알았다.

크리스천

남은 밤은 상당히 순조롭게 지나갔다. 에이미는 채소를 먹고, 엄마는 잡다한 이야기를 많이 하고, 양키는 마침내 집 안으로 들어왔다. 그리고 물론 잔뜩 신이 나서 로스에게 뛰어들었다. 이후에는 에이미가 로스에게 자기 방을 보여주었는데, 이것이 어느 순간부터 거의 집 전체를 둘러보는 관광으로 바뀌었다. 그런 다음 로스가 집에 가기 전에 조금 더 대화하는 시간을 가졌다. 대체로 나쁘지 않은 밤이었다. 에이미가 결국 저녁 식사 시간에 말대꾸한 일로 혼이 났지만, 뭐 익숙한 일이었다.

나중에 로스가 집에 돌아가 문자 메시지를 보내올 때까지 이상한 점은 없었다.

로스 개인적인 질문 하나 해도 돼?
크리스천 물론이야. 물어봐

로스　네가 형 이야기는 하지 말아달라고 했잖아. 그건 좋은데, 그 냥 좀 궁금해서. 네 부모님은 형 얘기를 왜 안 하시는 거야?

나는 뭐라고 설명해야 할지 몰라서 망설였다. 이 문제는 샘도 도 와줄 수는 없었는데, 실은 내가 그녀의 도움을 원하는지도 모르겠다.

크리스천　부모님과 형은 잘 지내지 못했던 것 같아

로스　잘 지내지 못했다는 게 무슨 의미야?

크리스천　나도 잘 몰라. 형이 함께 사는 동안 부모님이랑 형은 정 말 많이 싸웠거든

로스　크리스천, 너희 집에 형 사진이 한 장도 없더라. 너랑 에이미 사진은 곳곳에 있는데 형 사진은 없어. 부모님은 네 형을 언급조차 안 하고. 너도 내게 특별히 형 얘기를 꺼내지 말라고 당부했고. 이 정 도면 꽤 심각한 싸움처럼 들리는데.

나는 로스가 샘처럼 통찰력이 뛰어날 때도 있다는 사실을 잊고 있 었다. 그녀의 말에 내가 어떻게 답해야 할까?

크리스천　그래, 꽤 심각했던 것 같아

로스　무엇 때문이었는지 물어봐도 돼? 그러니까 싸움 말이야.

크리스천　솔직히 잘 기억 안 나. 난 항상 싸움에서 빠져 있으려고 했거든. 그리고 형도 내게 말해준 적 없고

로스 형하고 지금도 연락해?

크리스천 아니

로스 그럼 넌 네 부모님 행동에 동의해?

로스에게 왜 안 그러겠냐고 말하려는 순간 갑자기 이것이 진심처럼 느껴지지 않았다. 형과 부모님과의 관계가 나빴을 수도 있다. 하지만 부모님이 형의 물건을 모두 치워버렸다는 사실이 마음에 들지 않는다. 이후로 형과 한 번도 연락을 시도하지 않았다는 점도 싫다.

지금 와서 그때를 생각해보니 아빠가 형에게 이 집에서 나가는 순간 영원히 끝이라고 했던 말이 기억난다. 다시는 형으로부터 어떤 소식도 듣고 싶지 않다고 했다. 아빠는 때때로 화가 나면 이런 식으로 말하기도 한다. 하지만 **진심**으로 하는 말은 아니었다. 그렇다면 왜 부모님은 형에게 연락하려고 하지 않았을까? 형은 왜 안 했을까?

크리스천 상황이 복잡해. 미안한데 다른 얘기를 할 순 없을까?

로스 그래, 그렇게 하자. 이 이야기가 선을 넘거나 한 거라면 사과할게.

크리스천 괜찮아

로스는 이후 대화 주제를 바꾸었고 나는 최대한 이야기에 집중하려고 노력했지만 내 머릿속에서 그녀의 마지막 질문이 사라지지 않았다. 일단 열리고 나면 쉽게 닫을 수 있는 문이 아니었다. 어쩌면 나는 부모님의 행동에 동의하지 않았는지도 모른다. 어쩌면 지금도. 하지만 어쨌든 부모님의 말을 따르고 있다. 이게 동의한 거 아닌가? 나는 당시에 부모님의 행동에 어떠한 의문도 품지 않았고, 언쟁하거나 강하게 맞서지도 않았다. 이게 부모님이나 형보다 나에 대해 더 많은 것을 말해주는 건 아닐까.

또 다른 기억이 떠올랐다. 이번에는 더욱 적막해진 집 안의 분위기였다.

형이 사라졌다. 형이 떠날 것임을 암시하고 일주일도 안 되어서 빠르게 일어난 일이다. 물론 (형이 짐을 싸서 나가겠다고 협박하고, 아빠는 하지 말라고 명령하고, 엄마는 애원하는) 언쟁은 더 오래전부터 지속되어 왔었다. 하지만 정말 어이없게도 나는 형이 실제로 실행에 옮기리라 생각하지 않았다. 형의 일상은 한결같았다. 싸우거나 안 싸우거나. 하지만 이제 형이 떠나고 나니 집에 무언가 문제가 있는 것처럼 느껴졌다. 모든 것이 조용하고, 일상적인 소리조차 이상하게 들렸다. 계단은 예전과 같은 식으로 삐걱거리지 않았다. 가구를 모두 치워버린 텅 빈 방처럼 이제는 허전함만 남았다.

제대로 된 작별 인사도 없었다. 형은 어느 날 아침, 내가 학교에 갔을 때 떠났고 형이 떠난 그날까지 우리는 거의 대화를 나누지 않았다. 형이 부모님과 언쟁을 벌인 뒤 내 방에 왔던 날 밤 이후로 마치 형이 내게서 떨어져 나간 것처럼 우리 사이는 예전 같지 않았다. 나는 이런 분위기가 싫었지만 또 무언가를 잘못 말하거나 부모님이 내가 형 편을 든다고 생각할까 봐 겁이 났다. 다음엔 내게 소리를 지르기 시작하면 어쩌지? 그래서 나는 형을 잡지 않았고 내 기분이 얼마나 안 좋은지 생각하지 않으려고 했다.

엄마와 아빠는 이 사건에 대해 한마디도 안 했다. 내가 물어보려고 하면 엄마는 곧장 대화 주제를 바꿔버리고 아빠는 크게 분노해서 겁이 났다.

에이미는 상황을 이해하기에는 너무 어렸다. 하지만 에이미도 변화를 감지했다. 동생은 최근 투정을 더 많이 부렸고, 진정시키는 데 더 오랜 시간이 걸렸다. 형이 이 역할을 맡았었다. 형이 가장 웃긴 표정을 지으면 에이미는 그게 무엇이든 하던 일을 멈추고 얼굴이 빨개질 때까지 웃곤 했다. 나는 형과 같은 표정을 만들지 못한다. 시도는 해보았지만, 오히려 에이미를 더 울리고 말았다.

부모님은 형이 떠난 바로 다음 날 형의 방을 치웠다. 형이 가져가지 않은 것들을 모두 쓰레기봉투 안에 넣어버리거나 기증하면서 최대한 빠르게 눈앞에서 치워버렸다. 그때쯤에 나는 부모님의 행동에 이의를 제기하거나 형을 기억할 만한 무언가를 남겨놓자고 부탁하지 않는 편이 더 낫다는 것을 알았다. 부모님의 기분을 더 상하게 할 필요는 없었다. 그래서 나는 형의 물건들이 치워지는 모습을 바라보기만 했고, 그러다 갑자기 모든 상황이 종료되었다. 눈에서 멀어지면 마음에서도 멀어진다. 엄마가 진공청소기로 형의 방을 청소하고 정리를 끝냈을 무렵에는 마치 내게 형이 처음부터 없었던 것처럼 느껴졌다.

나는 가끔 형의 방에 들어가 여전히 그를 느낄 수 있는지 확인했지만 소용없었다. 몇 주가 지나도 형은 돌아오지 않았다. 그리고 결국 나는 형이 돌아올지도 모른다는 희망을 접었다. 그러던 어느 날 숙제를 미루며 형의 방에 앉아 창밖을 바라보고 있었는데, 카펫과 마룻바닥 사이의 틈에 뭔가가 박혀 있는 게 눈에 들어왔다. 나는 틈 사이로 손가락을 집어넣어 플라스틱으로 된 작고 둥근 물체를 꺼냈다. 오래되고 긁힌 자국이 있었지만 하얗고 반질반질했다. 진공청소기도 빨아들이지 못했고, 부모님 중 누구도 보지 못한 것을 내가 발견했다.

바둑돌이었다. 이 집 전체에서 형이 남긴 마지막 물건이었고, 이걸 내가 우연히 발견했다.

어쩌면 이것이 행운을 의미하는 것인지도 몰랐다.

나는 바둑돌을 얼른 주머니에 넣은 다음 재빨리 방에서 나와 엄마나 아빠가 눈치채기 전에 씻으러 갔다. 부모님 중 누구에게도 이 오래된 바둑돌 이야기를 절대 하지 않았다. 엄마 아빠는 모르는 편이 더 행복할 것이고, 내가 부모님을 비참하게 만든다면 나는 또 얼마나 나쁜 사람이 되겠는가?

바둑돌이 내 주머니에 들어 있다는 사실을 알면 언제나 기분이 조금 더 좋아졌다. 내가 가장 필요로 할 때 행운을 가져다주기라도 할 것처럼. 실제로 행운을 주는지 안 주는지는 상관없었다. 나는 그저 행운의 가능성을 떠올리게 해준다는 것 외에 별다른 이유 없이 바둑돌을 지니고 다녔다.

샘

로스에게 말해주고 싶다.

내가 로스를 직접 만나는 날은 많지 않았다. 어쩌면 이것이 더 나을지도 몰랐다. 특히 로스와 크리스천이 함께 있는 모습을 보며 어떻게 반응해야 좋을지 모르는 상태에서는 말이다. 심지어 이제는 이들의 데이트를 듣는 것이, 이들이 서로 아주 편하게 장난 어린 농담을 주고받는 모습이, 내 도움이 더는 필요 없어 보이는 것이… 뭐, 조금도 상처가 되지 않는다고 하면 거짓말이다.

첫 만남 이후로 두 달 반이 지났다. 크리스천과 로스는 시간이 지날수록 더 잘 어울리고 있다. 조만간 그에게는 내가 필요 없어질 것이고, 이들의 관계에는 둘만 존재할 것이다. 내가 듣는 일, 눈에 보이지 않는 그 세 번째 바퀴는 없어질 것이다. 크리스천은 행복해지고, 원하는 것을 가질 자격이 있다. 그리고 그가 원하는 사람이 로스라면 그렇게 될 것이다. 로스가 무엇을 원하는지는 모르겠다. 나는 그저 나 자신에게 로스가 원하는 건 크리스천이라고 말한다. 나를 위해 이 상황을 더 쉽게 만들기 위해서다.

그러나 로스에게 문자 메시지를 보내는 것을 멈추지 못했다. 크리스천이 아닌 나로서. 이제 우리는 별 의미 없는 농담을 주고받으며 상당히 정기적으로 대화를 나누고 있었다. 항상 내가 먼저 말을 거는 것도 아니었다. 일주일 전에 로스가 뜬금없이 내게 〈잘 있어, 톨레도!〉의 팸플릿 사진을 보내왔다. 반으로 접힌 채 모서리 몇 군데가 접혀 있었다. 마치 그녀가 서랍 같은 곳에 넣어두고 완전히 잊고 있었던 것처럼.

로스 내가 이걸 아직도 가지고 있는 이유를 설명해줄래?

샘 그건 네가 은밀하게 내면 깊은 곳에서 이 공연을 정말 좋아했기 때문이겠지?

로스 네 운을 너무 믿지 마, 딕슨.

나는 지금 로스 말고도 집중해야 할 일들이 많았다. 숙제가 쌓여 있었고, 추가 점수를 얻기 위해 졸라서 받은 다음 완전히 잊어버리고 있었던 과제도 끝내야 했다. '대 뉴잉글랜드의 젊은 극작가 대회' 지원이 마감됐고, 이는 곧 결과 발표까지 몇 주밖에 남지 않았다는 의미였다. 나는 이 일로 스트레스를 받거나 이를 다른 작품을 쓸 충분한 영감을 끌어내는 데 사용해야 했다. 나는 며칠간 인스타그램에 아무것도 올리지 않았다(보통은 매일 올렸다). 로스에 관한 일로 내 모든 에너지의 흐름이 이렇게 차단되게 놓아둘 수는 없었다. 언젠가는 크리스천의 '연애 코치' 역할이 끝날 것임을 알고 이 일을 시작했다. 결과는 우리가 일을 아주 멋지게 망쳐버려서 로스를 완전히 잃거나 두 사람이 함께하며 행복해지거나 둘 중 하나였고, 결론이 어느 쪽으로 나든 내 상황은 변할 이유가 없었다. 보아하니 결론은 후자 쪽으로 가닥을 잡아가는 것처럼 보였다. 하지만 눈앞의 승리가 이전처럼 달콤하게만 느껴지지 않는다는 사실을 떨쳐낼 수가 없었다. 임무를 무사히 완수했으니 축하해야 마땅했다. 하지만 나는 축하는커녕 두 사람이 함께 행복해하는 모습을 생각할 때마다 속이 쓰렸다.

나는 크리스천이 로스를 유혹할 때 하는 행동들을 통해 간접 경험을 하며 살아가는 이상한 중독자가 된 기분이 들었다. 로스도 내가 한때 그랬듯이 크리스천에게서 같은 가능성을 보고 있었다. 이들은 함께 있어서 실제로 정말 행복한지도 모른다. 크리스천은 조만간 내 도움이 필요 없음을 깨닫게 될 것이다. 내게 주어진 시간은 한정적이고, 이 시간이 천천히 그러나 분명하게 바닥나고 있었다.

그래서 나는 남은 시간을 최대한 활용했다. 크리스천에게 그가 말해야 할 것들, 소소하고 그가 쉽게 생각해낼 만한 것들을 알려주었다.

"네가 추천해준 밴드 음악을 들었어. 진짜 끝내주더라! 알려줘서 정말 고마워."

"넌 내년에 졸업생 대표가 될 자격이 있어. 똑똑하니까. 심지어 이렇게 되려고 애쓰지 않았는데도 말이야. 게다가 열심히 노력도 하지.

귀감이 될 만해."

"넌 무언가에 집중할 때 눈살을 찌푸리는 버릇이 있다는 거 알아?
그러고 있을 땐 정말 귀여워."

크리스천이 이렇게 이야기했을 때 고맙다며 웃거나 칭찬에 부끄
럽지 않다는 듯이 행동하는 그녀의 문자 메시지 캡처 사진을 보면
서 나는 흥분으로 전율을 느꼈다. 나도 이 상황이 건강하지 못하다
는 사실은 알고 있었다. 하지만 어쩔 수가 없었다. 로스의 바이올린
연주가 얼마나 아름다운지, 그녀 아빠의 이야기를 통해 그녀에 대해
얼마나 많이 이해하게 되었는지, 그녀의 웃음소리가 독특하면서도
얼마나 듣기 흐뭇한지 등 내가 하고 싶은 말은 차고 넘쳤다. 그러나
내게는 이런 말들을 할 수 있는 시간이 많지 않았다. 크리스천도 이
런 말들을 스스로 생각해낼 날이 올 것이다. 확실하다. 내게는 말할
수 있는 시간이 부족했다.

로스에게 말하는 사람이 조금만 더 나이기를 바랐다.

로스

봄방학 전주 토요일, 지원 단체 모임에 참석한 나는 머릿속이 생각으로 가득했다.

그 이유 중 하나는 아빠와 찰스 아빠의 생일이 일주일밖에 남지 않았다는 것이다. 아빠와 나는 평소처럼 우리만의 4월의 추수감사절 식사를 하고 이번에도 〈시네마 천국〉을 볼 계획이다. 언제나처럼 가벼운 마음으로 좋은 시간을 보내려고 한다. 하지만 그래도 이맘때가 되면 아빠의 말수가 현저히 줄어드는 건 어쩔 수 없었다.

두 번째는 크리스천이 오늘 밤 파티에 나를 초대한 것이다. 듣자하니 몬티가 매년 봄방학 전 주말에 큰 파티를 연단다. 그래서 크리스천은 내게 "물론 전혀 부담 가질 필요 없어"라고 말하며 함께 가지 않겠냐고 물었다. 나는 지금까지 고등학교 파티에 가본 적이 없었다. 티브이에서 보여주는 모습이 정확하지 않다는 건 나도 안다. 하지만 이것이 유일한 기준일 때 이런 파티에 간다는 생각에 불안해하지 않기란 어려운 일이었다. 게다가 나는 크리스천이나 샘과 같은 화려한 명성을 가지고 있지도 않았다. 나도 일부 학생들이 나를 뭐라고 부르는지 알고 있었다(성깔녀. 겉으로 보이는 내 모습을 이런 식으로 왜곡해 부르면 내 기분이 상하기라도 할 줄 아는 모양이다). 그러니 내가 파티에 오기를 바라는 사람이 실제로 있기나 할까? 나는 외톨이가 되는 것에 불만이 없지만, 자신이 어울리지 않는 걸 알면서도 그런 환경에 고의로 발을 들여놓는 일은 완전히 다른 이야기였다.

어울리지 않음에 관해서라면 이번 지원 단체 모임에 주목할 필요가 있다.

나는 여덟 살 때부터 이 모임에 나왔기 때문에 진행 방법에 매우 익숙했다. 아빠는 내가 사회 부적응아로 자라길 바라지 않았던 것 같다. 우리는 지역 주민센터가 마련한 장소에 모여 둥그렇게 원 모양으로 배치된 플라스틱 의자에 앉았다. 매사추세츠주 우스터에는 우리 같은 사람들이 많지 않기 때문에 몇몇 사람들은 화상 채팅으로 합류했다. 이렇게 하니 좀 더 진짜 '단체'처럼 느껴졌다. 특정한 주제가 있는 날도 있었지만, 대부분은 리더가 뒤에 앉아서 지켜보는 가운데 사람들이 자기 이야기를 공유하거나 질문을 했다. 나는 자주 공유하는 편이 아니었다. 그럴 필요성을 느끼지 못했고, 때로는 내가 이곳에 속하지 않은 듯한 기분이 들기도 했다.

오늘 모임도 평소처럼 수다로 시작했지만 곧이어 나는 다른 참석자들이 들려주는 이야기의 주제를 알아차렸다. 한 여자애가 백인 엄마가 자신을 딸로 소개할 때면 느껴지는 사람들의 시선이 얼마나 싫은지를 이야기했다. 또 다른 여자애는 익명의 난자 기증자의 혈통을 찾기 위해 DNA 테스트를 받아볼지 고민하고 있다고 말했다. 나만큼이나 오랫동안 이 지원 단체 모임에 나오고 있는(내가 아직도 이름을 기억하지 못하는) 한 남자는 자신과는 조금도 닮지 않은 엄마가 어느 날 초등학교로 자신을 데리러 온 후로 괴롭힘을 당했다는 이야기를 들려주었다. 다른 여자는 그녀의 대리모가 돈을 받고 자신을 임신했다는 사실이 꼭 과학실의 실험물이 된 것 같은 기분이 들게 만든다고 했다.

내 문제는 언제나 사소했다. 살아 있는 아빠와 닮은 점이 많지 않아 그에게서, 또는 이 문제에 있어서는 내 인생의 누구에게서도 내 모습을 볼 수 없다는 사실, 내 파란 눈이 어디서 왔는지 모른다는 사실 정도가 전부였다. 그렇지만 이들의 문제나 내 문제가 불행하거나 심각한 건 아니었다. 내가 짊어져야 하는 무거운 진실이 아니었다. 하지만 때때로 피곤하거나 스트레스를 받아 컨디션이 좋지 않은 날에는 이 문제들을 동시에 짊어지는 일이 얼마나 힘겨운지 깨닫곤 했다.

이때쯤 모임의 리더인 메이가 끼어들었다. "자신의 이야기를 들려줘서 고마워요, 여러분. 보아하니 오늘은 다들 같은 생각을 하는 것 같네요. 이젠 이야기에서 대처 전략으로 넘어가도록 하죠. 작은 문제들은 시간이 지남에 따라 흘려보낼 수 있지만, 이들의 영향을 방지하는 방법에는 뭐가 있을까요? 대단할 필요는 없어요. 작은 것에는 작은 해결책이 있을 수도 있죠."

몇 초간의 침묵이 흐른 후 컴퓨터에서 누군가가 말을 꺼냈다. "비

생물학적 부모와의 공통점을 찾는 거요."

"아주 좋은 방법이에요. 다른 건요?"

"대리모의 집안에 대해 알아가는 거요." 두 번째 여자애가 말했다.

"그렇게 하고 싶은 거라면 좋아요."

엄마가 학교에 자신을 데리러 온 이야기를 한 남자가 손을 들며 말했다. "부모님 외에 다른 사람들과의 관계 형성이요. 자신이 속한 공동체에서 공감할 수 있는 사람을 찾는 거죠."

"아주 좋은 생각이에요, 마이클."

그가 미소를 지으며 손을 내렸다. 메이가 다시 말을 이어갔지만 나는 조금도 집중이 안 됐다. 그의 이름은 마이클이었다. 어떻게 모를 수 있지? 우리는 수년 동안 이 모임에 함께했지만, 나는 그의 이름을 알려는 생각조차 하지 않았다. 그는 내 이름을 알까?

만약 나와 공통점을 가진 '공동체'가 있다면 그건 이 모임에 나오는 아이들일 것이다. 그런데 나는 이들 중 누구도 알지 못한다. 그러나 이는 이곳에서만의 문제가 아니었다. 내가 크리스천과 샘과 친구가 될 수 있었던 유일한 이유는 그들이 내게 먼저 다가왔기 때문이었다. 그렇지 않았다면 나는 우리가 완전히 정반대인 사람들이라고 아무 의심 없이 생각했을 것이고, 이들과 대화해볼 시도조차 하지 않았을 것이다. 나는 너무 많은 것을 놓치며 살았을 것이다.

그렇다면 내가 혼자라고 느끼는 것은 내 잘못인가?

나는 외톨이라는 것에, 학교에서 남들보다 우월하다는 것에, 드라마나 로맨스를 찍기에는 지나치게 똑똑하고 자신을 잘 안다는 것에 일종의 자부심을 느껴왔다. 나는 이것으로 전체 프로젝트를 채웠다. 적극적으로 공동체에 합류하려고 하지 않으면 공동체를 찾기 어렵다.

"로스?"

나는 고개를 들어 올려다보았다. 메이가 눈살을 살짝 찌푸린 채 나를 바라보고 있었다. 내 얼굴에 생각이 드러났나 보다. "하고 싶은 말이 있나요?"

그러나 나는 고개를 저었다. 이런 감정이 무엇인지 이제야 겨우 깨달았다. 아직은 다른 사람들에게 말할 단계가 아니었다. "아니요, 아니에요. 감사하지만 전 괜찮아요."

모임이 끝나고 휴대폰을 확인했다. 크리스천에게서 문자 메시지가 와 있었고, 놀랍게도 샘에게서도 와 있었다. 나는 샘의 메시지를 먼저 열었다.

샘 크리스천이 널 오늘 밤 몬티의 파티에 초대했다고 들었어! 갈 거야? 👀

로스 아직 결정 못 했어.

샘 결정 못 했다고? 친구, 여섯 시간밖에 안 남았어. 서두르라고! 부담 느끼라고 하는 소리는 아닌데, 나랑 함께 크리스천을 놀릴 수 있는 누군가가 있었으면 좋겠어. 혼자 하기에는 벅차거든

로스 아, 너라면 충분히 잘해내리라 믿어.

샘 어쩌면. 하지만 크리스천은 자신의 멋지고 똑똑한 여자친구를

자랑할 기회를 놓치고 싶지 않을 거야. 그러니 네 마음 내키는 대로
해

로스 멋지다고? 사람 잘못 봤네.

샘 모르겠어? 그렇게 보이는 순간들이 있다고

로스 샘 딕슨, 너 내가 멋지다고 인정하는 거야?

샘 야, 네가 말 안 하면 나도 안 할게. 좋지?

나는 막 셀프 디스하는 답장을 보내려다가 샘이 한 말에 멈칫했다.
내 마음속 어딘가에서 작게 경종이 울렸다. 어쩐지 무언가가… 익숙
한 느낌이었다. 마치 전에 그녀에게서 들은 적이 있는 것 같았다.

잠깐. 어쩌면 그녀가 아닌지도 모른다.

나는 그동안 크리스천과 나눈 대화를 살펴보았다. 시간이 조금 걸
렸다. 우리가 지금까지 주고받은 메시지에서는 아무것도 찾지 못했
다. 잠시 나는 내가 미쳐가는 건 아닌지 생각했다. 그러다가 인스타
그램을 통해 나눈 첫 대화를 떠올렸다. 나는 앱을 열고 살펴보았다.
그리고 찾아냈다.

로스쇼포토그래피 내 번호는 774-555-6129야. 제발 이 순간을
후회하지 않게 해줘.

크리스포2002 네가 안 하면 나도 안 그럴게. 좋지?

같은 반응이었다. 한 자 한 자 거의 정확하게 일치했다. 이게 우연

의 일치일 수 있을까? 계속 보고 있을수록 점점 더 샘처럼 들리기 시작했다. 나는 최근에 크리스천만큼 샘과도 문자 메시지를 주고받고 있었다. 그래서 그녀의 말투를 상당히 잘 알았다. 크리스천과 처음 만났을 때를 되돌아보았다. 그는 잔뜩 긴장해서 말도 제대로 못 했다. 우리의 첫 데이트와 그가 끊임없이 휴대폰을 확인하던 모습도 떠올랐다. 문자 메시지를 할 때는 카리스마 있고 달변가인 그가 직접 만나면 어떻게 그렇게 어설플 수 있었을까? 내가 문자를 주고받은 사람이 실제로 그라고 장담할 수 있을까?

어쩌면 내가 여기에 너무 큰 의미를 부여하고 있는지도 모른다. 친구들의 말투가 닮는 경우는 흔했으니까. 아닌가? 친구가 하는 말을 따라 하다가 얼마 지나지 않아 실제로 누가 먼저 쓰기 시작한 건지 알쏭달쏭해질 때가 있다. 어쩌면 샘이 그에게 조언을 해주었을 수도 있다. 내가 괜히 터무니없는 생각을 하는 것이다.

하지만 내 머릿속은 여전히 혼란스러웠다. 마음에 들지 않았다.

나는 크리스천을 좋아한다. 정말이다. 그를 '고등학교 남자친구' 타입으로 생각해본 적은 없지만, 그는 멋진 아이치고는 멋지지 않은 모습과 아주 가끔 재치 있는 언변으로 나를 놀라게 했다. 그가 아니라 거의 샘이 하는 말처럼 들리게 만드는 순간들이었다. 애초에 내가 그와 데이트하고 싶게 만든 것이 바로 이런 순간들이었다.

나는 내가 차 안에서 시동도 걸지 않고 십 분 동안이나 그냥 앉아 있었다는 사실을 깨달았다. 주차장은 비어 있었다. 나는 머리를 흔들고 시동 장치에 열쇠를 꽂은 다음 휴대폰을 다시 집어 들었다.

로스 좋아, 아빠한테 파티에 가도 되냐고 물어볼게. 그런 다음에 너희 둘에게 알려줄게.

샘 좋았어! 🎉

나는 운전에 집중하기 위해 다른 생각들을 머릿속에서 밀어냈다. 그리고 주차장을 나오면서 새어 나오는 미소를 감추지 못했다. 있잖아, 아빠, 나한테 친구를 더 많이 사귀어보는 게 어떻겠냐고 했던 말 기억해? 그런데 새로 사귄 친구가 파티를 열어. 말이 씨가 된다니까.

크리스천

몬티가 봄방학 전에 집에서 여는 파티는 노스이스턴고에서 일종의 전설이 되었다. 1학년 때부터 매년 열고 있는데 갈수록 규모도 커지고 인기도 높아지는 것 같다. 첫 번째 파티에는 축구팀 선수 몇 명과 친구들만 참석했었다. 하지만 삼 년째인 지금은 명성을 얻었고, 여기에는 그럴 만한 합당한 이유가 있었다.

몬티의 아빠는 내가 지금까지 들어본 부모 중 가장 냉담한 쪽에 속했다. 어쩌면 몬티의 엄마가 대단히 좋은 사람이 아닌 것과 연관이 있을지도 몰랐다. 하지만 이제 그녀와 더는 같이 살지 않게 되면서 그는 몬티가 원하면 그것이 너무 멍청하거나 위험하지 않은 이상 거의 뭐든 하게 내버려두었다. 몬티의 아빠는 심지어 몬티가 술 파티 이후에 집을 깨끗이 청소하고 어떤 이유로든 경찰서에 불려가는 일을 만들지 않겠다는 조건으로 주말에 집을 비워주기도 했다. 지금까지 몬티는 이 조건을 잘 지켜왔다.

몬티가 손에 컵 두 개를 들고 활짝 웃으며 로스와 나를 맞이했다. 몬티는 자신의 미적 취향에는 어울리지만, 학교 복장 규율에는 어긋나는 옷을 입고 있었다. 크롭톱과 찢어진 청바지 아래에 신은 망사 스타킹. 여기에 더해 광대뼈에 무언가 반짝이는 것을 바르고 있었다. 몬티는 내게 컵 하나를 건네고 자유로워진 한쪽 팔로 나를 포옹한 다음 로스에게 돌아서서 다른 컵 하나를 건넸다. "술 마셔, 로스?"

로스는 매우 어색해 보였다. 로스는 이곳에 도착하기 전에 고등학교 파티에 한 번도 가본 적이 없다고 말했다. 이미 알고 있는 사실이었다. 나는 거의 모든 파티에 참석했기 때문에 만약 로스가 왔다면 내가 그녀를 모를 리가 없었다. 로스는 처음에는 긴장한 듯 보였지만 몬티와 이미 아는 사이라는 사실이 도움이 되었다. 로스는 컵을 받아 들고 의심스러운 눈으로 살펴보았다. "무엇이냐에 따라 다르지."

"그냥 위스키에 콜라를 섞은 거야. 술을 안 마신다면 아무것도 섞지 않은 탄산음료도 준비해뒀어."

로스는 몬티에게 컵을 돌려주며 말했다. "아주 약하게 섞은 술이네. 이번에는 네가 만드는 과정을 내가 지켜보는 건 어때?"

몬티가 웃으며 말했다. "잘 생각했어." 몬티는 컵을 받아 죽 들이켰다. "이쪽으로 와."

몬티는 우리를 이미 파티가 시작된 거실로 안내했다. 나는 다수의 아는 사람들을 발견하고, 몇 명과 손을 흔들며 큰 소리로 인사를 하고는 방을 가로질렀다.

로스가 나를 올려다보았다. "가끔 네가 인기가 많다는 사실을 잊어버려."

나는 쑥스러운 미소를 지었다. "난 그냥 사람들과 잘 지낼 뿐이야, 그게 다야."

"너와 잘 지내지 못하는 사람은 한 명도 떠오르지 않아, 크리스천."

"그건 그런 사람이 없기 때문이지."

그때 우리 뒤에서 목소리가 들려왔다.

나는 몸을 돌려 샘을 보았다. 우리를 향해 환한 미소를 짓고 있는 샘도 노스이스턴고 선생님들이 용납하지 않을 만한 옷을 입고 있었다. 물론 매우 다른 이유로.

"안녕, 로스." 샘이 인사했다.

샘은 파티에 오기 전에 내게 문자 메시지로 이곳에서 자기 도움이 필요한지 물었다.

크리스천 로스와 함께 있을 때?

샘 그게 아니면 뭐겠어, 천재 양반? 휴대폰을 통해 조언해주길 바란다면 무선 이어폰을 내 가방에 넣어 가져갈 수 있어

크리스천 무선 이어폰을 끼면 이상해 보일 거야. 음악을 틀 테니까

샘 어이, 제안은 여전히 유효해!

크리스천 내가 알아서 할게. 이제는 개랑 대화하는 게 그렇게 어

렵지 않아

샘 좋아, 알았어. 그녀를 놓치지 말라고, 로미오

나는 두 사람이 같은 공간에 있다는 사실이 조금 걱정되었지만 둘은 몇 번 문자 메시지를 주고받았다고 했다. 마치 이 정도면 안심하기에 충분하냐는 듯이 로스도 샘에게 미소를 지어 보였다. 몇 달 전 두 사람이 마지막으로 대면했을 때의 어색한 기류는 감돌지 않았다. "안녕, 샘."

"크리스천이 자기만 마시고 너한텐 마실 걸 안 준 거야?" 샘이 화를 내는 척하며 물었다.

갑자기 빈 컵과 탄산음료 캔, 뜯지 않은 기내용 술병을 든 몬티가 내 옆에서 불쑥 나타나더니 답했다. "사실 로스는 그냥 자기 남자친구보다 더 똑똑할 뿐이야. 앤 으스스하게 생긴 낯선 사람이 미리 섞어놓은 술은 받지 않아."

몬티는 탄산음료 캔을 따서 컵에 따른 다음에 술을 한 방울 떨어뜨렸다. "이 정도면 되겠어, 로스?"

로스가 미소를 지으며 받았다. "완벽해, 몬티. 고마워."

몬티가 샘을 향해 돌아서며 물었다. "사람들하고 이미 어울리고 있어야 하는 거 아냐?"

"맞아, 하지만 이번은 예외야. 저기에… 전 애인들이 몇 명 있어서 좀 불편하거든." 그녀의 시선이 로스에게 잠시 머물렀다. "아무래도 너희들과 있는 게 좋겠어."

"그래." 내가 웃으며 말했다. "전 애인들을 피하려고 전 남친과 전 남친의 새 여자친구, 전 남친의 절친과 어울리다니, 좋은 계획이네."

"나는 전략의 대가니까." 샘이 몬티를 보며 말했다. "그 망사 스타킹 정말 마음에 든다. 나도 한번 입어볼까 생각했어."

몬티가 그녀에게 손가락을 흔들며 말했다. "아, 하지만 안 입었지. 그러니 이제 넌 네가 절대로 나보다 멋질 수 없다는 사실을 인정해야 할 거야."

"모르겠는걸. 난 내가 잘하고 있다고 생각하는데." 샘이 빈정거리는 자세를 취했다. 샘은 몸에 딱 맞는 짧은 벨벳 원피스를 입고 목에 붙는 초커와 검은색 닥터 마틴 부츠를 신고 있었다.

"좋아, 그렇다고 해두지. 하지만 무도회에선 내가 너를 이길 거야."

"잠깐, 네가 무도회에 간다고?" 샘이 물었다.

"물론 올해는 아니지. 3학년 무도회에 가는 건 시간 낭비야. 힘을 모아두었다가 졸업 학년 때 열심히 파티 할 거야."

"이미 계획을 다 세워놓은 것 같네. 좋은 계획이어야 할 거야."

"아, 당연하지. 턱시도와 드레스를 합친 옷을 생각 중이야. 빌리 포터처럼."

"…그래, 말을 꺼낸 이상 그렇게 해야만 한다는 거 잊지 마."

방 건너편에서 누군가가 "안녕, 샘!"이라고 외치는 소리가 들렸다. 그리고 샘의 친구 아리아가 불쑥 모습을 드러내며 그녀를 감싸 안았다. 둘은 꺅꺅 소리를 지르더니 두 사람이 동시에 말을 하기 시작해서 목소리가 겹쳐 들렸다.

이들의 호들갑에 정신을 차릴 수 없어진 나는 로스를 팔로 쿡쿡 찌른 다음 한갓진 데로 가자는 몸짓을 했다. "내가 다른 사람들을 소개해줄까?"

로스는 내가 가리키는 방향을 힐끗 보았다. "4학년들 아니야?"

"맞아, 꽤 좋은 선배들이야. 보통 뒷 베란다에 게임 같은 것들도 있어. 그런 놀이 스타일을 좋아한다면 말이야."

로스는 웃었다. "난 내 파티 스타일이 아직 뭔지 잘 몰라. 가서 사람들하고 얘기해보자. 안 될 게 뭐가 있겠어?"

"좋아. 그리고…" 나는 잠시 로스와 눈을 맞춘 뒤 음악 소리 때문에 내 목소리가 들리지 않을까 봐 그녀를 향해 몸을 기울였다. "네가 원할 때 언제든지 나갈 수 있어. 몬티의 파티는 꽤 크거든. 그래서 파티에 처음 와보는 사람에게는 부담스러울 수 있어. 밤새 여기 있을 필요는 없다고."

로스는 미소를 지었다. 곧 그녀의 어깨에서 내가 눈치채지 못하고 있던 긴장이 풀렸다. "다행이네."

로스

파티는 내가 걱정했던 것처럼 그렇게 나쁘게 흘러가지 않았다. 물론 조금 시끌벅적해질 때도 가끔 있었지만, 뒷마당 같은 최악의 상황을 피해 도망갈 장소도 있었다. 여기에는 휴대용 가열등 옆에 비어퐁(미국 학생들이 즐겨하는 놀이로 탁구공을 던져넣어 맥주를 마시는 게임이다-옮긴이) 장비가 마련되어 있었다. 몬티의 집은 크고, 나는 밤새 그를 고작 한두 번밖에 보지 못했다. 그는 이 방 저 방을 옮겨 다니며 사람들을 부르고 웃고 떠들며 술을 마셨다. 그는 아주 매력적인 파티 호스트였다. 크리스천은 카리스마 있는 사람들을 친구로 두는 습관이 있는 것 같았다. 그런 그가 나를 만나다니 어디가 고장이 난 건 아닐까.

크리스천 이야기가 나왔으니 말인데, 파티가 진행되는 동안 그는 완전히 다른 사람이 되었다. 지난 몇 달간 함께하며 알게 된 크리스천은 대화에 어눌하고, 수줍어하다가 냉소적으로 변하기도 하며, 금세 횡설수설하고 여기에 대해 또 금세 사과하는 사람이었다. 그러나 오늘 밤에는 그런 모습은 보이지 않았다. 그는 내게 새로운 지인이나 무리를 소개할 때마다 점점 더 자신감을 얻어가는 모양이었다. 그는 쉽게 다가가 말을 걸고 모두의 이름과 만난 장소를 기억했다. 그리고 그가 이야기하면 모든 사람이 웃으며 경청했다. 솔직히 놀라웠다.

하지만 그를 지켜보고 있으려니 이 모습이 그의 또 다른 '얼굴'이구나 싶었다. 다른 사람과 달라 보이고 싶을 때 사람들이 보여주는 얼굴. 이 얼굴이 크리스천을 인기남으로 만들어주었다. 그는 항상 미소를 짓고 사람들과 짧은 포옹을 하며 농담에 크게 웃어주고, 눈은 언제나 반짝반짝 빛났다. 그는 능수능란한 정치인 같았다. 카리스마가 있는 것도, 꾸며낸 모습도 아니었다. 그는 **친절했다.**

나는 누군가가 다른 상황에서 새로운 얼굴을 드러낸다고 해서 그것이 반드시 거짓된 모습은 아니라는 사실을 깨달아가고 있었다.

파티는 재미있었지만, 결국 소음과 대화를 감당하기에 조금 힘든 지경이 되었다. 나는 양해를 구한 다음 더 조용한 장소를 찾아 돌아다녔다. 아래층에 몬티의 오래된 물건이 쌓여 있는 게임 룸이 있었다. 티브이와 몇몇 게임기도 보였다. 선반에는 보드게임이 한가득 쌓여 있고 벽 쪽으로 낡고 울퉁불퉁한 소파가 놓여 있었다. 나는 심호흡을 하고 나서 한적함을 만끽하며 소파에 자리 잡고 앉았다.

그러나 내가 막 자리에 앉자마자 출입구에서 어떤 형체가 나타났다. 짧은 벨벳 원피스에 어둡고 무거운 부츠를 신고 초커를 한 모습을 바라보는 것만으로도 오싹한 느낌이 들었다.

나는 잠시 긴장했다. 오늘 파티에 오기 전에 들었던 의심이 다시 떠올랐다. 그러나 샘이 싱긋 웃어 보이자 어쩐 일인지 이 미소에 이전처럼 무심하게 반응하지 못했다.

"숨 돌릴 시간이 필요했나 봐?" 샘이 물었다.

나는 고개를 끄덕이며 미소를 지었다. "내가 생각했던 것보다 더 재밌기는 한데 형편없는 팝송은 오래 듣고 있지 못하겠어. 머리가 터질 것 같아."

샘이 못마땅한 척하며 고개를 저었다. "말조심해, 쇼. 재생목록 선곡을 도와준 사람이 나라고."

"그런 경우라면 네 음악 취향에 유감을 표할게."

샘이 뜻밖에도 폭소를 터뜨렸다. "우리가 잘 지내고 있다고 생각했다니!" 샘은 이렇게 말하면서 방 안으로 터벅터벅 걸어들어와 내 옆 소파에 앉았다. "그럼 넌 뭘 듣는데? 클래식 음악?"

"공부할 때나 집중해야 할 때만 들어. 하지만 솔직히 요즘 가수들은 너무 게을러. 대다수는 직접 작곡하지도 않잖아. 그렇게 한다고 해도 쓰레기들이고."

"쓰레기 같은 곡들이 요즘에만 만들어진 건 아니야, 로스. 모두가 〈헤이 주드〉와 〈스트로베리 필즈〉로 비틀스를 찬양하지만, 이들은 〈옥토퍼스 가든〉도 작곡했다고."

이번에는 내가 고개를 저을 차례였다. "비틀스는 제외라고 말하지 않았어. 우리 아빠가 좋아하는 밴드지만 과대평가되지 않았다고 말할 수도 없어."

"비틀스마저도 과대평가되었다고 말하는 거야? 맙소사, 너도 그런 힙스터 중 한 명이구나."

몇 달 전이었다면 이런 말에도 언쟁을 시작했을 것이다. 그런데 지금은? 나를 그다지 당혹스럽게 만들지 않는다. 심지어 나는, 아주 희미하지만, 미소를 짓고 있었다.

위층 거실에서 웃음소리가 흘러나왔다. 억누르지 않고 터져 나오는 큰 웃음소리였다. 시끄러운 음악 소리를 뚫고 들려오는 소리에 우리는 동시에 위를 쳐다보았다. 우리 둘 다 이 웃음소리의 주인을 알아보았다. "크리스천은 여전히 재밌는 시간을 보내고 있나 보네."

"그러네." 나는 얼굴을 찌푸렸다. "저기서 걘 다른 사람 같아. 언제나 이런 모습이었어?"

"내가 아는 한은 그래. 걘 다른 사람들 앞에서 밝아지는 것 같아. 내 말은 무리와 함께 있을 때 말이야. 많은 사람과 한 번에 이야기하고 지나치게 진지해지지 않아도 되는 곳. 개의 이런 점을 질투한 적도 있었지."

나는 놀란 표정으로 샘을 바라보았다. "그가 모두와 친하게 지내는 거? 난 너도 그렇다고 생각했는데."

"물론 나도 사람들과 어울릴 수 있지. 하지만 노력이 필요해. 크리스천한테는 친구를 사귀는 일이 아무것도 아니야. 애쓰지 않아도 잘 사귀지. 노력할 필요가 없어."

샘의 목소리에 날카로움이 살짝 묻어 있다고 느낀 건 내 상상이 아니었다. 그녀의 표정은 차분하고 분노의 흔적도 없었지만 나는 내가 무엇을 들었는지 알고 있었다. 나는 눈썹을 치켜올리며 물었다. "그건 크리스천을 비꼰 거야, 아니면 너 자신을 비꼰 거야?"

샘이 조용히 웃었다. "그거 알아? 넌 가끔 너무 똑똑해서 탈이야, 로스. 보통은 사람들에게 그런 식으로 말하면 안 돼. 특히 네가 잘 모르는 사람한테는."

"그래서 우린 친구가 아니라는 얘기야?" 내가 물었다.

샘이 깜짝 놀란 표정으로 나를 바라보았다. "그렇게 말하진 않았어."

"하지만 우리가 서로를 거의 모른다고 말하고 있잖아. 친구끼리는 이런저런 것들을 알지. 난 크리스천의 가족을 알아. 걔 형도 알고, 학교에 있지 않을 때 뭘 하고 싶어 하는지도 알아."

"그건 얘기가 달라, 넌…."

"넌 우리 아빠에 대해 알지. 졸업 후에 내가 뭘 할 생각인지도 알고. 내가 때때로 파인애플 피자를 먹는다는 것도 알아. 하지만 난 한번도 너에 관해서 물어본 적이 없어. 지금 시작해보는 건 어때?"

이후 이어진 침묵은 내 예상보다 더 무거웠다. 의도치 않게 내가 샘의 신경을 건드린 모양이었다. 하지만 샘은 화가 난 게 아니라 오히려 내 말에 생각에 잠긴 것 같았다. 이런 생각이 들자 작은 흥분감이 내 척추를 타고 올라왔다.

"네가 무슨 말을 들었든," 샘이 천천히 입을 열었다. "누구에게서 들었느냐가 중요하지. 크리스천이라면 전부 믿어도 돼. 창피한 일들도. 하지만 다른 것들은 나도 장담 못 해. 사람들은 남 얘기 하는 걸 좋아하지. 한데 나는 사람들로부터 나를 보호하기 위해 다른 말을 할 때도 있어."

"왜? 나도 특정 집단과 있을 땐 조금 다르게 행동하기도 해. 하지만 자신을 완전히 바꾼다고? 누군가가 네 진짜 모습을 마음에 들어 하지 않는다면 그들과 대화하는 게 무슨 의미가 있어?"

샘은 다시 웃었다. 거짓 웃음이라는 사실을 내가 알아차릴 정도의 소리로. "그런데 만약 네 진짜 모습을 누구도 좋아하지 않는다면?"

"난… 그게 가능하다고 생각하지 않아. 그렇게 생각한 적이 없는 건 아니지만. 누구도 날 좋아해주지 않아도 괜찮다고, 혼자여도 행복하다고 생각했어. 하지만 크리스천은 사람들처럼 나에 대해 멋대로 생각하는 게 아니라 날 진심으로 좋아해. 넌 내 진짜 모습을 일부 봤어, 샘. 마음에 드는 점이 있었어?"

샘이 시선을 내게 고정했다. "있었어."

"그럼 됐네. 걱정할 일은 아마 없을 거야."

짧은 순간 그녀가 내 말을 웃어넘길 거라고 생각했다. 싱긋 웃으며 재치 있는 말을 하고 대화의 핵심을 완전히 무시하기. 매우 샘다운 행동이다. 샘이 그런다고 해도 실망하지 않았을 것이다. 하지만 샘은 잠시 자기 발을 내려다보며 립스틱 바른 아랫입술을 깨물었다. 왜인지는 몰라도 그 동작에 빠져들었다.

"운동장에서 크리스천이 했던 말 기억해?" 샘이 물었다. "내 연극의 기반이 된 캘리포니아의 작은 마을 얘기?"

흐릿하지만 기억한다. 나는 기억을 뒤져 이름을 찾아냈다. "로레도였지?"

"그래, 내가 그때 방어적으로 행동했지. 어렸을 때 이 마을에 집착한 적이 있어서 말이야. 정말 아무런 이유도 없이 그랬어. 우리 엄마와 난 LA로 여행을 간 적이 있었는데 그때 지도에서 그 이름을 본 거야. 난 그곳을 멋진 곳이라고 상상했어. 하지만 아무것도 없는 곳이지. 아마 히피들이 닭이나 키우고 있었을 거야. 그곳에 가본 적이 없거든." 샘은 소파 뒤로 기대어 앉으며 한 손으로 자신의 금발 머리를 쓸어 넘겼다. "엄마가 결국 LA로 이사했을 때 갈 가치가 있는 유일한 곳은, 원한다면 누구도 나를 이길 수 없는, 사람들로 가득 찬 도시뿐이라고 생각했어. 눈에 띄려면 싸우고 노력해야 하는 곳이지. 그리고 실제로 눈에 띄었다면 그건 어찌 됐든 그것을 손에 넣었음을 뜻하는 곳 말이야."

이 말 뒤에서 고통이 살짝 엿보였다. 나는 샘이 엄마와 함께 살지 않는다는 건 알고 있었지만, 자세한 정황까진 몰랐다. 갑자기 샘이 누구의 눈에 띄고 싶어 하는지 궁금해졌다.

"하지만 때로는," 샘이 이야기를 이어갔다. 처음으로 자기 말에 확신이 없어 보였다. "차에 올라타서 휴대폰을 창밖으로 던져버리고 그냥 떠나는 게 좋겠다는 생각도 들어. 모든 사람들의 이름을 알 정도로 작고 멀리 떨어진 어떤 외딴 마을을 찾은 다음에… 그곳에 정착하는 거지. 닭이나 키우면서 말이야. 멍청하고 중요하지 않은 별 볼 일 없는 인생을 살면서. 누구에게도 어떤 존재도 되지 않으면서. 이것이 내가 떠올린 가장 좋은 생각처럼 느껴질 때도 있어."

샘에 관한 소문을 들은 지 수년 만에 처음으로 예상하지 못한 일이 벌어졌다. 샘 딕슨이 나를 놀라게 만드는 데 성공했다.

침묵이 우리 사이에 무겁게 내려앉았다. 그러다가 샘이 멋쩍은 웃음을 터뜨리며 이 분위기를 산산조각 내버렸다. "나는, 어… 크리스 천조차도 이 마지막 부분은 모를 거야." 그녀가 조용히 말했다. "아마 네가 유일할 거야. 비밀을 더 털어놓기 전에 술을 그만 마셔야겠다."

하지만 샘과 다시 눈이 마주치자 나는 이 말이 사실이 아님을 알아차렸다. 샘은 맨정신이고 취하지도 않았다.

"요즘도 엄마랑 대화하니, 샘?"

그녀는 어깨를 으쓱했다. "엄마는 매년 크리스마스가 되면 전화해. 그리고 내 생일에도."

"네 연극에 대해 엄마도 알아?"

샘이 미소를 지었다. 우리가 조금 전에 나누었던 대화가 아니었다면 나는 이 미소가 진짜라고 속아 넘어갔을지도 모른다. "알게 될 거야. 일단 가치가 생긴다면 말이야." 샘이 말했다.

"네가 쓴 거야. 제작하고 연출하고 출연도 했어. 열일곱 살에 연극 전체를 무대에 올렸다고. 이 정도면 가치가 있는 거 아냐?"

미소가 조금 옅어졌다. 샘이 맞다(그녀는 훌륭한 연기자다). 나는 마침내 그녀의 말뜻을 이해하기 시작했다. 어쨌든 나는 그녀에게 상처를 줄 마음이 없었다. 어쩌면 이런 무거운 대화는 파티에 어울리지 않는 건지도 모른다.

"거기까지 자동차 여행을 가볼 생각은 안 해봤어?" 내가 물었다.

"로레도까지?"

"응."

샘이 눈살을 찌푸렸다. "뭣 하러?"

"그냥 구경하러."

"로레도에는 **아무것도** 없어. 거기 가서 나보고 뭘 하라고?"

"뭐든 네가 원하는 거."

나는 샘이 이번에도 웃어넘기고 싶은 충동을 억누르는 모습을 지켜보았다. 샘이 어깨를 으쓱해 보였다. "모르겠어. 어쩌면 가볼지도. 난 항상 자동차 여행이 진부하다고 생각했어. 게다가 이미 여름 계획이 넘쳐나거든. 하지만… 또 모르지."

내가 들을 수 있는 말은 여기까지일 것이다. 이것이 샘 자신이 원하고 있음을 인정하는 말에 가장 가깝다고 볼 수 있었다. 대단하지는 않지만 아마도 그녀로서는 상당히 많이 인정한 것일 테다.

"아무한테도 말 안 할게." 내가 말했다. "네가 원하지 않는다면."

샘의 얼굴에 고마움을 담은 미소가 살짝 떠오르고 어깨의 긴장이 풀렸다. 그녀는 자신이 긴장했다는 사실도 깨닫지 못했겠지만. "고마워, 로스."

내가 막 샘에게 무슨 말인가를(무슨 말인지는 모르겠지만) 하려고 하는 순간 출입구에서 들어오는 불빛을 누군가가 막아섰다. 크리스천이었다. "여기 있었네! 위층이 너무 시끄러웠나?"

나는 웃으며 고개를 끄덕였다. 샘과 나와의 순간이 비누 거품처럼 터져버린 기분이 들었다. "조금은."

"그랬구나. 이제 모두 집에 가는 분위기야." 그가 샘과 나 사이를 비집고 들어와 자리에 앉았다. 크리스천은 조금 취해 있었다.

샘이 낮게 신음하며 그를 밀어냈다. "비켜, 크리스천. 다른 자리도 많잖아!"

"그럴지도. 하지만 난 이 자리가 좋아. 내가 좋아하는 두 사람과 함께 앉고 싶어."

"징그러워."

"너 나 좋아하잖아."

두 사람은 너무나 스스럼없이 행동했다. 크리스천이 내 앞에서 보여주는 이상한 어설픔이나 샘의 비꼬는 질문도 없었다. 둘 다 서로에게 무슨 말을 할지 생각할 필요가 없었다. 이들이 더는 사귀는 사이가 아닐지 몰라도 어떤 면에서 서로를 정말 사랑했다. 이들에게는 이것이 중요했다.

"너희 중에 벨레로즈 어셈블리 기조연설자에 지원한 사람 있어?" 내가 장난스럽게 티격태격하는 두 사람 사이에 끼어들며 물었다.

크리스천은 곧바로 안 했다고 답하고, 샘은 했다고 말했다.

"알았어. 만약 둘 다 지원했다면 뭐라고 말했을 것 같아? 어셈블리 주제에 뭐라고 답했을 것 같아?"

크리스천이 코를 찡그렸다. "당신에게 사랑이 어떤 의미냐는 거?"

"그래, 바로 그거."

"난 잘 모르겠어, 나는⋯."

"잠깐." 나는 주머니 안에 휴대폰이 있음을 기억하고 꺼낸 다음 카메라를 켰다. 그리고 휴대폰을 크리스천의 얼굴 앞에 위치시키고 녹화를 시작했다. 조명 상태는 별로였지만 중요하지 않았다. 무언가를 위한 것이 아니니까. "내가 너를 인터뷰한다고 생각해."

크리스천이 얼굴을 붉혔다. 사진 찍히는 걸 좋아하지 않는 모양이었다. "내가 무슨 말을 해야 하는데?"

"뭐든! 너한테 사랑은 무슨 의미야, 크리스천?"

그는 입술을 깨물고 잠시 생각에 잠겼다. "어⋯ 말하자면 태양 아래 있는 것 같아. 이 사람의 빛이 너를 비추고, 네게 따뜻함과 행복함을 느끼게 해주고, 기이한 방식으로 살아 있다고 느끼게 해주는⋯."

"틀렸어." 샘이 크리스천의 어깨에 팔을 두르고는 극적으로 그의 몸에 기대며 끼어들었다. "사랑은 먼저 자신을 위해 빛을 만들고 그런 다음에 이 빛을 줄 다른 누군가를 찾는 거야. 안 그래, 크리스?" 샘은 크리스천의 뺨에 키스하며 립스틱 자국을 남겼다. 그런 다음 한 손을 그의 얼굴에 대고 옆으로 힘껏 밀었다. 그가 넘어지면서, 웃으며 욕을 했다. 샘이 내게로 몸을 돌렸다. "넌 어떻게 생각해, 로스?"

나는 여전히 녹화 중이었지만 이 장면을 더는 보고 있지 않았다. 허를 찔린 나는 두 사람을 응시하며 무슨 말을 해야 할지 고민했다. 내가 진짜 무슨 생각을 하는지 말 못 하겠다. 세상이 갑자기 축을 중심으로 돌아간다고 느낄 거라고, 단순하고 가벼운 몇 마디의 말에 갑자기 내가 어딘가에 속해 있다고 느낄 거라고 예상하지 않았다. 이 어두운 방이 갑자기 내가 가본 곳 중 가장 밝은 데가 되었다고는 말하지 못하겠다. 또 두 사람의 대답이 다 조금씩 맞는다는 것을 깨닫기 시작했다고는 말하지 못하겠다.

"내 생각에…." 나는 녹화를 종료하고 휴대폰을 다시 주머니에 넣으며 말했다. "여기서 인터뷰 대상은 내가 아니야."

로스

이후 파티 열기는 상당히 빠르게 식어갔다. 사람들 대부분이 집으로 돌아갔다. 몬티가 여전히 대화 중인 우리를 발견하고는 다가왔다. "자자, 타락한 영혼들. 그냥 갈 거야, 자고 갈 거야?"

크리스천이 조금 멋쩍어하며 나를 바라보았다. 오늘 밤 나는 그의 차를 타고 여기에 왔다. "아무래도 운전하면 안 될 것 같아."

하지만 나는 화가 나지 않았다. 이런 상황이 벌어질 줄 어느 정도 예상했고, 그래서 아빠한테 일이 생기면 문자 메시지를 보내겠다고 했다. 아빠는 '충동적인' 일만 일어나지 않는다면 상관하지 않겠다는 입장이었다.

"나도야." 샘이 말했다. "세 명이 잘 수 있는 방이 있어?"

"게스트룸이 여기 있고, 아빠 방은 위층이야. 물론 소파도 있고."

샘이 벌떡 일어섰다. "네 아빠 방은 내 차지야."

몬티가 어이없다는 표정을 지으며 말했다. "놀랍네. 너희가 알아서 해결해. 난 자러 갈 거니까. 잘 자."

우리는 몬티의 등에 대고 "잘 자"라고 중얼거렸다. 샘이 팔을 머리 위로 쭉 펴며 스트레칭을 했다. "오늘 재밌었어. 하지만 이제 두 사람을 남겨두고 올라갈 거야. 이게 무슨 의미인지는 생각 안 할래. 내일 봐."

크리스천의 얼굴이 새빨개졌다. "샘, 그건…"

하지만 그녀는 이미 뒤도 한 번 안 돌아보고 계단으로 사라졌다. 그녀의 부츠가 쿵쿵거리며 2층으로 올라가는 소리가 들렸다.

크리스천은 몸을 돌려 나를 보았다. 얼굴이 여전히 빨갰다. "잰, 어… 난 소파에서 자도 돼. 네가 게스트룸을 써."

"네가 소파에서 자게 둘 수는 없어, 크리스천."

"어어…"

"우리 사이에 무슨 일이 있기를 바란다는 말은 아니야." 나는 얼굴이 빨갛게 불타오르는 모습을 들키지 않도록 시선을 다른 곳으로 돌리며 재빨리 말을 덧붙였다. "이건 분명히 할게. 아무래도 나는…"

"아니야, 알아들었어. 네가 원하지 않으면 나도… 알잖아. 부담 갖지 마."

"우린 아직 키스도 안 했잖아. 그래서 그건 너무 크게 건너뛰는 기분이야."

이 말에 우리 둘은 소리 내어 웃었는데, 그러자 긴장이 풀렸다. "난 어디서든 잘 수 있어." 크리스천이 잠시 뒤에 말했다. "네가 원하는 대로 해."

"게스트룸을 같이 쓸 수 있어."

그가 미소를 지었다. "오케이."

결과적으로 크게 어색할 일은 일어나지 않았다. 침대는 둘이 누워 자도 몸이 닿지 않을 정도로 컸다. 그리고 파티로 녹초가 된 크리스천은 베개에 머리를 대자마자 곯아떨어졌다. 그래도 내 뺨에 키스하고 "잘 자"라고 중얼거릴 정신은 남아 있었다. 고맙게도 그는 너무 피곤한 상태여서 당황해하는 내 반응을 눈치채지 못했다.

새벽 세 시가 되었다. 파티 때문에 나도 크리스천 못지않게 피곤하고 지쳐 있었다. 하지만 무언가가 내 머릿속에서 웅성거렸다. 눈이 떠지고 뇌가 작동하게 만드는 무언가가 말이다.

샘과의 대화가 내 머릿속에서 무한 반복되고 있었다. 샘은 내가 처음에 생각했던 그녀와 너무너무 달랐다. 물론 나는 크리스천이 로레도를 처음 언급했을 때 그녀가 반응한 방식과 우리가 지난 몇 주 동안 문자 메시지로 나눈 대화를 통해 어느 정도 눈치를 채고 있었다. 그러나 크리스천이 아래층으로 내려오기 전까지의 모습이 내가 지금까지 본 그녀 중 가장 진짜에 가까운 그녀였다. 샘은 "크리스천조차도 이 마지막 부분은 모를 거야"라고 말했다. 여기에서 샘의 평소 자신감과 강인함은 엿보이지 않았다. 마치 샘이 내게 기꺼이 자기 갑옷에 생긴 금을 보여준 것처럼 느껴졌다. 샘은 내가 이 정보로 그녀에게 상처를 줄 수 있음을 알았지만, 개의치 않고 말했다. 이건 무슨 의미일까? 그리고 이 생각을 하면서 내 심장은 왜 더 빨리 뛰는 걸까?

어쩌면 내 호기심이 나를 앞지르고 있는지도 모른다. 그렇다 해도 샘의 진면모의 일부를 본 이상 이제 전부를 알고 싶어졌다. 그녀의 행동 중 가짜는 어느 정도인지, 실제 그녀는 얼마만큼인지, 그리고 이것이, 이 부분은 확실하진 않지만, 그녀에 대한 내 감정을 바꿀지 아닐지 궁금했다. 나는 내가 그녀를 좋아하지 않는다고 생각했다. 정말로 그랬다고 맹세할 수 있다. 샘이 나를 속이고 있을지도 모른다고 의심했을 때도 그 의심이 사실일 거라고 거의 확신했었다. 그런데 지금은?

내 옆에서 크리스천이 조용히 코를 골고 있었다. 나도 자고 있어야 했다. 그러나 나는 나를 잘 알았다. 먼저 무언가를 하지 않고는 마음이 진정되지 않을 것이다. 그래서 침대 옆 탁자로 손을 뻗어 더듬거리며 휴대폰을 찾았다.

샘

남의 집에서 자는 기분은 이상하다. 우리 집이 아니라는 걸 보여주려는 듯이 모든 게 제자리에 있지 않다. 모든 것이 달랐다. 서랍장 위에 몬티의 어릴 적 사진이 있었다. 이빨 몇 개가 빠진 채 활짝 웃으며 축구공을 들고 있었다. 낯선 장소라서 잠이 오지 않는다고 말할 수도 있겠지만, 그건 거짓말이었다.

아무래도 오늘 말이 너무 많았던 것 같다. 로스를 믿지 못한다는 말이 아니다(내 고백에 보인 로스의 반응은 나를 안심시키기에 충분했다). 그저 내가 왜 그랬는지 잘 모르겠다. 이런다고 뭔가 좋은 일이 생기는 것도 아닌데. 그리고 지금 로스는 아래층에서 크리스천과 한방에 있다. 이 생각만 해도 가슴이 꽉 조이고 근질거렸다.

그럼 그만 생각해.

말은 쉬우나 실행하기는 어려웠다. 나는 휴대폰으로 게임을 하고 인스타그램을 확인하며 다른 것에 신경을 써보려고 했다. 그러나 하나도 도움이 되지 않았다. 그러다가 파티에서 찍은 친구의 사진을 보게 됐고, 그 배경으로 로스의 어깨에 팔을 두른 크리스천의 모습이 보였다.

이때 내 손에 들린 휴대폰이 진동했다. 나는 침대에서 일어나 앉아 메시지를 확인하다가 화들짝 놀랐다.

로스 로레도에 가지 못하는 이유가 뭐야?

화면에서 그녀의 이름을 보자 인정하고 싶지 않을 정도로 큰 안도감이 몰려왔다. 로스도 아직 깨어 있고, 별다른 할 일이… 없는 것이 분명했다. 내가 신경 쓸 문제는 아니지만, 그냥 그렇다는 얘기다. 나는 최대한 가벼운 말투로 답장을 보냈다.

샘 뭐, 돈 문제가 있지. 지금은 자동차 여행을 갈 만큼의 현금이 없어 ☺

로스 그런 뜻이 아니야. 로레도나 그 비슷한 곳에서 '살지' 못하는 이유가 뭐야?

로스는 지나치게 똑똑했다. 이 점이 두려웠는지도 모르겠다. 그녀가 더 많이 알고 싶어 하는 것. 나를, 심지어 내가 좋아하지 않는 내 모습까지도 아는 것. 나한테 없기를 바라는 모습까지 아는 것. 하지만 이젠 그녀를 외면할 수 없었다.

샘 내가 해야만 하는 일들 때문이지. 외딴곳에서는 내가 원하는 직업을 가질 수 없어

로스 그런데 그걸 원하기는 해? 전에 내가 받은 인상은 그렇지 않았는데.

샘 내가 잘하는 일이야

로스가 답장을 보내기까지 잠시 시간이 걸렸다. 나는 그녀가 잠이 든 건 아닌지 걱정되었지만, 곧 문자 메시지가 도착했다.

로스 '잘하는'과 '원하는'은 다른 거야.

샘 나도 알아

로스 그래서?

샘 그래서 내가 잘하는 일 외에 뭘 해야 하는데? 내 인생에서 아무것도 하지 않다가 아무도 되지 않는 것보단 낫지

로스 그게 무슨 말이야?

샘 으윽, 미안. 끔찍하게 들린 거 알아. 그럴 생각은 아니었어

로스 아니, 내 말은 '아무도'가 무슨 의미냐는 거야? 왜 그런 생각을 하는 거야?

샘 지금 뭐 하는 거야, 심리상담?

로스 샘.

나는 농담으로 이 대화에서 빠져나오려고 노력했지만, 효과는 없었다. 로스는 자신이 무언가를 발견했다고 생각하면 끝까지 물고 늘어지는 타입이었다. 처음부터 그녀에게 아무 이야기도 하지 말았어야 했다. 그러나 이제는 너무 늦었다. 로스는 내가 무언가를 내주기 전에는 물러서지 않을 작정인 것이다.

샘 알았어. 로레도 같은 곳에서 사는 것은 나를 아는 사람이 아무도 없다는 뜻이야. 내가 중요하거나 기억할 만한 사람이 아니란 말이지. 세상에 아무런 영향도 주지 못할 거야. 내가 슈퍼스타나 뭐 대단한 사람이 되고 싶다는 말이 아니야. 그냥 나라는 사람을 아무도 모르는 상태로 죽고 싶진 않아

우리는 기어코 밤샘 대화에 발을 들여놓고 말았다. 그러나 로스는 신경 쓰지 않는 것 같았다.

로스 하지만 네 이웃들이 널 알 거야. 그리고 마을의 다른 사람들도. 근처에 극장이 있을지도 모르고, 네가 연기하는 모습을 본 누군가가 자신도 해보기로 결심할지도 모르지. 어쩌면 네가 정말로 훌륭한 극본을 집필하고 그것이 대도시에서 제작될지도 몰라. '작음'이 항상 '부족함'을 의미하지는 않아. 그 예로 크리스천이 있잖아.

그녀는 다음 메시지에 한 남자가 베개에 얼굴을 묻고 자고 있는 사진을 보내왔다. 나는 웃음을 터뜨렸다.

로스 난 크리스천이 자신의 인생을 어떻게 살고 싶은 건지 정확히 모르겠어. 솔직히 크리스천도 모른다고 생각해. 하지만 얘가 자기 아빠의 뒤를 따라 같은 직업을 가지면서 평생을 우스터에서 산다고 해서, 암을 치료하거나 세계의 기아 문제를 해결하지 못한다고 해서 너는 얘를 중요하지 않은 사람으로 생각할 거니?

샘 네 심리 작전이 뭔지 알겠다

로스 사람들에게 '알려지는' 길은 많아, 샘. 네가 깨닫지도 못하는 사이에 영향을 주기도 하잖아. 너희 두 사람이 아니었다면 난 이 파티에 오지도 않았을 거란 얘기야.

샘 그건 대부분 크리스천 탓이지

로스 그렇지 않아. 너도 한몫했어. 네가 크리스천에게 영향을 주잖아. 나쁜 식으로는 아니라고 생각해. 때로는 얘한테서 네 모습이 보이기도 하거든. 특정 행동이나 말에서 말이야. 뭐 하나 물어봐도 돼?

샘 널 무슨 수로 막겠어? 물어봐

로스 크리스천이 나와 대화할 때 네게 조언을 구한 적 있어? 뭐라고 말해야 하는지 물어봤어?

심장이 요동쳤다. 어쩌면 지금이 사실대로 고백해야 할 때인지도 모른다. 그래야만 한다. 아닌가? 로스는 알 권리가 있다.

하지만 곧바로 나뿐만이 아니라 크리스천에게도 화가 잔뜩 난 로스의 모습이 상상되었다. 내가 바로 여기서 모든 것을 망쳐버릴 수도 있는 일이었다.

나는 내가 용감하다고 생각했는데, 알고 보니 아니었다. 지금 내가 할 수 있는 일은 진실 중 일부만 알려주는 것이었다.

샘 응, 몇 번 있었어

그녀가 답장을 보내오기까지 평소보다 더 긴 시간이 걸렸다.

로스 그럴 줄 알았어. 아무튼 내 말은 말이야, 넌 사람들에게 영향을 준다는 거야. 중요한 사람들은 네 인생에서 네가 한 일이 얼마나 '작든' 너를 곁에 둘 가치가 있음을 안다는 얘기지. 게다가 넌 아직 고등학생이야. 내가 대학 진학에 대해 아직 모르겠다고 말했을 때 네가 충격받은 거 알아. 하지만 솔직히 이게 우리 아빠한테서 배운 가장 중요한 것들 중 하나야. 우린 둘 다 아직 어려. 시간이 부족하지 않아. 부족하고는 거리가 멀지. 그리고 심리치료 말인데, 치료는 꽤 큰일이야.

　　샘　문자 메시지에 따옴표를 사용하는 사람이 누구더라?

　　로스　또 상황을 모면하려고 하네.

　　샘　맞아, 내가 잘하는 일이잖아

　　로스　네가 잘하는 일은 아주 많아.

　　로스는 그저 내 기분을 풀어주려고 하고 있었다. 이 말은 실제로 아무 의미가 없었다. 하지만 그녀는 말을 계속했다.

　　로스　크리스천은 너를 자신이 아는 가장 가까운 사람인 것처럼 말할 때가 있어. 물론 이게 대단한 유명인이 되는 것과 같지는 않지. 하지만 그렇다고 중요하지 않다는 의미는 아니야. 크리스천은 네가 자기 삶에 미친 영향에 고마워할 거야.

　　샘　그러길 바라. 나도 그런 사람이 되려고 노력 중이고

　　로스　걘 내가 아는 누구보다 자신을 더 잘 보여줘. 그렇다고 사람들이 걜 덜 좋아하는 건 아니잖아. 오히려 내가 걜 더 좋아하게 만들었지. 어쩌면 걔도 네게 좋은 영향을 주어야 할지도 몰라.

　　나는 얼어붙은 상태로 휴대폰을 응시했다. 심장 소리가 쿵쾅거리며 귓가에서 울리기 시작했다. 그녀가 무슨 말을 하는지 안다. **사람들에게 마음을 열고, 더 솔직해지고, 더 방어벽을 낮춰라.** 일반적으로

그러라는 의미다. 그녀에게만이 아니라. 하지만… 하지만….

나는 이것이 어떤 계시라는 느낌을 떨칠 수가 없었다. 그녀로부터가 아니라면 우주나 다른 무언가로부터 온 계시였다. 지금이 바로 무슨 말을 해야 할 때인 것 같았다. 대화 전체가 그곳을 향해 가고 있었다. 로스는 내 감정을 모르는 게 확실했다. 하지만 만약 그녀가 안다고 한들 그게 정말 그렇게 나쁜 걸까?

샘 사실 이미 받고 있는 것 같아

로스 아?

샘 그래. 솔직히 난 크리스천 때문에 너를 알게 된 거야. 개가 아니었다면 너한테 말도 안 걸었을 거야. 하지만 그렇게 해서 다행이야. 개 덕에 네가 실은 상당히 멋진 사람이라는 사실을 알게 됐으니까

로스 '멋진'은 과장이지만, 어쨌든 고마워.

샘 아니야, 진심이야. 사람들이 너에 대해 실제로 알려고 하지도 않으면서 언제나 이런저런 추측을 한다는 네 말이 맞아. 내가 추측에서 벗어나지 못했다면 네가 재미있거나, 가식적이지 않고 똑똑하다는 사실을 절대로 알지 못했을 거야. 네가 바이올린을 얼마나 감동적으로 연주하는지도 몰랐겠지. 아주 오랜만에 누군가를 알고 싶어졌어. 그게 나한테 얼마나 이상한 일인지 알아?

로스 샘?

말해. 말해. 손가락이 덜덜 떨렸다. 나는 사과하며 물러설 수도 있

었다. 아직 술이 덜 깼다는 등의 핑계를 댈 수도 있었다. 하지만 내 안의 선을 이미 넘은 기분이었고, 이 선을 넘은 이상 되돌릴 순 없었다. 지금이 아니면 기회는 다시 없을 테니까.

샘　무슨 말이냐 하면, 네게 반한 사람이 크리스천만은 아니라는 거야

로스

나는 휴대폰을 떨어뜨리고 말았다.

휴대폰이 내 무릎 위로 엎어진 채 떨어졌다. 나는 휴대폰의 밝은 빛이 사라진 어둠 속을 응시했다. 마지막 문자 메시지의 이미지가 내 망막 속으로 뜨겁게 파고들었다.

샘이?

우리가 그동안 나누었던 모든 대화가 머릿속에서 갑자기 새롭게 다가왔다. 오늘 밤 그녀는 내게 개인적인 감정을 기꺼이 드러냈다. 재치 있는 농담은 샘의 독특한 화법이고, 나도 조금 전에 그렇게 생각했다. 나에 관한 질문들이 갑자기 한 지점을 향하는 듯이 목적이 있게 느껴졌다. 지금까지 내내 이랬었단 말인가?

그러다가 샘이 한 다른 말이 떠올랐다. 네가 재미있거나 가식적이지 않고 똑똑하다는 사실을 절대로 알지 못했을 거야. 네가 바이올린을 얼마나 감동적으로 연주하는지도 몰랐겠지. 샘은 내 바이올린 연주를 들어본 적이 없다. 단 한 번도. 심지어 내가 그녀에게 이야기한 기억도 없다. 크리스천한테서 들었을 수도 있지만 바이올린 소리가 어땠는지를 실제로 아는 건 뭐지?

무선 이어폰. 크리스천의 무선 이어폰이다. 긴장할 때면 음악을 듣는다고 했던 바로 그것. 나는 그가 말한 이유를 액면 그대로 받아들였다. 하지만 지금 와서 생각해보니 그가 무선 이어폰을 착용하기 시작한 시기는 우리의 첫 번째 데이트 이후부터였다. 크리스천이 이어폰을 끼고 있을 때면 나는 그의 다른 면을 보게 됐다. 자신감 있고 유머러스하며 대화에서 나와 보조를 맞추고 흥미로운 이야깃거리를 가진, 내가 항상 샘을 연상시킨다고 생각했던 면이었다.

나는 크리스천이 무선 이어폰을 착용했을 때의 기억들을 들춰보았다. 마치 머릿속에서 세상이 스스로 재정비되는 것 같았다. 학교에서 사과하기 위해 날 찾아왔던 순간. 미술관에서의 데이트. 공원에서 키스할 준비가 안 되었다고 말했던 그때. 벨레로즈 프로젝트를 보여줄 용기를 냈던 대학 도서관.

샘도 이 모든 장소에 있었다. 샘은 지금껏 내내 우리와 함께 있으면서 모든 것을 들었다. **사적인 대화**를 듣고 크리스천에게 어떻게 반응할지 알려주었다.

크리스천이 나와 대화할 때 네게 조언을 구한 적 있어? 뭐라고 말해야 하는지 물어봤어?

응, 몇 번 있었어.

몇 번 정도가 아니었다. **매번**이었다. 진짜 크리스천과 문자 메시지를 한 적은 과연 몇 번이나 될까. 두 사람은 몇 달 동안이나 나를 속여왔다. 둘 다 내게 마음이 있다고 하면서도 누구도 진실을 털어놓을 생각을 하지 않았다.

어쩌면 내가 처음부터 옳았는지도 모른다. 외톨이가 더 나을지도 모른다. 지금까지 난 내 벨레로즈 프로젝트를 의심해왔다. 내가 세상을 너무 냉혹하게 바라보는 건가 생각했다. 그런데 인생이 이런 거라고 내게 다시 한번 증명해주고 있었다. 사람들이 마음속에 그리는 '영원히 행복하게 살았습니다'는 이루어지지 않는다.

화가 났다. 너무 화가 나서 담즙이 목구멍으로 올라오는 느낌이었다. 뜨겁고 숨이 막히며 멈출 수가 없었다. 당장 일어나 방을 나가 아빠에게 데리러 와달라고 전화를 건 다음, 다시는 두 사람과 말도 하고 싶지 않았다. 수치스러운 감정이 컸다. 하지만 여기에는 다른 무언가가 더 있었다. 내가 상황들을, 나를 미소 짓게 만들고 그에게 뻔한 첫인상 이상의 뭔가가 있다고 생각하게 만들고 이상하고 행복한 방식으로 나를 어지럽게 만든 크리스천이 보낸 모든 메시지를 재구성할 때… 이것들이 크리스천이 아닌 샘이 보낸 것으로 생각을 재구성할 때 내 마음에는 즉각적인 거부감이 들지 않았다. 사실 내 감정은, 이것이 심장을 조금 더 빨리 뛰게 만드는 것을 제외하면, 거의 바뀌지 않았다.

샘?

크리스천이 뒤척이는 소리가 들렸다. 어쩌면 그가 뭔가를 느꼈는지도 모르겠다. 그가 제일 먼저 한 행동이 몸을 돌려 나를 바라보는 것이었기 때문이었다. "지금까지 안 자고 뭐 해?" 그가 비몽사몽간에 중얼거렸다. "괜찮은 거야?"

나는 당황했다. 그리고 그에게 키스했다.

크리스천이 주춤하며 깜짝 놀란 소리를 냈다. 그의 한 손이 나를 만질지 말지 결정하지 못하고 망설이는 것처럼 내 어깨 가까이에서 갈팡질팡했다. 그에게서는 파티 때 마신 것과 같은 맛이 났다. 희미하게 나는 이것이 내 첫 키스임을 깨달았다.

이 행동이 무슨 도움이 되는지 모르겠다. 어쩌면 답을 주려나? 내가 느끼는 이 감정이 크리스천을 향한 것인지 아닌지, 그리고 이게 진짜 감정이기는 한지 깨닫는 데 도움을 줄까? 그러나 아무 도움이 되지 않았다. 여기서 멈추어야 했다. 뒤로 물러나서 실수였다고 말해야 했다.

하지만 지금 내 일부는 그렇게 하고 싶어 하지 않았다. 크리스천의 입술은 부드러웠다. 크리스천은 상냥하다.

나는 그를 좋아한다, 아닌가?

내가 키스를 멈추자 크리스천은 내게서 머리가 하나 더 자라기라도 한 것처럼 놀란 눈으로 나를 뚫어지게 바라보았다. "왜 그런 거야?"

"그냥 하고 싶었어." 내가 말했다.

"아. 뭐, 난… 우와."

여기서 그만둘 수 있었다. 크리스천과의 첫 키스(**누군가**와의 첫 키스)만으로도 충분했다. 그가 이 이상을 기대하고 있지 않다는 사실을 알

왔다. 단지 샘의 말이 여전히 내 머릿속에 남아 있고, 나와 크리스천 사이에 다시 공간이 생기면서 그 말들을 점점 더 외면하기 어려워졌다. 조금 전 내게 미소를 짓던 샘의 모습이 눈앞에 보였다. 샘을 연상시켰던 크리스천과의 모든 대화가 생각났다. 귀에 무선 이어폰을 착용하거나 문자 메시지를 보내며 내가 **실질적으로** 대화를 나누었던, 내가 실제로 마음을 주게 된 걸지도 모르는 상대가 떠올랐다.

나는 크리스천에게 다시, 이번에는 더 강렬하고 집요하게 키스했다. 그는 이번에도 놀란 소리를 내며 중얼거렸다. "잠깐만… 이제 어떻게 되는 거야?"

"넌 어떻게 되었으면 좋겠어?"

"내 말은 그게…."

나는 셔츠를 벗으며 그의 입을 다물게 했다.

"아," 크리스천이 낮은 소리로 말했다. "로스, 넌…."

그냥 내버려두면 그는 말을 멈추지 않을 터였다. 그래서 나는 내버려두지 않기로 했다. 그에게 몸을 바짝 붙이며 그의 입을 막았다. 화를 내는 것이 옳다고 느꼈다. 그리고 내 안 어디에선가는 화가 났지만, 지금 당장은 생각하고 싶지 않았다. 샘의 문자 메시지를 생각하지 않을 것이다. 내가 매료되었던 크리스천의 모습이 그녀의 것이라는 사실을 생각하지 않을 것이다. 샘의 거짓말, 아니 두 사람의 거짓말을 생각하지 않을 것이다. 지금의 내 행동을 실수로 만들지 않을 것이다.

나는 크리스천을 선택하고 있었다. 그래야만 했다.

크리스천이 뒤로 물러나며 나를 보고 얼굴을 찡그렸다. 그의 머리카락이 조금 뻗쳐 있었다. "잠깐만, 기다려봐. 확실한 거야? 전에 내가 했던 말은 진심이었어. 네가 준비될 때까지 아무것도 하지 않아도 돼. 내가 실망하는 일은 없을…."

나는 그의 말을 잘랐다. "난 확실해. 너 가지고 있…."

"응, 있어. 내 지갑 안에."

나는 다시 키스하기 위해 움직이며 그의 셔츠를 잡아당겼다. 그가 머리 위로 셔츠를 벗었다. 내 등에 놓인 그의 손은 크고 따뜻했다. 또 부드러웠다. 그의 평소 모습처럼. 잠시 나는 더 작은 손과 긴 손가락, 피부를 긁는 손톱을 상상했다.

그만해. 그만.

나는 지금 크리스천과 함께 있다. 지금 이건 내가 원해서 하는 일이다. 이것이 누군가를 선택하면 하는 일이기 때문이다. 내가 마음이 끌린 사람이, 나를 약해지게 만드는 사람이, 내 삶에 받아들일 만큼 믿는 사람이 그이기 때문이다.

다른 대안은 생각할 수 없었다. 지금 당장은 아니었다.

샘

지난밤 잠을 제대로 잘 수 없었다.

나는 해가 뜰 때까지 로스의 답장을 기다리며 휴대폰만 바라보았다. 하지만 아무 연락이 없었다. 그녀가 고민 중이라는 느낌조차도 없었다.

결국 나는 한두 시간을 겨우 자고 일어났다. 눈을 뜨자 모든 것이 흐릿하고 어긋난 듯이 느껴졌다. 일부는 밤잠을 설친 부작용 때문이고 일부는 낯선 집에서 깨어난 탓이었다. 눈을 뜨고 제일 먼저 한 행동은 휴대폰 확인이었다. 나는 몸을 일으키고 눈을 비빈 다음에 이불 밑에서 휴대폰을 찾아냈다. 인스타그램과 이메일 알림을 제외하면 텅 비어 있었다. 나는 확실히 하기 위해 문자 메시지를 확인해보았다. 혹시 지난밤 그녀의 메시지를 내가 보지 못했을 경우를 생각해서였다. 하지만 당연히 아무것도 없었다. 내 진심을 드러냈던 메시지가 마지막이었다.

중요한 것은 이것이다. 내가 아는 로스를 고려하면 그녀는 나를 계속 기다리게 할 사람이 아니라는 것. 그녀는 모두가 생각하는 그런 성깔녀가 아니다. 내게는, 그리고 크리스천에게도 아니다. 그녀가 내 메시지를 보았다면 답장을 보냈을 것이다. 그것이 나를 저격하는 메시지였을지라도. 대화 도중 그녀가 잠들었을 가능성도 크기 때문에 이 문제를 고민할 필요가 없었다.

그런데 그 전에는 왜 그렇게 빨리 답장을 보냈을까? 그녀는 내 메시지를 받자마자 곧바로 답장을 보냈다. 조금도 피곤해 보이지 않았다. 그런데 내가 고백하자마자 어땠나? 아무 반응이 없었다.

어떻게 보면 답은 나온 것이나 마찬가지였다.

잠시 생각을 멈출 필요가 있었다. 안 그러면 현기증이 날 것 같았다. 내가 가장 피하고 싶은 일이었다. **지금은 안 돼, 딕슨.**

내게는 초조함을 달래고 신경을 다른 곳으로 분산시키기 위해 휴대폰을 확인하는 습관이 있었다. 나는 인스타그램 알림을 확인하며 내 손과 관심이 메시지함에서 멀어지게 만들었다. 볼 가치가 있는 것은 하나도 없었다.

가치가 있는 것은 대 뉴잉글랜드의 젊은 극작가 대회에서 발송한 이메일이었다. 이메일 제목은 상당히 명료했다. '대 뉴잉글랜드의 젊은 극작가 대회 결과.' 미리보기의 처음 몇 줄로는 그다지 많은 정보를 얻을 수 없었다. 그저 지원해주어서 감사하다는 일반적인 내용이 전부였다. 핵심 내용을 알려면 이메일을 실제로 열어보는 수밖에 없었다.

열어보기가 겁이 났다. 이유는 모르지만 지난 열두 시간 동안 벌어졌던 일들 때문에 평소와 같은 통제력을 잃은 기분이 들었다. 나는 내 두려움을 극복해야 했다.

눈을 감고 이메일을 열었다.

내용 전체를 이해하기 위해 몇 번을 반복해서 읽었다. 내 머리는 '안타깝게도'라는 단어에 붙잡혀 떠나지를 못했다. 이어지는 내용으로 나아가지 못했다. 나는 순위에 들지 못했다. 게다가 이메일의 내용은 너무나 평범해서 마치 모두에게 같은 이메일을 보낸 듯했다. 주최 측 말대로 참가자가 많았다면 개개인에게 맞는 이메일을 작성할 시간이 없었을 것이다. 내 작품은 수많은 응모작 중 하나일 뿐이었다. 읽고 탈락시키고 바로 잊어버릴 뿐인. 시간을 낭비할 가치가 없으니 더 크고 나은 것으로 넘어가버리고 만다.

항상 더 나은 것을 향해라.

내 심장 소리가 들렸다.

나는 억지로 침대에서 몸을 일으킨 다음 부엌으로 향했다. 몬티네 집에 커피가 없다면 집을 통째로 불지를 생각이었다. 계단을 내려오는데 내 앞 어디선가 문이 부드럽게 닫히는 소리가 들렸다. 로스와 크리스천이 머문 방인 것 같았다. 나는 로스인 줄 알고 겁이 나서 잠시 자리에 얼어붙었다. 그러나 한편으로는 그녀이기를 바라는 마음도 있었다. 하지만 부스스한 금발 머리가 모퉁이를 돌아 나오는 모습을 보고 안도했다.

크리스천이 계단참에 서 있는 나를 발견하고 미소를 지었다. "안녕. 숙취는 어때?"

맞다. 지난밤에 파티가 있었지. 나는 재미있는 시간을 보냈다. 나는 억지로 미소를 지어 보였다. "거의 없어. 넌?"

"괜찮아. 커피 마실래?"

"물론이야."

나는 그를 따라 부엌으로 들어갔다. 알 수 없는 불안감이 들었다. 오븐 위의 시계는 아홉 시 삼십칠 분을 가리키고 있었다. 곧 집에 돌아가야 할 시간이었다.

"몬티는 어딨어?" 내가 물었다. 어쩌면 내 기분이 이상한 이유가 주인도 없는 낯선 집에 있기 때문이 아닐까 생각해보았다.

"분명 아직도 취해서 자고 있을 거야."

"그러면… 로스는 어때?" 별로 하고 싶지 않은 질문이었다.

"걔도 아직 자고 있어."

크리스천이 이 말을 하는 방식이 내 주의를 끌었다. 크리스천은 로스 이야기를 할 때면 항상 멍청해지는데, 이번은 달랐다. 자신감이 묻어 나는 미소, 헝클어진 머리, 얼굴을 붉히는 모습을 보니 뭔가가 있는 게 틀림없었다. 나는 크리스천과 오 개월간 사귀었다. 그리고 친구로 지낸 지도 꽤 되었다. 그의 모든 버릇을 잘 알았다. 그것이 각각 무엇을 의미하는지까지도.

이제야 로스가 지난밤에 답장을 보내지 않은 이유를 알 것 같았다.

크리스천이 부엌 수납장 문을 열어 커피를 찾기 시작했다. 그의 등을 바라보는 내 머릿속이 잡음으로 가득 찼다. 이것이었다. 로스는 분명히 내 문자 메시지를 보았다. 그것을 읽고 겁을 먹었거나 역겨워했거나 화가 났다. 그리고 선택했다. 그녀는 자신의 의사를 분명히 밝혔다.

내게는 화낼 자격이 없다. 그녀는 내 애인이 아니다. 처음부터 로스가 크리스천과 데이트하게 만드는 것이 목표였고, 다른 것은 있을 수 없었다. 나는 두 사람을 위해 기뻐해야 한다. 이런 식으로 흔들어서는 안 된다. 몬티네 부엌 한가운데 서서 심장이 터져버릴 것 같은 기분으로 크리스천이 커피 메이커에 커피 가루를 넣는 모습을 지켜보아서는 안 된다.

로스는 내가 이런 식으로 알게 되기를 바랐을까?

크리스천이 몸을 돌려 나를 보았다. "너 괜찮은 거야?"

"괜찮아."

"샘?"

크리스천이 내 목소리에서 이상한 점을 알아차렸을까? 내 표정에서 뭔가 어색한 점을 발견한 걸까? 나는 다시 미소를 지으려고 노력했지만 뜻대로 되지 않았다.

이곳에서 나가야 했다. 나는 복도의 벽장에 넣어둔 가방과 재킷을 낚아채듯이 잡다가 손이 떨리는 바람에 지갑을 떨어뜨릴 뻔했다. 시야가 흐릿해지기 시작했다.

현관문에 다다랐을 때 크리스천이 내 어깨에 손을 올려 나를 붙잡았다. 아주 찰나의 순간 나는 몸을 돌려 그를 한 대 칠 뻔했다. 반쯤 올라간, 주먹 쥔 손을 가까스로 다시 내렸다. 그는 혼란스러운 데다 걱정하는 눈빛이었다. 나는 지금 나를 안쓰럽게 바라보는 그에게 상처를 주고 싶은 마음이 없었다. 그의 잘못이 아니었다. 이 불행에 비난받아야 할 사람은 나 하나뿐이었다.

"난 괜찮아, 크리스천." 내가 다시 말했다. 지금은 억지로 쾌활한 척할 자신이 없어서 차분한 목소리를 유지하려고 노력했다. "그냥 가야 해서 그래. 다음에 보자."

"하지만 넌…."

"괜찮다고 했잖아." 현관문이 열리는 철컥하는 소리가 고요함 속에서 메아리쳤다. "네 여자친구를 위해 커피나 끓여줘."

크리스천의 손이 내 어깨에서 미끄러져 내렸다. 나는 그가 무슨 말을 하기 전에 얼른 빠져나왔다. 의도한 것보다 문이 조금 세게 닫혔다. 화창한 아침이었다. 가벼운 바람에 진입로 근처에 심어진 나무의 새싹이 살랑살랑 흔들렸다.

봄바람의 산들거림에 뺨이 젖어 있음을 깨달았다.

나는 차 안으로 몸을 던지고 문을 세차게 닫았다. 머릿속에서 목소리가 말했다. **운전해. 생각하지 마. 느끼지 마. 그냥 달려. 엄마가 알려준 게 이거 아니야?**

나는 얼굴을 문질러 닦으며 강제로 눈물을 멈추려고 해보지만 계속 쏟아져 내리기만 할 뿐이었다. 그래서 포기하고 곧장 집으로 향했다.

크리스천

샘이 떠나자 잠시 닫힌 문을 바라보았다. 저건 뭐지? 좀 전의 샘은 지금껏 한 번도 본 적 없는 모습이었다. 보통 샘은 냉정을 잃지 않고 매우 침착했다. 그리고 생각해보니 우리가 서로 알고 지낸 몇 년 동안 나는 샘이 우는 모습을 본 기억이 없었다. 지난밤에 무슨 일이 있었나?

몇몇 악몽 같은 시나리오가 머릿속을 스쳐 지나갔는데 그러자 내 심장이 쿵쾅거리기 시작했다. 지난밤 파티에서 누군가가 샘에게 상처를 주었다면 그들의 결말은 좋지 못할 것이다. 실제로 무슨 문제가 있었다면 양심상 샘을 이렇게 가도록 내버려두어서는 안 될 것 같았다. 운전은 해도 괜찮은 건가?

밖을 확인해보니 샘의 차는 이미 사라지고 없었다. 메시지를 보내야겠다.

커피는 내버려두고 나는 다시 방으로 돌아갔다. 조용히 하려고 했는데 문을 열자 끼익 하는 소리가 났다. 로스가 뒤척이며 잠에 취한 눈으로 나를 바라보았다.

"안녕." 내가 말했다. "깨워서 미안해."

"몇 시야?"

"열 시가 다 돼가."

로스가 낮게 신음햇다. "아빠한테 열 시 반까지는 집에 가겠다고 했는데. 그만 가야겠다."

"그래, 나도 가야 해." 침대 옆 탁자에서 휴대폰을 집어 들고 보니 전원이 꺼져 있었다. "네 휴대폰 배터리 남아 있어? 메시지를 보낼 데가 있어서."

로스에게는 샘한테 보낸다는 말은 하지 않았다. 샘과 나 사이에 있었던 이상한 상황은 너무 개인적인 것이었다. 샘은 심지어 내게 자신의 그런 모습을 보이고 싶어 하지 않았다. 내가 로스에게 이야기한다면 좋아하지 않을 것 같았다. 로스가 읽어보더라도 궁금해하지 않게 메시지를 모호하게 쓸 필요가 있었다.

로스가 고개를 끄덕였다. "응, 비번은 2584야. 나는 화장실에 가서 좀 씻고 올게."

로스가 일어나서 방을 나갔고, 나는 휴대폰 비밀번호를 눌렀다.

놀랍게도 로스의 휴대폰에 샘과 나눈 대화창이 열려 있었다. 정말로 읽을 의도는 없었으나 샘이 보낸 마지막 메시지가… 눈에 확 들어왔다.

샘 무슨 말이냐 하면, 네게 반한 사람이 크리스천만은 아니라는 거야.

아.

문자 메시지는 모두가 잠들었던 새벽 네 시쯤에 보낸 거였다. 로스는 답장을 보내지 않았다. 내 기억이 맞는다면 이 일은 내가 잠에서 깨기 몇 분 전에 일어났다. 다른 일이… 일어나기 전에.

난 수학에는 소질이 없었는데, 이 계산의 결과가 마음에 들지 않았다. 내 안 어딘가에서 분노가 수면 위로 떠오르는 것이 느껴졌다. 누구를 향한 분노인지는 모르겠다. 나인가? 로스인가? 아니면 샘? 어쩌면 셋 다인지도 모른다. 샘은 나를 기만했다. 내게 아무 말도 하지 않고 실제로는 자신이 작업을 걸기 위해 나를 대변인으로 이용했다. 그러면서도 나를 기꺼이 도와주는 것처럼 행동했다. 그리고 사람을 이용하는 문제라면, 맙소사, 로스는 어떤가? 나는 혐오스러운 인간이 된 기분이었다.

로스가 정말 원하기는 했던 걸까, 아니면 그래야만 한다고 생각하면서 어찌할 바를 몰랐던 걸까? 이런 의문을 품는 것만으로도 속이 조금 뒤집혔다.

누군가와 첫 성 경험을 하는 것은 가벼운 일이 아니다. 엄청난 일이다. 완전히 확신이 서기 전까지는 하지 않는 일이다. 로스처럼 논리적인 사람이라면 특히 더 그렇다. 그녀라면 분명 그랬을 것이다. 이 계획의 종착지는 로스와의 성관계가 아니었다. 나는 괴물이 아니다. 내가 그녀에게 반하듯이 그녀도 내게 반하기를 바랐다. 그리고 지난밤 일은 계획이 성공하고 있음을 보여주는 상당히 큰 지표였다. 그러니 로스는 실제로 나에게 관심이 있는 거다. 그렇지 않은가?

모든 일이 내가 원했던 방향으로 진행된 것에 행복감을 느껴야 마땅했다. 하지만 지금 내가 무엇을 느끼는지 잘 모르겠다.

근처 어딘가에서 문이 닫히는 소리가 들렸다. 로스일 것이다. 재빨리 휴대폰을 탁자 위에 돌려놓고 침대 밑으로 차 넣은 신발 한 짝을 찾느라 분주한 척했다.

로스가 들어서는 순간 나는 그녀가 휴대폰에 무엇이 떠 있는지를 기억했음을 알아차렸다. 로스는 곧바로 휴대폰을 집어 들고 잠금화면을 풀면서 아무 일 없는 척했다. 그리고 화면에 메시지창이 여전히 떠 있는 것을 보았다. 그녀는 나와 눈을 마주치지 않은 채 미소를 지었다. 하지만 미소는 진심이라고 하기에는 너무 빨리 사라졌다. 그녀도 내가 봤다는 사실을 눈치챈 것 같았다.

그래서 나는 기다렸다. 그녀가 무슨 말이든 하기를. 고백이든 아니면 괜찮다고, 아무 의미 없다고, 우리가 했던 모든 일과 지난밤에 그녀가 내린 결정은 충동이 아니었다고, 나와 **진심으로** 함께하기를 원했다고 나를 안심시키는 말이든, 뭐든 하기를 기다렸다.

하지만 그녀는 주위를 둘러보며 말했다. "내 지갑 봤어?"

무거운 돌덩이가 내 배 속에 구덩이를 파고 자리를 잡는 기분이었다. "아, 어… 아니."

"음. 복도 벽장에 넣어놨는지도 모르겠네."

"어쩌면."

로스는 다시 방을 나갔고, 나도 신발을 다시 찾기 시작했다. 우리는 이 문제를 이야기하지 않을 것이다. 우리 둘 다 그냥 외면할 것이다. 서로가 안다는 사실을 모르는 척할 것이다. 결국 마음이 아픈 건 샘만이 아니라는 얘기다. 내가 이 문제를 꺼낼 만큼 용감하다고 말할 수 있으면 좋겠지만 그렇지 못했다. 그랬던 적이 없다. 나는 부모님이 형의 물건을 모두 버릴 때 아무 말 없이 지켜보기만 했다. 지금 와서 용감해질 이유가 뭐가 있나?

로스

일주일간의 봄방학은 축복임과 동시에 저주다.

좋은 점은 학교에서 아무도 보지 않아도 된다는 것이다. 크리스천은 며칠간 해변으로 가족여행을 떠났다. 나는 그에게 이런저런 짧은 문자 메시지를 보냈고, 그는 파도 사진과 여동생이 자신을 모래에 파묻은 사진을 보내주었다. 그는 행복해 보였다. 한데 내가 행복하지 않다는 사실을 그는 알까.

나는 샘과 연락하지 않고 있다. 내 연애 상대는 샘이 아니다. 샘이 아무리 노력해도 그녀는 크리스천이 아니다. 내가 처음부터 의심했던 대로 그녀는 거짓말쟁이일 뿐이다. 그래서 그녀에 대해 생각하지 않는다. 아주아주 열심히 생각하지 않으려고 노력한다.

이것이 봄방학의 나쁜 점이다. 생각할 시간이 많다는 것. 아빠의 대학은 일정이 다르기 때문에 지금도 계속 아침과 오후에 근무하고 있다. 그래서 나는 하루의 대부분을 혼자 집에서 지낸다. 다른 곳에 집중할 만한 과제도 없다. 마음의 안정을 찾으려고 해보지만 헛수고였다. 독서에 집중할 수 없고, 영화를 보면 머릿속을 가득 채우고 있는 소란스러운 생각들로 인해 잠음이 되고 말았다. 결국 나는 동네를 걷고 또 걸으며 반려견을 산책시키는 사람들과 놀이터에서 놀고 있는 아이들을 구경했다. 이것이 그나마 조금 도움이 되었다. 공원에도 가보려고 했으나 샘처럼 생긴 사람을 보자마자 차로 뛰어갔다.

지원 단체 모임에 참석해서는 모임의 주제와 전혀 상관없는 내 이야기를 쏟아낼 뻔했다. 이번 모임에서는 초청 강연자가 대리 출산을 가능하게 해주는 과학 이야기를 들려주었는데, 이것이 우리의 감정을 더 잘 이해하는 데 도움이 된다고 생각했나 보다. 여기서 크리스천과 샘과의 일을 꺼낼 만한 이유는 전혀 없었다. 그런데도 메이가 웃으며 내게 어떻게 지내냐고 물었을 때 말이 터져 나올 뻔했다. 낯선 사람들로 가득한 방 앞에서 울음을 터뜨릴 뻔했지만, 꾹 참았다. 하지만 내 감정이 드러났나 보다. 모임이 끝나자 메이가 나를 구석으로 데리고 가서 무슨 일이 있었냐고 물었다. 나는 아무 말도 하지 않았다. 감정이 폭발할 뻔한 순간은 이미 지나갔다. 게다가 이 단체가 하는 일은 가족 찾기였다. 이들은 당신이 찾은 가족에게 문제가 있음을 알게 되었을 때 무엇을 해야 하는지는 말해주지 않는다.

나는 나 자신에게 화가 난 거라고 말했다. 아마도 그건 틀린 말은 아닐 것이다. 크리스천에 대해 진실이라고 생각했던 모든 것이 다른 누군가의 솜씨였다. 숨은 의도를 가진, 나에게 감정을 고백할 배짱이 없는 누군가의 것이었다. 이건 선을 넘은 행동이고, 내가 분노하는 건 당연했다. 또 나는 나 자신에게 크리스천과 헤어져야 한다고 말하는 중이었다. 그는 내가 좋아한다고 생각했던 그 사람이 아니다. 그도 샘만큼 죄가 있었다.

그러나 지금 이 상태에는 뭔지 모를 고통스러운 카타르시스가 있었다. 크리스천은 뭔가 문제가 있다고 생각해도 스스로 이야기를 꺼낼 만큼 용감하지 않다. 그 사실을 이제는 안다. 그는 그저 싸움을 모면하기 위해 불편한 가운데 스스로를 고통 속에 놔둘 것이다. 한데 크리스천이 끙끙 앓게 놔두면 안 될 이유가 뭐가 있는가?

그리고 샘의 경우, 뭐 이것이 그녀가 원했던 것 아닌가? 그녀는 크리스천이 나를 마치 끔찍한 축제 상품처럼 '차지하게' 도와주는 데 동의했다. 존재하지 않는 사람에게 반하도록 나를 교묘하게 속였다. 그리고 이제 샘이 의도했던 대로 정확히 이루어졌다. 임무 완료였다. 정말 대단하다. 이제 샘은 내게 거짓말을 했고 나를 향한 자신의 감정을 외면한 채 그저 작은 계획을 성공시켰다는 사실을 안고 살아가야 한다. 그리고 이제 그녀가 망가뜨린 것을 고칠 수 있는 가능성은 없었다. 모두가 자신이 원하는 것을 얻었으나 누구도 행복하지 않았다.

어떤가, 이 러브스토리가?

내 바이올린은 일주일 내내 내 방 한쪽 구석에 다소곳이 놓여 있었다. 곡을 연습하고 레이건 교감선생님의 바람에 맞춰 더 즐겁게 편곡해야 했지만 할 수가 없었다.

벨레로즈 어셈블리 프로젝트에서는 그냥 유명한 사랑 음악이나 연주해야겠다. 이 이상 다른 생각이 떠오르지 않았다. 떠오른다고 해도 내가 연주할 수 있을 것 같지 않았다.

샘

봄방학은 봄의 몰락에 가깝다.

나는 블라인드를 치고 방에만 머물면서 할머니가 걱정하지 않을 정도로만 나갔다. 봄방학 동안 내 유일한 대화 상대는 할머니뿐이었다. 다른 사람들도 내게 말을 걸지 않았다. 로스는 나를 피하고 있었고, 크리스천도 마찬가지였다. 이는 로스가 크리스천에게 이야기했거나 그가 알아냈다는 의미였다. 다른 친구들도 내 생각을 하지 않는 것 같았다. 아리아도, 연극반 친구들 중 누구도. 아무도 없었다. 더 나은 할 일이 있나 보지 뭐. 그래도 좋다. 괜찮다. 내게도 할 일이 있으니까.

학교에 가지 않는다고 바쁘게 지내지 말라는 법은 없었다. 나는 더 많은 극작가 대회를 찾아보았다. 대 뉴잉글랜드 극작가 대회 외에도 더 낫고 전국적인 대회들이 있었다. 이 대회들은 다른 사람만큼 내게도 좋은 기회였다. 진학하고 싶은 대학들의 입학 조건도 살펴보기 시작했다. 모두 뉴욕과 LA, 시카고 같은 대도시에 있는 대학들이었다. 갈 만한 가치가 있는 곳들이었다. 아직 지원하기에는 너무 이르지만 때가 다가오고 있고 준비를 해야 한다.

벽에 붙어 있는 로레도로 가는 지도가 나를 내려다보고 있었다.

그 어느 때보다도 더 위협적으로 느껴졌다. 한번은 겁이 나서 갈기갈기 찢을 뻔한 적도 있었다. 지도가 저 자리에 있는 것이 잠을 설치게 했다. 이미 망가진 미래를 더 망가뜨리지 않기 위해 내가 할 수 있는 일이 뭐가 있을까?

할머니는 내게 외출을 권했다. "날씨가 정말 근사하단다." 할머니가 말했다. "방학 동안 어디 안 가고 우스터에 남아 있는 친구들이 있을 거야. 나가서 그 애들을 만나는 건 어떠니?"

나는 할머니에게 바쁘다고 말했다.

"뭘 하느라 바쁜 거니? 얘야, 네가 걱정되기 시작하는구나."

나는 다시 연기자 가면을 썼다. 그리고 괜찮다고, 다른 친구들이 바쁘다고, 시간을 헛되게 쓰지 않으려 노력하고 있다고 말했다. 할머니는 내 말을 믿는 것 같지는 않았지만, 최소한 더는 묻지 않았다.

할머니에게 털어놓을 수도 있었다. 할머니는 이해해주고 어쩌면 몇몇 조언까지 해줄지도 모른다. 하지만 나는 할머니와 마주할 자신이 없었다. 크리스천이 나를 싫어하고, 내가 어떤 여자애에게 그녀를 사랑하게 될 때까지 거짓말했고, 이제 그녀도 나를 싫어한다는 사실을 말 못 하겠다. 내 인생의 거의 모든 측면에서 어떻게 실패했는지, 이것이 무슨 의미인지, 나라는 사람에 대해 무엇을 말해주는지, 이것이 결국에는 나를 어디로 데려갈지를 생각하지 않기 위해 분주하게 지내야만 한다고 말할 수 없었다.

말하면 현실이 될까 봐 말하지 못하겠다. 그리고 만약 현실이라면 내가 망가뜨린 것을 바로잡을 방법이 없었다.

그래서 나는 이를 악물고 괜찮다고 말하고 가능한 한 미소를 지으려고 노력했다. 나는 할머니의 걱정하는 얼굴을 애써 무시했다.

크리스천

올해의 봄방학은 무언가가 잘못된 기분이다.

파티 이후로 어떤 것도 옳게 느껴지지 않았다. 그 이유를 알아내는 일은 어렵지 않았다. 그날 밤 샘과 로스가 어떤 대화를 더 주고받았는지 모르지만 내가 본 얼마 안 되는 내용만으로도 짐작하고도 남았다. 이 대화가 로스가 날 깨우기 직전에 일어났다는 사실도 말이다. 이건 뭔가를 의미했다. 내가 어떤 식으로 틀을 짜맞추려 하든 그 가능성들이 마음에 들지 않았다.

지금도 나는 갈등을 잘 해결하지 못하고 있다. 그저 모든 것이 괜찮은 척하고, 로스도 그렇게 하는 것에 불만이 없어 보였다. 나는 로스에게 해변에서 찍은 사진을 보내주고, 평소처럼 대화하고, 돌아갔을 때를 위한 데이트 계획을 세웠다. 로스의 말투에서 우리가 처음 대화했을 때와 같은 차가움을 감지했지만 그 말은 꺼내지 않았다.

샘은 봄방학 내내 연락해오지 않고 있다. 이 상황도 괜찮은 것 같았다. 샘은 애초에 뭔가가 일어나고 있음을 내게 말해주었어야 했다. 로스에게 반할 가능성이 조금이라도 있었다면 나를 도와주겠다고 동의해서는 안 되었다. 샘은… 나도 모르겠다. 이 모든 상황이 비정상적이다. 그리고 나는 어떻게 해야 할지 전혀 모르겠다. 지금의 내 행동만 제외하면. 영원히 이렇게 갈 수 없다는 사실은 알겠는데, 무슨 대안이 있을까?

어떤 것도 더는 옳게 느껴지지 않았다. 집에서도 마찬가지였다. 로스가 얘기를 꺼낸 이후 실제로 내가 관심을 가지기 시작하면서 신경을 건드리는 소소한 것들을 알아차렸다. 예를 들어 아빠가 어떻게 엄마의 말을 끊는지, 두 사람이 시키지 않아도 내가 할 거라고 어떻게 가정하는지, 에이미가 어떻게 입을 다물게 되거나 혼이 나는지, 형의 생일이 어떻게 언급도 안 된 채 지나가버리는지 같은 것들 말이다. 부모님은 형이 존재하지 않는 사람처럼 행동하고 이에 완벽하게 만족해했다. 나는 어째서 그동안 이런 행동에 의문이 들지 않았을까? 왜 모든 것에 한 번도 의문을 품지 않았을까?

이 문제를 함께 이야기할 수 있는 누군가가 있었으면 좋겠다. 하지만 로스를 더 화나게 만들고 싶지 않았고 샘은 선택지에 없었다. 어쩌면 몬티가 들어줄지도 모른다. 어쩌면. 하지만 몬티로부터 아빠와 하이킹 여행을 가기 때문에 며칠간 통화가 안 될 거라는 문자 메시지를 받았다. 이렇게 내가 이 문제를 이야기할 수 있는 마지막 남은 한 사람도 사라졌다.

저녁을 먹으면서 엄마가 다 같이 영화를 보자고 제안했지만 나는 그럴 기분이 아니었다. 그래서 거절했더니 아빠는 내가 엄마를 실망시켰다고 말했고, 엄마는 금방이라도 눈물을 흘릴 것처럼 보였다. 내 마음은 죄책감과 더불어 불편해졌다.

"그냥 좀 피곤해서 그래요." 이 거짓에 가까운 말이 제대로 통하기를 바라며 내가 말했다. "어젯밤에 잠을 잘 자지 못했어요. 저 빼고 보세요."

부모님은 내 말을 믿는 것 같았지만, 아빠는 밥을 먹는 내내 불쾌한 모습이었다. 그리고 엄마는 몇 분간 자리를 비운 다음에 다시 돌아와 이번에도 아무 일 없다는 듯이 행동했다. 엄마는 울었고 내가 그 사실을 알기를 바라면서도 결국 아무 말도 하지 않았다.

부모님은 결국 영화를 보지 않았다.

나는 방에 있으면서 일찍 잠자리에 드는 척했다. '피곤하다'고 거짓말을 했으니 어쩔 수 없었다. 사실 완전히 거짓말은 아니지만(명확한 이유로 지난 며칠간 잘 자지 못했다), 침대에 누운 지금 내 뇌는 진정되지 않았다. 침대보가 따끔거리고 뜨거운 느낌이었다. 샘은 열 받았고, 로스도 열 받았다. 그리고 몬티는 바쁘다. 내 머리가 터져버릴 것 같았다. 내 삶의 어느 것도 더는 괜찮지 않은 느낌이었다. 내 친구들도, 내 여자친구도, 그리고 이제는 심지어 부모님도 괜찮지 않았다. 나는 이것들을 어떻게 해야 할지 모르겠고, 나 자신 말고는 나를 도와줄 사람이 아무도 없었다.

월 형이 집을 나갈 때 이런 기분이었을까?

그러다가 내가 아직도 집 나간 형을 비난하고 있음을 깨달았다. 내가 의도적으로 형을 비난한다고 생각하진 않는다. 당연히 나는 형이 보고 싶고 집으로 돌아오기를 바란다. 그래서 완전히 형의 잘못이라고 생각하지는 않는다. 하지만 나는 지난 이 년 동안 형처럼 되지 않으려고 노력했다. 형이 무엇을 했는지도 모르면서 어떻게 그럴 수 있단 말인가?

지금은 당시에 어떤 언쟁이 오갔는지 거의 기억에 없었다. 나는 듣고 싶지 않았다. 그러나 지금은 내가 조금만 더 관심을 가졌었다면 좋았을걸, 하고 생각했다. 전체 그림을 보지 못하면서 누구 잘못인지, 또는 애초에 잘못이 있기는 했는지를 어떻게 알 수 있겠는가? 막판에 아빠가 형에게 다시는 얼굴을 보지 않는 게 좋겠다고 말했고, 이 말에 형은 가슴을 세게 얻어맞은 듯한 표정을 지었다. 하지만 형이 부모님을 향해 미워한다고 소리치는 모습도 보았고, 나중에 엄마가 우는 소리도 들었다. 이런 상황에서 어떻게 편을 고를 수 있겠는가?

과연 내가 그렇게 할 수 있을지 모르겠다. 하지만 한쪽의 말만 듣는 것은 실제로 듣지 않는 것과 같았다.

내게는 형이 오래전에 사용했던 이메일 주소가 있었다. 열두 살 때 우스운 이름을 붙여 만든 고대 유물과 같은 것이었다. 형은 아마 이 이메일 주소를 더는 사용하지 않을지도 모른다. 하지만⋯.

나는 침대에서 일어나 책상으로 가서, 노트북의 전원을 켰다. 브라우저 창을 열자 화면의 블루라이트가 주변을 환하게 비췄다.

안녕, 형

아직도 이 이메일을 사용하는지 모르겠네. 어쩌면 읽어보지 못할지도 모르지. 또 형이 읽고 답장을 보내지 않는다고 해도 욕할 생각은 없어. 형하고 대화하지 않은 지도 수년이 지났으니까. 그러니 내 연락을 받고 싶지 않을 수도 있고.

난 그냥 형이 잘 지내는지 궁금할 뿐이야. 집을 나간 후로 어디로 갔는지, 어떻게 살고 있는지 모르잖아. 엄마랑 아빠는 형 얘기를 더는 하지 않아. 내가 지금 메일을 보내고 있다는 사실도 몰라. 알게 되면 곤란해질지도 모르지만 그래도 연락해보고 싶었어.

형이 떠나게 돼서 정말 안타까워. 무슨 일이 있었는지는 모르지만 내가 상황을 더 나쁘게 만드는 행동을 한 게 있다면 사과할게. 형하고 부모님이 무슨 일로 싸웠는지 기억은 안 나지만 부모님이 형을 온당하게 대해주지 않았다는 생각이 들기 시작했어. 사적인 문제라면 말해주지 않아도 돼. 답장도 안 해줘도 돼. 형한테 집으로 돌아오라고 말하는 거 아니야. 형이 원하지 않으면 엄마랑 아빠랑 대화하지 않아도 돼. 난 그냥 미안하다고, 형이 잘 지내길 바란다고 말하고 싶었어. 그게 다야.

크리스천

나는 문장 끝에서 깜박거리는 커서를 응시했다. 내 마음은 이메일을 보낼지 삭제할지 사이에서 방황하고 있었다. 무슨 의미가 있을까? 어쩌면 형은 이 계정을 더는 사용하지 않을지도 모르고, 그러면 내 희망은 헛되이 날아가버릴 것이다. 또 형이 본다고 해도 아무것도 하고 싶지 않을 수도 있다. 내가 그걸 감당할 수 있을까?

나는 손을 책상에 내려놓았다. 그때 뭔가가 달그락거렸다.

내 오른편에는 화면의 빛을 받으며 마치 내가 봐주기만을 기다렸다는 듯이 하얀 바둑돌이 놓여 있었다. 내 행운의 부적. 긁히고 조금 더러워졌지만 사 년 내내 이것을 지니고 있었고 한 번도 잃어버린 적 없었다.

형이 보고 싶다. 우리 형이 보고 싶다.

나는 보내기 버튼을 눌렀다. 그러자 눈앞에서 이메일이 빠르게 사라졌다.

샘

마침내 봄방학이 끝났다. 나는 처음으로 아프다며 거짓말하고 결석할까 고민하고 있었다. 학교로 돌아가 크리스천이나 로스를 마주해야 한다는 생각을 하니 아픈 척하는 게 뭐가 대수냐 싶었다.

그러나 나는 지금껏 포기를 모르고 살았다. 지금 이들을 피한다면 패배를 인정하는 꼴이었다. 내가 겁을 먹었음을 이들에게 알리는 짓이었다. 더구나 로스와 크리스천 말고도 나중에 다른 사람들까지 알아챌지 모른다. 샘 딕슨이 로스 쇼를 무서워한다? 가당치도 않았다.

그래서 나는 학교에 일찍 갔다. 머리를 꼿꼿이 들고, 닥터 마틴 부츠를 신고, 오래된 밴드가 그려진 티셔츠와 복장 규율에 어긋날지도 모르는 찢어진 청바지를 입고. 나를 난공불락처럼 느껴지게 만드는 복장이었다. 그리고 아무 문제도 없다는 듯이 행동했다. 아리아는 2교시에 내 태도 변화를, 최소한 아주 조금은 눈치챘다. "너 괜찮아?" 아리아가 속삭였다.

나는 미소를 짓고 당황하지 않은 사람처럼 보이려고 노력하며 고개를 끄덕였다. "물론이야. 안 괜찮을 이유가 뭐가 있겠어?"

"방금 네 표정이 그랬어. 그리고 방학 내내 연락도 한 번 없었고. 어디 아프거나 한 거야?"

나는 아리아에게 어떤 면에서는 아팠다고 말해볼까 생각했다. 아리아는 이해해줄 것이다. 이 일로 나를 재단하지도 않을 것이다. 하지만 그러면 우리가 세워놓은 '그냥 친구'라는 벽을 허물어야 했다. 그리고 지금은 다른 누군가와 가까워지는 선택을 하고 싶지 않았다. 그래서 나는 그녀를 향해 밝게 미소를 지었다. "다음 작품을 구상하느라 바빴어. 당연히 네 역할도 있지."

아리아가 활짝 웃었다. "점심시간에 얘기해줘야 해."

나는 그렇게 하겠다고 약속하고, 이것으로 아리아와의 대화를 끝냈다. 아리아를 쉽게 속일 수 있어서 안도하는 것은 아니지만, 그래도 마음이 놓였다. 내 위장술이 여전히 효과가 있음을 알아서 다행이었다.

학교에서 결국 로스를 보고야 말았다. 우리가 같이 듣는 수업이 없으니 마주치는 일은 없을 거라 생각했다. 하지만 저기 로스가 수업 종료종이 울린 후에 열린 백팩 안을 들여다보며 교실에서 걸어나오고 있었다. 그녀는 아직 날 발견하지 못했다. 잠시 제자리에 얼어붙은 나는 곧 몸을 돌려 몇 미터 떨어진 곳에 있는 화장실로 향했다. 로스의 눈에 띄기 전에 제때 문간에 몸을 숨겼다. 그리고 벽에 기대고 선 채 그녀가 지나가길 기다렸다. 심장이 미친 듯이 쿵쾅거렸다. 로스는 내 은신처 앞을 지나가면서 백팩을 닫고 어깨에 멨다. 아주 짧은 순간 로스가 몸을 돌려 나를 봐주기를 바랐다. **나 여기 있어, 로스.**

하지만 그녀는 계속 걸어가다가 복도 끝에서 키가 크고 금발 머리를 한 사람과 만났다. 내 심장이 철렁 내려앉았다.

"샘 선배?"

나는 깜짝 놀라 몸을 돌렸다. 연극 동아리 여자애가 세면대 옆에서 있었다. 1학년인 그 애를 나는 잘 알지는 못했다. 그녀는 문간에서 맴돌고 있는 나를 보고 걱정스러운 표정을 지었다.

"괜찮아요?" 그녀가 물었다.

나는 곧장 어깨를 곧게 펴고 가슴을 내밀며 나라도 속지 않을 미소를 지어 보였다. "그래, 난 괜찮아."

그녀는 내 말을 믿지 않는 눈치였다. 그녀의 표정에서 연민을 느낄 수 있었다. 내가 원하지도 요구하지도 않았던 연민을. 그녀는 4교시가 끝나고 샘 딕슨을 봤는데 이상하게 행동하더라며 연극 동아리의 다른 사람들에게 말할 것이다. 그리고 얼마 가지 않아 이 말이 학교 전체에 퍼지고, 모두가 내 일거수일투족을 주시할 것이다. 나는할 수 없다. 지금은 이런 상황을 감당할 수 없다.

나는 그녀가 재차 확인하는 말을 꺼내기 전에 자리를 떴다. 화장실을 나와 억지로 자신감 넘치는 걸음걸이로 걷기 위해 노력하고, 저 여자애가 본 것을 다른 애들은 보지 못하기를 바라며 그 순간부터 진정으로 난공불락인 존재가 되기로 다짐했다.

로스와 마주칠 뻔한 일을 기점으로 전략을 바꿔야겠다고 생각했다. 달아나는 방법은 효과가 없었고, 나를 더 수상하게 보이도록 만들었다. 지금 나는 사람들의 탐색하는 시선을 감당할 여력이 없었다. 어쨌든 최선의 방어는 좋은 공격이라고 하지 않던가. 나는 로스가 자신이 이겼다는 사실을 알게 할 생각이 없었다. 실은 정확히 반대임을 증명해야 했다.

그래서 다음 날 적극적으로 로스를 찾아 나섰다. 그녀가 수업을 듣는 교실을 몇 군데 알고 있었다. 로스가 크리스천과 만나기 전에 붙잡아 나와 이야기할 수밖에 없는 상황을 만들어야 했다. 로스가 어디 사는지 안다면 집으로 찾아가 대화했을 것이다. 하지만 내게는 이 선택지가 없었다. 그리고 어쩌면 사람들에게 우리가 대치하는 모습을 보이는 것이 더 나을지도 몰랐다.

나는 2교시가 끝나고 교실에서 나오는 로스를 붙잡았다. 크리스천의 교실은 건물 반대편에 있기 때문에 그가 우리를 방해할 가능성은 없었다. 내가 로스의 앞길을 정면에서 막아서자 그녀는 발걸음을 멈춘 채 경계하는 표정으로 나를 위아래로 훑어보았다.

"우린 대화를 해야 해." 내가 말했다.

로스는 얼굴을 찌푸렸다. "지금은 별로 좋은 때가 아니야."

"금방 끝낼게."

로스는 내가 막 싸움이라도 시작할까 봐 걱정하는 사람처럼 나를 바라보았다. 마음이 쓰렸지만 겉으로 드러내지는 않았다. "좋아." 로스가 말했다. "그런데 꼭 중앙 복도에서 해야 해?"

우리는 학생들 무리를 피해 사물함 쪽으로 이동했다. 로스는 사물함 중 하나에 몸을 기대고 팔짱을 꼈다. "용건이 뭐야, 샘?"

로스의 목소리에서 느껴지는 거리감은 내 연극을 가짜라고 말하고 나를 비난했던 우리의 첫 대화에서 느꼈던 것과 같았다.

나는 백팩 안에 손을 넣었다. "너한테 줄 게 있어."

"나한테 줄 게…."

로스는 내가 낡고 오래된 지도를 건네자 혼란스러운 표정으로 나를 빤히 바라보았다. 지도를 받아 든 로스는 이것이 함정일지도 모른다는 듯이 조심스럽게 행동했다. 하지만 지도를 펼치고 매직 마커로 삐뚤빼뚤하게 그려진 원과 손글씨를 보자 알아차렸다. 로스는 다시 나를 보며 물었다. "이거… 로레도 지도야?"

"그래."

"왜?"

나는 어깨를 으쓱했다. "이젠 필요 없거든."

"필요 없… 뭐라고?"

"맞아. 지난번에 네가 이 이야기에 관심이 많은 것처럼 보였어. 그리고 난 이제 이런 오래된 건 필요 없거든. 네가 원할지도 모른다고 생각했어."

"샘."

로스의 목소리가 내 가슴을 한 대 치는 것 같았다. 예상했던 것만큼 냉혹하지는 않았다. 물론 차가움이 담겨 있었지만 생각했던 정도는 아니었다. 그보다는 로스가 내 말을 믿지 않는 것처럼 들렸다. 더나쁘게 말하면 내가 이것을 실제로 왜 주는지를 그녀가 아는 것처럼 들렸다. 그렇게 둘 수 없었다. 로스가 또다시 내 마음을 읽게 내버려둘 수 없었다.

나는 억지로 로스를 바라보았다. 그리고 내가 낼 수 있는 가장 안정된 목소리로 "왜?"라고 내뱉었다.

로스는 지도를 다시 내게 내밀었다. "난 이걸 받을 수 없어."

"당연히 받을 수 있어."

"하지만 네 것이잖아. 내가 가져야 할 이유가 없어."

"어차피 쓰레기통에 처박힐 거야. 너도 그렇게 하든가."

"난 너한테 아무것도 받지 않아도 돼, 샘. 나한테 뭔가를 주고 싶어? 그럼 사과는 언제?"

나는 뺨 안쪽을 깨물었다. 그녀의 말이 맞았지만, 어떻게 줘야 하는지 방법을 몰랐다. 어쩌면 내 일부는 그녀가 이 지도를 사과로 받아들여주기를 바란 건지도 몰랐다. 멍청하게.

나는 밝은 목소리를 내려고 노력했다. "난 크리스천이 네 대화 상대가 되게 하려고 정말 노력했어. 걔가 평소에 하지 않는 말들을 하게 만들지는 않았다고."

"너는 그랬다고 생각했겠지. 하지만 그건 중요하지 않아. 왜냐하면 결국 난 크리스천과 얘기한 게 아니니까. 실제로는 아니지. 그건 정말 나쁜 짓이야."

로스의 말이 옳았다. 그런데 어떻게 바로잡아야 하는지 모르겠다.

"그래, 뭐, 실망시켜서 미안해."

"맙소사, 샘. 잠시만이라도 신경 안 쓰는 척하지 않을 수 없어?"

나는 로스를 쳐다보았다. 그녀가 나를 노려보고 있었지만 악의는 느껴지지 않았다.

"뭔지 알겠네." 로스가 비웃듯이 말했다. "우린 공공장소에 있지. 넌 지켜야 하는 명성이 있고. 그럼 조용한 곳에서 얘기하자고 하지, 왜 지금 여기서 이런 대화를 하려는 거야? 네가 여기서 벗어날 수 있을 거라고 생각해서? 나를 염탐할 때 제대로 주의를 기울이기는 했니?"

"말이 심하네."

"넌 날 이것보단 더 잘 알잖아, 샘. 나도 널 더 잘 알아."

로스가 말하는 방식이 마음에 들지 않았다. 내가 듣고 싶어 하지 않는 어떤 진실을 던지려고 하는 것 같았다.

그리고 날아오고야 말았다. "나한테 이 지도를 준다고 내가 너를 마법처럼 용서하게 되지는 않아. 네가 결국 그곳으로 가게 되는 걸 막을 수 없는 것처럼."

여기까지였다. 내 안에서 뭔가가 부서졌다. 로스가 내게 상처를 주려고 한 말일까? 확실하지는 않지만, 지금은 상관없었다. 나는 로스와 눈을 마주치며 한 발자국 앞으로 나갔다. 그녀가 움찔했지만 나는 물러서지 않았다.

"로스, 그거 알아? 네가 옳아. 너한테 이 멍청한 지도를 준다고 내가 그곳에 가게 되는 걸 막을 수 없겠지. 그런데 막을 수 있는 게 있는데 그게 뭔지 알아?"

로스는 내 눈을 피하지 않았다. 그저 내가 나를 가리키는 제스처를 바라볼 뿐이었다. "나야. 나는 내가 종국에는 로레도 같은 마을로 가거나 우스터같이 내 시간을 보낼 가치가 없는 곳에서 남은 삶을 살게 내버려두지 않을 거야. 왜냐하면 그러기에는 내가 뛰어나다는 걸 알거든. 내겐 더 나은 할 일들이 있고, 난 차선에 안주하지 않을 정도로 나를 아끼거든."

"샘!"

"그만."

난 이제 거의 소리를 지르고 있었다. 곁눈질로 힐끗 보니 학생 몇 명이 소리가 나는 방향으로 몸을 돌리고 있었다. 나는 연극 동아리의 캘리를 알아보았다. 그녀는 내가 만난 최악의 소문꾼이었다. 내일이면 연극 동아리 부원 모두가 이 언쟁에 대해 알게 될 것이다.

"그냥 입 다물고 이 멍청한 지도나 가져가, 로스. 난 필요 없어. 네가 이 지도를 보며 자아를 찾기 위해 허세 가득한 예술적인 자동차 여행을 떠나고 싶다면 마음대로 해. 하지만 내겐 더 나은 할 일들이 있어. 실제로 할 가치가 있는 일들 말이야."

내 일부는 로스가 많은 사람들이 보든 말든 곧장 화를 내며 소리를 지르기를 바랐다. 또 내 안의 작고 어리석은 일부는 그녀가 자신이 틀렸음을 인정하는, 사실은 나를 정말로 무시할 의도가 아니었으며 나에게 마음이 있기를 바랐다. 이상한 점은 내 안의 어느 부분도 이 대화에서 로스가 내게 승리를 양보해주기를 원하지 않는다는 것이었다. 그건 너무 쉬웠다.

그건 그녀답지 않았다.

하지만 로스는 그저 계속 나를 바라보기만 했다. 그래서 나는 점점 더 목소리를 높였다. 근처의 많은 사람들이 가던 길을 멈추고 귀를 기울였다.

"난 실패자가 아니야." 내가 로스를 향해 내뱉었다. "그리고 절대로 그렇게 되지 않을 거야. 왜냐하면 난 자리에 앉아서 다른 사람들이 하는 일을 평가하기보다는 실제로 뭔가를 기꺼이 할 용의가 있거든. 난 그 지도가 필요 없어. 그리고 내 인생이 그곳에서 끝나게 될 거라고 말하는 사람도 당연히 필요 없고."

"난 그런 식으로 말한 적 없어, 샘."

"말할 필요도 없어." 나는 가슴을 내밀고 어깨를 펴며 내가 평정심을 잃는 모습을 지켜보는 수많은 사람들의 무게에 짓눌리지 않으려고 노력했다. 상황이 악화되기 전에, 사람들이 무슨 일이 벌어지고 있는지 알게 되기 전에 자리를 떠야 했다.

"지도는 네가 가져, 로스." 나는 마지막 한 방울의 분노까지 끌어모아 말했다. "내가 어디를 가든 내겐 필요 없어."

그리고 나는 로스가 뭐라고 말하기 전에 몸을 돌려 가버렸다. 복도 끝까지 걸어가는 동안 로스의 시선이 내 등에 꽂히는 것을 느낄 수 있었다. 모퉁이를 돌아서자 걸음을 멈추지 않고 다음 교실을 지나쳐 학생 주차장으로 이어지는 뒷문으로 향했다. 시야가 흐릿해지기 시작했다. 차에 타기 전까지는 참아야 했다. 누구도 나를 보거나 들을 수 없을 때까지.

　나는 남은 수업을 모두 건너뛰었다. 장기적으로 내 성적에 악영향을 줄 수도 있지만 신경 쓰지 않았다. 내가 뭐든지 제대로 하는 척하는 건 아무 소용이 없었다.

로스

도저히 지도를 버릴 수 없었다.

버려야 마땅했다. 샘이 이것을 내게 준 이유는 모두 잘못되었다. 하지만 지도를 도로 가져가기에는 그녀의 자존심이 너무 셌고, 그건 내가 어떻게 할 수 있는 일이 아니었다. 내 책임도, 내 문제도 아니었다. 샘은 내 문제가 아니었다.

그러나 나는 여전히 내다 버리지 못하고 있었다.

지도는 백팩 안의 교재 사이에 조심스럽게 끼여 있었다. 나는 지도를 최대한 무시하려고 애썼다. 오 분마다 생각하기를 멈추거나 선생님이 하는 말에 열심히 집중하거나 실패가 예견된 이 시험에 전념한다면 사라져버리기라도 할 것처럼. 그래봤자 아무 도움도 되지 않았지만, 여전히 지도에 눈길도 주지 않았다. 그래서 결국 집까지 가져오고 말았다. 오늘 하루는 최악이었다. 몇 시간 동안 방에 틀어박힌 채, 집에 돌아온 아빠에게 아무 일도 없는 척해야 하기 전까지 빈

집의 고요함을 즐기고 싶었다.

하지만 집에 도착해보니 아빠가 먼저 와 있었다. 집 안으로 들어서자 부엌에서 달그락거리는 소리가 들렸는데, 그러자 곧 충격과 함께 죄책감을 느끼며 오늘을 기억해냈다. 4월의 추수감사절이 오늘이었다. 아빠와 찰스 아빠의 합동 생일 파티. 다른 일들에 정신이 빼앗겨서 이날이 다가오는 것조차 잊고 있었다. 아빠 선물을 준비하는 것도 깜박했다.

"안녕, 우리 딸." 아빠가 부엌에서 말을 건넸다. "학교는 어땠니?"

생각을 충분히 정리하고 대답하기까지 잠시 시간이 걸렸다. "나쁘지 않았어."

"이리 와서 감자 손질하는 것 좀 도와줄래? 나보다 네 솜씨가 더 좋아서 지금까지 미뤄두고 있었다."

"알았어, 아빠. 가방만 놓고 올게."

아빠는 아주 행복해 보였다. 아빠의 생일은 어느 정도 슬픔이 깃들어 있는 날이기도 하지만, 그는 항상 신나게 지낼 만한 일들을 찾아냈다. 아빠는 우리만의 이 전통을 좋아했다. 이 사실을 알기 때문에 아빠를 위해 이날을 망칠 순 없었다. 나는 방으로 올라가 백팩을 내려놓았다. 가방을 열어보지도 않고, 안에 무엇이 들었으며 그것이 내 기분을 어떻게 만드는지에 대해 생각조차 하지 않았다. 크게 한 번 심호흡을 한 다음 아래층으로 내려가기 전에 다시 심호흡을 했다. 그리고 지도와 복잡한 생각들을 위층의 닫힌 문 뒤에 남겨놓았다.

요리는 기분을 전환하기에 좋은 행위다. 아빠는 전날 수업 시간에 있었던 일에 대해 쉼 없이 수다를 떨었는데, 아빠와 이야기하다 보면 정신없이 대화에 빠져들곤 했다. 우리가 요리하는 동안 시간이 멈춰 있는 것 같은 기분이 들었다. 하지만 창밖을 바라보는 순간 나는 밖이 어두워졌다는 사실을 깨달았다.

우리는 식탁을 정리하고 음식을 먹기 위해 자리에 앉았다. 무려 다섯 명이 먹어도 충분한 양을 만들었기 때문에 음식이 차고 넘쳤다. 하지만 이것은 큰 명절이나 기념일에 누릴 수 있는 재미의 절반밖에 되지 않았다. 이 모든 음식이 식탁을 원래보다 더 크게 느껴지게 만들었다. 마치 여기에 앉아 있는 사람이 나와 아빠 외에도 더 있는 것 같은 기분이 들었다. 어쩌면 이것이 요점인지도 모른다. 우리는 둘 다 움직이기 힘들 때까지 음식을 먹었고, 그 후 아빠가 가게에서 사 온 치즈케이크를 냉장고에서 꺼냈다.

마침내 아빠가 가장 좋아하는 이 전통의 세 번째 행사가 시작되었다. 〈시네마 천국〉은 아빠와 찰스 아빠가 사귀고 나서 처음 함께 본 영화였다. 그 후로 지금까지 아빠는 이 영화를 제일 좋아한다. 하지만 이제는 일 년에 한 번만 봤다. 아빠는 그 이유를 '특별하게 간직하기 위해서'라고 말했다.

아빠가 여기저기 긁힌 오래된 DVD를 꺼내는 동안 나는 소파에 자리를 잡고 앉았다. 우리는 이 영화를 (그리고 영화를 보며 우리가 하는 모든 논평도) 속속들이 잘 알고 있었다. 나는 보통 영화 중간에 나오는 십 대의 로맨스 이야기에 대해 불평하고, 아빠는 영화를 보며 찰스 아빠가 손을 뻗어 자신의 손을 잡았을 때 느낌이 어땠는지와 이 행동이 어떻게 그가 즉시 이 영화를 가장 좋아하게 만들었는지에 관한 동일한 이야기를 또 들려주었다. "내가 찰스를 처음 만났을 때 그가 조금은 살바토레와 닮았다는 사실이 상처가 되진 않았단다." 아빠가 윙크하며 말했다.

하지만 이번에는 모든 것이 다르게 느껴졌다. 주제음악이 흘러나오기 시작하는 순간부터 나는 쉽게 무너져 내릴 듯한 설명하기 힘든 감정을 느꼈다. 나는 이 영화에서 모르는 부분이 없었다. 이탈리아어를 할 줄 모르지만 내가 써먹을 수 있는 대사들도 있었다. 이 영화에서 내가 놀랄 만한 부분은 더 이상 없었다. 그런데 어찌 된 일인지 이 영화를 처음 보는 것처럼 갑자기 모든 내용이 달라 보였다.

어린 살바토레가 영사기 작동법을 가르쳐달라고 영사 기사를 조르는 장면에선 평소처럼 미소가 나오지 않았다. 살바토레의 아버지가 사망선고를 받자 방 안의 분위기가 무거워졌다. 아빠는 영화관에 화재가 발생해 영사 기사의 눈이 멀게 되는 장면에서 지금도 여전히 눈물을 흘렸다.

나는 십 대의 로맨스 부분에서도 전처럼 불평하지 않았다. 사실 숨조차 제대로 쉴 수 없었다. 영화 속 소녀의 미소와 눈빛이 샘을 닮았기 때문이다. 나는 십 대의 살바토레에게 도망가라고, 그녀가 그에게 상처를 주기 전에 어서 벗어나라고 소리치고 싶었다. 하지만 그러는 대신에 가능한 한 세게 혀를 깨물었다. 살바토레가 답장을 받지 못할 편지를 연인에게 쓰기 시작할 때도 비웃지 않았다. 나는 그의 얼굴에 나타난 실망한 표정을 보고 싶지 않아 시야가 흐릿해질 때까지 화면을 뚫어지게 응시했다. 이렇게 하면 한밤중에 내 답장을 기다리며 휴대폰만 바라보았을 샘의 모습을 떠올리지 않을 수 있으니까.

나는 이 영화의 결말이 이해된 적 없었다. 내게 영화 줄거리의 가장 큰 줄기는 언제나 살바토레와 영사 기사와의 관계였다. 그 외의 다른 이야기들은 곁다리일 뿐이었다. 중간의 로맨스는 뜬금없고, 검열에 걸려 잘려나간 오래된 영화 클립들을 보여주는 장면은 나를 혼란스럽게 했다. 왜 영사 기사의 장례식에서 영화를 끝내지 않은 걸까? 영화 클립들은 왜 보여주는 걸까?

하지만 지금은 어떤가?

지금 나는 마을 신부가 보여주지 못하게 한 키스 장면들을 나이를 먹은 살바토레와 함께 보고 있었다. 그리고 불현듯 무언가를 깨달았다. 연결. 인간 사이의 연결. 다른 사람과의 **친밀한 관계.** 살바토레는 자신의 모든 삶에서 도망쳤다. 영사 기사와 자신의 엄마와 여동생을 버렸고, 오래도록 누구와도 결혼하지 않았다. 그가 했던 유일한 진짜 사랑이 그를 망가뜨렸고, 이로 인해 그는 사랑이 가치가 없다는 결론을 내렸다. 영화의 결말에 와서야 (너무 늦게) 그는 이것이 실수였음을 알게 된다.

나는 아빠가 내 어깨에 팔을 두르고 나서야 울고 있다는 사실을 깨달았다. 내 앞의 화면이 너무 흐릿해져서 더는 아무것도 보지 못했다. 숨쉬기가 힘들고 가슴이 답답했다.

"괜찮은 거니, 우리 딸?" 아빠가 물었다.

나는 괜찮다고 말하려고 애썼다. 그냥 피곤할 뿐이라고, 학업으로 스트레스를 받았다고, 아빠와 찰스 아빠가 함께 삶을 누리지 못해서 슬프다고 말하려고 노력했다. 온전한 진실이 아닌 많은 말들을 하려고 했다. 하지만 댐은 무너졌고 나는 아빠의 어깨에 얼굴을 파묻고 온몸이 떨릴 정도로 격하게 흐느꼈다.

"그래." 아빠가 속삭였다. "그래, 괜찮아. 나도 안다, 로스. 나도 알아."

나는 지난 십칠 년 동안 울어본 적 없는 매 순간을 위해 울었다. 내가 혼자인 것이 더 낫다고 스스로를 설득했던 모든 순간을 위해 울었다. 나를 수년간 알아왔지만 내가 조금도 알려고 하지 않았던 지원 단체 사람들을 위해 울었다. 살바토레를 위해 울고, 아빠와 찰스 아빠를 위해 울었다. 또 크리스천을 위해, 샘을 위해, 나를 위해 울었다. 그리고 이 과정에서 아빠한테 그동안의 일을 낱낱이 털어놓았다.

마침내 폭풍우가 잠잠해지자 아빠가 말했다. "지난 몇 달간 바빴구나, 응?"

나는 흐느끼다 웃었다. "맞아, 그런 것 같아."

"아빠한테 좀 더 일찍 말해줬으면 좋았겠다. 네 십 대의 삶에 대해 이야기해줄 수도 있었을 텐데."

"여기에 무슨 할 말이 있는 줄 몰랐어. 모든 게 그냥… 나를 덮쳤어."

"이해한다." 아빠는 눈살을 찌푸리며 말했다. "내가 잠시 '아빠'가 되어야겠구나. 그런 다음 이 이야기로 다시 돌아가자꾸나. 너와 크리스천이 파티에서 함께했을 때 피임기구는 사용했니?"

"맙소사, 아빠. 당연하지."

"그래, 다행이구나." 아빠는 한숨을 내쉬었다. 그러고는 몸을 움직여 나를 좀 더 잘 볼 수 있게 앉았다. "그럼 기분이 어떠니… 그날 있었던 일에 대해?"

"멍청이가 된 기분이야. 내가 속았다는 게 믿기지 않아. 그리고 이런 일이 있고 난 후에도 여전히 두 사람이 보고 싶다는 사실이 싫어."

"감정은 머리로 이해할 수 있는 게 아니란다, 로스. 이 사실을 빨리 알게 될수록 넌 더 행복해질 거야."

"확실해? 난 내가 알게 돼도 여전히 비참한 기분일 것 같은데."

아빠가 나를 끌어당겨 두 팔로 안아주었다. 그러자 잠시 어린애가 된 것 같은 기분이 들었다. "그래, 사실 그것도 일부란다."

"그냥 어떻게 해야 하는지 말해주면 안 돼?" 나는 아빠의 어깨에 얼굴을 묻은 채 물었다.

아빠의 웃음소리가 귓가를 스쳤다. "그게 얼마나 효과가 있을지는 모르겠구나. 하지만 내가 쓰는 방법을 알려줄 수는 있지, 네가 원한다면 말이야."

"응, 알려줘."

아빠는 팔을 풀고 뒤로 물러나 앉더니 통찰력 있는 눈빛으로 나를 바라보았다. "네가 들려준 이야기에 따르면 크리스천과 샘은 네게 거짓말을 했어. 그건 분명 잘못이지. 마음이 아프다는 걸 알아. 하지만 너희 모두 상처가 아무것도 바로잡아주지 않는다는 사실을 무시하고 있어. 오히려 상황을 악화시킬 뿐이지. 만약 아빠라면 그 애들과 대화해볼 거야. 최소한 시도라도 해보겠지. 그 애들이 진심으로 사과한다면 사태를 개선하려고 노력해봐. 결과적으로 너희는 모두 더 강해질 거야. 너희들 사이의 관계도 마찬가지고."

나는 입술을 깨물었다. 질문하는 내 목소리가 작아졌다. "그렇게 했는데 소용이 없으면?"

아빠가 씁쓸한 미소를 지었다. "모든 관계가 잘 해결되는 건 아니란다. 모두가 그래야만 하는 것도 아니고. 하지만 그렇다고 이것이 모든 관계가 너에게 상처를 준다는 의미는 아니야. 물론 어떤 것은 그렇겠지. 그렇지만 상처를 조금 받더라도 너를 행복하게 해주는 사람을 찾는 일이라면 가치가 있지 않을까?"

나는 어깨를 으쓱했다. 눈물이 다시 차올랐다. "잘 모르겠어."

"이런, 우리 딸, 내가 너를 왜 지금까지 상담 모임에 보냈겠니?" 아빠의 목소리에 웃음이 배어 있었다. 다시 눈물을 흘리기 시작하던 나도 아빠를 따라 웃었다. 아빠는 나를 다시 감싸 안아준 다음에 장난스럽게 어깨를 슬쩍 밀며 말했다. "치즈케이크가 아직도 멀쩡한지 모르겠네. 구할 가치가 있는지 볼까?"

"그 은유법은 마음에 안 들어, 아빠."

"그런 뜻으로 한 말은 아닌데, 하지만 네가 말을 꺼냈으니 말인데…"

"제발, 이제 그만!"

나는 아빠를 소파에서 밀어냈다. 우리는 둘 다 엄청난 크기의 치즈

케이크 조각을 접시에 담고 마음 아픈 관계를 이야기하며 조금 더 울었다. 영화는 어느덧 자동으로 처음부터 다시 재생되기 시작했다.

크리스천

축구팀원들과 하는 훈련만이 내 인생에서 유일하게 정상적인 일처럼 느껴졌다. 이것이 어떤 면에서는 위안이 됐는데, 몸은 내가 가진 것 중 절대로 실망시키지 않는 부분이었기 때문이다. 그러나 오늘은 그런 몸도 위안을 주는 데 그다지 도움이 되고 있지 않았다. 인생에서 나를 기겁하게 만드는 모든 것들로는 부족했는지 우주는 여기에 하나를 더 보태주었다. 그리고 나는 하루 종일 초조해하며 학교 수업에 집중하지 못했다.

이메일 수신함에 새 이메일이 도착해 있었다. 윌 형의 이름이 적힌 답장이었다. 벌써 며칠 전에 받았지만 오늘 아침에야 열어볼 용기가 났다. 방문을 잠그고 아빠가 출근하는 모습을 확인하고 나서야 용기를 냈다. 솔직히 나는 형의 답장을 기대하지 않았다. 그리고 보냈다고 해도 거절하는 내용일 거라고 생각했다. 형이 나를 거부해도 어쩔 수 없었다. 하지만 실제로 받은 메일의 내용은 나를 훨씬 더 혼란스럽게 만들었다.

안녕, 크리스천

먼저 네게서 연락받고 정말 기뻤어. 네가 연락해주기를 바랐거든. 하지만 나도 알아. 내가 어떻게 떠났는지를 생각하면 쉽지는 않았을 거야. 제일 먼저 이것만은 분명히 해둘게. 나는 너를 탓하지 않아. 한 번도 그런 적 없어. 부모님과 나 사이에 있었던 일들은 결코 네 잘못이 아니야. 사과해야 할 사람이 있다면 그건 나일 거야.

부모님이랑 있었던 일들을 세세하게 다 말하지는 않을게. 이미 오래전 일이고 원인을 알아내기 위해 많은 치료를 받았거든. 하지만 너도 전반적인 내용은 알 자격이 있다고 생각해. 솔직히 우리가 언쟁을 벌인 이유는 한 가지만이 아니야. 모든 거였지. 내 성적, 내가 어울리는 친구들, 대학에 가서 무엇을 할 것인가. 애초에 내가 대학에 가고 싶었다면 말이지. 기본적으로 부모님 눈에는 그게 무엇이든 내게 언제나 마음에 들지 않는 부분이 있었어. 내가 뭘 해도 언제나 부족했지. 내 성적이 얼마나 좋든, 무슨 수업을 듣든, 어느 동아리에 가입하든 상관없이 언제나 지적을 받았어. 두 분은 나를 위해 최고의 것들만 바랐지만, 이게 전부가 아니었어. 내게서 엄마 아빠와 같지 않은 점들, 자신들이 기대했던 것과 다른 모습을 보면 뭐든 개인적인 모욕으로 받아들였어. 뱁슨 대학에 가고 싶어 하지 않는다고 '배은망덕한 자식'이 됐고,

너나 아빠처럼 축구팀에 들어가지 않는다고 '게으른 놈'이 되었지. 내가 집을 떠나기 한 달 전에 있었던 진짜 큰 싸움을 기억해? 나는 어떤 사소한 정치적인 문제에서 엄마와 의견이 달랐는데 엄마는 내가 자신을 실망시켰다고 말하더라. 아빠는 화가 잔뜩 났고. 아빠는 자신들이 내게 해준 모든 것에도 불구하고 내가 자신들이 원하는 대로 하지 않거나 자신들이 믿기를 바랐던 대로 믿지 않으면 내 인생을 망칠 거라고 말했어. 나는 아빠한테 나 스스로 결정을 내릴 수 없다는 식으로 말하는 것에 마음이 상한다고 말했지. 아빠는 나를 비웃으며 말하더라. "너는 감정을 가질 수 없어."

안 좋은 기억을 되풀이하려는 것은 아니야. 미안해. 당시의 내 상황이 어땠는지를 이해해주길 바라. 엄마와 아빠는 언제나 너보다 내게 더 가혹했어. 이 문제 역시 널 탓할 생각은 없어. 더 좋아하는 아이가 있기 마련이니까. 하지만 부모님이 내 인생을 좌지우지하는 한 난 절대로 행복할 수 없었을 거야. 나는 맞서야만 했어. 최고의 방법은 아니었을지도 모르지만 뭐, 난 그때 어렸잖아. 그리고 내가 그런 용기를 내서 다행이라고 생각해. 나는 내 행복을 찾기 위해 떠나야 했고, 부모님이 내 인생에 있는 한 그렇게 하게 허락하지 않았을 거야. 누군가가 너를 키웠다고 해서 그들이 언제나 너에게 좋은 사람이란 의미는 아니야.

너나 에이미를 내 인생에서 끊어내고 싶진 않았어. 계속 함께 하고 싶었는데, 그 방법을 찾지 못했지. 엄마 아빠와 연락하지 않고 너희와 연락할 길이 없었으니까. 그리고 난… 부모님과는 연락할 수 없었어. 나는 지금도 부모님과 대화할 생각이 없어. 하지만 너랑은 얘기하고 싶어. 너도 나만큼 이 모든 일의 피해자였으니까. 그리고 솔직히 말해 네가 정말 그리웠어.

우리는 할 얘기가 몇 년 치는 쌓여 있어, 그치? 넌 어떻게 지내? 학교는 어떻고? 사귀는 사람은 있어? 엄마 아빠가 너희한테는 잘 대해줘? 전부 듣고 싶다. 네가 그럴 생각이 있다면 말이지만. 너랑 다시 얘기하게 된다면 기쁠 거야. 그리고 말인데, 내가 사는 지역에 오게 된다면 우리가 만날 수도 있을 거야! 부모님한테는 말 안 해도 돼. 그러니 걱정하지 마.

보고 싶다, 내 동생.

윌

나는 아직 답장을 보내지 않았다. 계속 이대로 두었다가는 내게 주어진 기회가 지나가버릴 것 같았지만, 문제는 무슨 말을 해야 할지 모르겠다는 것이다. 수년간 연락 한 번 안 하고 살던 잃어버린 가족과 어떻게 다시 얘기한단 말인가? 엄마 아빠가 형을 어떻게 대했는지에 대해 내가 무슨 말을 하겠는가? 그리고 이 모든 것을 내가 어떻게 생각해야 하는가?

가장 쉬운 선택은 그냥 내버려두는 것이었다. 그러면 최소한 부모님이 이 일을 알게 될 걱정은 하지 않아도 됐다. 형은 지금까지 나 없이도 잘 지낸 것 같고, 나도 형 없이 잘 지내지 않았나? 모든 것이 괜찮지 않았나?

그렇지 않았다는 거 알잖아. 내 머릿속에서 목소리가 속삭였다. **오랫동안 너와 네 가족에게는 문제가 있었어.**

이 목소리를 조용히 시키고 다른 애들처럼 운동에 집중하려고 노력했다. 근육을 움직이고, 숨을 들이마시고 내쉬었다. 몬티가 내 기분 변화를 눈치챘다. 나는 몬티에게 샘과 로스 사이에 무슨 일이 있었는지 말해줬다. 그가 아직까지 '그러길래 내가 뭐랬어'란 태도를 보여주지 않아서 고마웠다. 몬티는 이메일에 대해서는 모른다. 그래서 내 심란한 기분이 여자친구 문제 때문이라고만 생각하는 것 같았다.

몸풀기 시간이 되자 몬티가 평소보다 더 주의 깊게 나를 보고 있음을 감지했다. 코치가 달리기를 시켰는데, 그때 몬티가 내 옆으로 다가와 같이 뛰었다. "나한테 하고 싶은 얘기 없어?"

나는 시선을 정면에 고정한 채 어깨를 으쓱했다. "할 얘기가 뭐가 있겠어? 오늘은 로스를 못 봤어."

"그래, 그래서 코치가 눈치챌 정도로 그렇게 맥을 못 추는 거군. 아까 애덤이 이 이야기를 하는 소릴 들었어."

가슴속에서 분노가 치밀어 올랐다. "말하고 싶은 대로 말하라고 해."

"걔가 너를 포워드 자리에서 밀어낼 수도 있어."

"그래서?"

"이거야, 이게 내가 말하고 있는 거라고, 크리스!"

"파월! 웰스! 잡담 그만하고 뛰어." 브랜슨 코치가 경기장 반대편에서 소리쳤다.

몬티가 나를 힐끗 바라보더니 인조 잔디에서 한 발을 질질 끌다가 무릎으로 세게 미끄러졌다.

나는 놀라 그 자리에서 멈췄다. "몬티!"

다른 몇몇 선수들도 상황을 알아차렸고, 코치는 큰 소리로 외쳤다. "괜찮나, 웰스?"

몬티는 비틀거리며 일어서더니 고통스러운 신음을 내뱉었다. "발목을 삐었어."

"양호실에 가자." 나는 어깨로 몬티를 부축한 다음 큰 소리로 말했다. "얼음찜질을 해야 할 것 같아요."

코치가 엄지손가락을 들어 보이자 나는 절뚝거리는 몬티를 데리고 경기장을 떠났다.

그런데 출입문을 지나자마자 몬티는 내게 어깨를 으쓱해 보이더니 정상적으로 걷기 시작했다.

나는 그를 빤히 쳐다보았다. "뭐 하는 거야?"

"내가 부상당한 척할 줄 모른다고 생각했어? 우린 축구를 한다고, 크리스."

"알았어, 근데 왜?"

"왜냐하면 우린 대화가 필요하니까." 우리는 체육관 모퉁이를 돌아 아무도 없는 데를 찾아서 멀리 떨어진 곳까지 갔다. 몬티는 마침내 걸음을 멈추고 돌아서더니 나를 마주 보았다. "언제쯤 네가 원하는 것을 얻기 위해 싸우기 시작할 거야?"

이 질문은 나를 놀라게 하기에 충분했다. 나는 눈을 깜박거렸다. "나는… 그게 무슨 소린지 모르겠…."

"로스를 정말 좋아하잖아, 맞지?"

"물론이야."

"그런데 둘 다 비참해지게 놓아두겠다고?"

"내가 뭘 할 수 있는데? 과거로 돌아가서 걔들 대화를 없었던 일로 만들 수도 없잖아."

"없지. 하지만 걔와 이야기해볼 수는 있잖아!" 몬티는 내 머리카락을 쓸어 넘겼다. "네 생각을 이야기해, 크리스! 사람들에게 네가 원하는 것을 말하고 실제로 얻으려고 노력하라고."

"나는 모두가 잘 지내기를 원해! 샘과 로스가 서로 미워하길 바라지 않아. 그리고 걔들이 나를 미워하길 바라지도 않아!"

"그럼 걔들에게 그렇게 얘기해!"

나는 마음속에서 분노가 끓어오르기를 바라지만 지금은 그저 피곤함만 느낄 뿐이었다. 심지어 내가 누구 이야기를 하는지도 모르겠다. "그래, 걔들과 언쟁하는 것이 걔들이 나를 확실하게 미워하게 만드는 끝내주게 좋은 방법이지."

몬티는 얼굴을 찌푸렸다. "네가 원하는 것을 요구하는 건 언쟁이 아니야, 크리스."

나는 아무 말도 하지 않았다. 내 말은 그게 아니야, 라고 부정하고 싶은 충동이 일었지만 그렇게 하지 못했다. 몬티는 지난 몇 주 동안 내가 감당해야 했던 일들의 절반도 잘 몰랐다. 하지만 마치 다 아는 것처럼 느껴졌다. 몬티는 내 명치에 주먹을 날려 숨을 헐떡이게 만들고 말문이 막히고 상처받게 하는 말을 정확하게 아는 사람 같았다. 내 기분이 엉망이라는 걸 안 건지, 그가 앞으로 다가와 내 어깨에 한 손을 올리며 말했다.

"왜 그런 생각을 하는지 모르겠지만, 그건 사실이 아니야. 넌 정말 괜찮은 애야, 크리스천. 사람들은 네가 네 생각을 얘기해도 여전히 너를 좋아할 거야. 어쩌면 더 좋아할지도 몰라."

내 목소리가 살짝 떨려서 나왔다. "고마워, 몬티."

"나를 제외하면 말이지. 나는 어떻든 너를 싫어하기 시작할 거야."

이 말에 나는 웃음을 터뜨렸다. "닥쳐." 하지만 나는 그를 끌어당겨 포옹하고, 몬티도 나를 아주 세게 안아주었다. "넌 최악이야."

"아야, 이것이 새롭고 자신감에 찬 크리스천이 하는 소리야? 내 말 취소할게. 그냥 가만히 있어줘."

"그 입 닫지 않으면 정말로 네 발목을 비틀 거야."

"좋아." 몬티는 뒤로 물러서며 히죽 웃었다. "그나저나 얼음을 좀 구해야겠네. 코치한테 내 거짓말이 들통나지 않으려면 말이야."

"그게 좋겠다."

우리는 몸을 돌려 양호실로 향했다.

어쩌면 몬티의 격려 덕분에 저녁 식사 자리에서 아빠의 말을 인식할 수 있었는지도 모른다. 기말시험과 여름 계획, 휴가지 이야기를 하던 중에 아빠는 나를 바라보며 말했다. "너도 알겠지만, 이번 여름에 뱁슨 대학에서 예비 신입생 투어를 진행한단다. 자리가 다 차기 전에 일정을 잡는 게 좋겠어."

한데 고개를 끄덕이며 아빠의 의견에 동의하려는 찰나, 갑자기 머릿속에서 작은 목소리가, 오늘 아침에 들었던 그 목소리가 다시 속삭였다.

이게 네가 원하는 거야?

"알았어요." 나는 모든 단어를 신중하게 고르며 조심스럽게 답했다. "그럼 몇몇 대학 투어들도 더 예약해둬야겠어요."

아빠가 눈살을 찌푸렸다. "왜?"

"여름 내내 여기저기 흩어져 있는 대학 투어를 다니기는 힘들 거예요. 서로 가까운 거리에 있는 대학들이라면 더 많은 시간을…."

"아니, 내 말은 왜 다른 학교들을 살펴보려는 거냔 말이다."

엄마는 혼란스럽다는 표정을 지었다.

나는 심호흡을 한 번 한 다음에 말했다. "선택지가 다양하면 좋잖아요. 진학 상담 선생님이 최소한 대학 세 군데에는 지원해야 한다고 하셨어요. 만일을 대비해 안정적인 학교…."

"네 성적이면 문제없이 뱁슨대에 들어갈 수 있어." 아빠가 내 말을 끊었다. "널 받아줄 거다."

아빠는 식사를 멈추고 나를 지그시 응시했다. "뱁슨대에 가고 싶지 않다는 거냐?"

아빠의 질문은 질문처럼 들리지 않았다. 엄마는 내게 경고의 시선을 보냈다. 마치 내가 막 싸움을 시작하려 한다고 생각하는 것처럼.

내 옆에 앉아 있는 에이미는 몸을 살짝 움츠렸다.

속으로는 나도 똑같이 행동할 수 있기를 바랐다. 내 심장이 쿵쾅거렸다. 머릿속에서는 부모님과 형이 서로를 향해 고함을 지르던 소리만 들렸다. 내 안의 모든 것들이 내게 입을 다물라고 애원했다. 지금이라도 그럴 수 있었다. 그냥 아빠의 말이 옳다고 말하고 이 상황을 일단락시킨 후에 다음 이야기로 넘어갈 수 있었다.

다른 사람들은 이런 상황에서 어떻게 할까? 샘은 당연히 저항할 터였다. 몬티는 분명 농담으로 무마하고, 로스는 논리를 앞세워 자기 생각을 주장할 것이다. 이들 중 어느 것도 내가 할 만한 행동처럼 여겨지지 않았다. 하지만 어쩌면 이 세 사람 사이의 어딘가에 내가 할 수 있는 일이 있을지도 모른다.

나는 작고 동그란 바둑돌이 들어 있는 주머니로 손을 뻗었다.

"뱁슨 대학은 정말 좋은 학교예요." 나는 가벼운 어투를 유지하며 말했다. "당연히 제 대학 목록에 들어가 있죠. 하지만 매사추세츠주에는 훌륭한 대학들이 정말 많잖아요. 그래서 조사를 좀 해보고 저한테 최선인 학교를 선택하고 있는지 분명히 하고 싶어요."

엄마의 시선이 아빠와 나 사이를 빠르게 왔다 갔다 했다.

아빠는 눈을 가늘게 떴다. "그 로스라는 여자애가 네게 뭐라고 한 거냐? 자기랑 같은 학교에 가자고 너를 구슬리고 있는 거야?"

"아니에요, 아빠. 걘 아직 어느 학교에 갈지 정하지도 않았어요. 기억 안 나요?"

내 대답에 아빠는 잠시 말을 멈췄다. 그동안 나는 필사적으로 주머니 속의 바둑돌을 꼭 쥐고 있었다. 나는 화난 음성으로 들리지 않게 언성을 높이지 않고, 대립각을 세우는 말을 하지 않으면서 신중에 신중을 기하고 있었다. 언쟁을 벌일 이유는 없었다. 하지만 내가 할 수 있는 한 최대한 안전한 방법으로 부모님에게 내가 무엇을 원하는지 말하고 싶었다. 지금의 이 행동이 내가 원하는 뭔가를 위해 싸우는 거라고 할 순 없었지만, 마음속으로는 지독히도 그렇게 느껴졌다.

엄마는 주제를 바꿔보려고 했다. "에이미, 거의 다 먹은 거니? 접시 주위로 음식을 밀어놓으면 안 된다고…."

"그런 생각은 어떻게 하게 된 거냐, 크리스천?"

지금 몇 분의 대화 중 아빠가 나와 엄마의 말을 중간에서 자른 게 이번이 세 번째였다. 나는 최선을 다해 쾌활한 표정을 지어 보이려고 애썼다. "무슨 뜻이에요?"

"넌 지금까지 항상 뱁슨대에 가고 싶어 했잖아."

아빠가 내가 뱁슨 대학에 가길 바란다고 가정했겠지. "지금도 여전히 그래요. 그저 신중하려는 것뿐이에요. 제 선택에 대해 확신을 가지고 싶은 거예요. 제 미래를 위해 최고의 선택을 내릴 수 있도록이요. 이게 우리 모두가 원하는 거 아닌가요?"

나는 아빠가 소리를 지르는 순간을 기다렸다. 아빠와 엄마가 월 형에게 그럴 때는 많은 이유가 필요하지 않았고, 형은 실제로 한 번도 이를 피하려고 한 적 없었다. 대화가 언쟁으로 번지는 부분이 있다면 바로 여기였다.

나는 이번이 뭐가 다른지 모르겠다. 어쩌면 내가 최대한 대립하는 모양새를 띠지 않으려고 노력하며 얘기해서인지도 모른다. 어쩌면 부모님 모두 싸울 기분이 아니어서인지도 모른다. 어쩌면 두 분도 나이가 드셨기 때문인지도 모른다.

이유가 무엇이든 긴 침묵 끝에 아빠는 시선을 돌리며 어깨를 으쓱했다. "그래도 뱁슨대 투어를 제일 먼저 해야 한다고 생각해."

"그럴게요. 오늘 밤 식사 후에 알아볼게요."

식탁을 감싸고 있던 긴장감이 누그러졌다. 엄마는 다시 식사를 시작했고, 에이미는 내게 안도하는 시선을 보냈다.

아직 떨림이 사라지지 않았지만, 에이미를 향해 싱긋 웃어주었다. 이것이 승리인지는 모르겠지만 어쨌든 해냈다는 사실에 무척 기뻤다.

나는 이메일을 다시 열었다. 빈 문서 화면에서 커서가 깜박이고 있고, 아직은 무슨 말을 써야 할지 모르겠다. 하지만 해볼 생각이다. 형은 적어도 내게서 이 정도 소식을 들을 자격이 있었다.

형과 다시 대화하는 건 어떤 모습일까? 형이 사는 곳도 모르고 형을 만날 수 있기는 한 건지도 모른다. 그를 너무 오랫동안 외면했다. 형제는 고사하고 다시 친구가 될 수는 있을까?

나는 주머니 속의 바둑돌을 쓰다듬으며 작은 플라스틱 돌이 아닌 형에게 더 의지할 수 있다는 생각을 해보았다.

이게 네가 원하는 거야?

이 작은 목소리가 누구의 것인지 아직도 모르겠다. 샘이나 로스나 몬티는 아니었다. 내 목소리도 아니라고 생각했다. 아직은. 하지만 언젠가는 그렇게 될지도 모른다.

샘이 쓰던 표현이 뭐였더라? '이루어질 때까지 이루어진 척해라' 였던가? 아무튼 무언가를 오랫동안 가장하면 그것이 사실이 된다는 의미인 것 같았다.

이것이 얼마나 효과가 있을지는 모르겠으나 확실히 시도해볼 생각이었다.

크리스천

　나는 로스에게 문자 메시지를 보내 공원으로 나와달라고 했다. 늦은 시간이었지만(밖은 이미 어두워지기 시작했다) 이 문제를 더는 미룰 수 없었다. 이미 충분히 미뤄왔다. 삼십 분이 지났을 때쯤 새싹이 나기 시작한 나무 아래 놓인 벤치로 그녀가 나타났다.

　로스는 내 옆에 앉으면서 뻣뻣한 자세로 나와 몸이 닿지 않게 조심했다.

　"그게… 샘이 네게 보낸 메시지 알아." 나는 로스에게 말했다.

　로스는 고개를 끄덕였다. "그런 줄 알았어."

　"화가 난 건 아니야." 내가 말했다.

　로스는 웃었는데, 재미있어서 웃는 소리처럼 들리지 않았다. "그래?"

　"오히려 화를 내야 할 사람은 너라고 생각해."

　"왜? 너랑 짜고 네 전 여친이 시라노 행세를 해서?"

나는 얼굴을 찌푸렸다. "우리가 뭘 했다고?"

"〈시라노 드 베르주라크〉 말이야. 오래된 프랑스 희곡."

내가 무슨 말인지 이해하지 못하고 몇 초간 로스를 빤히 쳐다보자 그녀가 한숨을 쉬며 말했다.

"내 말은 너희가 나를 속였기 때문이냐고?"

아. 나는 흠칫 놀랐다. "그래."

"맞아. 난 화났어. 파티 이후로 계속 화가 난 상태야."

"그렇다면 우린 왜 아직도 같이 있는 거야?"

로스는 말을 멈추고 입술을 씹었다. "나도 몰라."

"아니, 넌 알아."

침묵이 무겁게 내려앉았다. 땅거미가 지면서 로스의 눈 밑 움푹 꺼진 곳이 더 어두워졌다.

"사실대로 말하자면 내 안의 일부는 샘에게 조금 상처를 주고 싶어 하는 것 같아. 내가 느꼈던 것과 같은 부끄러움을 걔도 느끼게 해 주고 싶어." 로스가 말했다.

로스는 내게 상처를 주고 싶다는 말은 하지 않았는데, 그 때문에 더 안 좋은 느낌이 들었다. "그래서 어떻게 돼가고 있어?"

로스는 손으로 셔츠의 밑단을 비틀면서 시선을 돌렸다. "별로 좋지 않아."

"나 역시 기분이 좋지는 않아."

"그래, 알아. 나는… 미안해."

"네가 먼저 사과할 일은 아니야."

로스는 눈썹을 찡그렸다. "그래?"

"그래. 네 말이 맞아. 샘과 내가 너를 속였어. 처음부터라고 해도 과언이 아니지. 우리는 너무 뻔해 보이지 않으려고 노력했고, 가끔 마음이 편치 않기도 했지만, 이것이 핑계가 될 수는 없을 거야. 샘은… 우리가 대화를 나누는 동안 대부분 함께했어. 갠 어쩌면 들으면 안 되는 사적인 얘기를 많이 들었지. 때로는 네가 나에게 말한다고 생각했을 때 사실은 개한테 말하는 거였어. 이건 누군가에게 해선 안 되는 정말 형편없는 짓이지. 나는 겁이 났고 멍청했어. 그렇게 해서는 안 되는 거였어. 정말 미안해."

로스는 한숨을 내쉬었다. "나는 네가 왜 그랬는지 못 들었어, 크리스천. 하고 싶은 말이 뭐야?"

"이유는… 내가 긴장했기 때문이야. 너랑 처음 대화한 날 완전히 망쳐버려서 도움 없이는 기회가 없을 거라고 생각했어. 네게 좋은 인상을 주고 싶었거든."

"그래서 거짓말을 했다?"

나는 다시 한번 흠칫했다. "그래, 맞는 말이야."

"그거 알아, 크리스천? 나는 생각보다 많이 화나지 않았어. 어쩌면 더 분노해야 하는 게 맞을지도 몰라. 한데 또 처음에 너를 그렇게 무시하지 말았어야 했어. 나는… 네가 나를 올바른 이유로 알려고 하는 게 아니라고 가정했어. 내가 시간을 내서 너와 대화했더라면 내가 틀렸다는 사실을 알았을 거야."

"그래, 그랬을 거야. 하지만 네가 누군가에게 네 시간을 내어주어야만 하는 것도 아니지."

"맞아." 로스가 짧게 웃었다. "있지, 아빠한테 무슨 일이 있었는지 말했어."

나는 얼어붙었다. "내가 걱정해야 해?"

"아니! 아니야, 아빤 화나지 않았어."

"그 일에 대해서도…."

"우리가 잤다는 것에 대해서도. 믿어도 돼."

나는 떨리는 숨을 내쉬었다. "너희 아빠는… 정말 좋은 분이구나."

"그래, 멋진 분이지." 로스는 주름 진 셔츠 단을 찡그린 얼굴로 바라보았다. "내가 뭘 해야 할지 조언을 많이 해줬어."

"나한테도 알려줄 수 있어?"

"우리 관계를 회복하기 위해 노력할 가치가 있는지 잘 생각해보랬어. 날 행복하게 해주는지."

"그리고… 넌 어떤 결정을 내렸어?"

나는 그녀의 입에서 나올 대답에 대해 얼마나 긴장하고 있는지 얼굴에 드러내지 않기 위해 정말 애썼다. 물론 나 자신을 위해 더 싸울 필요가 있었지만, 지금 여기서 상처받은 사람은 로스였다. 그래서 지금은 그녀의 의견이 중요했다.

로스는 깊게 숨을 내쉰 다음 마침내 나를 올려다보았다. "난 너를 잃고 싶지 않아, 크리스천. 진짜야. 우리 둘 다 관계를 망쳐버렸지만 넌 여전히 나를 행복하게 해줘. 너랑 어울리는 게 좋아. 대화하는 것도 좋아. 너는 아주 좋은 애야. 너를 사랑하는 건 아니지만… 이게 친구를 잃어야 한다는 의미는 아니기를 바라."

나를 덮친 기분은 완전한 실망감이 아니었다. 오히려 안도감에 가까웠다. 물론 여기에는 달콤하고 씁쓸한 면이 있었다. 로스는 나를 사랑하지 않는다고 했는데 이 말은 마음을 아프게 했다. 많이 아팠다. 그녀를 잊기 위해서는 시간과 노력이 필요할 것이다. 하지만 나는 우리가 서로를 미워하는 관계로 끝내고 싶지 않았다.

"이해해." 잠시 뒤에 내가 말했다. "샘이 나와 헤어졌을 때 나도 같은 말을 했거든. 넌 내가 많이 아끼는 사람이야. 어떤 식으로든 우리 관계를 유지하고 싶어." 그런 다음 잠시 틈을 들인 뒤에 말을 이었다. "샘 얘기가 나와서 말인데."

로스가 긴장했다. "그런데?"

"너희 두 사람은 어떻게 되어가고 있는 거야? 나는 일이 틀어지고부터 걔랑 대화를 못 했어. 그래서 일이 어떻게 되고 있는지 잘 모르겠어."

"나도 걔랑 별로 얘기해보지 못했어." 로스가 다시 셔츠 밑단을 만지작거렸다. "걔가 나한테 로레도 지도를 줬어."

"뭐라고?"

"그래. 자기한테 더는 필요 없대. 나한테 화가 났더라. 사실 내가 화를 돋운 측면도 있지."

로스가 하지 않은 말이 많다는 걸 알지만 나는 가장 중요한 것을 묻기로 했다. "걔가 너한테 보낸 마지막 메시지에 답장을 안 했더라. 그게 너는 같은 감정이 아니라서야, 아니면 화가 나서야, 그것도 아니면…?"

침묵이 짙게 깔렸다. 로스는 나를 바라보지 못했다. 나는 그녀에게 대답할 시간을 주었지만 시간이 흐를수록 그녀의 눈빛은 점점 더 흐려질 뿐이었다.

"미안해, 크리스천." 로스가 마침내 속삭이듯 말했다.

"그럴 거 없어."

"내가 네게 반했다고 생각했던 모든 부분이, 내 관심을 끌었던 모든 것이…."

"그건 샘이었지."

로스는 입술을 세게 꽉 다물었다. "맞아."

로스가 울기 시작하자 나는 잠시 그녀를 안아주어야 할지 그대로 있어야 할지 몰라 당황했다. 나는 그녀의 등 윗부분에 손을 얹고 엄지로 어깨를 쓰다듬는 것으로 타협했다. 로스가 몸을 빼지 않아 나는 속으로 안도했다. 잠시 뒤에 내가 말했다. "걔가 여자라서 속상한 거야?"

"아니야!" 로스는 웃음인지 흐느낌인지 모를 소리를 냈다. "걔가 여자라는 건 상관없어."

"그럴 줄 알았어. 그럼 뭔데?"

"이런 일이 생길 줄 전혀 몰랐단 말이야. 그래서 어떻게 해야 할지 모르겠어."

"아무래도 다음에 할 일은 샘하고 대화해보는 것 같네."

로스는 젖은 눈으로 미소를 지었다. "꼭 우리 아빠처럼 말한다."

"너희 아빠는 당연히 좋은 조언을 해주시는 분일 거야. 그러니 네 말은 칭찬으로 들을게."

"물론이야. 그런 뜻으로 한 말이야. 내가 너랑 잔 일에 아빠가 쿨하게 반응했기 때문은 분명 아니야." 로스가 민망해했다. "그나저나 그 일은 미안하게 됐어."

"그때 확실하다고 했던 말, 거짓말은 아니었지, 그치? 내가 물어봤던 건…."

"그래, 거짓말 아니야. 맹세해."

이번에는 내가 얼마나 안심했는지 숨기지 않고 등을 뒤로 기대어 앉았다. "다행이다."

"충분히 생각했어야 했는데 그러지 못했어. 상황을 그렇게 만든 건 후회하지만 네 잘못은 아니야." 로스가 나를 바라보았다. "넌 이제 어떻게 할 거야, 크리스천? 우린 계속 내 문제만 얘기하고 있어."

"네 문제가 훨씬 더 흥미롭거든." 나는 그녀에게 겸연쩍은 미소를 지어 보였다. "나도 잘 몰라. 하지만 이것도 나쁘진 않아. 지난 일주일 동안 생각이 많았는데 아직 해결 못 했어." 그리고 덧붙여 말했다. "형한테 이메일을 보냈어."

로스는 몸을 똑바로 세우고 앉았다. "보냈어? 형이 뭐래?"

"내 연락을 받고 기뻐했어. 나랑 계속 연락하며 지내고 싶어 하는 것 같아. 지금까지 신경 쓰고 있지 않았기 때문에 형이 그러고 싶지 않다고 해도 탓할 수 없었을 거야. 하지만 내 생각에… 나도 잘 모르겠어. 노력해보는 거지."

"정말 잘했어."

이 짧은 말이 왜 울고 싶은 기분이 들게 하는지 모르겠다. "고마워."

"정말 큰일을 한 거야."

"그래." 나는 크게 심호흡했다. "그리고 어제 아빠 의견에 동의하지 않았어. 작은 문제였고, 다행히 내가 생각했던 것만큼 화를 내진 않았지만, 그래도."

"와, 반항아 나셨네."

"뭐래."

우리 위로 가로등이 깜박거리며 켜졌다. 우리는 깜짝 놀랐고, 곧 웃음을 터뜨렸다. 우리만의 오렌지빛 웅덩이가 생겼다.

"이제 집에 가는 게 좋겠다." 로스가 말했다.

"그래, 그러자. 근데 샘하고는 언제 얘기할 거야? 나도 해야 하는데, 선수를 치고 싶진 않거든." 내가 말했다.

로스는 얼굴을 살짝 찌푸렸다. "글쎄, 잘 모르겠어. 지금 시점에서 걔가 나와 대화하고 싶어 할지도 모르겠고."

"내가 도와줄 수 있어, 네가 원한다면."

"어쩌면. 어셈블리 행사가 끝난 후가 되지 않을까 싶어. 이 프로젝트가 내 지력을 몽땅 빨아들이고 있어. 그리고 나는…." 로스는 허공을 바라본 채 말을 멈췄다.

"왜 그래?" 내가 물었다.

"내게…" 로스가 천천히 말을 이었다. "방금 생각이 떠올랐어."

"얼른 말해봐!"

"샘은 연극적인 걸 좋아하잖아, 맞지? 과장된 표현 같은 거?"

"걘 내가 만난 사람 중에 가장 극적인 사람이야."

"확실히 네 도움이 필요하겠어. 괜찮겠어?"

이게 네가 원하는 거야? 머릿속의 목소리가 다시 속삭였다.

나는 그녀를 향해 씩 미소를 지었다. "말만 해, 로스. 난 준비됐어."

샘

나는 내일 수업을 빼먹기로 결심했다.

벨레로즈 어셈블리는 의무적으로 참석해야 하는 행사다. 전교생이 강당에 모여 학교에서 초청한 사람의 연설을 들은 다음에 학생 대표 연설자의 발표를 감상한다. 올해는 내가 감당하고 싶은 수준을 조금 넘어선 것 같다. 물론 내가 할 수 없다는 뜻이 아니다. 그저 하고 싶지 않다는 말이다.

내일 학교에 결석할 만큼 충분히 아파 보이기 위해서는 당연히 미리 기초 공사를 시작할 필요가 있었다. 모든 훌륭한 연기자는 무대 뒤에서 한 노력이 연기를 신뢰할 수 있게 만든다는 사실을 알고 있다. 그래서 나는 몸 상태가 좋지 않다고 할머니를 설득해야 했다. 큰 준비가 필요하지는 않았다. 그냥 평소보다 조용히 있고, 저녁을 남기고, 지나가는 투로 느낌이 '이상하다'는 말만 던지면 된다. 이 정도면 할머니가 나를 걱정하게 만들기에 충분했다. 그러면 나는 할머니의 걱정을 무시하고 괜찮다고 말하면 되는 것이다.

그 결과 나는 지금 할머니와 함께 거실 소파에 앉아 요리 프로그램을 시청하고 있었다. 할머니는 이런 프로그램을 좋아했다. 본인이 요리를 그다지 잘하지는 않지만 언젠가 이 쓸데없이 복잡한 요리들을 만들 것처럼 행동하기를 좋아했다.

지금 당장 내가 할 수 있는 일은 넘쳐났다. 프랑스 남성이 요리하는 모습을 지켜보는 것보다 내 마음을 더 분주하게 만드는 일은 많았다. 하지만 할머니가 내 몸 상태가 좋지 않다고 믿게 만들 필요가 있었고, 이것은 그 일부였다. 게다가 또… 할머니랑 있고 싶었다.

나는 최근 계속해서 할머니를 피해왔다. 처음에는 크리스천과 로스를 이어주기 위해 바빴고, 이후로는 모든 것이 무너져 내렸다. 난 그냥 할머니를 마주할 수 없었다. 할머니는 내 기분이 우울하다는 것을 벌써 알아차렸을 것이다. 할머니 곁에 있었으면 벌써 진실이 입 밖으로 튀어나왔을 것이다. 할머니에게 무슨 일이 일어나고 있는지 말하면 그녀는 나를 지지해줄 터였다. 하지만 할머니에게 말하는 건 나 스스로 인정해야 한다는 말과도 같았다. 내가 잘못했음을, 내가 상처받았음을, 내가 계획했던 것보다 훨씬 더 로스에게 마음을 쓰고 있음을 인정해야 했다. 이들 중 어느 것도 선택지가 될 수 없었다.

그러나 지금 당장은 안전하다고 느꼈다. 로스의 이름을 말하면서도 울 것 같은 기분이 들지 않게 되었다.

할머니는 요리 프로그램에 상당히 몰두해 있다가 반쯤 지났을 때 몸을 돌려 나를 바라보았다. "할미가 네 숙제를 방해하고 있는 건 아니지?"

"아니요. 내일은 벨레로즈 어셈블리 날이에요. 내가 할 일은 별로 없어요."

"그래, 잘됐구나. 넌 최근에 너무 열심히 했어."

"로레도에 가지 않도록 노력 중이에요." 나는 살짝 쉰 듯한 소리를 더하고 목을 가다듬으면서 가벼운 말투로 말했다. 잠시 뒤에는 기침을 하고 할머니가 눈치챘는지 살펴볼 것이다.

"아, 제발. 내가 그 오래된 농담을 싫어하는 걸 알잖니." 할머니가 말했다. "그건 너랑 네 엄마 것이지, 내 것이 아니야. 최근에 엄마한테서 연락 없었니?"

나는 콧방귀를 뀌었다. "벌써 내 생일이에요?"

"흠." 할머니는 더 이상 말하지 않았다. 시선을 티브이에 고정하고 입은 일직선으로 굳게 닫았다. 엄마 이야기를 할 때면 할머니는 이상하게 행동할 때가 있다. 우리가 자주 엄마 이야기를 하는 것은 아니지만 언급될 때면 매번 할머니는 내가 무슨 말인가를 해주기를 기다리는 것처럼 보였다. 하지만 그 말이 뭔지 모르겠다.

얼마간 침묵이 이어진 뒤에 할머니가 말했다. "로레도 얘기가 나와서 말인데, 그 오래된 지도를 떼어냈더구나."

아, 할머니도 봤구나. 나는 어깨를 으쓱했다. "네. 방 인테리어를 조금 바꾸고 싶었어요."

"내가 보관해줄까? 훼손되지 않게?"

죄책감이라는 뜨거운 못이 내 배 속에 박혔다. **사실 할머니, 감사하**

지만 그 지도는 이미 사라졌어요. 내 마음을 아프게 한 여자애를 괴롭히기 위해 선물로 줬거든요. 아, 그 얘길 안 했죠? 제 잘못이에요.

"괜찮아요. 제가 알아서 할게요."

"그러려무나, 우리 강아지." 할머니는 이 말을 하며 미소를 지었다. 나를 완벽하게 믿고 있었다. 그리고 이 사실이 내가 몸을 웅크리고 죽고 싶게 만들었다.

나는 머리를 흔들고 다시 시선을 억지로 티브이에 고정했다. 지금은 그 생각을 하면 안 된다. 할머니 앞에서 울음을 터뜨리고 싶지 않다면.

물론 우주는 다른 계획을 가지고 있는 듯했다. 뒷주머니에 넣어둔 휴대폰이 진동하는 바람에 꺼내 확인했다.

크리스천 내일 행사에서 같이 앉을래?

나는 눈을 크게 깜박이면서 잠시 문자 메시지를 뚫어지게 바라보았다. 크리스천은 파티 이후로 거의 이 주 동안 내게 말을 걸지 않았다. 문자 메시지도 없었고, 수업 사이에 만나지도 않았다. 나는 그가 로스와 나 사이에 있었던 일을 알아냈거나 그녀가 말했다고 생각했다. 하지만 이 메시지는 너무나 일상적이었다. 마치 고의로 나를 완전히 무시한 행동이 그저 지나가는 일이라는 것처럼. 아무 문제도 없었다는 것처럼.

아무래도 우리는 아무 일 없는 척해야 하는 건가 보다. 나도 여기에는 불만이 없었다. 하지만 그래도 행사에는 가지 않을 생각이다.

샘 몸이 안 좋아. 내일 학교에 안 갈 것 같아

크리스천 아, 그래? 왜 식중독이나 뭐 그런 거야?

샘 비슷해

크리스천 상당히 편리하게 들리네

샘 뭐라고?

크리스천 내일 아플 계획을 세우는 데 상당히 편리하다고. 그게 다야

샘 내가 학교에 안 가려고 아픈 척하는 사람 아닌 거 알잖아, 크리스

크리스천 내가 그걸 아나?

할머니가 심령술사라고 맹세할 수 있는 순간이 있다면 바로 이런 때다. 할머니는 바로 나를 바라보며 말했다. "조만간 크리스천을 집으로 초대하지 그러니?"

나는 할머니가 크리스천의 이름을 말했을 때 긴장으로 뻣뻣해지지 않기 위해 노력해야 했다. "걘 최근 꽤 바빠졌어요." 난 이 상황을 가볍게 넘어가기 위해 말했다. "개랑 개 여자친구가 훨씬 더 자주 어울리고 있다고요."

"그럼, 그 여자애도 초대하면 되겠구나! 너희 둘이 잘 지내는 사이라면 그러면 되지."

우리가 잘 지낸다면. 나는 억지로 웃음을 터뜨렸다. "복잡해요."

할머니가 얼굴을 찡그렸다. "어떻게 복잡하니?"

할머니에게 잘 설명할 방법이 없었다. 그래서 난 이 질문을 회피했다. "다음에 얘기해줄게요. 이 프로그램 보려던 거 아니었어요?"

할머니는 프랑스 남성이 루를 만드는 작업에서 일종의 새를 준비하는 과정으로 넘어간 티브이 프로그램을 다시 힐끗 쳐다보았다. "그랬지." 할머니의 목소리에서 의심이 묻어났다.

나는 할머니가 시선을 돌린 사이에 휴대폰을 다시 확인했다. 크리스천은 내게 계속해서 문자 메시지를 보내왔다.

크리스천 내일 와야 해. 그럴 가치가 있을 거야. 너무 무섭거나 그런 게 아니라면 말이지

맙소사, 크리스천은 나를 자극하는 방법을 정확히 알고 있었다.

샘 말했잖아, 몸이 안 좋다고

크리스천 그랬지. 사실이 아닌 거 알아

샘 무슨 꿍꿍이가 있는 거야? 날 난처하게 만들려고 하는 거라면 우린 끝이야

크리스천 난 그런 짓 안 해. 그런 사람 아닌 거 알잖아. 그냥 가겠다고 약속하는 거다?

나는 입술을 깨물었다. 뭔가 함정처럼 느껴졌다. 로스와 나 사이에 있었던 일을 모를 리 없는 크리스천이 이제 나를 행사에 참석하게 만들려고 애쓰고 있었다. 로스가 사랑의 의미에 대해 발표하는 벨레로즈 어셈블리 행사였다. 상황이 얼마나 나빠질 수 있는지 모른다면 바보일 것이다.

하지만 크리스천이었다. 내게 열 받았다고 해도 어떤 장난을 치려고 하지 않을 사람이었다. 최소한 혼자서는 아니었다. 만약 로스가 그를 끌어들인 거라면? 내 일부는 지금껏 내가 한 모든 짓에도 불구하고 여전히 로스가 그럴 사람이 아니라고 생각하고 있었다. 하지만 이것이 위험을 무릅쓸 가치가 있는가? 내 계획대로 참석하지 않는 게 더 나았다. 그래야만 했다.

할머니의 목소리가 들리자 나는 우리가 같은 공간에 있음을 기억하고 놀라 자빠질 뻔했다. "추측건대 크리스천에게 보내는 거겠지?"

"맞아요."

"내 인사도 전해주렴. 그리고 내가 보고 싶어 한다고도 말해줘." 할머니는 평온하게 티브이에서 눈을 떼지 않은 채 말했다.

"그럴게요."

우연이라고 하기에는 할머니의 말이 상황에 너무나 잘 들어맞았다. 할머니는 최근에 무슨 일이 일어나고 있는지에 대해 내가 거짓말하고 있다는 사실을 아는 게 분명했다. 그리고 더 중요한 것은 내가 어떤 사람인지 할머니는 누구보다 잘 안다는 점이었다. 나는 할머니에게 무슨 일인지 말하지 않을 것이다. 하지만 할머니는 언제나 교묘한 힌트를 상당히 잘 던져주었다. 바로 지금처럼. 할머니는 프랑스 요리사를 보면서 내가 자신을 바라보는 시선을 느끼지 못하는 척했다. 할머니는 내게 솔직히 답하도록 압박을 가하지 않았지만, 이것이 내가 원하기만 하면 대화할 의향이 있음을 상기시켜주는 할머니의 방식이었다. 할머니는 내가 무슨 일을 겪고 있는지 정확히 알지 못하더라도 자신이 하는 일은 분명히 알고 있었다.

나는 내 휴대폰을 다시 내려다보았다.

샘 좋아. 내일 갈게

크리스천 후회하지 않을 거야 👍

그의 말은 믿기 어려웠다. 여전히 무슨 꿍꿍이가 있다는 느낌을 지울 수 없었다. 크리스천이 나에게 뭔가를 숨기고 있거나 어떤 개입을 계획하고 있는 것 같았다. 이런 상황에서 아무것도 모르는 것이 마음에 안 들었지만, 행사에 참석하기 전에는 알지 못할 것 같다. 인정한다. 내 안의 일부는 이 상황이 궁금했다. 게다가 그와 로스가 내게 창피를 주기 위해 장난질을 칠 준비를 하고 있다고 해도 내겐 이들을 비난할 자격이 없었다.

뿌린 대로 거두는 법이니까.

크리스천

오늘은 금요일인 데다 어셈블리 행사로 수업이 일찍 끝난다. 의무적으로 참석해야 하는 행사에 들뜬 사람은 거의 없었지만, 학교는 하루 종일 분주했다. 행사가 진행되는 동안, 즉 적어도 한 시간 반 동안은 휴대폰을 확인하며 가지고 놀 수 있었다. 나는 지금까지 벨레로즈 어셈블리에 정말로 관심을 가져본 적이 없었다. 그러나 지금은 상황이 달랐다. 나에게는 책임이 있다. 이에 더해 로스의 계획을 성공시켜야 한다는 상당한 압박감을 받고 있었다.

학생들이 뒤죽박죽 섞여 강당으로 들어갔다. 이 행사가 얼마나 지겨울지 투덜거리는 학생도 있었고, 벌써 휴대폰을 만지작거리고 있는 학생도 있었다. 샘은 이곳에 있기 싫은 표정을 지었다.

나는 어깨로 샘을 툭 쳤다. "여기에 있는 사람 맞아?"

샘이 내게 미소를 날렸다. 하지만 평소와 같은 자신감은 보이지 않았다. "내가 그래야 해?"

"그냥 행사일 뿐이야. 죽지 않아. 그리고 네 마음에 들 거야."

"로스의 프로젝트가 어떤지는 이미 들었어, 크리스천. 내가 정말 이 자리에 있어야 하는 거야?"

"그래. 날 믿어."

"내가 왜 널 믿어야 하는지 말해보시지?"

"너는 날 좋아하니까. 그리고 나는 아주 믿을 만한 사람이니까."

샘이 비웃었다. "그러시겠지."

샘은 조금 창백해 보였다. 무대에는 프로젝터 화면과 연설대가 설치되어 있고 몇몇 사람들이 왔다 갔다 하고 있었다. 한 사람은 올해 초청한 연설자로 보이는 다른 여성과 이야기 중인 레이건 교감선생님이었다. 그 뒤로 로스가 거의 그늘에 가려진 채 바이올린을 무릎 위에 올려놓고 의자에 앉아 있었다. 악기를 조율하고 주위를 두리번거렸지만, 관중석 쪽은 쳐다보지 않았다.

나는 샘을 다시 한번 툭 쳤다. "넌 할 수 있어. 가서 자리에 앉자."

샘은 고개를 끄덕이고 나를 따라왔다.

솔직히 나도 지금 조금 긴장이 된다. 내가 그래야만 하는 건 아니었다. 내 프로젝트도, 내 발표도 아니니까. 하지만 내 친구가 하는 일이고, 이 계획의 성공에 많은 것이 걸려 있었다. 나는 얼마 전에 로스가 한 말에 동의했다. 둘 중 누구도 잃고 싶지 않았고, 오늘 무슨 일이 발생하든 두 사람을 안 볼 생각이 없었다. 샘과 로스가 서로 같은 공간에 있을 수 있다면 일은 훨씬 더 수월할 것이다.

거의 반사적으로 손을 주머니 속에 넣었다. 내 행운의 바둑돌이

솔기에 쑤셔 박힌 채로 여전히 주머니 속에 있었다. 언제나 그랬듯이. 윌 형의 답장을 받은 후로 바둑돌을 만지는 느낌과 함께 다른 종류의 안도감이 찾아왔다. 왠지 좀 더 현재에 존재하는 느낌이 들었다. 더 운이 좋은 느낌이랄까.

샘과 로스는 화해할 수 있을 것이다. 지난 몇 주 동안 이보다 더 이상한 일들도 일어났다. 때로는 사람을 올바른 방향으로 떠밀어주는 도움도 필요한 법이다.

샘

크리스천은 지금 지나칠 정도로 쾌활했다.

그의 꿍꿍이가 뭔지는 몰라도 굉장히 신이 난 것 같고, 무슨 이유인지 그것이 이 자리에 온 것을 더욱 긴장되게 만들었다. 행사가 끝날 때까지 화장실에 숨어 있을까도 생각해보았지만 내가 기회를 잡기 전에 그가 먼저 나를 찾아냈다. 이제 나는 그의 곁에(미스터리가 가미된 다분히 미국적인 그의 미소와 함께) 꼼짝없이 잡혀 있었다.

크리스천은 강당 맨 앞줄에 앉자고 고집을 부렸다. 나는 두 번째 줄로 타협했다. 조만간 어떤 일이 벌어질지도 모르는 상황에서 맨 앞 중앙에 자리하는 것은 감당하기에 벅차다. 아무튼 나는 분위기가 심상치 않으면 곧장 아픈 척하며 이곳에서 탈출할 준비를 하고 있었다. 올해의 주제가 사랑인 것과 발표자가 로스라는 것은 우주의

잔인한 농담처럼 여겨졌다.

레이건 교감선생님이 행사의 시작을 알리기 위해 연단으로 올라 갔다. 건성으로 치는 박수 소리가 군데군데서 들리고 나는 교감선 생님이 입을 떼기도 전에 딴짓을 하기 시작했다. 이런 행사에서 유 일하게 가치 있는 부분은 학생 발표였다. 그리고 이것조차도 본인이 발표자일 때 이야기였다. 초청 연설자가 마이크 앞에 서서 우리에게 사랑의 의미에 대한 자신만의 이야기를 들려주기 시작했다. 그리고 대부분의 관중들처럼 나도 휴대폰에 얼굴을 묻고 연설자의 이야기 를 흘려들었다. 그러던 중 레이건 교감선생님이 예상보다 빠르게 다 시 마이크를 잡는 소리가 들렸다.

"자, 이제 학생 대표 연설자의 발표를 들어볼 시간입니다. 로절린 쇼 학생을 소개합니다!"

대충 치는 박수 소리가 여기저기서 들렸다. 하지만 난 곧바로 긴 장했다. 나는 시선을 내 휴대폰에 고정했는데, 그때 크리스천이 내 팔을 꽉 잡았다. "샘?"

나는 그를 올려다보았다.

그는 미소 짓고 있었다. 자신도 효과가 있음을 잘 알고 자주 써먹 는 강아지 표정을. "잘 봐." 그가 말했다. "너도 분명 마음에 들 거야."

나는 한숨을 쉬고 억지로 무대로 시선을 돌렸다. 로스가 바이올린 을 들고 중앙으로 걸어 나오고 있었다. 그녀 뒤로 프로젝터가 작동 하면서 화면이 푸른색으로 변했다. 로스는 긴장한 듯이 보였다. 이것 이 내가 제일 먼저 알아챈 부분이었다. 로스의 손이 미세하게 떨리고 있었다. 전에 한 번도 본 적 없는 모습이었다. 로스는 마지막으로 한 번 더 바이올린을 조율했는데, 짙은 머리카락이 쏟아져 내려 얼굴을 거의 덮고 있었다. 로스는 연설대 앞으로 가지 않았다. 대신에 무대 중앙에서 옆으로 비켜서서 사람들의 시선이 프로젝터 화면에 집중될 수 있게 했다. 화면이 밝아지며 곱슬머리를 가진 중년 남자의 이미지가 떴다. 내가 로스의 발표 초안을 제대로 기억하고 있다면, 그는 분명 로스의 아빠였다.

나는 이 발표가 어떻게 흘러갈지 이미 알고 있었다. 크리스천과 로스가 대학 도서관에서 데이트했을 때 이들의 대화를 엿들었고 이때 전체 내용을 알게 되었다. 내 오른쪽에서 크리스천이 나를 향해 활짝 웃고 있음을 느낄 수 있었다. 뭔가가 조만간 일어날 조짐이 보였다. 그런데 나는 그것이 무엇인지 모른다. 내 심장이 빠르게 뛰기 시작했다.

화면에 뜬 이미지가 움직이자 카메라를 응시하고 있는 로스의 아빠가 나타났다. "제가 남편을 처음 만났을 때." 그가 입을 열었다. "제 말은 그가 제 남편이 되기 전이란 얘기죠. 저는 제가 함께하고 싶은 누군가를 만날 거라고는 생각도 못 했습니다. 당시에는 저와 같은 사람들에게는 이런 선택이 거의 불가능했죠. 혼자 살게 될 거란 사실을 거의 받아들이고 있었어요. 하지만 이런 일들은 언제나 몰래 다가오죠."

나는 화면을 보며 얼굴을 찌푸렸다. 이건 내가 기억하는 도입부가 아니었다. 무슨 일이지?

"언제나 여러분이 기대했던 사람이 아니에요." 쇼 아저씨가 말을 이어갔다. "전혀 예상하지 못했던 사람이죠. 하지만 일단 여러분 삶에 들어오면… 뭐, 다른 사람은 상상할 수 없게 돼요."

나는 크리스천을 곁눈질했다. 그는 로스와 화면을 보며 활짝 웃고 있다가 내가 자신을 바라보고 있음을 알아차리고 무대 방향으로 고개를 까닥했다. "계속 봐."

화면 속의 이미지가 바뀌었다. 더는 로스 아빠의 모습이 아니었다. 또 다른 학생의 동영상처럼 보였다. 4학년 선배인 해나 윈스럽이다. 그녀와 나는 몇 번 대화를 나눈 적 있지만, 친구라고 할 만한 사이는 아니었다. 그녀는 미소를 띤 채 카메라를 정면으로 응시하고 있었다.

그녀가 말했다. "이 세상 누구도 사랑 없이는 살 수 없는 것 같아요. 부모님의 사랑, 형제간의 사랑, 친구 사이의 사랑 등 어떤 종류의 사랑이든 상관없어요. 로맨틱하지 않아도 괜찮죠. 하지만 이 사랑이 어디에서 나오든 엄청나게 중요해요."

다시 새로운 얼굴이 등장했다. 나이가 더 어린, 나는 모르는 남자애였다. 그 애가 말했다. "사랑은 당신이 아끼는 사람들을 위해 희생하는 거예요. 그들에게 당신의 시간이나 돈, 또는 뭔가 가치 있는 것을 주는 겁니다. 그리고 돌려받기를 기대하지 않는 거죠. 중요한 건 돌려받는 게 아니니까요."

나는 이게 뭔지 깨달았다. 이것은 연설자 제안 동영상이었다. 지금 로스의 자리에 서서 자신의 프로젝트를 발표하고 싶었던 모든 학생들은 프로젝트 아이디어를 상세히 소개하고 자신에게 개인적으로 사랑이 어떤 의미인지를 설명하는 동영상을 제출해야 했다. 로스가 어떻게 이걸 손에 넣을 수 있었지?

나는 또 로스가 바이올린 연주를 시작했다는 사실을 깨달았다. 이 것도 휴대폰을 통해 들었던 곡이 아니었다. 그 곡은 그녀의 아빠가 들려주는 이야기에 비해 너무 어두웠다. 무겁고 우울한 느낌이었다. 이번 것은 느낌이… 로맨틱했다. 그리고 어디서 들었는지는 모르겠지만 익숙했다.

곧이어 내 친구 아리아의 얼굴이 화면에 나타났다. 나는 깜짝 놀라 웃음을 터뜨렸다. "제게 사랑은 기꺼이 대화하는 거예요." 아리아가 말했다. "상대가 자신을 사랑한다고 가정하고 그대로 내버려두어서는 안 돼요. 서로 소통해야 하죠. 이것이 가능한 한 최고의 관계를 만드는 방법이에요."

"아멘!" 관중 속에서 누군가가 소리치자 몇몇 사람들이 웃었다. 나는 주위를 살피다가 아리아가 실제로 나와 같은 줄에, 통로와 더 가까운 자리에 앉아 있는 걸 발견했다. 그녀는 내가 자신을 바라보고 있음을 깨닫자 윙크했다.

이후 새로운 얼굴들이 계속 화면에 등장했다. 로스가 바이올린을 연주하는 동안 학생들이 연속해서 등장하고 이들은 모두 자신들에게 사랑이 어떤 의미인지를 설명했다. 로스는 연주에 집중하느라 눈을 감고 있었다. 음악 소리가 커지고 작아짐에 따라 몸이 살짝 흔들렸고, 간간이 얼굴을 찡그렸다. 매우 익숙한 소리였다.

학생들 몇 명이 더 등장한 후에 동영상이 조금 달라졌다. 제출한 영상이 아닌 솔직한 인터뷰처럼 보였다. 일부는 교사고 일부는 학생이지만 모두 같은 질문에 답하고 있었다.

"사랑은 다른 무엇보다도 자신을 위해 가져야 하는 것입니다." 사회학 선생님이 말했다.

"사랑은 기꺼이 시도하고 또 시도하는 거예요." 레이건 교감선생님이 말했다.

"사랑은 상대방의 헛소리도 참아주는 거죠." 몬티가 싱긋 웃으며 말했다.

그때 몬티가 우리 뒤 어딘가에서 함성을 지르는 소리가 들렸다.

크리스천의 여동생이 카메라를 향해 이빨 빠진 자리를 훤히 드러내며 생글생글 웃고 있었다. "사랑은 다른 사람들과 똑같은 것을 좋아하는 거예요!"

관중들 다수가 이 말을 듣고 웃음을 터뜨렸고, 몇몇 군데에서 동의하는 목소리가 터져 나왔다. 나도 웃었다. 에이미의 말이 계속 머릿속에서 맴도는 가운데 로스를 바라보자 나는 뭔가를 깨달았다. 이음악. 이것이 너무나 익숙하게 들리는 이유. 일전에 크리스천이 영화를 보고 조사를 하기 위해 우리 집에 왔었다. 로스가 좋아하는 것들을 먼저 알지 못하면서 어떻게 데이트할 생각을 할 수 있겠냐면서. 우리는 영화에 거의 집중하지 못했지만, 이건… 이건 기억했다.

로스는 〈시네마 천국〉의 주제곡을 연주하고 있었다.

뭔가 따뜻한 느낌이 들었다. 로스의 아빠가 다시 화면 속에 나타났다. 그는 눈물을 글썽이고 있었다. "암으로 찰스를 잃는 상황을 우리 둘 중 누구도 계획한 적 없었어요. 말도 안 됐죠. 저는 지금도 그가 그리워요. 아마 평생 그리워할 겁니다. 하지만 찰스 덕분에 제 인생에서 가장 행복한 시간을 보낼 수 있었어요. **딸**을 얻게 됐죠. 다른 시간이 얼마나 고통스러웠든 저는 어느 것도 후회하지 않을 겁니다."

바이올린 소리가 커졌다. 화면에 새로운 얼굴들이 떴다. 누구도 말은 하지 않지만 각자 공유할 무언가를 가지고 있었다. 나와 같은 학년인 두 3학년 학생들이었다. 동성연애를 상징하는 깃발을 어깨에 두르고 나란히 서서 껴안은 채 카메라를 보며 웃고 있었다. 연극 동아리에서 본 적 있는 1학년 여자애가 자신의 휴대폰을 들고 그녀와 남동생의 사진을 보여주었다. 레이건 교감선생님이 그녀와 남편의 결혼식 사진을 보여주었다. 쇼 아저씨가 자신과 찰스 아저씨로 보이는 남성, 그리고 짙은 곱슬머리를 가진 두 살 정도 되어 보이는 작은 여자애와 함께 찍은, 액자에 담긴 사진을 들어 보였다.

그러다가 갑자기 크리스천의 얼굴이 화면에 나타났다. 조명이 형편없고 촬영이 불안정하며 다른 영상들과 같은 시간에 찍은 게 아님이 분명했다. 그는 낡아빠진 소파에 앉아 있었고, 배경으로 쿵쿵거리는 음악 소리가 들렸다.

"내가 무슨 말을 해야 하는데?" 크리스천이 물었다.

"뭐든!" 로스의 목소리가 카메라 뒤에서 흘러나왔다. "너한테 사랑은 무슨 의미야, 크리스천?"

아.

크리스천이 내 팔뚝에 손을 올리고 꽉 쥐었다. 화면 속에서 파티가 있던 날 밤의 크리스천이 자기 입술을 깨물었다. "음… 말하자면 태양 아래 있는 것 같아. 이 사람의 빛이 너를 비추고, 네게 따뜻함과 행복함을 느끼게 해주고, 기이한 방식으로 살아 있다고 느끼게 해주는…."

"틀렸어." 그때 크리스천에게 몸을 기대고 어깨에 팔을 두르며 내가 등장했다. "사랑은 먼저 자신을 위해 빛을 만들고 그런 다음에 이 빛을 줄 다른 누군가를 찾는 거야. 안 그래, 크리스?"

나는 카메라 속의 내 모습을 보는 일에 익숙했다. 고등학교 연극 동아리에서는 촬영하는 일이 많지 않지만 틈틈이 하기도 했고, 렌즈를 통해 내가 어떻게 보이는지 정확히 알 만큼 인스타그램에 올릴 사진들을 많이 찍었다. 그러나 대개 다른 사람들이 볼 것을 고려해 카메라를 조작했었다. 나는 사진을 보는 사람이 내가 똑똑하거나 무섭거나 멋지거나 위협적이거나 또는 내가 보여주고 싶은 어떤 모습으로도 생각하게 만들 수 있었다. 누가 나의 이런 면들을 볼 수 있는지를 결정하는 사람이 나였기 때문이었다.

하지만 이 동영상은 아니었다. 이 영상은 내가 빛을 볼 날이 없을 거라고 생각했던, 어쩌다 찍힌 우스꽝스러운 순간을 담고 있었다. 나는 누군가에게 어떤 존재가 되려고 하지 않았다. **그냥 나로 존재했다.** 그리고 내가 어떻게 인식되는지를 통제하지 못한다는 사실이 두렵기는 하지만, 이 상황에서 이것이 그렇게 나쁘게 느껴지지 않았다.

이것이 로스의 눈에 비친 내 모습일까?

동영상 속의 나는 크리스천의 뺨에 키스했다. 그러자 관중들 몇 명이 휘파람을 불었다. 또 크리스천을 밀치고 우리 둘 다 세상의 어떤 것도 다시는 잘못될 수 없다는 듯이(그리고 로스도 카메라 뒤에서 조용히 놀란 듯이) 웃음을 터뜨렸다. 그런 다음 여전히 활짝 웃으며 카메라를 향해 말했다. "넌 어떻게 생각해, 로스?"

영상은 여기서 멈췄다. 웃고 있는 내 얼굴을 보여주며. 그리고 아주 천천히 화면이 검은색으로 변했다. 〈시네마 천국〉의 마지막 몇 소절이 공기 중에 매달려 있었다. 로스는 바이올린과 활을 내리고 깊게 호흡했다. 그녀의 두 뺨에 눈물이 흐른 자국이 보였다. 로스는 악기를 옆구리에 끼고 몸을 돌려 관중석을 향하고, 몇 분 만에 처음으로 눈을 떴다. 그리고 나를 정면으로 바라보았다.

강당에 모여 있던 관중들이 박수갈채를 보냈다. 나는 로스를, 그녀의 표정을 응시하며 내가 보고 있는 것이 무슨 의미인지 깨닫기 시작했다.

레이건 교감선생님이 박수를 치며 다시 무대 위로 올라와 로스에게 축하의 말을 건넸다. 로스는 내게서 시선을 떼고 교감선생님에게 짧은 미소를 지어 보이고 관중들에게 고개를 숙여 인사한 다음 무대에서 걸어내려왔다. 마치 마법의 주문이 막 풀린 것처럼 나는 정신이 번쩍 들었다.

크리스천이 내 어깨를 쿡 찔렀다. "뭘 기다리는 거야?"

나는 크리스천을 쳐다보았다. "뭐?"

"가서 로스랑 얘기해."

나는 강당의 관중들을 힐끗 쳐다보았다. "그렇지만…."

"뭐야, 겁먹은 거야?" 그가 눈을 반짝이며 씨익 웃었다. 이건 내게서 배운 행동이었다. "어서 가라고, 샘."

"너 괜찮겠어?"

"정말 괜찮아."

지금 이 순간 나는 과거 그가 친구로 지내자고 해줘서 정말 다행이라고 생각했다. "고마워, 크리스천."

"걱정하지 마. 어서 가."

자리에서 일어선 나는 내 다리가 여전히 움직일 수 있다는 사실에 놀랐다. 레이건 교감선생님이 행사를 마치는 말을 하고 있었지만, 자리에서 일어나 강당 뒤편으로 향하는 일은 어렵지 않았다. 일단 좌석 열 밖으로 나와 모퉁이를 돌았다. 나는 무대 출입구가 어디인지 알고 있었다. 내가 가야 하는 길을 알고 있었다. 로스를 찾지 못하게 막는 유일한 장애물은 그녀 스스로가 발견되기를 원하지 않는 것뿐이었다.

그리고 지금은 그게 문제가 될 것 같진 않았다.

로스

나는 발소리를 듣자마자 내 뒤에 누가 와 있는지 알아차렸다. 몸을 돌리는 일이 발표보다 더 무섭게 느껴졌지만 용기를 내 뒤돌아보았다. 그러자 샘이 보였다.

샘은 여기까지 뛰어온 모양이었다. 머리가 조금 헝클어지고 힘겹게 숨을 헐떡였는데 그래도 시선은 나를 똑바로 쳐다보고 있었다.

샘이 말했다. "미안해."

"나도."

"아니, 진심이야, 로스. 정말 미안해." 샘이 마른침을 삼키고 깊이 숨을 들이마셨다. "처음부터 널 속이자고 한 사람은 나였어. 정말 나쁜 짓이었어. 네가 화내는 것도 당연해."

"화가 났었어. 그리고 네 말이 맞아. 그래서는 안 됐었어. 넌 내가 크리스천에게 반했다고 생각하게 만들었어. 사실은 다른 사람이었는데."

고개를 끄덕이던 샘의 시선이 바닥을 향했다.

"하나만 물어봐도 돼?" 내가 부드럽게 물었다.

"물론이야."

"너의 진짜 모습이었어?"

샘이 위를 힐끗 쳐다보았다. "무슨 뜻이야?"

"넌 어떤 척하길 좋아하잖아, 샘. 사람들이 원한다고 생각하는 것을 보여주지. 난 크리스천과 대화할 때마다 그를 통해 너의 일부를 봤어. 이런저런 것들을 말이야. 그런데… 그게 네 진짜 모습이야?"

샘은 잠시 할 말을 잃은 듯이 보였다. 그리고 그녀가 웃었는데, 그때 숨소리가 섞여 나왔다. 마치 샘이 생각할 수 있는 유일한 소리인 것처럼. 그녀의 눈이 반짝였다.

"맞아. 나였어. 처음부터는 아니었을지 모르지만 결국에는… 내가 보여줄 수 있는 가장 나다운 모습이었지. 대단하지는 않지만 노력하는 중이야."

나는 고개를 끄덕였다. "알았어."

샘은 대화가 여기서 끝나리라고 생각한 모양이었다. 고개를 끄덕이더니 몸을 돌려 가려고 했다. 내가 앞으로 다가가자 놀라는 눈치였다. 나는 백팩 안에 손을 넣어 조심스럽게 접힌 낡은 종이를 꺼내며 말했다. "여기."

"내 지도."

"자동차 여행은 아직 유효해?" 내가 물었다.

"나는… 응, 하지만…."

"그럼 나도 너랑 같이 갈 거야."

"하지만 여름에 해야 할 일들은 어쩌고, 로스. 대학 예비 신입생 투어는? 내년에는 졸업반이잖아. 해야 할 일들이 정말 많을…."

"샘."

나는 (그녀가 때때로 너무 심각해지는 것, 이를 지적하는 나는 위선자가 되겠지만 내가 옳다는 사실이 바뀌지 않는다는 것에 대해) 모든 말을 준비해놓았지만, 샘에게는 필요 없었다. 그녀는 나를 한 번 보고 활짝 미소를 짓더니 눈물을 흘렸다. 나도 두 뺨이 아플 정도로 함박웃음을 지었다.

샘이 먼저 나를 끌어당겨 안았다. 나도 최대한 세게 안아주고, 심지어 목메는 기분을 느끼면서도 조금 소리 내어 웃었다. 전에는 이렇게까지 그녀와 가까이 있어본 적이 없었다. 그녀의 샴푸 냄새와 향수 냄새를 맡을 수 있었다. 샘은 따뜻하고 놀라울 정도로 부드러웠다. 그리고 이 느낌이 내 심장을 세차게 쿵쾅거리게 만들었다.

샘이 한 발 뒤로 물러섰다. "미안해. 너한테 키스해도 돼?"

"그래."

"정말?"

샘은 내 말을 믿지 않는 것 같았다. 그래서 나는 샘과의 거리를 좁히고 그녀를 대신해 답을 해줬다. 샘이 내 입술에 대고 헉 소리를 내며 양손으로 내 얼굴을 감쌌다. 그녀가 미소 짓고 있음을 느낄 수 있었다. 분명 나도 마찬가지일 것이다. 내 뺨에 떨어지는 행복한 눈물이 누구의 것인지 모르겠다.

몇 초 뒤에 우리는 서로 떨어졌다. 둘 다 동시에 웃고 울면서 서로를 놓지 않았다.

"이거 현실이야?" 샘이 말했다.

"내가 크리스천과 사랑에 빠졌다고 생각했던 모든 순간은 사실 네 것이었어. 이 사실을 알게 되었을 때 혼란스러웠어. 더 일찍 말해주지 못해서 미안해."

"하지만 크리스천은… 내 말은 걔는 이 관계가 괜찮대?"

"너를 행사에 데려와서 발표를 보라고 설득한 사람이 걔야. 걔 괜찮아, 샘. 약속할 수 있어."

"알았어." 샘이 다시 웃었다. 더 크고 신나게. "전교에서 가장 똑똑하다고 자부하는 여자애들치고는 정말 멍청하게 행동했어, 그치?"

"아마 내 평균 점수가 이 시점에서 항의하며 더 낮아졌을지도 몰라."

"그 말은 내게도 내년 졸업생 대표 자리를 노려볼 기회가 있다는 뜻인가?"

"어림없어, 샘."

샘이 내게 다시 키스했을 때 멀리서 큰 박수 소리와 사람들이 의자에서 일어나는 소리가 들렸다. 이윽고 하루를 마감하는 수백 명의 학생들이 떠드는 소리가 점점 더 커졌다.

샘이 걱정하는 표정을 지었다. "크리스천! 가서 걔를 찾아야 해! 고맙다고 말해야지. 그러니까…"

"맙소사, 네 말이 맞아. 이 프로젝트를 만드는 일에 걔가 도움을 줬어."

"아마 우리가 서로를 죽였는지 어떤지 보기 위해 기다리고 있을 거야."

그러나 크리스천은 우리를 기다리고 있지 않았다. 강당 밖의 다른 학생들 무리에서도 그가 보이지 않았다. 근처 복도에도 없었다. 우리는 주차장으로 황급히 뛰어갔지만, 그의 차는 이미 사라지고 없었다.

"내가 문자를 보낼게." 샘이 휴대폰을 주머니에서 꺼내며 말했다. 그러더니 곧 폭소를 터뜨렸다. "하느님, 맙소사."

"무슨 일이야?"

"네 휴대폰 확인해봐."

나는 내 휴대폰을 꺼내 메시지 함을 확인했다. 크리스천이 약 오분 전에 우리 두 사람에게 보낸 메시지가 하나 있었다.

"걔가 내 연극 대사를 인용하고 있어." 샘이 싱긋 미소를 지으며 말했다. "걔 기억력이 아주 형편없진 않은가 봐."

샘이 말해주지 않았으면 나는 기억하지 못할 뻔했다. 하지만 지금 보니 알 것 같았다. 공연에서 크리스천이 더듬거렸던 마지막 대사. 샘의 설명에 따르면 나를 보느라 정신이 팔려서 망쳐버린 대사였다. 하지만 이제 그는 어디에도 보이지 않았고, 무엇을 하고 있는지는 신만이 알 뿐이었다. 이곳에는 우리밖에 없었고, 우린 휴대폰을 내려다보며 미소 짓고 있었다.

크리스천 잘 있어, 멍텅구리들 ♥

이개월 뒤

로스

　모처럼 지원 단체 모임이 사람들로 꽉 찼다. 나는 평소 앉는, 공원이 내려다보이는 창가 쪽에 자리를 잡았다. 그런데 중간중간 시선이 자꾸 공원 쪽으로 향하는 걸 어쩌지 못하고 있었다. 공원 쪽 주차장에는 내 차가 나를 기다리며 세워져 있었다. 내게는 다른 갈 곳이 있지만, 지금은….

　"로스?"

　나는 다시 모임에 집중했다. 줌을 통해 참여하고 있는 사람들을 포함해 모두가 나를 바라보고 있었다. 이들 중 한 명을 알고 있는데, 최근 온라인상에서 메시지를 주고받고 있는 케이든이다. 사실 이들은 가족 구성원이 나와 상당히 닮았다. 화면 옆에 앉은 사람은 브룩이고 빅토리아가 그녀의 오른쪽에 앉아 있었다. 우리는 가끔 모임이 끝나고 커피를 함께 마셨다. 내 자리에서 몇 칸 아래에 앉아 있는 마이클이 나를 향해 즐거운 미소를 지어 보였다. 이들은 모두 내가 몽상에 잠겼음을 눈치챘다.

이 모임의 리더인 메이가 인내심을 가지고 미소를 지었다. "생각이 딴 곳에 가 있는 것 같아요."

나는 머리를 흔들며 말했다. "네, 죄송해요. 집중할게요."

"좋아요. 우리는 **가족**이라는 단어와 이것이 여기 모인 모두에게 어떤 의미인지에 대해 논의하고 있어요. 이 대화에서 덧붙이고 싶은 말이 있나요?"

나는 창밖을 한 번 힐끗 돌아보았다. 메이를 무시해서가 아니라, 그저 생각을 하느라 나온 행동이었다.

나는 모여 있는 사람들을 향해 몸을 돌리고 모두를, 모든 얼굴과 이름을, 친구들을 살펴보았다. 그러면서 입을 열었다. "네, 사실 있는 것 같아요."

차 트렁크에는 짐을 가득 채운 여행 가방이 들어 있었다. 이 여행 가방은 샘의 집까지 가는 동안에 얌전히 놓여 있다가 그녀의 집에 도착하면 흥미로운 어딘가로 떠나기 위해 다른 트렁크에 들어 있는 짐들 옆으로 옮겨질 예정이었다.

아빠가 차가 세워진 곳까지 나를 배웅해주었다. "떠날 준비 끝났니?"

"그런 것 같아."

"카메라 잘 챙겼지?"

"물론이지."

"네가 아빠 없이 재미있는 시간을 보낸다니 조금 화가 나는구나."

나는 아빠를 향해 싱긋 웃었다. "아빠가 지금이라도 같이 가고 싶다고 하면 분명 아무도 반대하지 않을 거야."

아빠는 고개를 저었다. "아니다. 네 즐거움을 가로챌 순 없지. 게다가 여름 학기 강의도 있고."

"알았어, 아빠." 나는 아빠를 길게 포옹했다. "보고 싶을 거야."

"아빠도 그럴 거야, 우리 딸. 가능한 한 자주 전화하렴, 알았지?"

"그럴게."

아빠는 뒤로 물러나면서 말했다. "아 참, 오늘 아침에 레타 고모와 통화했다. 네 위대한 모험에 행운을 빌어준다고 하더라."

"고모에게 감사하다고 전해줘."

"이 여행이 네 안의 뭔가를 깨우지 않기를 바라마. 곧 너도 그녀처럼 전 세계를 누비겠다고 할지 모르니까."

나는 웃음을 터뜨렸다. "유럽 배낭여행을 항상 생각했었어."

"아, 맙소사. 정말로 그녀의 DNA를 물려받았나 보네."

"그곳에 있는 동안 오로지 아빠만을 위해 비잔틴 제국에 대해 많은 것을 배울게."

"내가 유일하게 원하는 게 그거야." 아빠가 나를 다시 안아주었다. "어서 출발하렴, 로스. 네가 늦으면 샘이 안절부절못할 거야."

내가 트렁크 문을 닫고 운전석에 오르자 아빠가 문을 닫아주었다. 아빠는 모퉁이를 돌아 차가 시야에서 사라질 때까지 손을 흔들었다.

아빠에게 농담처럼 말하기는 했어도 나는 내가 여행을 좋아한다고 생각하지 않는다. 지금껏 행복해지거나 어떤 목적의식을 찾기 위해 다른 지역으로 날아갈 필요가 있다고 느낀 적은 없었다. 그리고 비행은 나를 불안하게 만들었다.

그러나 지금은 밀려오는 흥분감에 몸을 내맡겼다. **새로운 뭔가에 도전하는 일**을 기꺼이 해낼 참이었다. 게다가 이 일은 나 혼자 하는 게 아니라 친구들과 함께할 것이다.

♥
샘

로스가 진입로에 들어설 때는 이미 모든 준비를 끝마친 상태였다.

나는 팔을 흔들며 로스의 차 앞으로 달려갔다. "내 차를 막지 마, 바보야! 여기서 절대 나가지 못할 거라고!"

로스는 운전석 창문을 통해 나를 향해 활짝 웃어 보이며 할머니 차 뒤에 주차했다. "네 차가 어떤 건지 나도 알아, 샘. 그리고 난 바보가 아니야."

"논란의 소지가 있지만, 좋아. 다 챙겼어?"

"아니라고 해도 이젠 너무 늦었지."

"빼먹은 게 있으면 가는 길에 구하면 돼." 나는 집을 향해 돌아서며 말했다. "할머니! 준비됐어요?"

할머니가 문밖으로 머리를 내밀었다. "이 분만 더 기다리렴, 우리 강아지! 가서 시동을 걸어라."

이건 아주 기쁜 마음으로 할 수 있는 일이었다. 내가 운전석으로 몸을 기울이고 차 시동을 걸고 음악을 듣기 위해 휴대폰에 전원을 연결하는 동안 로스는 열려 있는 트렁크로 자기 가방을 끌고 왔다.

"내 짐을 넣을 공간을 많이 남겨두지 않았네." 로스가 말했다.

"너한테 공간이 필요하다고? 나는 네가 힙스터에 미니멀리스트인 줄 알았지."

"난 한 번도 나를 그중 어느 것 하나로도 표현한 적 없어."

로스는 트렁크 문을 닫은 다음 조수석에 뛰어 올라탔다. "첫 번째 곡은 뭐야?"

나는 재생 버튼을 누르고 음악이 흘러나오게 두었다. 일렉트로닉 비트의 빠르고 밝은 곡이었다.

로스가 코를 찡그렸다. "여행 내내 이런 음악을 들을 건 아니지?"

"적어도 매사추세츠주를 벗어날 때까진 내 음악을 듣게 해줘. 그 런 다음엔 네가 원하는 걸 틀어도 돼." 나는 로스를 향해 손가락을 휘 두르며 말했다. "하지만 언젠가 네가 현대 대중음악의 진가를 인정 하게 만들어줄 거야, 로스 쇼. 내 말 명심해."

"꿈 깨시지." 로스가 씩 웃으며 말했다. 그러다 장난스러운 언쟁이 잠시 그쳤다. "흥분돼?"

이 질문을 듣는 것만으로도 가슴속에서 뭔가가 울렸다. "그래. 정 말 흥분돼. 너도 같이 가줘서 정말 고마워."

"이 기회를 놓칠 수 없지, 샘." 로스는 중앙 콘솔 위로 몸을 기울여 내게 짧게 키스했다. "해보자."

내 뒤에서 현관문이 닫히는 소리가 났다. 할머니가 문을 잠근 다음 차를 향해 걸어와 로스의 뒷자리에 자리를 잡고 앉았다.

"다들 전부 잘 챙겼지?" 할머니가 물었다.

"그럼요, 할머니."

"그럼 이제 쇼를 시작해보자꾸나."

우리의 자동차 여행이 시작되었다. 목적지는 캘리포니아주 로레도와 그 길에서 어디든 우리가 가고 싶은 곳. 매사추세츠주에서 캘리포니아주까지는 자동차로 일주일이 넘게 걸린다. 따라서 우리가 그렇게 멀리까지 가지 못할 가능성도 있었지만, 할 수 있을지도 모른다는 생각만으로도 좋았다. 오래된 지도가 계기판 위에 놓여 있었다. 만일의 경우를 위해 매직 마커로 표시한 부분이 눈에 잘 띄도록 접힌 채. 할머니가 우리의 여행에 동행해주었다. 열일곱 살 여자애 두 명이 호텔 방을 예약할 수는 없기 때문이었다. 하지만 나는 할머니가 함께해줘서 기뻤다. 크리스천이 빠졌지만, 이 차 안에는 내가 소중하게 여기는 사람들이 있었다.

엄마는 혼자 도망가는 데 아무 거리낌이 없었을지도 모르지만, 현재로선 나는 아니다. 이 차는 더는 도망치기 위한 기회가 아니었다. 모두가 나와 함께하게 해주는 방법이었다. 우리가 캘리포니아주까지 가더라도 나는 엄마한테 연락할 생각이 없었다. 이 생각은 무대 위에서 커튼이 올라가기 직전의 순간과 같은 전율을 느끼게 해주었다.

나는 GPS를 휴대폰에 띄웠지만 실제로 이 장치를 얼마나 자주 사용할지는 모르겠다. 어쩌면 펜실베이니아주 중간에서 길을 잃을지도 모른다. 어쩌면 그곳이 마음에 들어서 며칠간 머물기로 할지도 모른다. 또 어쩌면 로레도 같은 마을을 발견하게 될지도 모른다. 작고 소박하며 닭을 키우고 남의 집 사정을 다 아는, 누구도 중요하지 않지만 어쨌든 행복하게 사는 그런 곳 말이다. 어쩌면 그들이 이유를 찾는 데 도움을 줄지도 모른다.

어느 쪽이든 나는 답을 찾기 위해 이 여행을 떠나는 것이 아니다. 그저 재미있는 시간을 보내고 싶을 뿐이다.

"나 때문에 지체될 것 같아 미안하구나." 마침내 내가 기어를 넣고 진입로에서 후진을 시작할 때 할머니가 말했다. "아마 너희가 원하는 것보다 몇 번 더 차를 세워야 할지도 몰라. 내 나약한 관절로는 차를 오래 타고 갈 수가 없거든."

로스가 미소를 지었다. "저희에게 탐험할 기회를 더 많이 주잖아요. 안 그래, 샘?"

"맞아. 급할 건 없어요."

♥

크리스천

뉴욕의 지하철 지도는 일단 익숙해지면 실제로 이해하기 쉽다.

내가 전문가라는 말은 하지 않겠지만(왜냐하면 바로 어젯밤에야 이 도시에 도착했으니까), 한 시간 정도 여러 노선에서 길을 잃어보고 나서는 적어도 시내와 외곽으로 가는 열차 사이의 차이를 알게 되었고,

이것이 지금까지 큰 도움이 되고 있었다.

이건 내가 상상했던 첫 뉴욕 여행이 아니다. 나는 뉴욕에 친구들이나 부모님과 함께 와서 모든 틀에 박힌 관광지들을 돌아다닐 것으로 생각했지, 이메일을 통해 얻은 모호한 설명을 기반으로 이 거대한 도시의 복잡한 모퉁이를 헤매고 돌아다니게 될 줄 몰랐다. 그러나 여전히 흥분되는 건 어쩔 수 없었다.

당연히 긴장도 되었다. 하지만 흥분이 더 컸다.

휴대폰은 주머니 속에 얌전히 놓여 있었다. 필요한 경우 꺼내 볼 것이다. 문자 메시지가 오리란 기대도 없다. 마지막으로 받은 것이 로스와 샘이 각각 보낸 행운을 빈다는 메시지와 엄마가 보낸 짧고 건조한 메시지였다. 엄마와 아빠는 지난 며칠간 연락을 거의 하지 않았고, 그나마 온 연락 대부분이 내가 괜찮은지 확인하는 것이었다. 나는 매번 답장을 보내긴 했지만, 더 많은 대화를 나누기 위해 노력하고 있지는 않다. 부모님이 내가 뉴욕에서 계획하고 있는 일과 거리를 두고 싶다면 그렇게 해줄 작정이다.

이 계획을 처음 꺼냈을 때 나는 싸움으로 번질 가능성을 생각했다. 언쟁이 오가리라 예상했고 아슬아슬한 수위까지 갔었다. 하지만 결국 부모님이 어느 정도 내 의견에 동의했다. 사실, 동의는 적합한 단어가 아니다. 자신들이 반대하든 안 하든 내가 어차피 할 것이라는 사실을 받아들인 것에 더 가까웠다. 어쩌면 내가 부모님을 설득하는 실력이 정말 좋은지도 모른다. 부모님이 또 다른 자식을 잃고 싶지 않았을 수도 있다. 이유가 무엇이든 나는 이곳에 왔다. 이제 나는 '문제 있는 아이'로 전락할지도 모른다. 엄마 아빠는 내가 방에 없을 때면 내가 가진 모든 문제에 대해 수군대기 시작할지도 모른다. 이런 생각을 하자 내 심장 박동이 조금 빨라졌다.

하지만 엄마 아빠가 현실적으로 무엇을 할 수 있겠는가? 나는 이주 전에 열여덟 살이 되었고 법적 성인이었다. 내 마음대로 선택할 수 있었다. 나는 뉴욕에서 살기 위해 온 것이 아니다. 이번 달 안에 보스턴 대학 투어를 하고 다른 몇 가지 볼일을 본 다음 매사추세츠주로 돌아갈 것이다. 몬티가 전에 말했던 것처럼 '가만히' 있지 않으면서도 평화를 유지하기 위해 최선을 다하고 있었다. 그리고 이 여행이 집으로 돌아간 뒤에 상황을 악화시킨다고 해도 여전히 내가 다녀왔다는 사실에 기뻐할 것이다. 지금까지 내 인생에서 내가 했던 그 어느 결정보다 중요하게 느껴졌다. 왜냐하면 **내 결정**이기 때문이다.

지금 걷고 있는 공원은 후덥지근했다. 센트럴 파크가 아니라 고층 건물들 한가운데 자리한, 작은 잔디밭이 깔려 있고 나무가 심겨 있는 공원이었다. 그러나 다른 사람들은 이 뜨거운 열기를 상관하지 않는 것처럼 보였다. 아이들이 근처 놀이터에서 놀고 있고, 부모들이 벤치에 앉아 부채질로 더위를 식히고 있었다. 이들 맞은편에는 그늘진 차양 아래에 한 무리의 사람들이 피크닉 테이블에 앉아 보드게임을 즐기고 있었다.

심장이 쿵쾅거렸다. 다른 사람들과 떨어져 앉아 있는 한 남자가 보였다. 고개를 숙이고 있었는데, 내가 가까이 다가가자 발걸음 소리를 들은 모양이었다. 삼 년 만에 처음으로 형이 고개를 들고 나와 눈을 마주쳤다.

월 형은 달라 보였다. 나이가 더 들었고, 예전엔 절대로 기를 수 없었던 지저분한 수염도 자라나 있었다. 나는 형이 엄마를 훨씬 더 닮았음을 깨달았다. 전에는 이 사실을 항상 당연하게 여겼었는지 기억나지 않았다.

"안녕, 크리스." 형이 말했다.

"안녕, 형." 내가 답했다.

형이 내게 미소를 활짝 지어 보였다. "오랜만이네, 그치?"

"응, 나는… 그러네."

"이리 와서 앉아. 그리고 이상하게 굴지 좀 마."

나는 형의 맞은편 피크닉 벤치에 몸을 웅크리고 앉았다.

주변을 힐긋 훑어보며 내가 말했다. "그래서 이게 형이 집을 나간 이유야? 공원에서 할아버지들이랑 바둑을 두는 거?"

"시비 걸지 마."

"여기서 예순 살 아래인 사람은 우리 둘밖에 없어. 형도 몰랐다고 하지 마."

형이 고개를 젖히며 웃음을 터뜨렸다. "알았어, 좋아. 네가 한 방 먹였네. 이런 삐딱한 행동은 어디서 배운 거야? 내가 가르쳐준 기억은 없는데."

"고수한테서 배웠어."

잠시 정적이 흘렀다. 우리 둘 다 머릿속에 있는 생각을 말해야 할지 말지 결정하려고 애쓰는 사람 같았다. 내가 먼저 입을 뗐다. "형,

나는… 그러니까 형한테 너무 늦게 연락해서 미안해."

형은 어깨를 으쓱해 보였다. "나도 연락 안 해서 미안해. 널 탓하지 않아. 사실 내가 좋게 떠난 건 아니었잖아. 그리고 뭐." 그가 슬픈 미소를 지었다. "엄마 아빠는 아마 네가 나랑 얘기하는 걸 원치 않았을 거야, 안 그래?"

"그랬어."

"그럴 줄 알았어." 형이 나를 위아래로 훑어보았다. "뭐가 변한 거야?"

이젠 내가 어깨를 으쓱할 차례였다. "내가 변한 것 같아. 하라는 대로 하는 대신 몇 가지 일들을 스스로 해결해야겠다고 결심했어."

형의 얼굴이 밝아졌다. "잘했어."

"나도 형을 탓하지 않아."

형의 목소리에서 기쁨이 묻어났다. "알아. 네가 원한다면 좀 더 얘기해줄 수 있어. 그동안 못한 얘기들이 참 많잖아."

"그러고 싶어."

"좋아." 형이 자기 앞에 놓인 바둑판을 가리켰다. "하지만 내 얘길 쏟아내기 전에 나랑 이 게임을 한 판 둬야 할 거야. 이게 내 유일한 조건이야."

"받아들이지." 나는 작고 동그란 플라스틱 돌을 주머니에서 꺼냈다. "잃어버린 바둑돌 없었어?"

형이 나를 빤히 쳐다보았다. "옛날 바둑 세트에서 나온 거야?"

"맞아. 형을 기억할 수 있는 뭔가를 지니고 있고 싶었어."

"그런데 연습할 세트를 새로 구하기는 했어? 이번에도 너를 참패시키고 싶진 않은데."

"아니, 하지만 장담하는데 이 경기에서 처음으로 내가 형을 이기게 될 거야."

형은 싱긋 웃었다. 그리고 나는 그에게서 과거의 경쟁심이 다시 끓어오르는 모습을 보았다. "미래의 패배자치고는 아주 자신만만하구나, 크리스."

"아, 나도 몰라." 나는 행운의 부적을 다시 주머니에 넣고는 마지막으로 한 번 꽉 쥐었다 놓았다. 그러자 안도감이 느껴졌다. "내가 형을 깜짝 놀라게 할지도 모르지."

| 감사의 글 |

이 책은 예상치 못한 선물이자 완전한 괴물이었다. 나는 내가 이 글을 쓰게 될 줄 몰랐고, 그 과정에서 끊임없이 괴로워했다. 하지만 결과적으로 내 결정이 자랑스럽고, 내게는 그것으로 충분하다. 시라노 드 베르주라크의 대사를 인용하자면 "내 정원은 작고, 과일과 꽃이 얼마 없지만, 이들은 내 것이다." 그러나 나 혼자서 이들을 키울 수 없었기에 도움을 준 사람들에게 이 자리를 빌려 감사를 표한다.

먼저 내 에이전트 얼리사 제넷이다. 언제나 멋지고 정확히 내가 필요로 했던 순간에 기회를 내 무릎 위로 떨어뜨려준 것에 감사한다. 성공적으로 이 책을 옹호해준 존 쿠식과 이야기를 정교하게 다듬는 데 도움을 준 애덤 윌슨, 이 글이(그리고 내가) 형태를 갖추게 격려해준 편집자와 그녀의 조수 재닌 오말리와 멜리사 워튼, 이 책에 손을 대고 자신들이 발견한 것보다 더 나은 모습으로 남겨둔 FSG의 모든 직원들에게 감사의 마음을 전한다.

이 책의 근본 바탕이 된 프랑스 작가 에드몽 로스탕, 내 친구가 되어주고 새벽 한 시에 데뷔 작가의 정신없는 질문에 답해준 니타 틴들, 뛰어난 통찰력으로 피드백을 주고, 무한한 지지를 해준 케이든, 믿음을 보여준 켄과 수에게 고마움을 표한다.

그리고 샘과 로스, 크리스천에게서 자신의 모습을 찾은 독자들 모두에게 감사한다. 우리에게 공통점이 있다는 것과 이 글을 여러분을 위해 썼다는 점을 알아주길 바란다.

옮긴이 **김수민**

가톨릭대학교 사회복지학과와 영어·영미문화학과를 졸업한 뒤 오스트레일리아의 매쿼리대학교에서 통번역 석사 학위를 취득했다. 현재 펍헙 번역그룹에서 전문 번역가로 활동 중이다. 옮긴 책으로는 《들판은 매일 색을 바꾼다》, 《더 라이브러리》, 《나는 아이 없이 살기로 했다》, 《얼굴은 인간을 어떻게 진화시켰는가》, 《세상의 엄마들이 가르쳐준 것들》, 《크로마뇽》 등이 있다.

러브 섬바디

1판 1쇄 발행 2024년 5월 20일

지은이 C. R. 로섹 | 옮긴이 김수민
펴낸이 윤혜준 | 편집장 구본근 | 디자인 권성희

펴낸곳 도서출판 폭스코너
출판등록 제2018-000115호(2015년 3월 11일)
주소 서울특별시 마포구 대흥로6길 23 3층 (우 04162)
전화 02-3291-3397 | 팩스 02-3291-3338
이메일 foxcorner15@naver.com
페이스북 foxcorner15 | 인스타그램 foxcorner15

종이 일문지업(주) | 인쇄·제본 수이북스

한국어 출판권ⓒ도서출판 폭스코너, 2024

ISBN 979-11-93034-10-1 03840